타이완
원주민 신화의 이해

타이완

원주민
신화의
이해

이인택 지음

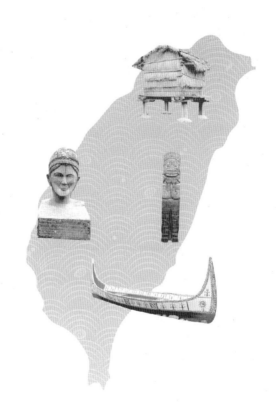

學古房

이 저서는 2012년 정부(교육부)의 재원으로 한국연구재단의 지원을 받아
수행된 연구임(NRF-2012S1A6A4016988)

서언

일반적으로 신화(myth)는 문학의 원류인 동시에 고대인의 축적된 사상과 문화를 꾸밈없이 반영한 고사이다. 이러한 신화 고사는 세계 각 지역에 산재해있지만, 그동안은 서양에서 그리스 로마 신화 등 서양신화에 초점을 맞춘 신화학(mythology)이 흥기하면서 주로 서양신화 고사와 이에 대한 연구가 세상에 알려지며 대중화되었다.

1920년대에 서양의 신화와 신화이론이 중국에 소개될 무렵 마오둔矛盾과 같은 학자들이 중국신화에 대해 서서히 눈을 돌리면서 중국의 문헌신화에 대한 정리 작업도 시작되었다. 특히 1980년대 이후에는 위안커袁珂를 중심으로 한 학자들에 의해『山海經校注』(1982),『中國神話傳說詞典』(1986),『中國神話傳說』(1987) 등이 출간되고 중국신화 관련 자료들이 대대적으로 재정리되고 심층적으로 분석되면서, 중국의 신화학 영역도 적지 않은 연구 성과를 축적하게 된다.

최근에는 연구 대상이 중국의 한족漢族 문헌 신화에 국한하지 않고 중국 소수민족의 구전 및 문헌 신화로까지 확대되면서 이에 대한 활발한 채록과 함께 정리 작업이 본격적으로 이루어져왔다. 그중에서도 서남지역의 먀오족苗族과 나시족納西族, 북방지역의 만저우족滿洲族 신화 등에 대한 연구가 특히 활발하게 이루어지고 있다.

한편 1970년대 이후 타이완臺灣 지역에서는 고산지역에 주로 거주하던 타이완 원주민들 사이에 전해져오는 구전 신화 고사들이 그 가치를 인징받으면서, 타이완 지역 학자와 일본 및 러시아 지역 학자들에 의해 채록되어 정리되고 연구되기 시작하였다. 최근에는 다시우라만達西烏拉彎 · 비마뿌馬(중국명 田哲益)와 같은 타이완 원주민 출신 학자들이 타이완 원주민 신화를 더욱 활발하게 정리하고 분석하는 작업을 하고 있다.

한편 러시아과학원의 리프틴(B. Riftin, 중국명 李福淸)은 타이완 원주민 신화와 대륙 소수민족 신화를 비교한 논문인 「臺灣土着民族與大陸南方諸族人類起源神話的比較硏究」(1986)와 타이완 원주민 신화를 대륙의 신화뿐만 아니라 남양군도나 폴리네시아, 남아시아 및 아메리칸 인디언의 전래 신화고사와도 포괄적으로 비교 서술한 책 『神話與鬼話』(2001)를 발표하였는데, 타이완 원주민 신화에 관한 상당히 깊이 있는 비교연구서로 평가받고 있다.[1]

국내 학계에서는 한족漢族 문헌 신화나 대륙 서남부 소수민족 신화에 대한 연구가 어느 정도 이루어져왔지만, 타이완 원주민 신화를 소개하는 전문적인 서적이나 관련 논문과 글들은 아직까지는 거의 전무한 실정이다. 그 신화적 가치와 문학적 수준의 우수성에 비추어 볼 때, 지리적으로나 문화적으로 지근거리에 있는 우리나라에서 아직까지 이에 대한 학술적 연구나 대중적인 소개가 거의 없다는 점은 의아할 정도이며 상당히 이례적인 현상이라고 하지 않을 수 없다.

이에 필자는 타이완 원주민 중에서 현재 인구가 비교적 많고 타이완 북부와 중부 및 동부에 나란히 거주하고 있는 타이야족泰雅族, 부눙족布農族 및 아메이족阿美族의 신화 고사에 초점을 맞추어 유형별 정리 분석을 통해 그 공통점과 차이점 및 특징을 살펴보고, 이들이 서로 어떻게 그리고 어느

---

1 리프틴(B. Riftin)(2001)의 『神話與鬼話』(社會科學文獻出版社)는 타이완 원주민 신화를 비교 분석한 책으로서, 인류기원신화 비교연구, 헤이룽장에서 타이완까지從黑龍江到臺灣, 알타이산에서 타이완까지從阿爾泰山到臺灣, 고대 그리스에서 타이완까지從古代希臘到臺灣, 거인고사, 귀화鬼話, 타이완의 대륙고사大陸故事在臺灣 등의 소제목으로 분류하여 비교 시각으로 고찰하고 있다. 다만 원주민 분포도에 있어서는, 현재 14개 원주민 중에서 싸치라이아족撒奇萊雅族, 타이루거족泰魯閣族, 싸이더커족賽德克族, 사오족邵族 등 최근에 새롭게 분류되어 나온 종족들의 분포 현황이나 이들의 고사를 소개하고 있지 않다.

정도로 연계를 맺고 있는지를 고찰함으로써 상호 친연성 관계를 파악하는 시도를 한 바 있다(「타이완 원주민 신화의 유형별 분석」(2011)).

그리고 이어서 타이완 원주민 신화를 총체적으로 이해할 수 있는 책과, 동시에 그들의 신화 내용을 일반 독자들에게 알기 쉽게 번역 소개하는 책을 출간하고자 계획을 하는 과정에서 한국연구재단 출판사업 지원 프로그램의 도움을 받아 우선 전자에 초점을 둔 책을 출간하고자 계획하였다. 그 과정 중에 파이완족排灣族, 베이난족卑南族, 루카이족魯凱族의 신화 내용을 고찰하고자 자료를 수집 정리한 논문을 발표하기도 하였다(「타이완 원주민 인류기원 신화 분석-파이완족, 베이난족, 루카이족 신화를 중심으로-」(2013)).

연구 준비와 발췌 및 정리분석 과정에서 기본적으로 필요한 각 원주민 종족들의 신화고사 자료들은 주로 린다오성林道生 편저 『原住民神話故事全集』(2002)과 『原住民神話與文化賞析』(2003), 다시우라만達西烏拉彎ㆍ비마畢馬의 『原住民神話大系』(2002~2003) 시리즈 등을 활용하였고, 이를 기반으로 내용 자체의 분석과 종족 고사 간 비교 검토, 그리고 기타 중국 신화나 우리나라 신화와의 비교 분석 작업도 병행하여 시도하였다.

본서에서 중국어 고유명사 중 인명과 지명, 그리고 종족명은 중국식 한자 발음으로 통일하여 표기하였고, 간혹 귀에 익은 지명은 우리식 발음으로 표기하였다.

본서는 타이완 원주민 신화를 정리하여 소개하는 동시에 그들의 가치 있는 신화를 분석함으로써, 관련 분야 연구의 기초 토대를 구축하는 데 도움이 되리라 기대된다. 그리고 본 연구를 통해 왜소인 고사나 머리 베기 고사, 죽생 고사, 인간파종 고사, 동물로부터의 출산법 학습 고사 등 그들 신화만의 독특한 특성도 존재하면서, 동시에 홍수 신화 등 보편적인 세계 신화 모티프나 유형, 그리고 신화의 보편적인 불굴의 정신 등도 확인할 수 있다는 점에서 이들 원주민 신화에 대한 연구의 의의를 찾을 수 있다고 사료된다.

아울러 원주민 신화의 풍부한 상상력과 세심한 감수성이 동원된 예술성, 그리고 그들의 사유방식과 신화 속에 담긴 사회적 함의 등이 인문학적으로 독자들에게 새롭게 다가갈 수 있다고 본다. 특히 시공을 초월하여 고대 원주민들의 사유방식과 자연을 대하는 태도, 인간에 대한 탐색, 우주에 대한 직관 등 인성을 함양하는 데에 도움이 되는 문학적 자양분이 풍부하여 21세기 상상력과 창의력을 발휘하는 데에도 도움을 줄 것으로 기대한다.

따라서 본 저서의 출간을 통해 타이완의 원주민 문화, 특히 그들의 신화에 대한 우리나라에서의 폭넓은 이해가 형성되기를 기대하고, 아울러 중국 신화 연구 영역에서 타이완 원주민 신화에 대한 연구가 활성화되는 동시에 우리나라 신화 등과의 비교학적 검토가 더욱 활발하게 이루어져서 중국신화 연구 및 비교신화 연구 영역이 학문적으로 또 문화적으로 균형 있게 발전해가기를 바란다.

목차

제1장
도론

    본서에서 주로 다루고자 하는 타이완 원주민 신화의 범위는 현재 타이완 정부에 의해 공식적으로 인정받아 독립 종족으로 분류된 14개 종족 사이에서 전해지는 신화 고사이다.

    이에 본 장에서는 우선 타이완 원주민의 현황과 그들의 문화 및 신화의 일반적인 특징을 서술한다. 5천년 이상 줄곧 타이완 섬에 거주하면서 다양한 언어문화 및 풍속과 관습을 형성해온 이들의 문화유산에 대해 포괄적으로 기술하고, 원주민 각 종족의 유래와 종족 명칭의 의미, 종족 거주지 및 방언, 그리고 그들의 원시종교와 제사에 대한 설명을 담는다. 아울러 종족 상호간 교류 및 연관관계를 언급하고, 이어서 그들이 간직한 다양하고 풍부한 신화 고사 유형을 소개한다.

1. 타이완 원주민과 문화 특징

    현재 타이완에는 인구 2,300만 명 중 약 2%에 해당하는 50만 명의 원주민(한족 문화에 동화된 타이난臺南, 가오핑高屛 지역의 시라야(Siraya)

등 핑푸족平埔族이 포함된 숫자)이 30개의 산지 부락과 26개의 평지 부락을 중심으로 거주하고 있다. 여기서 말하는 원주민이란 주로 타이완 고산지역 및 평지에 거주하는 소수민족을 총칭하는 말이다.[1]

한대 문헌에는 타이완과 푸젠성福建省 산지족을 '산이山夷'로 명명하여 기술한 바 있고, 청대에는 '동번東番', '야번野番', '생번生番', '화번化番', '숙번熟番'으로 불리었으며,[2] 일본이 청일전쟁(1894)에서 승리한 다음 해인 1895년 시모노세키조약馬關條約을 체결하면서 타이완을 통치하던 시절에는 이곳이 일본 다카아코高砂지역과 흡사하다 하여 원주민을 '고사족高砂族'으로 부르기도 했다.

이후 중국이 1945년 타이완을 수복하면서부터는 이들을 고산족高山族이나 산지동포山地同胞 또는 산포山胞로 부르기 시작하였다. 그러다가 1986년부터는 주로 고산에 거주하는 토착종족들을 원주민족(indigenous people)이라는 족군 용어로 사용하기 시작하였다. 이후 1994년부터 타이완 정부는 헌법을 수정하면서 이들을 토착족土着族(native aborigines) 또는 선주민을 뜻하는 원주민原住民 또는 남도어족南島語族으로 바꾸어 부르기 시작하였고, 2001년에는 타이완 입법원立法院에서 원주민신분법이 공식적으로 제정되기도 하였다.

타이완 원주민들은 핏줄이나 언어, 거주 지역의 문화 차이에 따라 그 종족이 나뉘며 명칭도 다르게 불리고 있다. 1954년 3월 타이완 국민당정부는 정식으로 이들 원주민을 아메이족阿美族(Ami 혹은 Amis), 타이야족泰雅族

---

1 타이완 원주민들이 고산 등 산악지대에 거주하는 이유에 대해서는 몇 가지 학설이 있다. 한족의 핍박을 피해 산으로 이주했다는 설이 있고, 곡물을 심기에 적합한 불에 탄 산악지대의 원생태 지역을 찾아 나섰기 때문이라는 설도 있으며, 또한 학질 등 병원균을 피해 천 미터 이상의 고지대로 이주하여 거주하게 되었다는 설도 있다. 王嵩山(2011), 『臺灣原住民-人族的文化旅程』, 遠788文化事業有限公司, p.33.
2 王嵩山(2001), 『臺灣原住民的社會與文化』, 聯經, p.2. 이후 화번과 숙번은 핑푸平埔로 통칭된다.

(Ataya), 부능족布農族(Bunun), 쩌우족鄒族(Tsou),[3] 루카이족魯凱族(Rukai),
파이완족排灣族(Paiwan), 베이난족卑南族(Puyuma), 야메이족雅美族(Yami)
또는 다우족達悟族(Tao), 싸이샤족賽夏族(Saisyat 또는 Saisiat) 등 9개 종족
으로 분류하였다. 이후 2001년 사오족邵族(Tsao), 2002년 가마란족噶瑪蘭
族(Kavalan)과 타이루거족泰魯閣族(Truku)을 추가하여 12개 종족으로 분
류하였고, 2007년도 이후에는 원주민으로 인정받은 싸치라이야족撒奇萊
雅族을 추가하여 총 13개 종족으로 분류하였다.[4] 이후 2008년 4월 타이완
정부로부터 타이야족으로부터 분리된 제14의 원주민 싸이더커족賽德克族
(Seediq)이 추가되어 현재 총 14개 종족이 공식적으로 존재한다. 이들 종
족 명칭들 대부분은 실제로는 '사람'이라는 의미를 담고 있다.

이들 원주민들은 사회문화적으로는 말레이-폴리네시아계에 속하지
만, 상호 간에 차이도 존재한다. 예를 들어, 정치체제상 평등한 권리가
보편화된 야메이족과 부능족 평권사회와 귀족과 평민의 구분이 있는 루
카이족과 파이완족의 계층사회라는 차이가 존재한다. 종교적으로는 종
족 별로 특정한 형태를 갖추지 않은 정령신앙에서부터 다신신앙까지 존
재하고 있다. 가족 조직 면에서도 부계나 모계에 편중한 단일계통 조직
부터 쌍계친속군雙系親屬群 조직까지 다양하다.[5]

인구수에 있어서는 아메이족阿美族, 타이야족, 파이완족, 부능족이 많
은 편에 속하고, 그 밖의 종족들은 인구가 10,000명 이하에 그치고 있다.
특히 싸치라이야족은 300명의 소수에 불과하다.

우선 '아메이阿美'는 '북방'이라는 뜻이다. 아메이족의 거주지는 타이완
중앙산맥동부 계곡과 해안선 일대에 위치한 화롄花蓮과 타이둥臺東이고,

---

3 과거에 차오족曹族으로 불렸는데, 1998년 이후 명칭이 쩌우족鄒族으로 바뀌었다. 陳文新
  (2010), 『高山族』, 新疆美術撮影出版社, p.5 참조.
4 林道生 編著(2004), 『原住民神話故事全集 5』, 漢藝色硏, p.3 참조.
5 王嵩山(2001), 『臺灣原住民的社會與文化』, 聯經, p.3.

▲ 아메이족阿美族 두목 키유 마에아(Kiyu Maea) 가옥(필자사진)

▲ 아메이족 모습(필자사진)

인구는 145,000여명으로서 원주민 종족 중에서는 가장 많은 편이다. 가계의 전통과 재산의 전승에 있어서는 모계사회제도를 따르고 있다.

반면에 정치사회체계는 주로 남성의 연령조직에 기초한다는 점이 특징적이다.[6] 위로는 타이야족, 아래로는 부능족과 경계하면서 그들로부터 방

---

6 王嵩山(2001), 『臺灣原住民的社會與文化』, 聯經, pp.154~156.

어를 해야 하는 상황 속에서 선택한 시스템인 것이다. 아메이족의 기원은 신화 유형으로 볼 때 대륙 동남지역, 알타이산, 헤이룽장黑龍江 일대의 민족과 공통적인 문화를 공유하고 있다는 학설도 제기되고 있다.[7]

한편 타이완 원주민 중에서 아메이족의 무사巫師가 가장 많다는 점도 특징적이다. 원주민 사회에서는 종교와 의료가 결합되어 있어서, 무사들은 주로 종교의식과 함께 치병의식을 행하는 경우가 많다.

싸치라이야족은 거주지가 주로 타이완 동부에 분포하고 있으며, 이는 지금의 화롄현 경내 신청향新城鄉과 화롄시에 속한다. 인구는 약 10,000명 정도이고, 모계사회를 유지하고 있기 때문에 결혼을 하면 처갓집에서 거주한다. 전통적으로 어업과 수렵생활을 하였으며, 이후 가마란족과 접촉하면서 학습한 벼농사도 생계수단이 되었다.

싸치라이야족 부락은 아메이족과 유사한 연령계급이 있어서 매 5년마다 한 차례 계급 이동을 한다. 15세까지는 와와(wawa)계급이 되고, 이후 23세까지는 카파(kapha)계급이 되는데, 이 기간 중에는 청년집회소 [taloan]에 머물며 상급계급의 명령과 지휘를 받으며 훈련을 받는다. 아메이족과 이웃하고 있지만, 양 종족 언어 간에 약 60% 정도의 차이가 있다.

타이야족泰雅族(Ataya 또는 Tayan)의 '타이야泰雅'는 사람을 의미한다. 현재 약 90,000여명의 인구가 120여 개의 마을을 이루며 살고 있다.[8] 아메이족에 이어 두 번째로 인구가 많고, 타이완 중북부 푸리埔里와 화롄 이북 지역에 거주하는 최대 원주민족군으로서 타이완 산악지역의 2/3, 타이완 총면적의 2/9에 거주함으로써 가장 넓은 토지를 점유하고 있고, 농업을 주요 생산방식으로 하며 살고 있다.

---

7 李福淸(2001), 『神話與鬼話』, 社會科學文獻出版社, p.176.
8 타이야족의 거주 건축양식은 주로 가옥, 곡식창고, 축사, 적의 머리를 걸어두는 거치대로 구성되어 있고, 대부분 대나무 또는 목재를 활용하여 집을 짓는다. 지붕은 풀이나 석판을 재료로 사용하며, 분산식 취락형태를 취하고 있다.

▲ 타이야족의 장식과 문신(우라이烏來에서, 필자사진)

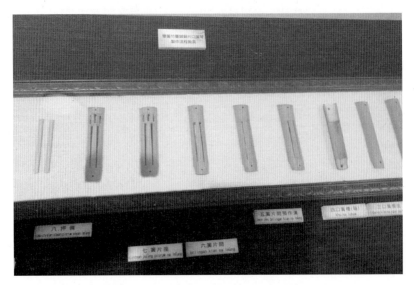

▲ 타이야족의 악기 구황금口簧琴 제작과정(우라이烏來에서, 필자사진)

이들은 원래 타이완 서부 평원에 살았으나 환경이 어려워짐에 따라 대부분 산지로 이동하였다. 주요 분포지역은 북부 타이베이현臺北縣, 타오위안현桃原縣과 중부 신주현新竹縣, 타이중현臺中縣, 동부 화롄현花蓮縣 등으로 광범위하며 퍼져 있고, 이들의 지파 숫자도 원주민 종족 중 가장 많다. 타이야족 남자들은 사냥을 잘 하기로 유명하고, 여자들은 옷을 짜는 데 상당한 재주를 지니고 있다.

타이야족에게 내려오는 대표적인 신앙과 관습으로는 자신들을 수호하는 초자연적 힘을 가진 조상의 영혼인 조령祖靈 우툭스(Utux)[9]에 대한 숭앙, 그리고 무술[Phgup], 문신[Patas],[10] 렵두[Mgaga] 등이 있고, 공공의 생활단체 규범이라고 할 수 있는 가가(Gaga)[11]가 자신들의 생활을 보장한다는 믿음도 가지고 있다.[12] 그리고 독특한 음색을 지닌 구황금口簧琴이라는 악기도 전해져오고 있고,[13] 그들 사이에 전해지는 신화 전설도 많으며, 그중 기원 전설은 여섯 가지 유형으로 전해지고 있다.

이 종족은 타이야泰雅와 싸이더커賽德克 두 언어를 가지고 있다.[14] 언어

---

9 우툭스(Utux)는 신, 귀, 선조 등 초자연적 존재를 칭하며, 인류학에서는 조령이라고 번역한다. 타이야족들은 조상의 영혼 외에, 자신이 사냥으로 획득한 적의 머리에 남아있는 영혼 역시 사냥꾼을 보호한다고 믿기 때문에 조령으로 함께 모신다. 조상의 언행에 따라 생활하면 조령의 비호를 받을 수 있고, 그렇지 않을 경우 조령이 징벌을 내리며 순조롭게 죽어도 영계靈界에 들어가기 힘들다고 믿고 있다. 여기서 영계는 툭산(Tuxan)으로 불린다. 사후 영계로 진입할 때 강 위의 다리를 지나야 하는데, 생전에 조상의 교훈을 따르지 않은 자는 조령의 거부로 다리를 건널 수 없고 영원히 안식을 얻을 수 없다고 하며, 사냥꾼이 획득한 적의 머리나 사냥감의 영혼도 망자와 함께 영계로 가는데 영혼이 많을수록 위광세력을 얻어 순조롭게 영계에 들어가 안식을 취할 수 있다고 믿고 있다. 그리고 여성의 경우 생전에 농사와 직물작업에 힘쓰고 정절을 지킨 경우 순조롭게 다리를 건너 영계에 진입할 수 있다고 한다.
10 타이야족은 15~16세쯤에 문신(tattoo)을 하는 전통이 있는데, 남자는 이마와 턱에 그리고 여자는 이마와 볼 및 입술 주변과 양쪽 귀 주변에 문신을 한다. 자유롭게 할 수는 있지만 기본적으로 남자의 경우 사람 머리를 획득해야하고, 여자는 옷에 무늬가 들어가도록 만들 수 있어야 자격이 주어진다. 문신이 없는 경우에는 사후에 영계에 들어갈 수 없다고 믿고 있다.
11 가가(Gaga)는 선조로부터 전해 내려오는 생활습관과 인간으로서의 도덕규범을 말한다. 금기관습과 선조들의 유훈을 잘 따르면 조령이 복을 내리고, 그렇지 않으면 조령이 화를 내려 징계를 한다고 한다.
12 王嵩山(2001), 『臺灣原住民的社會與文化』, 聯經, pp.118~124, 布興大立(2007), 『泰雅爾族的信仰與文化』, 國家展望文教基金會, p.49.
13 대나무로 만든 루부(lubuw)로 불리는 구황금은 청춘남녀가 감정을 전달하거나 조흥助興, 안위, 축복, 훈계를 전하기 위해 사용되었던 악기로서, 입으로 악기의 구멍에 바람을 불어넣고 손가락으로는 선을 튕기며 선율을 만들어가는 독특한 악기다.
14 타이야족 언어는 트크다야(Tkdaya), 타우다(Tauda), 트루쿠(Truku) 등 세 가지 유형의

적으로 볼 때 타이야족 언어군이 동쪽으로 확산되면서 싸이더커족이 파생되었다고 추론할 수 있다. 타이베이현 우라이烏萊의 타이야족 거주지에 건립된 우라이타이야민족박물관烏萊泰雅民族博物館을 참관해보면 타이야족의 발생지를 살펴볼 수 있고, 아울러 타이야족과 싸이더커족의 기원이 같다는 사실을 확인할 수 있다. 양자 간 창생시조創生始祖 신화를 보면 세부적인 차이는 다소 있지만 상호간에 상당히 근접하는 동질성이 발견된다.[15] 또한 뒤에서 다시 언급하겠지만 타이야족과 싸이샤족과도 혈연적으로 밀접한 관계에 있다.[16]

싸이샤족賽夏族 인구는 7,000명으로 원주민 중 두 번째로 적은 소수족이다. 싸이샤족 선조는 다바젠산大覇尖山에서 다후, 먀오리苗栗 일대의 평지로 이동하였다가, 후에 점차 타이야족 지역인 서남쪽 아리산과 우펑산 일대로 옮겨와 살았다.

싸이샤족은 두세 가구가 한 취락을 이루고 산거散居 형태로 촌락생활을 하며, 부계씨족을 마을의 기본적인 조직단위로 삼고 있다. 공통의 부계 선조 계통으로 이어진 혈연단체 사회인 것이다. 집안의 계승은 대부분 장자에 이어 차자가 계승하고, 가옥 내부에는 신성한 의미가 담긴 조령대祖靈袋가 있는데, 이는 씨족 종가에게만 있고 종가의 가장이 사제司祭 역할을 한다.[17]

다바젠산은 타이야족과 싸이샤족의 공통의 발상지이며, 이는 양 종족이 그동안 혈통 교류를 통해 혈연적으로도 긴밀히 연계되어 있다는 사실을 반영한다.[18] 특히 북쪽에 거주하던 북싸이샤족은 장기간 타이야족 부락과 혼거하면서 타이야족 문화의 영향을 강하게 받았다고 한다.[19] 두

방언으로도 분류된다. 李壬癸(2011), 『臺灣南島民族的族群與遷徙』, 前衛出版, p.104.
15 王嵩山(2011), 『臺灣原住民-人族的文化旅程』, 遠族文化事業有限公司, p.50.
16 達西烏拉彎·畢馬(2001), 『臺灣的原住民泰雅族』, 臺原出版社, p.8.
17 王嵩山(2011), 『臺灣原住民-人族的文化旅程』, 遠族文化事業有限公司, p.108.
18 達西烏拉彎·畢馬, 『賽夏族神話與傳說』, p.31, p.46, p.51.

종족은 이를 뽑는 발아습속拔牙習俗을 공통으로 가지고 있다는 점에서도 일치한다. 그렇다면 싸이샤족과 타이야족은 혈연 또는 문화적 교류 면에서 밀접한 관계가 있다고 볼 수 있다.

한편 남쪽에 거주하던 남싸이샤족은 커자인客家人과 빈번하게 교류하면서 문화적으로 그들의 영향을 크게 받았다. 싸이샤족은 전통적으로 집안 내 방 사이에 칸막이가 없었는데, 후에 커자인 주거지 양식의 영향을 받아 칸막이가 생겼다고 한다.

싸이샤족은 신주新竹현과 먀오리苗栗현의 경계에 위치한 산악지대에 거주하며 남과 북 두 개의 족군으로 나뉜다. 이들은 핑푸족平埔族(Pinpu 또는 Pepe)[20]과도 관련성이 깊다. 말레이 또는 오키나와(몽골계)에서 건너온 핑푸족 중 시라야족西拉雅族이 싸이샤족이고, 핑푸족 중 다오카쓰道卡斯(Ttaokas)와도 혈연관계가 있다는 학설이 있다. 싸이샤족 발상지는 중국대륙이라는 학설도 병존하고 있다. 그리고 싸이샤족의 해외표류설은 싸이샤족이 선조가 홍수를 피해 베틀에 들어가 표류하다가 한 작은 섬에 이르러 거주하기 시작하였다는 고사에서 비롯된다.[21]

타이루거족은 대략적으로 북으로는 화롄현花蓮縣과 핑시平溪, 남으로는 훙예紅葉와 타이핑시太平溪까지의 광활한 산악지대에 거주한다. 현재의 행정체계로는 화롄 슈린향秀林鄉, 완룽향萬榮鄉과 줘시향卓溪鄉 등지에 해당한다.

싸이더커족의 발원지는 더루완德鹿灣(Truwan)으로 현재의 런아이향仁愛鄉 온천지대로서 타이완 중부와 동부 지역이 그 활동범위에 속하며, 대략 북방의 타이야족과 남방의 부능족 거주지 사이에서 거주하고 있다.

싸이더커족 전설에는 사람이 죽으면 진정한 남자와 진정한 여자는 모두 영혼의 집靈魂之家으로 간다고 한다. 사자의 영혼은 반드시 영혼의 다

---

19 王嵩山(2001), 『臺灣原住民的社會與文化』, 聯經, pp.126~127. 참조.
20 핑푸족은 타이완 원주민 중 고산이 아닌 평원에 살면서 한족과 융화된 종족을 일컫는다.
21 達西烏拉彎·畢馬, 『賽夏族神話與傳說』, pp.48~49.

리를 건너게 되는데, 이때 생전에 적의 머리를 베어본 남자나 베를 잘 짜는 여인은 영혼의 다리를 건너 바로 영혼의 집으로 가고, 머리를 베어 본 경험이 없는 남자나 베를 잘 못 짜는 여인은 다리를 건너지 못하고 멀리 돌아 가까스로 영혼의 집으로 갈 수 있다고 하는 인과보응의 원리가 담긴 이야기가 전해지고 있다.[22]

가마란족은 원래 란양蘭陽 평원, 즉 이란宜蘭 지역에 거주하였는데, 후에는 남쪽으로 내려와 화둥花東 평원 즉 타이둥臺東과 화롄 지역으로 이주하여 살고 있다. 문헌 기록에 의하면 36사의 마을이 있었다고 하는데, 현재는 가마란족 대부분이 아메이족과 함께 혼거하고 있다.

그리고 핑푸족 중 하나인 바싸이巴賽(Basai)족 일부가 가마란족과 함께 화둥 지역으로 이주한 관계로 현재 가마란족 언어에는 바싸이 언어의 잔재가 남아있다.[23] 그들의 전통 제전은 라리기(LaLiGi)라고 불리는데, '풍요, 환희, 모두 함께'라는 의미가 담겨있다.

가마란족은 청대에 100년 가까운 세월(1796~1895) 동안 한화漢化되면서 현재는 그들의 언어와 문화가 많이 상실된 상황이다. 아메이족과의 장기간 교류와 통혼으로 아메이족과 중첩되는 문화도 적지 않게 보유하고 있다. 하지만 1991년 이란宜蘭현 정부가 반향심근返鄕尋根 활동을 전개한 이후에는 자신들의 조령의식祖靈儀式(Palilin)을 지속적으로 거행하고, 가마란족 언어 독본을 편집하여 출간하는 등 적극적인 종족문화 보존운동을 펼치고 있다.[24]

부눙족의 '부눙布農'이라는 명칭도 사람을 뜻한다. 약 40,000여명의 부눙족은 크게 탁바누아즈(Takbanuaz), 부부쿤(Bubukun), 타키투두(Takitudu), 타키바탄(Takivatan), 타키풀란(Takipulan),[25] 타키박하(Takibakha) 등 6개

22 陳千武(1991), 『臺灣原住民的母語傳說』, 臺原出版社, pp.199~200.
23 李壬癸(2011), 『臺灣南島民族的族群與遷徙』, 前衛出版, p.105.
24 王嵩山(2001), 『臺灣原住民的社會與文化』, 聯經, p.179.
25 인구가 적은 타키풀란蘭社群(Takipulan)은 생활영역이 쩌우족과 가까운 까닭에 후에 쩌우 족 문화에 많이 동화되었다. 또한 부눙족의 전설에는 태고에 부쿤(Bukun)과 타팡

▲ 부눙족의 복장과 전통 가옥(필자사진)

사군社群으로 나뉘며 마을 수는 총 60여개에 이른다. 원 거주지는 타이완 중부 위산玉山의 북쪽 해발 1,000~2,000미터의 산악지대였는데, 이후 남쪽으로 확산되어 현재의 가오슝현高雄縣, 타이둥현臺東縣, 난터우현南投縣, 화롄항花蓮港에 많이 거주하고 있다. 중앙산맥의 수호자라는 칭호를 받을 만큼 활동력이 강하며 고산에 주로 거주하고 있다. 사회체계상으로는 전형적인 부계사회를 유지하고 있다.

전통적으로 경제활동은 주로 화전을 일구고 사냥을 하는 생활방식을 취하고 있고, 사회적으로는 평등한 권리를 누리는 평권제를 택하고 있

(Tapang)이라는 두 형제가 있었는데, 후에 두 사람 사이에 충돌이 일어나자 분에 못 이긴 타팡이 서쪽으로 이주하여 지금의 쩌우족의 시조가 되었다는 내용이 나온다. 부눙족과 쩌우족 간 밀접한 관계를 엿볼 수 있는 대목이다. 中央研究院民族學研究所 편역(2008), 『番族調査報告書第六冊』, 中央研究院民族學研究所, p.7, p.24 참조.

다. 그리고 종교적으로는 정령신앙 위주의 형태를 취하고 있어서 그들의 신화 속에 사람들이 동식물로 변화거나 또는 기타 생물과 교혼하는 이야기가 많이 존재한다. 그들의 신앙체계 속에서의 천신天神은 형체가 없고 규범의 중재자로서 디하닌(dihanin)이라고 불린다. 디하닌은 천공이나 우주와 같은데, 관념이 다소 모호하고 개념적인 요소가 강하다.[26]

부능족 신앙 속에는 하니투(hanitu)라는 귀령鬼靈이 있는데, 개개인의 몸에 두 명의 귀령이 호위하고 있다고 믿고 있다. 왼쪽에 있는 나쁜 귀신은 나쁜 생각을 갖게 하고 일을 그르치게 하는 작용을 하고, 오른쪽에 있는 좋은 귀신은 운 좋게 만들고 일을 순조롭게 하여 성공케 한다고 한다.

타 종족에 비해 부능족은 제전祭典과 의식이 빈번한 종족이다. 집집마다 주 가옥 옆에 전문적으로 제사를 거행하는 방이 있다. 신선한 이곳은 그들이 선조 및 신령과 교류하는 곳이다. 이러한 방 이외에도 관련 제사 용품과 농사 및 수렵 관련 도구도 여기에 놓아둔다.

부능족의 대표적인 제전 중 하나로 타이제打耳祭를 들 수 있다. 활을 잘 쏘는 부능족은 매년 4월에 남자의 성장과정 중 중요한 생명의식 제전을 크게 여는데, 이때 부능족 남자들은 산에서 사냥을 하고 여자들은 집에서 술을 빚는다. 제전 당일에는 남자들이 돌아가며 귀를 향해 쏘는데, 반드시 맞추어야 하며 그렇지 않으면 불길하다고 여긴다. 제사용품으로는 사냥감의 귀를 사용하는데, 특히 사슴의 귀를 최고로 여긴다.[27]

부능족은 무술巫術을 운용하여 개인이나 부락의 문제들을 해결하려는 경향이 강하다. 이때 무사巫師들은 기우, 구귀驅鬼, 방역, 치병, 초혼招魂, 사람 찾기 등의 일을 담당하며, 무석巫石이나 동식물, 무기, 소리 나는 악기 등을 활용하여 무술을 진행한다.[28]

---

26 余錦虎(2002), 『神話祭儀布農人』, 晨星出版, p.24.
27 遠族地理百科編輯組 편(2013), 『一看就懂臺灣文化』, 遠族文化事業, p.66.
28 徐雨村(2006), 『臺灣南島民族的社會與文化』, 國立臺灣史前文化博物館, p.139.

▲ 쩌우족(출처: 『臺灣原住民的社會與文化』)

　부눙족 거주지의 지리적인 특성상북부 부눙족은 인근 타이야족 문화를, 중부 부눙족은 인근 쩌우족 문화를, 남부 부눙족은 인근 파이완족과 루카이족 문화를 각각 흡수하여 다양한 문화를 창출하였다.[29]

　쩌우족鄒族은 현재 7,000여명으로 원주민 종족 중 인구가 적은 편에 속한다. 과거에는 차오족曹族으로 불리었으나 후에 개명하여 쩌우족으로 불리고 있다. 주요 분포지역은 자이嘉義현의 아리산향阿里山鄕, 난터우현南投縣의 신이향信義鄕과 가오슝현高雄縣의 타오위안향桃源鄕 등이다. 전자에 거주하는 쩌우족을 북쩌우北鄒로 부르고, 후자에 거주하는 쩌우족을 남쩌우南鄒라고 부른다.

　출초出草, 즉 사람 머리 베기 등의 활동으로 개인과 가족 및 사회에서 지위를 세운다는 전설은 부지기수로 많은데, 이는 과거에 원주민 중에서 살인과 식인풍습이 가장 활발했었던 종족이었음을 말해준다.

29　王嵩山(2001), 『臺灣原住民的社會與文化』, 聯經, p.213.

▲ 쩌우족鄒族의 전통 가옥(필자사진)

이들 종족은 부계사회로서 아리산을 터전으로 살고 있기에 아리산 신목을 숭배하는 풍습이 있고, 쿠바라고 불리는 신성한 제사장소가 마을에 설치되어 남아있다.

산속에서 밭을 일구며 생활하며, 주로 좁쌀과 감자 및 고구마를 주식으로 한다. 매년 7월과 8월에는 아리산에서 좁쌀을 수확한 후에 좁쌀수확제小米收穫祭를 거행하는 풍습이 있다. 사회 전체는 두목과 군사지도자 그리고 무사巫師들에 의해 통제된다. 풍속 면에서 쩌우족은 부눙족과 함께 이를 뽑는 발아습속拔牙習俗이 남아있다.

사오족邵族(Thao)은 원주민 중에서 인구가 적은 편이고 가장 심하게 한화漢化, 즉 중국화가 된 종족이다. 따라서 그들의 신화는 한인문화의 영향을 깊게 받아서 한인문화 색채가 농후하게 배어있다. 난터우현 르웨탄日月潭의 르웨춘日月村 일대에 살며, 쩌우족鄒族 혹은 부눙족布農族으로 여겨지기도 할 정도로 서로 밀접하지만, 이들은 나름대로의 독특한 언어와 풍속 특징을 지니고 있다.[30] 부눙족과 함께 부계사회를 유지하고 있어

---

30 사오족의 선조는 아리산에 살았는데 흰 사슴을 쫓아가다가 우연히 르웨탄을 발견하고

▲ 사오족의 셴성마先生媽(출처: 『臺灣文化』)

서 부친을 따라 거주하고, 일부일처의 단우혼單偶婚을 유지하면서, 남자
는 장가를 들고 여자는 시집을 가는 방식을 원칙으로 하고 있다.

사오족은 제사祭師를 셴성마先生媽라고 부르는데, 셴성마는 여러 여성
들이 담당한다. 이들은 사람들로부터 존경을 받으며, 조령과의 소통을
맡아 병을 치료하고 제의의 진행을 주재한다.

파이완족排灣族은 인구가 약 70,000명으로 원주민 종족 중에서 세 번째
로 많으며, 160개 마을을 이루고 있다. 자칭 '백보사의 자손百步蛇之子'이라
고 할 만큼 그들의 복식服飾과 자수刺繡 등 일상생활과 예술창작에서 백보
사 전설과 관련된 고사 내용을 쉽게 볼 수 있다. 원래는 산기슭에 거주하였
으나 후에 산지로 이동하였으며, 현재는 타이완 남부의 핑둥현과 타이둥
현 산악지역, 북쪽 다우산大武山, 남쪽 헝춘恒春, 서쪽 아이랴오隘寮, 동쪽
타이마리太麻里 이남 해안에 거주하고 있다.

이곳이 토지가 비옥하고 사람 살기에 적합하다고 여겨 이곳으로 이사를 왔다는 백록전설
白鹿傳說이 전해지고 있다. 遠族地理百科編輯組 편(2013), 『一看就懂臺灣文化』, 遠族文
化事業, p.56.

▲ 파이완족 복장(필자사진)

파이완족 사회는 사회계급이 분명하여 두목, 귀족, 용사, 평민 등 4개의 계급이 존재한다. 각 가족의 계급은 장자 또는 장녀가 계승長系繼嗣하고, 나머지 자식들은 분가를 한다. 부계도 아니고 모계도 아닌 쌍계 형태로서 남녀평등의 혈족주의(cognatic principle)를 유지하고 있다. 전통의 귀족두목은 각 부락의 정치와 군사, 심지어는 종교의 수장

▲ 파이완족 조령옥 내부의 조령주祖靈柱

을 맡아 독립된 지치단위를 통제해나간다.[31]

파이완족 사회에서의 수공업은 루카이족과 마찬가지로 신화 전설 고사를 소재를 하여서 상당히 풍부한 상상력과 창조력을 보여준다. 제의가 비교적 발달하였고, 그들의 오년제五年祭(malevek)[32] 제의행사는 매우 성대하게 거행된다. 자신들의 조령이 머문다고 여겨지는 신성한 산인 다우산에서 파이완족은 제의를 통해 오곡의 풍성한 수확을 기원하고 조령과 소통한다.[33] 그리고 경사스러운 날에는 나무로 만든 섬세한 조각이 새겨

31 遠族地理百科編輯組 편(2013), 『一看就懂臺灣文化』, 遠族文化事業, p.62.
32 오년제는 전통적으로 매 오년마다 거행하며, 나무껍질로 공을 만들고 대나무로 창을 만들어 두목에게 바치면서 제사가 시작된다. 여자들은 계속 춤을 추면서 떡과 술을 만들어 조상께 바치며 제배한다. 5일이 지나면 남자들은 사냥을 하고 적의 머리를 베어온 후, 돼지를 올려 사망한 자를 위해 춤을 춘다. 陳千武(1991), 『臺灣原住民的母語傳說』, 臺原出版社, p.116.
33 王嵩山(2011), 『臺灣原住民-人族的文化旅程』, 遠族文化事業有限公司, p.46.

진 잔을 사용하며, 음식도 두 사람이 서로 어깨동무를 하고 나누어 먹는다. 이는 서로간의 친밀한 관계를 표시하는 것으로서, 이를 거절하게 되면 원수지간이 되어버리고 만다.

파이완족이 결혼 잔치를 할 때는 좁쌀을 곱게 갈아 만든 가루에 물을 약간 섞고 새우를 안에 넣은 후 계란으로 버무린 다음에 끓는 물에 익혀 먹는다. 파이완족 사람들은 개, 뱀, 고양이 고기를 먹지 않고, 어린아이에게는 뱀장어를 먹지 못하게 하며, 심지어 생선의 머리도 먹지 못하게 한다. 이런 것들을 먹으면 불길하다고 여기기 때문이다.

파이완족의 전통적인 관념으로는 태양이 인류 생명의 기원이라는 믿음과 월신과 살란파브(Salanpav) 및 마투쿠투쿠(Matukutuku)는 생육을 관장하는 신이라는 믿음이 있다. 그들은 또한 조령이 어린 아이들을 보호해주는 능력을 갖추고 있다고 믿고 있다.[34]

파이완족은 후에 파이완족과 타이루거족으로 분리된다. 전자는 앞서 언급한 지역에서 민족의 특성을 그대로 유지한 채 파이완족으로 남고, 후자는 동해안 일대에 거주하며 동하이안과 바리라리오라는 두 족속으로 나뉜다.[35]

파이완족 기원에 대해서는 많은 학자들이 중국대륙과 관련이 있다고

---

34 王嵩山(2011),『臺灣原住民-人族的文化旅程』, 遠族文化事業有限公司, p.42.
35 파이완족은 크게 라발(Raval)족과 붓술(Butsul)족으로 나뉜다. 붓술(Butsul)족은 다시 붓술(Butsul), 파우마마우크(Paumamauq), 차오볼볼(Chaobolbol), 세덱(Sehdek), 파리라리라오(Parilarilao), 스카로(Skaro), 파카로카로(Pakarokaro) 등으로 나뉜다. 라발(Raval)족은 파이완족의 최북단 지역에 거주하는 관계로 삼면이 루카이족 거주지로 둘러싸여 루카이족과 오랜 기간 동안 혼인과 문화 교류를 거쳐 왔기 때문에 상당 부분 유사한 특질을 지닌다. 예를 들면 승계제도에 있어서도 루카이족과 같이 장남승계제도를 취하고 있다. 반면에 붓술족은 승계에 있어서 남녀 구분을 두지 않는다. 라발족은 오년제 제사를 지내는 전통도 없는 점에서 붓술족과 다르다. 하지만 라발족의 언어는 루카이족과 다르고 파이완족 언어에 속하기 때문에 파이완족으로 분류한다. 譚昌國(2007),『排灣族』, 三民書局, pp.6~8 참조.

말한다. 즉, 문화적 특질로 볼 때 파이완족은 중국 고대 남방 백월白越 민족 문화와 관련이 있다고 한다. 그들의 신석기 유물이 저장성 하모도河姆渡 초기신석기 문화와 밀접한 관계가 있기 때문이다. 예를 들어 그들이 지닌 유리구슬은 스스로 제조할 수 있는 기술이 없었고 다른 종족도 이러한 유리구슬을 가지고 있지 않다는 점에 비추어 이들의 선조가 타이완 섬으로 들어올 때 가져온 것으로 추정되며, 납 성분 함유량이 높은 것으로 볼 때 1세기경으로 추정되고 있다.[36]

말레이시아와 필리핀에서 기원하여 중국 남부 윈난을 거쳐 타이완 타이난臺南으로 이동하였다는 해외기원설도 있다. 다양한 색채의 파이완족 신화고사를 볼 때 다양한 문화의 수용과 변용과정이 이루어졌을 것으로 짐작이 되며, 특히 말레이시아나 필리핀, 또는 대륙의 남방지역과의 관계가 밀접했을 것으로 판단된다.

베이난족卑南族 인구는 10,000여명으로서, 타이둥 남부에서 8개의 마을을 이루고 살고 있다. 과거에는 루카이족, 파이완족과 같은 종족으로 분류되었다가, 1954년에 독립적으로 분리되었다. 베이난족은 원주민 중 문화유적이 가장 풍부한 민족으로 평가된다. 석관들과 세련된 부장품들이 이를 말해준다. 그리고 베이난족 집안에서의 가장으로서의 권리는 장녀가 상속받고, 가정생활의 중심 위치는 모계 쪽에 있다. 다만 종교의 수장과 사제는 남자 쪽에서 계승한다.

전설에 의하면 이들은 타이완 동쪽에 있는 바나투 평원을 차지한 족속이었다고 한다. 현재 주요 분포지역은 베이난시卑南溪의 남쪽, 즈번시知本溪의 북쪽 해변이다. 타이둥현의 베이난, 진펑金峰, 다런達仁 등의 지역에도 거주한다. 이들은 파이완족과 한족의 영향을 많이 받았으며, 청 왕조 시대에는 베이난족이 공적을 쌓아 책봉을 받음으로써 아메이족과 파이완

---

36 達西烏拉彎 · 畢馬, 『排灣族神話與傳說』, 晨星出版, p.28.

▲ 베이난족의 화관식(르웨탄日月潭에서, 필자사진)

족이 이들에게 조공을 바칠 정도로 전성기를 맞이한 적도 있다고 한다.[37]

베이난족에게는 조령에게 제의를 행하는 작은 방인 카루마한(Karumahan)이 전해져오고 있고, 카루마한의 사제는 라간(Ragan)이라고 불리었다. 그리고 부락에는 파타판(Patapan)이라고 하는 중요한 모임장소가 있어서 이들 종족을 결집하는 중심 역할을 하였다. 또한 소년에서 성인으로 가는 과정이 엄격하였고, 그 기간 중에는 명망 있는 남성이 선정되어 소년들을 이끌어주는 풍속이 있다.[38]

베이난족에게는 해외海外 기원 고사가 전해져 내려온다. 베이난족 선조들이 멀리 바다 밖에서 란위蘭嶼 섬으로 이주하였고, 이어서 타이완 섬 동해 해안지역으로 다시 들어왔다고 한다.[39] 베이닌족 이주 역사를 살피는 데 참고자료가 될 수 있다.

베이난족은 인체는 부모로부터 받지만, 생명의 영혼은 4명의 생명을 관장하는 신으로부터 나오는데, 그중 카부용(Kavuyong)과 카보보이(Kavovoi)는 영혼의 부모이고, 나머지 두 명의 신 중 테마와이(Themawai)는 태

---

37 達西烏拉彎 · 畢馬(2003), 『卑南族神話與傳說』, 晨星出版, p.29, p.39.
38 王嵩山(2001), 『臺灣原住民的社會與文化』, 聯經, pp.146~152 참조.
39 達西烏拉彎 · 畢馬, 『卑南族神話與傳說』, 晨星出版, p.57.

내를 관장하고 우마시(Umasi)는 어린이의 성장을 관장한다고 한다.[40]

루카이족魯凱族[41] 인구는 약 12,000명으로서 20여 개 마을을 이루며 살고 있다. 루카이라는 명칭의 유래를 고찰하기는 쉽지 않지만, 청대에 생번生番 또는 괴뢰번傀儡番으로 기록이 된 바 있다.[42] 분포지역은 타이완 남부 중앙산맥의 동서 양쪽으로 아리산 이남, 다우산大武山 이북 지역이다. 행정구역으로는 가오슝현 마오린향茂林鄕, 핑둥현屛東縣 우타이향霧台鄕, 타이둥현 둥싱촌東興村 등지이다. 후에 중앙산맥 동쪽과 동남쪽으로 이주하면서 베이난족 및 파이완족과 융합하였으며, 일부가 현재 베이난향卑南鄕 다난촌大南村의 루카이족으로 남아있다. 따라서 루카이족의 생활습관은 파이완족의 습관과 비슷하면서도, 문화적으로는 부눙족의 영향을 많이 받았다.

언어학자나 인류학자들은 언어와 문화 특징에 따라 싼서군三社群, 시루카이군西魯凱群, 다난군大南群 등 세 그룹으로 분류하고 있다.[43] 그들은 주로 돌로 만든 집인 석판옥石板屋에서 생활하며, 도자기, 주전자, 조각, 문신 등의 수공예 솜씨가 뛰어나기로 유명하다. 그리고 사냥과 고기잡이, 채집과 사육 등의 방식으로 생계를 유지하고 있다. 손님이 오면 돌무더기에 토란을 구워서 손님이 돌아가는 길에 먹도록 하는 풍속이 있다.

루카이족 사회는 어느 종족보다 사회계급 구분이 엄격하였고, 기존 계급제도가 지금까지도 유지되고 있다. 루카이족은 3대 계층이 있는데, 바로 진정한 대귀족두목[tavanan talialralai], 귀족두목[lakiaki talialralai], 평민[lagaugaulu]이다. 예를 들어 귀족은 최초의 인류의 후예로 묘사되고 있는 등, 계층의 지위는 그들의 창세신화에도 반영되어 있다.[44]

---

40 王嵩山(2011), 『臺灣原住民−人族的文化旅程』, 遠族文化事業, p.42.
41 '루카이(rukai)'라는 명칭은 용감함을 의미하는 '라카츠(rakats)'가 변화하여 생긴 명칭이라는 설과 난쟁이를 의미하는 말에서 나왔다는 설과 동쪽을 의미하는 말에서 나왔다는 설 등 있다. 喬宗忞(2001), 『魯凱族史篇』, 臺灣省文獻委員會, p.42.
42 許功明(2001), 『魯凱族的文化與藝術』, 稻鄕出版社, p.2.
43 喬宗忞(2001), 『魯凱族史篇』, 臺灣省文獻委員會, p.7.

▲ 루카이족의 귀족 가옥(필자사진)

그들의 의복이나 장신구, 그리고 가옥 밖의 정원과 가옥의 조각, 사령대, 석주石柱, 대용수大榕樹 등은 일반 평민과 귀족을 구분하는 상징물이된다. 계급 사회와 분업의 전문화로 루카이족의 조각예술 또한 뛰어나다. 아울러 남녀의 역할 분담도 분명한 편이다.[45]

그리고 계승에 있어서는 부계에 편중되면서도 부모 쌍방을 함께 중시하는 쌍계 계승을 원칙으로 하고 있어서 구성원 가운데 오직 한 쌍의 배우자만이 허락되고 장남이 모든 것을 상속받는다. 만약 아들이 없는 경우에는 장녀가 가계를 이어받아 집안에 남아있고 나머지 자식들은 분

44 喬宗忞(2001), 『魯凱族史篇』, 臺灣省文獻委員會, p.16.
45 사냥 즉 수렵(alupu)은 남성들의 일로서, 엄격한 성별 금기가 있기 때문에 여성은 사냥도구를 만져서는 안 된다. 반면에 남성들은 여성들이 작업을 하는 직포기를 만져서도 안되고, 직포방(taburagan) 역시도 금남의 집이다. 喬宗忞(2001), 『魯凱族史篇』, 臺灣省文獻委員會, p.11.

가를 한다. 또한 시신은 옆으로 뉘어서 장례를 치루는 풍속도 전해지고 있다.

루카이족은 전통적으로 만물이나 만상萬象은 모두 정령 또는 신령이 그 안에 존재하거나 지배하고 있다는 믿음을 가지고 있다. 그들의 정령세계는 다섯 가지로 나눌 수 있다. 첫 번째는 풍부한 사냥과 수확을 얻을 수 있도록 기구하는 대상인 푸풀런(pupulen) 또는 야풀런(yapulen), 두 번째는 병을 다스릴 수 있도록 기구하는 대상인 풀런(pulen) 또는 와비비키(wavivii), 세 번째로는 야외에 존재하며 인간처럼 희로애락의 감정이 있고, 각각의 정령에게는 서로 다른 금기사항이 있으며, 이를 지키지 않으면 그 영혼이 구류당하거나 치료가 힘든 병을 앓게 하는 대상인 아일리링아너(aililingane)이다. 네 번째로는 마귀와 의미가 거의 같으며, 뜻밖에 거주지 밖에서 죽은 영혼을 가리키는 칼라러(kalare)인데, 이는 산 사람에게 재앙을 내리기도 한다. 마지막으로는 자연스럽게 사망한 사람의 영혼으로 루카이족이 경외하는 대상이기도 하다.[46]

이와 함께 루카이족은 조령에게 축복을 기원하는 의식이 전해지는데, 다음과 같이 세 가지 유형이 있다. 첫째, 집안 남자의 생명이 강성해지고 수확이 풍성해지기를 기원하는 의식인 두알라리티(dualaliti), 둘째, 집안의 사악하고 불결한 것들을 쫓아내는 의식인 두알리시 키(dualisi ki), 셋째, 집안의 여자들을 위해 복을 바라고 재앙을 제거하는 의식인 키아-파카랄루(kia-pakaralu) 등이다.[47]

상당수 루카이족은 인근의 인구도 많고 광활한 지역을 점유하고 있는 파이완족의 영향을 많이 받아 파이완족으로 호칭될 정도로 루카이족 고유의 문화와 습속이 적지 않게 소실되는 경향을 보이기는 하지만, 양 종

---

46 喬宗忞(2001), 『魯凱族史篇』, 臺灣省文獻委員會, p.24.
47 喬宗忞(2001), 『魯凱族史篇』, 臺灣省文獻委員會, p.27.

▲ 루카이족 복장(필자사진)

족 간 차이도 여전히 상당부분 존재하기 때문에 독립된 루카이족으로 따로 불리고 있다. 예를 들어 제의행위시 루카이족은 파이완족과 달리 오년제를 거행하지 않고, 계승제도 면에서도 파이완족은 장사 계승이지만 루카이족은 장자 계승을 취하고 있다. 그리고 장례풍습에 있어서도 루카이족은 묘를 깊게 파지 않고 시신은 하늘을 향해 누운 자세로 안치하지만, 파이완족은 묘를 깊게 파고 시신은 웅크린 자세로 안치한다.[48]

야메이족雅美族(Yami)은 '너희들을 포함하지 않는 우리들'을 의미하며, 사람이라는 뜻을 지닌 다우족達悟族(Tao)으로도 불린다.[49] 그리고 자신들이 거주하는 곳을 'ponso no tao' 즉 사람의 섬이라고

---

48 喬宗忞(2001), 『魯凱族史篇』, 臺灣省文獻委員會, p.43.
49 야미(Yami)는 일본학자 조거룽장鳥居龍藏이 1897년 「人類學寫眞集-台灣紅頭嶼之部」에서 섬 사람들이 스스로를 야미라고 호칭하는 것을 보고 이들을 야미로 호칭하기 시작하였는데, 근래에는 란위 거주 청장년이 이 호칭에 대해 의문을 품으며 자신들을 타오(Tao)라고 자칭하고 있다. 하지만 60세 이상의 노인들은 예로부터 사용해오던 야미라는 호칭이 타당하며 란위 사람들과 줄곧 교류를 해온 필리핀 바탄巴丹사람들도 란위 사람들을 야미라고 불러왔다고 주장한다. 현재는 족칭을 확정하기 어려워 두 호칭을 함께 사용하고

▲ 야메이족雅美族의 배 타타라(필자사진)

불렀다.[50] 인구는 약 4,000여 명(2003년 기준)으로서 훙터우紅頭(Imorod),
위런漁人(Iratay), 예여우椰油(Yayo), 랑다오朗島(Iiraraley), 둥칭東淸(Iranomi-
lek), 예인野銀(Ivalino) 등 총 6개 마을에 거주하는데, 대부분 타이완 동남
쪽의 동경 121.32도, 북위 22.03도에 위치한 45.73평방 킬로의 타이둥현 란
위 섬 빈해지역에 분포해있다.[51] 원주민 종족 중 유일하게 타이완 본섬 밖
의 섬에 거주하는 해양민족이다. 전형적인 해양민족으로서 지하식 가옥으
로 이루어진 마을地下屋聚落을 형성하고 부계사회를 기초로 하고 있으며 원

있다. 余光弘(2004), 『雅美族』, 三民書局, pp.2~7, 徐瀛洲(1999), 『蘭嶼之美』, 藝術家出
版社, p.10 참조.

50 林建成(2005), 『臺灣原住民藝術家田野筆記』, p.34 참조. 야메이족이 거주하는 섬인 란
위섬은 보통 토바고(Botol Tobago), 또는 보톨 토바코(Botol Tobaco)라고 칭하기도 한
다. 타이완 동부 지역에 거주하는 베이난족이나 아메이족이 란위섬을 보톨이라고 칭했던
데에서 유래한다. 徐瀛洲(1999), 『蘭嶼之美』, 藝術家出版社, p.10.

51 야메이족은 자신들의 선조들이 란위 섬에 거주하기 전에 뤼다오綠島에 거주하였다고 말하
고 있다. 林建成(2005), 『臺灣原住民藝術家田野筆記』, p.35 참조.

주민 중 유일하게 어업에 종사하는 종족이기도 하다. 이들은 외래문화와의 접촉이 거의 없었기 때문에 그 전통적인 사회문화체계가 상당히 완벽할 정도로 잘 보존되어 있다고 말할 수 있다. 다만 훙터우와 예여우 지역은 기타 취락에 비해 한화漢化 정도가 비교적 높은 편이다.

야메이족이 사용하는 언어는 오스트로네시안(Austronesian)어족, 헤스페로네시안(Hesperonesian)어파로서 필리핀 북부 바쓰커주(파사가주) 소속 바탄(batan)지역 주민의 이바단伊巴丹(Ivatan) 언어와 거의 일치한다. 그리고 18세기 야메이족과 바탄 제도의 종족 간에 서로 교왕이 있었다는 이야기가 전해진다. 따라서 야메이족과 바탄족의 기원이 동일하다고 보는 견해는 적절하다고 판단된다.[52]

그들의 전설에 따르면 남방 사람들이 남쪽에서 배를 타고 와서 란위 섬에서 정주했으며, 이후 천 년 전에는 바탄인 시파양希法昻과 소수족 사람들이 배를 타고 와서 거주하면서 야메이족이 형성되었다고 한다. 또한 바탄인과 야메이족을 비교해보면, 외모나 두발의 형태, 남녀의 의복 형태 등에서 유사점이 발견된다. 언어적으로도 유사해서 야메이족은 배를 크기에 따라서 타타라(Tatara), 치누리크란(Chinurikran), 아반(Avan)이라고 칭하는데, 바탄인들은 이들을 각각 테타야(Tetaya), 치네르구에란(Chinergueran), 아반(Aban)이라고 부른다. 즉 야메이족 언어는 필리핀어 계통에 속한다고 볼 수 있다.[53]

이들은 수경농업도 하며 종족 구성원 간에 유대관계가 좋은 편이며, 도자기, 조선, 은세공 등 수공예도 유명하다. 이미 언급했듯이 해양민족인 야메이족에게 배는 아주 중요한 도구이다. 따라서 그들을 상징하는 물건은 바로 그들이 어업활동을 하며 타고 다니는 '타타라(tatara)'라고 불리는 배이다.[54]

---

52 야메이족과 바탄족의 관계에 관해서는 徐瀛洲(1999), 『蘭嶼之美』, 藝術家出版社, pp.10~12, 達西烏拉彎 · 畢馬(2003), 『達悟族神話與傳說』, 晨星出版, p.65, 楊政賢(2012), 『島國之間的族群』, 東華大學原住民民族學院, pp.1~31 참조.
53 達西烏拉彎 · 畢馬(2003), 『達悟族神話與傳說』, 晨星出版, pp.61~67 참조.

▲ 야메이족이 제사 지내는 장소(필자사진)

---

54 야메이족은 고기잡이를 주업으로 하기 때문에 배 만들기 즉 건조작업은 그들에게 매우
중요한 일로서, 혈연관계가 있는 가족을 구성원으로 하여 협동체제로 만든다. '타타라
(tatara)'라고 불리는 배는 여러 장의 목판을 이어 붙여서 만들기 때문에 병판선拼板船이라
고도 불린다. 1인이 타는 배는 피카타니안(pikatanian), 2인이 타는 배는 피카바간
(pikavagan), 3인이 타는 배는 피누누누안(pinununuan)으로 불린다. 그리고 좀 더 큰
배는 시네드케란(cinedkeran)이라고 불린다. 王嵩山(2010),『臺灣原住民−人族的文化旅
程』, 遠族文化, p.190.

▲ 야메이족 소미수확제 때의 머리 춤
(출처: 『臺灣原住民藝術田野筆記』)

또한 날치 계통인 비어飛魚를 잡아 말려서 취식하는 문화가 있으며, 비어를 잡기 시작하는 매년 3월 1일에는 풍어의식인 아말라이스(amalais)를 거행하고, 마무리하는 매년 7월 1일에는 종지의식인 마파사무란 소 피아부난(mapasa-muran so piavunan)을 거행한다.[55]

또한 중국 대륙의 소수민족인 하니족哈尼族과 같이 머리카락 춤인 인두발무人頭髮舞가 전해지고 있다.[56]

그리고 야메이족의 사유방식이나 종교적 특징으로는 지하세계의 귀신인 아니토(anito)의 존재와 샤먼인 무사巫師와 이들과 관련된 종교인 샤머니즘 즉 무술巫術을 들 수 있다. 우선 야메이족은 사람들이 거주하는 평면 위에 몇 층이 존재하고 지하에도 몇 층이 존재한다고 믿고 있으며, 위층에는 타오 도 토(tao do to)라는 신이 존재하고 지하에는 아니토(anito)라는 귀신과 타오 도 테이라엠(tao do teiraem)이라는 지하인들이 살고 있다고 여기고 있다.

귀령 또는 귀신인 아니토는 사람들에게 각종 액운을 가져다주고 망자의 영혼을 탈취하며 친척이나 동네 주민에게까지 사망을 전염시키기 때문에 사람들은 망자의 시신이나 망자와 관계있는 곳을 가급적 피하려고 노력한다.[57] 야메이족들은 아니토의 습격이나 상해로부터 벗어나고 축복

---

55 王嵩山(2010), 『臺灣原住民-人族的文化旅程』, 遠族文化, p.188.
56 達西烏拉彎·畢馬(2003), 『達悟族神話與傳說』앞 부분 및 王嵩山(2001), 『臺灣原住民的社會與文化』, 聯經, pp.98~108 참조.
57 선한 자의 임종 시에 도움을 주러 온 남자들은 머리에 등나무 모자를 쓰고 몸에는 갑옷을 걸치며, 오른 손과 왼손에는 각각 검과 창을 들고 전신무장을 한 채로 사령 또는 악령인 아니토의 공격을 막는다고 한다. 王嵩山(2011), 『臺灣原住民-人族的文化旅程』, 遠族文

을 얻기 위해 생육 시에 각종 생명의례를 행한다.

야메이족에게는 신들보다 귀신인 아니토가 일상생활에서 공포심을 자아내게 하면서 더욱 관심을 가지고 지켜보게 되는 초자연존재이다. 야메이족의 아니토에 대한 태도는 마치 병원균에 대한 공포와 흡사할 정도다. 그래서 야간에 야메이족들이 고기를 잡으러 갈 때는 호신부를 몸에 지니기도 하고, 묘지에서 시신을 매장하고 돌아온 후에는 자신의 몸을 정갈하게 씻는 습관도 있다.

야메이족은 아니토 중에서도 막 세상을 떠난 사람을 두려워한다. 이들 귀신들은 새로운 죽음의 환경에 처하면서 찾아드는 고독 때문에 인간세상으로 가서 가족이나 친지를 동반자로 데려오게 하려고 주변사람을 연쇄사망으로 내몬다고 여겨지고 있다.

야메이족들은 꿈에 막 사망한 사람들이 나오고 얼마 후 가족이 병을 얻게 되면, 귀신의 작용으로 보고 아니토에게 살려달라고 애원하는데, 효과가 없을 때는 주술로 위협을 하고, 그래도 효과가 없으면 마지막으로 샤먼인 존약(zon yak)에게 가서 도움을 요청한다.

샤머니즘은 야메이족의 일상생활에서 매우 보편적인 것이다. 예를 들어 숲속에서 눈을 감고 잔다면 아니토가 다가와 영혼인 파아드(paad)를 빼앗아가 죽거나 미친다고 한다. 따라서 이를 면하기 위해 다양한 금기가 만들어지고 이에 따라 귀신을 쫓기 위한 샤먼의 역할도 커진다. 샤먼들은 초자연적 능력을 지니고 능히 신귀와 소통할 수 있다. 특히 무아의 상태(trance)에서 그의 신력과 접촉을 하며 생겨난 능력을 바탕으로 한 예언가(makahaw), 제의 의식의 제사祭司(makawanan), 병을 치료하는 의약인의 역할을 하기도 한다. 야메이족의 샤머니즘에는 사회를 제어하는 흑무술(maniblis)과 치료와 관계있는 무술로 나뉜다.[58]

化事業, p.42.

이들 종족 외에 핑푸족平埔族(Pinpu 또는 Pepe)[59]으로는 타이난, 가오슝, 핑둥의 시라야족西拉雅族(Saisyat), 자이嘉義와 난터우의 홍안야족洪安雅族(Hoanya), 장화현彰化縣의 바부싸족巴布薩族(Bobuza), 타이중현臺中縣의 바쩌하이족巴則海族(Pazehe)과 파이푸라족拍瀑拉族(Papora), 신주와 먀오리의 다오카쓰족道卡斯族(Taokas), 지룽基隆과 이란宜蘭의 카이다거란족凱達格蘭族(Ketagalan), 이란의 가마란족噶瑪蘭族(Kavalan), 타이베이臺北의 레이랑족雷朗族(Luilang) 등 9개 종족이 있다. 이밖에 르웨탄에 거주하는 사오족邵族도 핑푸족으로 분류된 바 있다. 2010년 초 타이완성박물관에서 핑푸족 문화 특별전시회를 개최할 정도로 이들은 실질적으로 독립 종족으로 인정받고 있다. 이들 중 싸이샤족의 이명인 시라야족과 가마란족은 14개 종족에 이미 포함되어 있다.

한편 타이완 원주민의 기원, 즉 어디서 어떻게 출현했는지에 관해서는 토착민설, 서쪽유입설, 대륙 동남 월인越人 지파설, 해외발원설인 말레이인도네시아계설, 중국 동남부 연해지역 주민과 필리핀 및 유구 군도에서 온 소수의 주민이 융합하여 형성되었다는 복수원류설 등 그 의견들이 분분하다.[60]

---

58 余光弘(2004), 『雅美族』, 三民書局, pp.93~96.
59 300여 년 전, 중국 남부 민閩과 위에粵 지방의 한족들이 대규모로 타이완으로 이주해올 때, 당시 타이완 서부 평야에 거주하던 원주민 중에서 한족 문화의 영향을 받아 한족화한 종족을 핑푸족이라고 한다.
60 타이완 원주민 언어와 민족 이동에 관해서는 潛明玆(1994), 『中國神話學』, 寧夏人民出版社, pp.411~412, 李福淸(2001), 『神話與鬼話』, 社會科學文獻出版社, pp.4-5 참조. 李壬癸의 정리에 따르면 폭스(C. E. Fox)의 미크로네시아 기원설, 凌純聲의 중국 학설, 커언(Kern)의 말레이시아와 인도네시아 등 중남반도 동쪽과 부근 군도 기원설, 다이언(Dyen)의 뉴기니아 학설, 그레이스(George Grace)의 학설 등 다양한 학설들이 있다. 그 자신은 중국대륙, 타이완, 뉴기니아, 말라네시아, 미크로네시아보다는 중남반도 연해 일대가 그 기원일 가능성이 가장 높다고 결론을 맺고 있다. 李壬癸(2011), 『臺灣南島民族的族群與遷徙』, 前衛出版, pp.19~51. 한편 王著는 대륙기원설을 포함한 다원설을 주장하면서, 그 근거로 대륙 서남지역에 거주하는 징포족景坡族의 풍속이나 관습과 일치하는 부분이 많다는 점 등을 제시하고 있다. 潛明玆(1994), 『中國神話學』, 寧夏人民出版社, pp.411~412.

지금으로부터 3만 년 전타이완과 중국 대륙 화남지역은 해수면의 하강으로 육지가 서로 연결되어있었고, 이러한 지리적 여건 때문에 당시 구석기 인류문화가 타이완으로 전해지면서 당시 인류가 이곳에서 생활하고 활동했던 흔적도 남아있다. 아울러 동남아문화 계통의 구석기와 신석기의 사전 유물들도 존재하고 있다. 즉 타이완의 사전 문화는 단일 기원이 아니라는 점은 명백하다. 다만 이러한 유물들이 현존하는 타이완 원주민과 관계가 있다는 점을 명확하게 확인할 방법은 없다.

하지만 이후 5~6천 년 전 무렵부터 대륙 동남부나 동남아, 그리고 태평양과 인도양의 각 군도에서 주민들이 이주해오면서 해양문화라든가 남양군도南洋群島의 문화도 들어왔음은 확인된다.[61] 즉 타이완은 아시아 대륙과 남양군도와 밀접한 관련이 있으며, 지리적으로도 아시아 대륙과 남양군도를 잇는 가교 역할을 했던 것으로 추론된다. 그리고 이들 원주민은 수천 년간 발전과 분화를 거듭하면서 현재 14개 종족으로 나뉘게 되었다.

그중 타이완 북부에 분포되어 있는 타이야족과 싸이샤족이 5~6천 년 전 타이완에 가장 먼저 이주해온 것으로 파악된다. 특히 싸이샤족은 대족으로서 선주민인 왜인족矮人族 또는 왜흑인矮黑人을 위해 바쓰다아이제전巴斯達隘祭典, 즉 왜령제矮靈祭를 지내며 왜인족과 밀접한 관련이 있었던 점에 비추어, 타이완 초창기 원주민 중 하나였을 것으로 추정된다.[62] 특히 싸이샤족 장로들의 기억에 담긴 종족 이주 역사에 의하면 대륙 윈난과 구이저우의 고원과 광둥 일대中國大陸雲貴高原某地及廣東一帶에서 타이완 중북부 지역으로 이동해왔는데 이들은 마이단족麥丹族에 속하는 것으로 파악되고 있다. 그리고 타이완의 핑푸족인 다오카쓰족道卡斯族이 그 지류

61 王嵩山(2011), 『臺灣原住民-人族的文化旅程』, 遠族文化事業, pp.22~24.
62 達西烏拉彎 畢馬(2003), 『賽夏族神話與傳說』, 晨星出版, p.28.

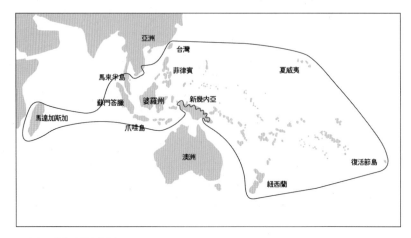

▲ 남도어계 민족의 분포도
남도어족의 분포는 광범위하여 남태평양과 남인도양의 섬들에서 그 흔적들을 찾아볼 수 있다.
타이완 원주민은 남도어족에 속하며 최북단에 위치한다(출처: 王嵩山(2011), 『臺灣原住民－人族的文化旅程』, 遠族文化事業有限公司, p.24).

라는 설도 있다.[63]

　다음으로 중부지역에 거주하는 사오족, 부눙족, 쩌우족이 약 3천 년
전에 타이완으로 들어왔고, 다음으로 남부지역과 동부지역의 계급사회
가 발달하고 예술적 성취가 뛰어난 파이완족, 루카이족, 베이난족이 약
천 년 전 타이완으로 이주해왔으며, 아메이족은 타이완 동부의 아메이족
문화가 필리핀 금속기 문화와 유사함에 비추어 기원후에 들어온 것으로
보인다. 이밖에 란위 섬의 야메이족은 당송 시기에 이르러서 필리핀 바
탄 섬에서 란위 섬으로 이동한 것으로 추측된다. 따라서 란위 섬의 야메
이족 언어는 타이완 남도어족의 언어와는 다소 차이가 있다.[64]

---

63 達西烏拉彎 畢馬(2003), 『賽夏族神話與傳說』, 晨星出版, pp.43~44, 49.

64 王嵩山(2011), 『臺灣原住民-人族的文化旅程』, 遠族文化事業, p.25. 타이완 동부 지역 종
　족들의 이주 역사에 대해서는 다른 견해도 있다. 즉 베이난족(4,500년 전), 가마란족
　(3,500년 전), 아메이족(3,000년 전), 루카이족, 파이완족, 부눙족, 싸이더커족 순으로 동
　부로 이주하였다는 주장이다. 李壬癸(2011), 『臺灣南島民族的族群與遷徙』, 前衛出版,
　p.106.

일반적으로 언어와 인종, 그리고 문화적 측면에서 볼 수 있는데, 우선 언어적으로 볼 때 원주민 언어가 대체적으로 남도어족(Austronesian) 중 인도네시아어족 언어이고, 인종은 말레이 계열이며, 사회문화 측면에서는 말레이 폴리네시안 문화라고 말하고 있다.[65] 여기서 남도어족은 아시아 대륙 남쪽의 도서민족을 지칭한다. 타이완의 남도어족은 다시 세 갈래로 나뉘는데, 바로 타이야어군泰雅語群(Atayalic), 쩌우어군鄒語群(Tsouic) 그리고 파이완어군排灣語群(Paiwanic)이다.[66]

타이완 원주민의 언어 총 수는 기타 필리핀, 말레이시아, 인도네시아 등 남도어족만큼 많지는 않지만, 언어현상에 있어서의 다양성은 그들을 훨씬 뛰어넘는다. 이러한 다양성은 국제 남도언어학계에서 보편적으로 인정하고 있는 사실이다. 타이완 원주민 언어현상의 다양성은 숫자에서도 나타난다. 영어나 중국어는 일반적으로 10진법을 사용하지만, 타이완 원주민의 남도언어는 대체로 10진법을 사용하면서도, 핑푸족인 바자이어巴宰(Pazih)는 5진법을, 싸이샤어는 7진법을, 사오어는 9진법을 사용하고 있다. 남양군도의 수천 종의 남도언어의 여러 숫자 계통이 타이완 원주민 언어에서도 동일하게 볼 수 있다.[67]

이들 원주민 종족 상호 간에는 차이점이 존재하기도 한다. 예를 들어 야메이족, 타이야족, 타이루거족, 싸이더커족, 부눙족 등은 평권平權, 즉

---

65 남도어족은 왕성한 활동능력을 지니고 있으며, 지리적 분포로 볼 때 서쪽으로는 아프리카 마다가스카르, 남쪽으로는 뉴질랜드, 동쪽으로는 남미의 부활섬, 북쪽으로는 타이완 섬까지의 인도양과 태평양에 걸친 광활한 지역에 분포되어 있다. 타이완 원주민의 인종과 기원에 관해서는 王嵩山(2001), 『臺灣原住民的社會與文化』, 聯經, pp.3~9.

66 세 군 사이에는 문화 간 교류와 지역화 등으로 인해 서로 차이가 나타나기도 한다. 그래서 타이야어군은 다시 타이야와 싸이더커 두 가지 방언으로 나뉘고, 쩌우어군은 아리산쩌우阿里山鄒, 카나부卡那布, 사아루아沙阿魯阿 등 세 가지 방언으로 나뉘며, 파이완어군은 루카이, 파이완, 베이난, 부눙, 아메이, 야메이 등의 방언으로 나뉜다. 王嵩山(2001), 『臺灣原住民的社會與文化』, 聯經, p.8.

67 李壬癸(2011), 『臺灣南島民族的族群與遷徙』, 前衛出版, pp.199~200.

평등사회를 유지하는 종족이고, 루카이족, 파이완족, 베이난족, 아메이족, 쩌우족 등은 계층화사회階層化社會, 즉 귀족과 평민의 구분이 비교적 엄격한 사회체제를 유지하고 있다. 종교적으로도 특정한 형태를 갖추지 않은 정령부터 다신신앙까지 다양한 유형이 있고, 가족 조직 면에서도 부계나 모계의 단일 친족군에서 부계와 모계가 혼합된 쌍계 친족군까지 다양하다.[68]

체질적으로 보면, 키가 큰 종족으로는 아메이족과 쩌우족을 들 수 있고, 몸집이 왜소한 종족으로는 야메이족(필리핀 바탄인과 근접함), 파이완족, 루카이족, 베이난족을 들 수 있다.

그리고 원주민 생김새가 눈이 크고 피부가 검은 듯한 남방민족의 모습과 유사한 점을 고려해볼 때는, 일단 남양군도의 인도네시아와 말레이폴리네시안 및 필리핀 민족들과 상당히 밀접한 연계가 있다고 추측할 수 있고, 동시에 중국 남동부 월 지역과 푸젠성 커자인(Hakka) 문화, 남서부 윈난 지역과의 교류도 활발했을 것으로 짐작된다. 이 부분은 뒤에서 신화적 접근을 통해 좀 더 명확하게 밝힐 수 있을 것으로 본다.

원주민들 간 혈연관계나 친연성 여부에 대해서도 개별적으로 의견이 분분하여 상호 관계성을 확정하기가 쉽지는 않다. 우선 대략적으로 여러 관련 견해들을 종합 파악하여 그 관계성을 초보적으로 분류해보면, 타이야족 ↔ 타이루거족 ↔ 싸이샤족 ↔ 싸이더커족 / 부눙족 ↔ 쩌우족(차오족) ↔ 사오족 / 파이완족 ↔ 루카이족 ↔ 베이난족으로 그룹화할 수 있다. 또 개별 간에는 파이완족과 타이루거족, 루카이족과 부눙족이 연결되어 서로 혈연적 또는 언어와 문화 교류 측면에서 직간접적으로 관계망이 형성되어 있다고 할 수 있다. 다만 야메이족雅美族, 達悟族이 비교적 독립적인 측면이 강하고, 싸치라이야족, 가마란족, 아메이족

---

68 王嵩山(2011), 『臺灣原住民–人族的文化旅程』, 遠族文化事業. p.10.

은 향후 신화적 검토를 통해 종족 간 상관관계를 좀 더 검토해야 할 것으로 보인다.

타이완 본섬이 협소하다는 지형적 특성상 여러 경로를 통해 기원이 다른 종족들이 산발적으로 유입된 후 시간이 흐르면서 자연스레 인적, 문화적 교류를 통해 융합하거나 상호간 영향을 주고받았을 가능성이 높다. 따라서 종족 간 친연성 여부를 판단하기 위해서는 신화 모티프와 내용 특징의 대조 작업을 통한 재조명이 필요하다. 신화 비교를 통해 고찰된 공통점과 차이점을 통해 종족 간 관계성도 파악할 수 있고, 다양한 종족의 기원도 엿볼 수 있기 때문이다.

원주민 언어의 특징은 위에서 언급했듯이 대략적으로 남도어계 인도네시아어족 언어로서, 방언만도 10여 종이나 사용되고 있다. 그리고 성조가 없고 다음절의 교착어이며 문자가 따로 존재하지 않는다는 특징도 있다. 그래서 오스트레일리아의 학자 피터 벨우드(Peter Bellwood)는 타이완은 아마도 남도어족의 중요 거점이라고 추론하고 있고, 인류학자 천치루陳奇祿도 타이완지역은 민족 이동의 요충지로서 타이완 토착문화는 남도문화의 옛 형태라고 주장하고 있기도 하다.[69]

원주민의 종교를 보면 정령숭배와 자연숭배 신앙이 유지되고 있으며, 특히 귀령의 세계를 믿고 있고, 북서부 지역에는 특히 금기(palisi)가 많이 존재하고 있다. 또한 조상제, 곡신제, 산신제, 사냥신제, 결혼제 등의 제사의식도 전통적으로 행해지고 있다. 이러한 의식들 중 특히 수확의식은 자연의 질서에 수긍한다는 전제 하에, 무술巫術의 수단을 통해 생산과정 중에 인간으로서 어찌할 수 없는 초자연적 요소를 제거하기를 바라는 마음에서 출발한다.

---

69 林建成(2002), 『臺灣原住民藝術家田野筆記』, 藝術家出版社, p30.

예를 들면 파이완족排灣族은 10월의 5년제五年祭, 송령제送靈祭, 수확제收穫祭, 패제稗祭, 우두제芋頭祭, 엽제獵祭, 천제川祭, 죽간제竹竿祭, 루카이족魯凱族은 7월의 풍년제豊年祭, 수확제收穫祭, 베이난족卑南族은 수렵제狩獵祭와 7월의 제조의식祭祖儀式, 12월의 후제猴祭, 야메이족雅美族은 파종제播種祭, 날치류에 속하는 비어 수확 계절 때 풍어를 기원하는 4월부터의 비어제飛魚祭, 선제船祭, 타이야족은 조령제祖靈祭와 11월의 연합풍년제, 싸이샤족賽夏族은 조령제祖靈祭, 귀신제鬼神祭, 11월의 왜령제矮靈祭, 부눙족은 4월의 타이제打耳祭, malahadaija)와 5월의 연합풍년제,[70] 아리산 쩌우족은 8월 또는 2월의 전제戰祭(mayasvi)와 7월에서 8월까지의 좁쌀수확제(homeyaya), 아메이족은 7월의 풍년제(ilisin)와 8월의 연합풍년제 등을 지낸다. 그리고 원주민 종족 대부분은 이처럼 추수감사절과 같은 수확제收穫祭를 지낸다.[71]

또한 세시제의歲時祭儀는 생명의례와도 결합되는데, 이러한 의식은 생명의 출생, 성년, 결혼, 장례 등이 포함된다. 그중에서 아메이족, 베이난족, 루카이족, 쩌우족에게 공통으로 존재하는 남자회소男子會所가 결합된 성년례가 대표적이다.

타이완 원주민의 문화는 한족과는 다르면서도 특성상 다족군으로 이루어져 있고 역사시대별 변천의 영향으로 단일문화가 아니라 다원문화로 병존하면서 발전하였으며, 따라서 이들의 문화는 다양성의 성질을 지니고 있다고 정의내릴 수 있다.[72]

---

70 부눙족의 전통제의 목록은 徐雨村(2006), 『臺灣南島民族的社會與文化』, 國立臺灣史前文化博物館, p.141 참조.
71 王嵩山(2011), 『臺灣原住民-人族的文化旅程』, 遠族文化事業, pp.126~127.
72 王嵩山(2011), 『臺灣原住民-人族的文化旅程』, 遠族文化事業, pp.16~17.

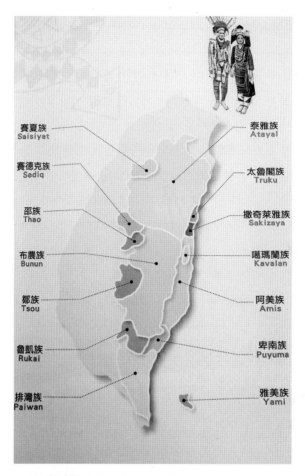

▲ 타이완 원주민 분포도(출처: 행정원원주민위원회)

2. 타이완 원주민 신화 유형과 특징

최근 타이완 학자들 중심으로 타이완 원주민 신화이 채록과 정리 작업을 진행하면서 적지 않은 성과를 거두었다. 그중 타이완 학자 린다오성林道生의 『原住民神話故事全集』 시리즈와 부눙족 출신의 원주민 다시우라만達西烏拉彎 · 비마畢馬의 타이완 원주민 각 종족의 신화와 전설을 수록한

시리즈 『原住民神話大系』(2002~2003)[73]에는 원주민 신화고사 원형 자료가 나름대로 잘 채록, 정리되어 있다.

이들 자료에 근거해 볼 때, 5천년 이상 타이완에 거주하면서 다양한 언어문화, 풍속 및 관습을 형성해온 원주민들의 신화 고사는 그 종류와 내용 면에서 모두 풍부하다는 평가를 내릴 수 있다.

예를 들면 루카이족은 중앙산맥 남단의 높고 험준한 고산과 협곡, 그리고 계곡과 냇물이 철철 흐르는 아열대 정글 속에서 수렵 생활을 하면서 그들의 토템신앙과 원시 관념에 기초한 다양하고 풍부한 신화 고사를 보존해오고 있다. 싸이샤족의 신화도 풍부한데, 특히 그들의 왜소인 고사는 그들의 신앙을 잘 반영하는 고사이기도 하다. 야메이족은 타이완 동남쪽 란위 섬에 거주해 온 관계로 그들의 신화 전설에는 해양의 신기한 색채로 충만하다.

타이완 원주민 신화의 내용과 모티프(motif)들은 다양한 유형으로 존재하는데, 주제별로 나눈다면 창세와 인류기원, 홍수, 남매혼, 석두石頭, 변형, 교혼交婚, 영웅사일英雄射日, 선악, 머리 베기, 재생, 무속,[74] 창조, 난생, 감응感應, 금기, 왜소인矮小人 모티프 등이 있다. 현재 이들 신화에 대한 위상 정립과 함께 통합적인 연구가 진행 중에 있다.

사실 타이완 원주민 신화 중에는 천지개벽과 같은 일반적인 천지창조 모티프에 관한 고사는 거의 전해지지 않는다.[75] 세계는 이미 존재하고

---

73 그의 『原住民神話大系』(晨星出版, 2003)라는 명칭의 시리즈에는 『泰雅族神話與傳說』, 『賽夏族神話與傳說』, 『鄒族神話與傳說』, 『布農族神話與傳說』, 『排灣族神話與傳說』, 『魯凱族神話與傳說』, 『卑南族神話與傳說』, 『阿美族神話與傳說』, 『達悟族神話與傳說』, 『邵族神話與傳說』 등 10개 종족의 신화전설 관련 서적들이 포함되어 있다.

74 무속 관련 고사로는 예언을 하는 샤먼인 마카하우(makahaw) 관련 이야기가 전해진다. 야메이족 신화 중에는 랑다오朗島에 홍수의 범람을 예언하는 여자 예언가가 나오는데, 그녀의 예언대로 후에 섬의 모든 사람들이 홍수 범람으로 수몰되고 다만 부친과 두 아이들 즉 3명만이 생존하게 된다는 내용이 있다. 余光弘(2004), 『雅美族』, 三民書局, p.93.

75 일적으로 우주기원 또는 천지창조 모티프 유형은 천지개벽이전의 상태, 즉 혼돈混沌

있으며 천지개벽도 이미 이루어진 상태이다. 따라서 혼돈과 같은 개벽 이전의 상태에 대한 언급도 거의 없다. 태양신과 같은 신 역시 이미 존재 하는 신격체이다. 타이완 원주민 신화는 대부분 세상이 이미 존재하거나 만들어진 상태 이후의 일을 서술한 고사들로 이루어져있다.

예를 들어 베이난족 신화를 보더라도 조물주라던가 창조자라는 신격 체는 존재하지만 이들이 천지를 창조했다거나 또는 어떻게 창조했다는 내용은 없다. 또한 야메이족 신화에는 원래 존재하고 있는 바다 위에 섬 을 만든다거나, 인류를 창조하였다는 정도의 내용으로 기술되어 있다.[76]

이처럼 원주민 신화 중에 천지개벽과 우주 창조에 관한 고사는 찾아보 기 힘들다. 왜 그럴까? 이는 아마도 자연 환경적으로 사면이 바다로 싸인 섬에 거주하면서 그 지리적 영향을 받아 섬의 탄생 고사 정도의 신화만 이 만들어진 것이 아닌가 한다.

반면에 인류의 기원에 관련된 고사는 상당히 많은 편이다. 인류기원 신화 중에서도 각 종족의 시조나 조상의 출생을 담은 족원신화族源神話가 특히 많은 편이다. 아울러 채록된 고사 내용을 보면 대체로 고대인의 원

(chaos)의 상태에 대한 묘사와 천지개벽 과정, 그리고 세계창조 후의 모습과 천지 재보수 등의 이야기로 전개된다. 천지개벽 과정에 있어서는 무의 상태나 혼돈의 상태에서 창조의 신이나 신격체에 의해 천지가 창조되는 창조형과, 간혹 초월자가 간여하기도 하지만 대체 로 자연적반으로 개벽이 된다는 개벽진화형이 있다. 그리고 천지개벽 유형에는 천지부판 설天地剖判說, 거인개벽설 등 다양한 종류가 있다.

76 란위 섬에 거주하는 야메이족 신화에는 신인이 란위 섬을 창조한 후에 돌아왔다는 내용이 고사가 전해지고 있다. 達西烏拉彎·畢馬, 『卑南族神話與傳說』, p.40, p.46. 또한 타이 완 원주민 신화 중에는 천지개벽 후의 모습은 둥글다는 내용의 우주기원이 아닌 우주구조 에 대한 이야기가 있다. 「중국천지기원신화에 보이는 천지의 형상과 천제」, p.3. 우주구 조에 대해서는 일반적으로 천원지방天圓地方의 형태, 즉 하늘은 둥글고 땅은 평평하다는 관념이 반영된 묘사가 대부분이지만, 여기서는 하늘과 땅을 모두 계란과 같이 둥근 형태 로 묘사하고 있다. 천지 개벽이전의 혼돈 상태가 계란의 형태이므로 이 형태에서 개벽되 었을 때는 계란이 반으로 분리되어 가운데가 벌어졌지만 위아래는 모두 기존의 둥근 형태 를 간직한 모습이 되는 것이다.

시 면모를 유지하고 있는 편이다.[77]

특히 타이완 원주민들은 신격체나 정령이 인간세상이라는 공간에서 살아 움직인다고 믿고 있으며, 이러한 사유방식이 인류기원이나 종족 발상지 관련 신화에도 그대로 반영되어 있다. 예를 들어 타이야족, 쩌우족, 싸이샤족, 아메이족, 베이난족, 파이완족은 모두 인류는 신이 창조하였거나 신의 후예들이라는 믿음을 보여주는 신화 고사를 간직하고 있다.

북부 타이야족 고사에는 그 선조가 조상석祖石이 파열되면서 출현하였다는 내용이 전해지고 있고, 파이완족 고사에는 인류가 다우산에서 비롯되었으며 그들은 바로 태양과 도호陶壺의 후예라고 서술하고 있다. 중부 아리산 쩌우족 신화에는 위산玉山이 인류 발상지이며 대신인 하모(Hamo)가 단풍잎으로 쩌우족을 창조하고, 겨우살이茄蔘 잎으로 일반인을 창조했다는 내용이 있고, 동부 아메이족과 야메이족 신화에는 해양이 인류기원 장소이며, 선조들이 바다에서 왔다고 하는 이야기가 있다. 이 밖에 베이난족 신화에는 여신 누누라오(Nunurao)가 오른손으로 돌을 잡고 왼손으로는 대나무를 잡고 있었는데, 오른손의 돌을 던지자 한 사람이 출현하여 후에 마란사馬蘭社의 선조가 되었고 왼손의 대나무를 땅에 세우자 대나무 위쪽 마디에서 여신 파코시세루(Pakosiseru)가 출현하고 아래쪽 마디에서는 남신 파코마라이(Pakomarai)가 출현하였는데, 이들이 베이난사卑南社의 기원이라는 내용이 전해진다. 이처럼 이들에게 성지聖地와 성물聖物은 독특한 역량을 갖추고 있으면서 나름의 사유체계를 내포하고 있다.[78]

이처럼 원주민 신화에 한족 문헌으로 전해 내려오는 고사 이상으로 원시적인 사고가 담긴 내용이 많이 보존되어 있다고 하는 점이 바로 타

---

77 서유원(1998), 『중국창세신화』, 아세아, p.93.
78 王嵩山(2011), 『臺灣原住民－人族的文化旅程』, 遠族文化事業, pp.38~39.

이완 원주민 신화의 전반에 걸친 특징이라고 말할 수 있다.[79]

그리고 만물과 제 현상의 기원에 관한 고사가 다양한 유형으로 전래되고 있는 점도 타이완 원주민 신화의 일반적인 특징 중 하나다. 예를 들면 타이야족의 불, 바람, 수렵, 머리 베기出草, 獵人頭, 문신, 제사, 게, 바람의 기원 고사, 쩌우족의 불, 독사, 절벽, 산신제의 기원 고사, 부눙족의 무지개, 재해, 달 제사 기원 고사, 아메이족阿美族의 불, 칠성의 기원 고사 등이 대표적이다.[80] 이러한 기원 고사의 다양함과 풍부함은 고대로부터 타이완 원주민들의 호기심과 탐구심이 높았음을 말해주는 것이다.

이밖에 초자연의 존재에 대한 신화로는 야메이족의 타오 도 토 관련 고사가 전해지고 있다. 야메이족에게는 신과 인간의 거리가 멀리 떨어져 있으며, 이에 매년 한 차례 기년제(meipazos)를 통해 신과의 소통 시간을 갖고 공물을 바친다. 신들이 야메이족 전 부락의 안위를 보살피고 그들에게 좋은 날씨와 풍성한 수확을 선물해준다는 믿음 때문이다. 이들 신화에서도 신이 사람들을 불쌍히 여겨 시혜를 베풀거나 돌아가신 선조들이 신에게 기구하여 사람들에게 이익을 가져다준다는 내용이 전해지고 있다.[81]

이와 함께 귀신인 아니토에 관한 신화고사가 전해지고 있다. 고사 중에 어떤 사람이 아니토가 끊임없이 자신의 주머니에서 게를 훔쳐가자 가시가 있는 망초芒草를 길에 깔아놓아 가시를 싫어하는 귀신 아니토를 쫓아낸다는 이야기가 있다.[82]

---

79 馬昌儀(1994), 『中國神話學文論選萃(下)』, 中國廣播電視出版社, p.419.
80 林道生(2004), 『原住民神話故事全集 5』, 漢藝色硏, pp.12~16, p.25, pp.29~31, p.42, p.55, pp.64~65, p.74, p.122. 林道生(2004), 『原住民神話故事全集4』, p.3, pp.56~59, p.79. 林道生(2002), 『原住民神話故事全集 3』, p.31. 林道生(2003), 『原住民神話與文化賞析』, 漢藝色硏, p.85. 『中國各民族宗教與神話大詞典』(1993), 學苑出版社, pp.145~147.
81 余光弘(2004), 『雅美族』, 三民書局, pp.85~86.
82 余光弘(2004), 『雅美族』, 三民書局, p.89.

위에서 언급한 바 평권사회를 유지하는 종족과 계층화사회를 유지하는 종족 간에는 그들의 신앙체계나 신화의 유형에 있어서 약간의 구분이 지어진다.

우선 평권 즉 평등사회를 유지하는 부눙족, 타이야족, 야메이족들은 보편적으로 일종의 독특하면서도 특정 형태를 갖추지 않고 사람 모습을 하지도 않는 초자연적 역량을 믿고 있다. 부눙족의 경우 이러한 역량을 하니도(hanido)라고 칭하며, 모든 사람에게는 각각 정령이 있는데 한 사람의 성패는 완전히 개인의 정령의 역량에 달려있으며, 정령은 제의의 실천 중에 체현된다는 믿음을 가지고 있다.

타이야족은 신령, 조령祖靈, 귀령의 범칭인 우투후(Utuhu)가 우주를 주재하고 인생의 축복을 관할한다고 믿고 있다. 그래서 그들의 전설 고사 중에는 전쟁의 영웅 모나莫那가 용맹을 떨치며 우투후의 비호를 받아 칼과 창도 그를 뚫지 못했다는 내용이 전해진다.

다음으로 계층화사회 즉 신분이 구분지어지는 사회를 유지하는 쩌우족, 아메이족, 베이난족, 파이완족, 루카이족들의 신앙체계는 그 계층화된 정치조직형태와 흡사하게 방대한 신격체의 계통을 보이면서, 여러 신들이 각각 자신의 직무를 담당하는 구조로 되어있다.

예를 들어 동해안 마타이안馬太安 아메이족의 신화전설에는 우주창조와 인류기원, 신들의 직무 등이 묘사되어 있고, 초자연과 소통하는 샤먼 계통이 완비되어 있어서 신계의 신격체와 영웅을 인간계의 제사장과 연결시키는 일종의 계단체계를 형성하고 있는 모습을 보여준다. 태양신과 달신은 신의 계통에서 최고의 단계에 거주하며, 이들의 후예들이 제사祭司신, 무사(샤먼)신, 곡물신, 어로魚撈신, 수렵신, 전쟁신, 엽두獵頭신, 생육신 등 각각의 신들을 탄생시킨다.

아리산의 쩌우족은 자신들이 신앙하는 대신인 하모(Hamo) 아래, 여러 정령들이 성별에 따라 업무를 나누어 관장하는데, 뇌령雷靈, 산악과 토지와 마을을 보호하는 정령, 하령河靈, 전쟁 승부에 영향을 주는 정령, 수렵 관장 정령 등은 남신들이 맡고, 백보사百步蛇 정령, 쌀과 좁쌀 정령 등 동물과 식물의 정령들은 왕왕 여신들이 맡는다.[83]

타 민족의 신화와 마찬가지로 타이완 원주민 신화 역시 언어로 표현을 하는 구전문학 범주에 속한다. 이러한 구전신화를 통해 그들은 부분적인 세계관을 구축하고, 자연계의 틀 속에서 자신과 타인의 위치를 설정하였다. 물론 그들의 신화는 노동이나 종교적 활동, 또는 오락을 통해 자신들의 감정과 사유방식을 표출하는 과정에서 만들어졌다.

이는 즉 언어로서만 신화 고사를 표현한 것이 아니라 강조, 대비, 중복, 은유 등 여러 기법을 활용하여 왕왕 음악과 함께 연출하였을 것으로 추정된다.[84]

문자가 없었던 타이완 원주민들은 구전신화가 그들의 역사 변천의 축소된 그림자이며, 조상의 지혜, 문화의 정수, 생활의 규범이었던 것이다. 그러기에 제의행위, 생활관습, 금기 등은 모두 신화와 밀접한 관계성 속에서 이루어진다고 볼 수 있다. 따라서 그들은 이렇게 선조들로부터 이어져 온 신화 속에서 교훈을 찾아왔으며, 그 교훈을 금기와 규범으로 전환하였던 것이다.

특히 신화 속에 보이는 그들의 원시시유 속에는 인간과 자연이 서로 분리될 수 없는 관계이고, 인간과 동물 역시 공존하며 대립적이지 않다는 사고가 간직되어 있다. 이는 자연 속에서 태어나 자연에서 성장하였기에 늘 자연과 공존하고 제반현상을 터득하는 데에서 기인한다고 볼 수 있다.

---

83 王嵩山(2011), 『臺灣原住民-人族的文化旅程』, 遠族文化事業, p.41.
84 王嵩山(2011), 『臺灣原住民的社會與文化』, 聯經, pp.72~73.

제 **2** 장
인류기원 모티프 신화

원주민의 시조기원을 포함한 인류기원 모티프(motif) 신화에는 신이 인간을 창조하는 신조인神造人, 천지가 어우러져 인간을 출생한다는 천지교합생인天地交合生人, 시조 신 또는 신인이 하늘에서 강림하는 천강天降, 자연 속에서 인간이 출현하는 자연생인自然生人, 나무에서 인간이 출생하는 수생인樹生人과 죽생인竹生人, 돌에서 인간이 나오는 석생인石生人 또는 석두생인石頭生人, 알에서 인간이 부화되어 나오는 난생卵生, 동물이 변하여 인간으로 화한다는 변형과 화생化生, 감응에 의한 출생 등 그 유형이 상당히 다양하다.[1]

본 장에서는 우선 인류기원 신화 중 가장 특징적이고 대표적인 모티프

---

1 세계 각 민족의 시조 탄생 고사에는 출생에 관한 다양한 방법이 묘사되고 있다. 연기에서 출생, 돌이나 도호陶壺에서 출생, 대나무, 호리병박, 나무, 잎 등 식물에서의 탄생. 뱀이나 파리의 알에서의 난생, 신의 진흙이나 풀을 활용한 인류 창조, 사람을 식물로 취급하여 땅에 심어서 자라나게 하는 방법, 신 자신의 하늘로부터의 강림이나 그의 겨드랑이나 무릎에서의 인류 탄생, 하늘이 남녀 두 신을 내려 보내는 방식, 하늘에서 한 신을 내려 보낸 후 지상의 사람과 혼인을 하여 사람을 출생하는 방식 등이 있다. 達西烏拉彎 畢馬 (2003), 『賽夏族神話與傳說』, 晨星出版, p.30.

▲ 루카이족이 숭상하는 뱀 문양 상징물
(필자사진)

▶ 루카이족의 뱀 문양 도안(필자사진)

인 석생石生과 죽생竹生, 태양과 난생卵生, 그리고 뱀의 사생蛇生 위주로 서술한다.

여기서는 특히 파이완족排灣族의 태양에 의한 난생과 사생의 결합 구조 및 루카이족魯凱族의 태양에 의한 난생과 뱀의 부화 역할에 관한 설명도 이어진다. 그리고 은나라 신화 속 현조玄鳥나 고구려 벽화 속 삼족오三足烏, 만저우족滿洲族 신화 속 검은 새와 같은 태양 관련 태양조(Sun Bird)가 원주민 신화에서는 등장하지 않는다는 점이 비교된다.

다음으로 베이난족卑南族과 아메이족 신화가 '석생石生＋죽생竹生'이라는 동일한 구조를 지니고 있으며, 이에 양자 간 구조의 동일함을 언급하고 양자 간 혈연 관계성을 파악해보고자 한다.

다음으로 돌, 바람 또는 물의 감응에 의한 인류 탄생 고사와 루카이족의 빈랑檳榔(betel nut)[2]의 감응에 의한 인류 출현 고사, 베이난족의 허리띠 감응 또는 꽃의 감응으로 처녀가 임신한다는 고사를 기술한다.

이어서 파리나 새의 교미 모습을 보고 학습한 후 인류를 탄생시킨다는
동물로부터의 출산법 학습 고사, 모자혼과 화인化人, 즉 변형에 의한 인류
탄생 고사, 농경문화와 식물토템이 결합한 독특한 유형의 인간파종人間播
種 고사, 호리병박에서 인간이 출현한다는 호로생인葫蘆生人 고사, 그밖에
신조인神造人, 신인神人의 강림이라는 천강天降, 그리고 자연생인自然生人
유형의 고사 등을 다룬다.

신조인神造人이나 신생인神生人 유형의 신화는 원주민 중에서도 특히
파이완족排灣族과 베이난족卑南族 및 싸이샤족塞夏族 신화에 주로 나타나
며, 그중 베이난족 신화에는 특징적으로 '창조자創造者', '조인자造人者', '재
천자在天者', '재제자宰制者' 등의 명칭을 가진 신격체가 인류를 창조했다는
고사 내용이 전해지고 있는 점을 기술한다.

1. 석생石生과 죽생竹生

1) 석생인石生人 - 석파생인石破生人

우선 타이야족泰雅族 신화를 살펴보면, 석생인石生人 특히 석파생인石破
生人 유형이 눈에 자주 띈다.[3]

> 옛날, 이 땅에 인류가 없었다. 어느 날 빈싸이부캉賓塞布康(Pinsebukan)산
> 위의 커다란 돌 하나가 홀연 움직이기 시작하더니 두 개로 갈라졌다. 조금 있
> 다가 암석 속에서 한 남자와 한 여자가 걸어 나왔고, 마지막에 또 다른 사람
> 한 명이 나왔다.

---

2 고래로 타이완 원주민들은 집집마다 빈랑나무를 몇 그루씩 재배하였으며, 피로회복과
  각성을 위해 게 껍질을 태워서 만든 석회가루분을 발라서 씹는 관습이 이어져오고 있다.
  余光弘(2004), 『雅美族』, 三民書局, p.12 참조.
3 타이야족의 시조전설에 관해서는 王嵩山(2010), 『臺灣原住民-人族的文化旅程』, 遠族文
  化, pp.49~50 참조.

從前, 在這個大地上並沒有人類. 有一天, 賓塞布康(Pinsebukan)山上的一塊大岩石忽然震動了起來, 然後分裂成爲兩半. 不一會, 從岩石裏面走出一個男人和一個女人, 最後又走出另外一個人來.[4]

태고시대에 바바커마양巴巴克馬樣 지방에 긴 이끼가 낀 거대한 암석이 하나 있었는데, 어느 날 큰 암석이 자연스레 두 개로 갈라지더니 그 안에서 마부다라는 남자아이와 마양이라는 남자아이, 그리고 루커사보라는 여자아이 등 세 명의 남녀가 출현했다. 이들은 장시간 함께 있더니 네 명의 아이들을 낳았다.

太古時候, 在巴巴克馬樣地方, 有一長苔的巨大岩石. 有一天, 大岩石自然的裂開爲二, 從中出現了馬布達(男), 馬樣(男), 露克莎波(女)三個男女, 長時間同住在一起, 生下了四個孩子.[5]

타이야족泰雅族 인류시조 출현 신화는 이처럼 거석이 갈라지면서分裂, 裂開 태초의 남녀 선조가 나왔고, 이들이 결혼하여 자손을 번성시킨다는 이야기로 구성되어 있다.

이러한 모티프는 기본적으로 고대인들이 큰 돌이나 암석을 생식능력을 지닌 영석靈石으로 여겨 만물을 잉태하는 시조로서 숭배하는 고대 원시사상이 반영된 것으로, 돌을 모친으로 여기던 고대 신앙이 그대로 내포되어 있다.[6] 특히 타이야족 신화 중 남녀가 같은 암석에서 동시에 출현한다는 표현은 남녀평등의 가치관이 내포되어 있음을 말해준다.

기타 민족 신화의 예로 중국 윈난雲南 다리大理에 주로 거주하는 소수민족 백족白族의 신화에도 돌과 생육의 관계가 잘 나타나 있고[7] 우리의

---

4 林道生, 『原住民神話與文化賞析』, 漢藝色研, p.14에서 인용.
5 林道生, 『原住民神話故事全集 5』, 漢藝色研, p.29에서 인용.
6 돌에서 사람이 출현한다는 신화는 원시신앙 중 생식숭배와 관련이 있는데, 이러한 모티프는 야메이족, 파이완족 등 타이완 원주민 고사뿐만 아니라 중국 동북지역과 윈난, 광둥, 그리고 우리나라와 일본, 남양군도 각지의 신화고사에서 발견된다. 이들은 사람이 죽은 후 그 영혼이 돌로 돌아가고 몸은 화석이 된다는 믿음을 가지고 있다. 야메이족과 타이야족이 죽은 사람을 매장한 후 돌을 쌓아두는 습속은 바로 영혼이 돌로 회귀하는 사고를 반영한다. 따라서 석생시조石生始祖 고사는 태평양문화권 중 거석신앙의 일환으로 볼 수가 있다. 潛明兹(1994), 『中國神話學』, 寧夏人民出版社, p.412.

泰雅族祖先的傳說

The Atayal's Legend of Origin

賽考列克和鄒利兩群大都認
為，他們的祖先是從賓斯博
于Pinsbkan的大石頭中生出
來的，石頭裂成兩半，從中
生出一男一女，此即人類的
始祖。在祖居地經過數代的
繁衍之後，由於住地過於擁
擠，族人乃決定分出部分人
口移居他地。

The Sekoleqs and the Tseoles believe that their ancestors were born from a split
stone located at Pinsbkan. According to the legend, a man and a woman were
born when a giant stone cracked open into half. They were their first ancestors.

▲ 타이야족 신화에 나오는 돌에서의 시조 탄생 이야기(출처: 우라이타이야민족박물관 설명문)

기자석祈子石 신앙 관련 신화의 경우에서도 돌과 생식력의 관계가 잘 나
타난다.[8]

란위 섬에 거주하는 소수족 야메이족雅美族 신화에도 석생 유형이 많이
발견되는데, 타이야족 신화 내용과는 대조적으로 남신이 혼자 등장한다.
석파생인石破生人 고사를 보면 다음과 같다.

　　신인이 란위 섬을 창조한 후에 얼마 지나지 않아 남쪽에서 섬으로 돌아왔
고, 훙터우위의 산정상인 파풋(paput)에서 거대한 암석을 움직이자 거석이 바
다로 빠져 들어가면서, 천지가 울리고 모든 훙터우위 지역이 들썩였다. 이 거
석이 크게 소리를 내더니 두 쪽으로 갈라졌다. 그 안에서 한 명의 남신 네모
나고툴리노(nemotacolulito)가 뛰어나왔다.
　　神人創造了蘭嶼以後，不久從南方回到島上，在紅頭嶼的山頂(paput),

7　向柏松(1999), 『中國水崇拜』, 上海三聯書局, pp.196~197.
8　김재용(1999), 『왜 우리신화인가?』, 동아시아, pp.225~226.

觸動了一塊巨大的岩石, 巨石落到海中, 轟然一聲分做兩半,從石縫間躍出一個男神叫(nemotacolulito).[9]

위의 인용문을 보면 돌이 깨지거나 갈라지면서 남신이 출현하는데, 구체적으로는 바다라고 하는 물 요소가 첨가되면서 시조가 출현하고 있다. 생명력을 상징하는 돌과 함께, 역시 생명력의 상징인 물이 결합되어 있으며, 전체적으로는 신인이 주관하고 있다.

야메이족雅美族 신화에는 석생石生이면서 물과 관련된 또 다른 고사도 있다. 물이 있던 곳에 있던 거석이 파열되면서 남자아이가 나온다는 이야기다.

> 달로아린가(Daloaringa)라는 호수의 남쪽에 사는 사람들의 남자 시조는 큰 돌에서 태어났는데, 후에 땅 밑에서 출생한 여자 시조와 결혼하여 1남 2녀를 낳았다.[10]

이 역시 돌과 물의 생명력 이미지가 한데 결합된 형태라고 볼 수 있다. 야메이족 신화의 석생 유형 고사 중에는 이밖에 돌이 인간으로 화한다는 석화인石化人, 즉 변형 모티프 고사도 남아있다. 자매가 돌 위에 물을 뿌렸는데, 그 결과 돌이 남자로 변하였다고 하는 내용이다.[11]

돌의 인간으로의 변화라는 변형 모티프에 생식능력을 갖춘 여자 자매와 생명력을 지닌 물이 함께 상징적으로 결합하여 생명의 탄생이 이루어

---

9 達西烏拉彎・畢馬, 『達悟族神話與傳說』, 晨星出版, p.49.

10 達西烏拉彎・畢馬, 『達悟族神話與傳說』, 晨星出版, p.42.

11 "예전에 두 자매가 있었는데, 이라라이로 가는 길에 카와터에서 많은 돌을 보았다. 이에 라리단이라는 돌을 손에 들고는 계속 나아갔다. 이라라이에 도착했을 때 물을 돌에 뿌리면서 입으로 '돌아! 물을 마시고 남자로 변하여라!'라고 말했다. 그 결과 돌은 정말로 남자로 변하였다. 從前有兩個姊妹, 要去伊拉萊的時候, 在卡瓦特看到許多石頭, 便拿了叫做拉粒旦的石頭在手上, 又繼續往前走. 他們到達了伊拉萊之後, 就用水灑在石頭上, 嘴裡說著, '石頭阿! 喝過了水就變做男子吧!' 結果, 石頭果眞變成了男人." 達西烏拉彎・畢馬, 『達悟族神話與傳說』, 晨星出版, p.35.

진다는 구조이다.

야메이족雅美族의 석생인 유형 고사 중에는 돌에서 태어난 사람의 무릎에서 다시 아이가 태어난다는 내용의 이야기도 다음과 같이 전해진다.

> 돌과 모래에서 출현한 남자들이 함께 하산하여 평지에서 생활하면서 서로 시-타우(shi-tau)라고 불렸다. 어느 날 그들이 땅에 쭈그리고 앉아 좌우 무릎을 서로 대고 비비니 오른쪽 무릎에서는 남자아이가 왼쪽 무릎에서는 여자아이가 나왔다.
>
> 從石頭和砂子裏出現的男子連袂下山到平地定居, 他們互稱(shi-tau). 有一次, 他們蹲在地上, 左右膝相摩擦, 結果各從右膝生下了一個男嬰, 左膝生下了一女嬰.[12]

다음과 같은 이야기도 전해진다.

> 천신이 칭서산青蛇山(gipeigangen) 위에서 돌을 떨어뜨렸는데, 이 돌이 깨지면서 갓난아이가 나왔다⋯⋯ 이 어린아이가 점점 자라났다⋯⋯ 어느 날 오른쪽 무릎이 홀연히 부어올랐는데, 10개월 후 남자아이가 나왔고, 얼마 지나지 않아 왼쪽 무릎도 부어오르더니 똑같이 10개월 후 무릎에서 여자아이가 나왔다.
>
> 天神在青蛇山(gipeigangen)上降下一塊石頭, 破開生出一個嬰孩來⋯⋯ 這個嬰孩漸漸長大⋯⋯ 有一天他的右膝忽然腫起來, 經過十個月後, 膝蓋竟生出一個男嬰. 不久他的左膝又腫起來, 同樣在十個月後又生一個女嬰.[13]

돌에서 나온 남자인 석생남 또는 모래에서 나온 남자인 사생남이 태어난 후 성장하여 무릎이 부어오르거나, 또는 가려워 문지르거나, 또는 두

---

12 潛明玆(1996), 『中國古代神話與傳說』, 商務印書館, p.54 및 達西烏拉彎·畢馬, 『達悟族神話與傳說』, 晨星出版, p.34 참조.

13 무릎에서 아이가 출생하는 유형의 고사로는 다음과 같은 내용도 전해지고 있다. "어느 날, 두 신이 함께 베개를 대고 누웠는데, 돌에서 나온 남신이 호연 무릎이 가려워 손으로 문질렀더니 오른쪽 무릎에서는 남자아이가 나오고 왼쪽 무릎에서는 여자아이가 나왔다. 有一天, 兩神並枕而臥, 來自岩石的男神, 忽然覺得膝蓋奇癢, 他用手撫摩, 忽由右膝生出一男, 左膝生出一女." 達西烏拉彎·畢馬, 『達悟族神話與傳說』, 晨星出版, p.33, pp.49~50.

남자의 무릎이 마찰되면서 남자아이가 나오고, 다시 이 남자아이의 오른 무릎에서는 남자아이, 왼쪽 무릎에서는 여자아이가 나왔다는 내용이다.

　이 이야기 속에서 돌에서의 남자의 출현과 오른쪽 무릎에서 남자아이의 출현이라는 묘사는 석두 숭배 신앙과 함께 부계사회의 양상을 함축적으로 보여주는 것이라고 할 수 있다. 특히 아이가 세상 밖으로 나오는 산문産門인 남자의 무릎은 부계제의 상징으로 해석이 가능하며, 무릎에서 아이가 출생한다는 이야기 구성은 겨드랑이에서 아이가 나온다는 이야기 내용처럼 자궁이 아닌 신체의 타 부위를 통해 아이가 출생한다고 점에서 동일하고, 이러한 유형은 타 신화에서는 찾아보기 쉽지 않은 보기 드문 유형에 속한다.

　이처럼 야메이족 신화에는 석파생인石破生人, 석중생인石中生人, 석화인石化人 등 다양한 유형이 골고루 전해지는 동시에, 특히 물과의 연계성도 강하게 나타나고 있다. 야메이족이 란위 섬에 오랜 기간 거주하면서 주변에 널려있는 돌이나 사방에 둘러싸인 물과 바람 등과 항상 접하며 생활하면서 돌과 물이 결합된 신화 고사 형성이 자연스레 이루어진 것으로 파악된다.

　이러한 고사 내용의 차이는 종족 간 가치관의 차이를 나타내며, 이는 종족 간 기원이나 환경배경이 서로 다름을 확인케 해주는 단서가 된다.

　한편 타이야족 신화에서 주목할 만한 대목은 바로 태초에 처음으로 출생한 사람들의 숫자 부분이다. 즉 최초에 남녀 세 명이 출현하고 이들 사이에서 다시 자손들이 번성한다. 남녀 간에 짝이 맞지 않는 불균형 구조가 눈길을 끈다.

　사실 이러한 남녀 배합 불일치 구조는 겉으로는 불안정한 모습이지만 잠재에너지를 갖춘 태초의 혼돈과 무질서 상태와 견주어 볼 때 서로 흡사하다는 인상을 받는다. 남녀 간 불일치 짝 배합이라는 불안정하고 불완전한 무질서 상태에서 나중에는 불안정한 힘끼리 상생의 작용을 일으켜 새 생명이 탄생되고 안정된 완전한 상태로 바뀐다는 메시지를 홀수 3이라는 숫자 불일치 배합에서 짝수 4라는 일치 배합이라는 변화로 표현한 것으로 풀이된다.

이러한 남녀 간 짝의 불일치한 조합 구조는 윈난성雲南省 리장麗江 거주 소수민족인 나시족納西族 신화[14]에서 발견되고, 그 외에는 찾아보기 힘들다는 점에서 매우 보기 드문 내용의 구조이자 독특한 특징이라고 볼 수 있다.

한편 루카이족 석생 유형 고사 중에도 석파생인石破生人 유형이 보인다.

> 태고 시절, 카리아란산卡利阿蘭山 꼭대기에 큰 암석 하나가 있었는데, 어느 날 암석이 깨져 둘로 쪼개지고, 그 가운데서 허마리리赫馬利利라고 불리는 한 남자가 나왔다.
> 太古時候, 卡利阿蘭山頂有一塊岩石, 有一天岩石裂開爲二, 從中出現了一個男人, 名字叫赫馬利利.[15]

돌 속에서 나온 사람이 남자라는 점은 루카이족이 장남 상속의 풍습이 있는 것과 연계시켜보면 약간의 부계제 경향의 모습이 담겨있다고도 할 수 있다.

한편 베이난족의 인류기원 모티프 신화 중 석생 유형의 고사는 다음과 같다.

> 태고 시절, 옛날 키나바칸(kinabakan)에 큰 돌이 있었는데, 어느 날 깨지더니 남녀 두 명이 나왔다. 둘은 서로 결혼하여 많은 자녀를 낳았지만, 첫째는 뱀, 둘째는 맹인, 다음에도 팔이 하나이거나 다리가 하나이거나 또는 머리가

---

14 "5형제 6자매가 난혼으로 천신을 노하게 만들었다.有五個兄弟與六個姉妹相互婚配, 觸怒了天神(「崇搬圖」)"라는 표현 뒤에 자손 번성 내용이 나온다. 陳建憲(1995), 『神祇與英雄』, 新華書店, p.106.
15 林道生, 『原住民神話故事全集 5』, 漢藝色硏, p.79.

없는 장애아를 낳았고 마지막에서야 온전한 남녀 아이를 낳았다. 땅이 비좁아
서 일부분은 북쪽으로 올라가 즈번사의 베이난족의 선조가 되고, 나머지는 남
쪽으로 내려가서 파이완족의 선조가 되었다.

太古, (kinabakan)處有大石, 一日裂開生出男女二人. 二人相婚生下許
多子女, 但第一胎是蛇, 其次是瞎眼兒, 再次是單手或單脚, 或無頭的, 最
後才有完整的男女, 地方窄小, 一部分北上赴知本社爲卑南族之祖, 其餘
南下成排灣族的祖先.[16]

석생 유형의 고사 속에 베이난족과 파이완족의 근원이 동일하게 키나
바칸의 돌에서 나왔으며, 후에 갈라지면서 두 종족으로 나뉘었다는 내용
이 기술되어 있다. 이를 통해 양 종족의 밀접한 혈연관계를 엿볼 수 있
다. 아울러 홍수와 남매혼 고사에서 보이는 남매간의 결혼 후 기형아 출
산이라는 구조가 홍수 모티프 신화가 아닌 인류 기원 모티프 신화에서
보인다는 점은 보기 드문 현상으로서 주목을 끈다.[17]

---

16 達西烏拉彎·畢馬, 『排灣族神話與傳說』, 晨星出版, p.45 참조. 이와 유사한 고사가 있
    는데, 내용은 다음과 같이 전해진다: "태고 시대에 카나바카이에 큰 돌이 있었는데, 어느
    날 이 돌이 깨지더니 남녀 두 명이 나왔다. 둘은 서로 결혼하여 많은 자녀를 낳았지만,
    첫째는 뱀, 둘째는 맹인, 다음에도 결함이 있는 아이가 나오다가, 마지막에 가서야 비로소
    온전한 남녀 아이가 나왔다. 이 남녀 한 쌍은 성장 후에 결혼하여 자손들이 번창했다.
    땅이 비좁아서 일부분은 북쪽 즈번사로 가서 베이난족의 시조가 되었고, 그 나머지 사람
    들은 남쪽으로 내려가 파이완족의 선조가 되었다.太古時候, (kinabakay)處有大石, 一日裂開生
    出男女二人. 二人相婚生下羅衆多子女, 但第一胎是蛇, 其次是瞎眼兒, 再次亦是有缺陷者, 最後才生了完
    整的男女小孩, 這對男女小孩 成長後相婚, 子孫人口聚增, 因地方狹小, 故一部分人北上赴知本社, 爲卑南族
    之祖, 其餘者南下成爲排灣族之祖先." 또한 거석이 깨지면서 여인이 출현한다는 간단한 이야기
    도 있다達西烏拉彎·畢馬, 『卑南族神話與傳說』, 晨星出版, p.53 참조.
17 우리나라 신화를 예로 든다면, 당대『독이지』宇宙初開之時, 只有女媧兄妹二人, 在崑山, 而天下未
    有人民. 議以爲夫婦, 又自着恥, 兄卽與其妹, 上崑崙山. 呪曰, 天若遣我兄妹二人爲夫婦, 而煙悉合. 若不,
    使煙散. 於是, 煙卽合. 其妹卽來就, 兄乃結草爲扇, 以障其面. 今時人, 取婦執扇, 象其事也.의 영향을
    받은 홍수 고사가 있는데, 그 내용은 다음과 같다(1923년 손진태가 김호영으로부터 채록
    한 고사). "옛날 이 세상에는 큰물이 져서 세계는 전혀 바다로 화하고 한 사람의 생존한
    자도 없게 되었다. 그 때에 어떤 남매 두 사람이 겨우 살게 되어 백두산같이 높은 산의
    상상봉에 표착하였다. 물이 다 걷힌 뒤에 남매는 세상에 나와 보았으나 인적이라고는
    구경할 수 없었다. 만일 그대로 있다가는 사람의 씨가 끊어질 수밖에 없으나 그렇다고

또한 동물인 뱀과 사람이 동일한 부모에게서 출생한다는 표현에서는 자연과 인간을 동일한 눈높이와 잣대로 바라보거나 동물 토템의 시각으로 바라보는 고대 원주민들의 사유방식을 엿볼 수 있다.

베이난족 신화에는 또 다른 유형의 석생 고사가 있는데, 그 내용을 요약하면 다음과 같다.

> 상고시대에 돌이 쪼개지면서 사람 모양의 물체가 나왔는데, 두 무릎에 눈이 달려있고 앞뒤로 얼굴이 있으며 눈은 모두 여섯 개였다. 오른쪽 다리 종아리에 어린 아이를 품고 있었고 후에 남녀 2인을 낳았다. 남자 이름은 소카소카우(sokasokau), 여자 이름은 타바타브(tavatav)였다. 그 둘은 결혼하여 돌을 낳았다. 그 돌들에서 여자(rarihin)와 남자(vasakaran)가 나왔고 이들이 결혼하면서 진짜 인류가 존재하기 시작하였다. 후에 이들이 출산한 남매가 또 결혼하여 자매를 낳았다. 자매 중 하나는 아메이족 남자를 데릴사위로 두면서 이 종족의 선조가 되었다.
>
> 上古時代, 石頭裂開而有人形模樣的東西出來, 兩膝上長着眼睛睛, 前後都有臉孔, 總共有六隻眼睛. 在右足的小腿肚裏懷着小孩, 後來生下男女二人, 男的叫(sokasokau), 女的叫(tavatav). 他們成婚後生下了石頭. 出生自石頭的女孩叫(rarihin), 出生自石頭的男孩叫(vasakaran), 從這個時候才開始有了眞正的人類. 他們生下了男孩和餘孩, 後來二人又成婚生下了兩姉妹, 其中一個人招贅了阿美族男子, 這就是知本社(卑南族)的祖先.[18]

형매간兄妹間에 결혼을 할 수도 없었다. 얼마 동안을 생각하다 못하여 형매가 각각 마주 서 있는 두 봉 위에 올라가서 계집아이는 암망(구멍 뚫어진 편의 맷돌)을 굴려 내리고 사나이는 수망下部石臼을 굴려 내렸다.(혹은 망 대신 청술개비에 불을 질렀다고도 함) 그리고 그들은 각각 하느님에게 기도를 하였다. 암망과 수망은 이상하게도 산골 밑에서 마치 사람이 일부러 포개 놓은 것 같이 합하였다.(혹은 청송엽에서 일어나는 연기가 공중에서 이상하게도 합하였다고도 함) 형매는 여기서 하느님의 의사를 짐작하고 결혼하기로 서로 결심하였다. 사람의 씨는 이 형매의 결혼으로 인하여 계속하게 되었다 지금 많은 인류의 선조들은 실로 옛날의 그 두 남매라고 한다." 손진태, 『한국 민족설화의 연구』, p.8 참조. 달래내 고사의 경우, 홍수와 관계없이 남매혼과 유사한 이야기 구성이 전개되는데, 이는 홍수의 변형고사로서 후대에 만들어진 고사일 뿐이며, 홍수 없는 남매혼 신화 고사는 발견하기 어렵다.

18 達西烏拉彎・畢馬, 『卑南族神話與傳說』, 晨星出版, p.52 참조.

이 신화에서는 석파생인石破生人, 기인출현, 남녀결혼과 돌 낳기, 석생인石生人 등 돌 관련 유형들이 남매혼 및 기인 고사와 결합하면서 다양한 구성으로 전개되고 있다. '돌 → 인간 형태 → 남녀 2인 출산 → 결혼하여 돌 출산 → 돌에서 남녀 2인 출현 → 결혼 → 자매 출산 → 인류번성'이라는 도식, 즉 석생인石生人과 인생석人生石의 리듬을 반복하면서 비로소 완전한 인류가 존재하기 시작했다고 묘사하고 있다.

아울러 베이난족 인류기원 고사에 아메이족 데릴사위가 연결되는 서술에서 아메이족과 베이난족의 혈연적 관계성도 엿볼 수 있다.

베이난족의 또 다른 고사 내용을 인용하면 다음과 같다.

> 어느 날 천지가 요동치면서 거석이 흔들리더니 깨지면서 아름다운 여인이 그 틈에서 나왔고 이 여인은 전문적으로 이러한 새를 잡아먹고 그 깃털로 옷을 해 입었다. 한 사냥꾼이 이 여자를 보고는 좋아하여 결혼하여 함께 생활하면서 많은 아이를 낳았는데, 이들이 베이난족의 선조들이다.
> 有一天, 天搖地動, 巨石裂開了, 有一位美麗的女孩從石縫中出來. 石縫中生出的女孩就是專門捕鳥這種鳥作爲食物, 而且以漂亮的羽毛當作衣物. 有一位獵人愛上了這位女孩, 取之爲妻, 生下了很多孩子, 他們就是初鹿部落(卑南族)祖先的由來.[19]

거석에서 나온 여인과 사냥꾼의 결합으로 베이난족 선조가 출현한다는 고사 내용이다. 이 고사 중 거석에서 여인이 나온다는 내용은 위에서 언급한 파이완족 신화와 유사하다.

이상의 돌 관련 인류기원 모티프 신화 고사들을 종합해보면, 아메이족, 베이난족, 파이완족은 돌에서 나왔다는 공통점과 함께 여러 측면을 종합적으로 볼 때 상호 혈연적 연계성을 발견할 수 있다.[20] 사실 돌 외에도 이 세 종족의 족원을 살펴보면 모두 동일하게 여신에서 나왔으며, 이

---

19 達西烏拉彎 · 畢馬, 『卑南族神話與傳說』, 晨星出版, p.54.
20 達西烏拉彎 · 畢馬, 『卑南族神話與傳說』, 晨星出版, p.60 참조.

들 모두는 천신의 후예로 묘사되어 있다.[21]

2) 석생인石生人 - 석중생인石中生人

파이완족排灣族의 대표적인 신앙 숭배대상은 태양, 도자기항아리, 그리고 뱀, 그중에서도 백보사百步蛇이다. 하지만 시조가 석생石生 또는 죽생竹生으로 출현했다고 하는 신앙도 존재해왔기 때문에 이와 연관된 신화 고사도 자연스럽게 전해 내려오고 있다.

그 가운데 석생石生 유형, 그중에서도 석중생인石中生人 유형의 고사를 인용하면 다음과 같다.

> 태고 시절에, 돌 속에서 태어난 위인이 있었는데, 신통력이 광대하고 인류를 불러내는 신비한 능력을 지니고 있었다. 그가 명령을 내려 모든 인간들에게 모이라고 하자 사방에서 헤아릴 수 없을 정도의 사람들이 몰려들었고, 자신은 두목이 되었는데, 이것이 바로 막렬사이다.
> 太古時候, 有個從石頭中生出來的偉人, 神通廣大, 具有號召人類的神力, 當他下了一道命令…… 「所有的人都集合過來」的時候, 從四方就來了數不清的人, 他便自己當起頭目來, 這就是「莫列」社.[22]

태고 시절, 돌에서 태어난 사람은 한 부족의 리더로서 사람을 불러낼수 있는 특출 난 위인으로 묘사되고 있다. 여기에서 석생인石生人 유형은 여기에서 한 부족 리더의 신비롭고 기이한 능력을 표현하는 도구로서 활용되고 있다. 돌을 신비롭고 생명력 넘치는 대상으로 여기고 숭상했던 고대 원주민들의 사고방식을 엿볼 수 있다.

파이완족 중 타이둥台東에 거주하는 동파이완족東排灣族의 전래고사에는 돌 관련 탄생 내용이 다음과 같이 전해지고 있다.

---

21 林道生, 『原住民神話與文化賞析』, 漢藝色硏, pp.101~102 참조.
22 林道生, 『原住民神話故事全集 5』, 漢藝色硏, p.100.

기렌(giren)가의 선조는 큰 돌에서 나왔다. 예전에 어떤 남자가 임신한 임신부 모양의 큰 돌을 보고 창으로 찔렀는데, 그 돌에서 일남일녀가 나왔다…… 이들이 기렌(giren)가의 선조가 되었다.
　　(giren)家的祖先是從大石出生的, 從前有一個男人看見一塊狀似懷孕婦人的大石, 就用槍刺它, 於是由石中生出一男一女…… 這就是(giren)家的祖先.[23]

돌에서 종족 시조가 출현하는 모습이 묘사되어 있다. 다만 창으로 찔러 사람이 나왔다는 표현은 타 종족 고사에는 없는 독특한 내용이다. 그리고 일남일녀가 출현한다는 이야기는 앞서 타이야족의 일남일녀 출현 고사를 상기해보면 남녀평등 관념이 연상되지만, 그 이전에 창을 든 한 남자가 먼저 존재하고 있다는 점을 고려하여 생각하면, 이 고사에서 평등 관념은 부계제에 비해 다소 희석되어 보인다.

또 다른 파이완족 신화 중에는 거석에서 여인이 출현하고 이 여인이 거석에서 나온 땀을 먹고 살면서 후에 두 명의 딸을 낳았다는 고사[24]가 있다. 여기에서는 여성이 중심이 되는 모계사회 흔적이 엿보인다.

파이완족 신화의 경우에 특히 장남의 상속, 남신의 등장과 남녀평등 개념, 모계제의 흔적 등 다양한 사회제도의 편린들이 혼합되어 있다. 이를 사회제도의 변화 현상들이 혼합되어 남아있다고 해석할 수도 있지만, 다양한 사회구조들이 일관성 없이 함께 존재한다는 느낌이 강하다는 점에서 볼 때 파이완족이 다양한 문화를 수용하는 과정에서 혼합된 고사를 형성하였다고 해석하는 것이 좀 더 적절해 보인다.

23　達西烏拉彎 · 畢馬, 『排灣族神話與傳說』, 晨星出版, p.42.
24　"태고 적에 파나파나얀 지방에 거석이 있었는데, 이 거석 안에서 라리기무라고 하는 여인이 출현하였다. 거석에서 흘러나온 땀을 마시고 살면서, 후에 다난사인인 바사카란과 부부의 연을 맺고 두 딸을 낳았다. 太古(panapanayan)地方有巨石, 巨石內出現一女人(rarigimu), 飲該石流出的汗水爲生. 後來, 與大南社人(basakaran)結爲夫婦, 生下二女." 達西烏拉彎 · 畢馬, 『排灣族神話與傳說』, 晨星出版, p.45 참조.

루카이족魯凱族 신화 중에는 암석 틈으로 시조 쑤게이나리마蘇給拿力米가 탄생한 후 나중에 결혼하여 자손을 이어간다는 이야기도 있다. 돌에서 출현하는 사람은 남자 혼자인 경우도 있고, 남녀가 함께 나와 이들이 결혼하여 인류를 번성시켰다는 고사도 있다.[25] 남녀평등 개념과 부계사회의 모습이 공존하는 모습이다.

그리고 쩌우족鄒族 신화에는 "옛날에 암석 가운데 하나의 석주에서 여신이 탄생했다古時候, 從岩石中的一個石柱誕生了一位女神."[26]라고 하여, 돌에서 신이 나온다는 내용이 있다. 신화 상으로 태고 시절 돌에서 출현한 신은 종종 인류 시조 역할을 하는 경우가 있기 때문에 이 고사도 인류시조 탄생 모티프로 바라볼 수 있다.

반면 쩌우족과 같은 계열로 여겨지는 부눙족布農族 인류기원 모티프 신화에서는 돌에서 인류 시조가 출현한다는 내용은 거의 보이지 않는다. 부눙족 신화에는 "누가 재채기를 하자, 사람들은 변하여 돌로 화하였다有人打了噴嚏, 大家就變了化石"고 하여 사람이 거꾸로 돌로 변한다는 내용만 보인다.

3) 석생＋죽생

돌과 대나무가 함께 출현하여 인류를 출생하는 석생과 죽생의 결합 고사 유형도 전해지고 있다. 즉 한 사람은 거석이 깨지면서 출생하고, 또 다른 사람은 대나무에서 출생한다. 각 종족마다 그 내용은 차이가 있지만 가장 보편적인 결합 형태로 보인다.

우선 파이완족 신화에는 다음과 같은 고사가 전해진다.

---

25 達西烏拉彎 · 畢馬, 『魯凱族神話與傳說』, 晨星出版, p.40.
26 林道生, 『原住民神話與文化賞析』, 漢藝色研, p.91.

여신이 돌을 던지자 돌이 갈라지면서 신인 한 명이 출현했다…… 여신이 대나무를 땅에 세우자, 대나무의 위쪽 마디에서 또 한 명의 여신이 탄생하고, 아래쪽 마디에서도 남신 한 명이 탄생하였다. 이 남녀 신들이 출현한 후에서야 이 지역의 파이완족의 후손들이 이어져왔다.

女神投其石, 石分裂産生一神人…… 女神將竹直立於地, 由竹的上節, 又産生一女神, 竹的下節也生一男神, 有此男女神後, 才傳下本地排灣族的後代.[27]

이 고사는 여신이 돌을 던져 신인을 출현시키고, 대나무를 꽂자 그 마디 위와 아래에서 여신과 남신이 출생하여 파이완족의 시조가 된다는 내용의 고사로서 '석생石生 + 죽생竹生'의 결합구조 형태를 띠고 있다.

아울러 여신이 모든 것을 주관하면서 남녀 신이 함께 출생하지만 대나무 위 마디에서 여신이 나온다는 묘사에서는 모계제의 흔적이 다소 강하게 나타난다. 그러면서도 이 고사에서 석생인石生人과 죽생인竹生人은 두 종류의 다른 씨족의 출현과 존재를 나타내고, 서로 다른 씨족의 남자신과 여자신이 부부로 결합한다는 것은 당시 혼인제도에 있어서 혈족혼 즉 족내혼族內婚에서 씨족외혼인氏族外婚姻, 즉 족외혼族外婚 제도의 흔적을 보여준다. 이와 함께 남편과 부인을 공유하는 공부공처共夫共妻 가족을 지나 일부일처一夫一妻 가족의 대우혼對偶婚 형태로 진입하였음을 반영하고 있다.[28]

파이완족 신화의 석생 유형은 이상에서 언급한 바와 같이 단독으로 존재하기도 하고 죽생과 결합한 구조를 이루기도 하며 다음과 같이 더욱 복잡한 형태로 결합하기도 한다.

울라푸라우얀(ulapulauyan)이라는 신이 돌 위에 대나무를 심었는데 어느 날 천둥이 대나무를 쪼개서 가르자 여인이 그 속에서 걸어 나왔다. 어느 날 천둥이 또 돌을 쳐서 가르자 그 안에서 뱀이 걸어 나왔다. 이 뱀이 여인을 삼

---

27 達西烏拉彎·畢馬, 『排灣族神話與傳說』, 晨星出版, p.43에서 인용.
28 林道生, 『原住民神話與文化賞析』, 漢藝色硏, p.100.

켜먹고 일남일녀 쌍둥이를 낳았는데, 이들이 후에 파이완족의 선조가 되었다.

神(ulapulauyan)在石頭上種了一根竹子. 某日, 雷將竹子劈開, 有個女人
走了出來. 另一日, 雷又將石頭劈開, 裡面走出一條蛇. 蛇把女人吞到肚
裡, 生下一對雙胞胎, 一男一女, 卽爲排灣族的祖先.[29]

신이 인간 출현을 주재主宰하는 과정에서, 천둥의 개입으로 돌에서 나
온 대나무에서 여인, 즉 죽생竹生 여인이 출현하고, 돌에서 출현한 뱀, 즉
석생石生 뱀이 여인을 삼키고 사생蛇生 쌍둥이를 출산하는 복잡한 단계를
거치면서 파이완족을 번성시킨다는 내용이다.

뱀이 종족 시조로 등장하고, 그 이전에는 돌과 대나무가 등장하며, 그
이전은 신의 부분적인 주재主宰로부터 시작된다. 뱀 토템이 엿보이고,
돌과 대나무의 생식력, 신의 인류창조에 대한 부분적 역할 등이 드러나
있다.

일반적으로 돌에서 남자가 나온다는 구조가 뱀의 등장으로 대체되었으
며, 남녀가 혼인을 통해 쌍둥이를 낳는다는 구조가 뱀이 여인을 삼켜먹고
아이를 낳는다는 독특한 내용으로 바뀌어있다. 크게 보면 돌과 대나무와
뱀이라는 세 가지 요소가 결합되어 인류를 번성시키는 구조를 띠고 있다.

남녀 쌍둥이 출현은 남녀평등 개념을 보여주는데, 그 근원에는 여인의
역할이 크다고 보기에 여기에는 모계제 형태도 반영되어 있다고 할 수
있다. 뱀은 아이를 낳았지만 대나무에서 나온 여인을 삼킴으로써 아이를
출생할 수 있었기에, 여기서 뱀은 일종의 매개 역할을 하고 있는 것으로
파악된다.

파이완족 신화의 석생과 죽생 모티프 고사를 관찰해보면, 모계제도,
남녀평등, 일부일처제, 신의 인간탄생 주재 등 고대사회에서 발진단계별
로 나타나는 형태들이 농축되어 한데 표현되어 있으면서, 동시에 원시사

---

29 達西烏拉彎 畢馬, 『排灣族神話與傳說』, 晨星出版, p.46.

회 후반기 사회 현상들도 이야기 속에 함축되어 있음을 발견할 수 있다.

여기서 파이완족은 사회구조나 문화적 측면에서 볼 때 비교적 발달한 종족이었다는 사실이 확인된다. 파이완족 사이에 다양한 기원을 가진 유형들이 결합된 고사들이 전래된다는 것은 문화의 다양성과 함께 그 종족 구성 역시 다양하게 얽혀있을 가능성을 시사해준다.

이러한 타 종족 문화와의 다양한 융합이나 타 종족과의 결합 현상은 파이완족의 이동 경로와 거주구역이 비교적 광범위하였기 때문으로도 풀이된다. 현재도 서쪽 핑둥屛東에 거주하는 서파이완족과 후에 동부 타이둥台東으로 이주하여 거주하는 동파이완족으로 나뉘어 광범위하게 퍼져 거주하고 있는 상황이 이를 반증한다.

신화를 위시하여 여러 자료를 함께 검토해 볼 때, 파이완족 ⇔ 베이난족, 파이완족 ⇔ 루카이족, 파이완족 ⇔ 부눙족, 파이완족 ⇔ 타이루거족, 파이완족 ⇔ 대륙 남방이나 남서부 부족과의 관계가 혈연이나 언어 문화적 교류 등으로 다양하게 연계되어 있다고 추측할 수 있다.

전체적으로 파이완족 신화를 보면 석파생인石破生人과 석중생인石中生人 유형 모두 나타나고 있으며, 석생과 함께 죽생竹生이나 사생蛇生 등 기타 유형이 혼합되어 나타나기도 한다. 반면 루카이족魯凱族 신화에는 죽생 유형은 보이지 않는다.

위에서 언급했듯이 인류기원 모티프 신화에서 석생과 죽생의 결합구조를 보유하고 있는 파이완족이 베이난족卑南族과 밀접한 관계가 있다는 사실을 염두에 두고 보면, 베이난족의 인류기원 신화에 석생과 죽생의 결합구조를 보이는 것은 어느 정도 예측 가능한 일일 것이다.[30]

실제로 베이난족 신화에도 다음과 같은 '석생＋죽생' 구조의 고사 내용

---

30 파이완족의 죽생과 석생 및 호생壺生 유형의 신화는 인근의 베이난족 신화의 영향을 받은 것이라는 주장도 제기되고 있다. 許功明(2001), 『魯凱族的文化與藝術』, 稻鄉出版社, p.59.

들이 보인다. 요약하면 다음과 같다.

> 두 형제가 휴식을 취할 때 형은 돌에 앉고 동생은 대나무를 땅에 꽂았는데,
> 후에 형이 앉던 돌에서 여자가 나왔고, 동생이 꽂아둔 대나무에서는 남자가
> 나왔다. 이들이 베이난족의 선조다.[31]

여기에서 돌에서 여자가 나오고, 대나무에서 남자가 나온다는 묘사는
타 종족의 고사 구성과 다르며, 형제가 시조 탄생에 관여하는 점도 특이
하다.

또 다른 베이난족 신화에는 여신이 들고 있던 돌과 대나무 사이에서
사람이 나왔는데, 이들이 성장하여 각기 다른 종족의 조상으로 되었다는
내용이 있다.

> 옛날에 파나파나얀(Panapanayan) 지역에 여신이 출현하였는데, 오른 손에
> 는 돌을 왼손에는 대나무를 들고 있었다. 얼마 지나지 않아 여신이 돌을 던지
> 니 돌이 땅에 떨어져 두 갈래로 갈라지면서 그 안에서 한 명의 신인神人이 출
> 현했는데 이 신인이 후에 타이둥 마란사의 아메이족阿美族의 선조가 된다. 시
> 간이 조금 지난 후, 여신은 다시 왼손에 들고 있던 대나무를 힘껏 땅에 꽂으
> 니 대나무 위쪽 마디에서 파콩세루(Pakongseru)라는 여신이 출현하고 아래쪽
> 마디에서도 파코마라이(Pakomarai)라는 남신이 출현하였다. 이 두 신인은 베
> 이난족卑南族의 조상이 된다. 이 두 신은 후에 부부가 되어 파로가오(Parogao)
> 남신, 파카수카수(Pakasukasu) 여신을 낳았다. 그 둘의 후예는 라올라오이수
> (Raolaoisu) 남신과 소리가수(Soragasu) 여신이다. 이들은 또 파로가오스
> (Parogaos) 남신, 파카수카수(Pakasukasu) 여신, 파카라시(Pakarasi) 여신, 파
> 라이(Parai) 남신 등 네 명의 남녀 신을 낳았다. 그들이 낳은 아이들은 이미 인
> 류의 형태를 구비하고 있었다.
> 從前, 在帕拿帕拿央(Panapanayan)的地方出現了一位女神, 右手拿著石
> 頭, 左手拿著竹子. 不久, 女神投出了石頭, 石頭落地裂開爲兩半, 從中出
> 現了一位神人. 這就是後來臺東馬蘭社阿美族人的祖先. 又過了些時日,

---

31 達西烏拉彎 · 畢馬, 『卑南族神話與傳說』, 晨星出版, p.28.

女神再度把左手所拿著的竹子用力堅在地上，這是從竹子上方的節出現了一位女神叫帕孔賽(Pakongseru)，然後從下方的節也出現了一位男神叫帕科馬來(Pakomarai)。這兩位神人就是卑南社卑南族人的祖先。後來兩位神爲夫妻，生下了帕洛卡厄(Parogao男神)及帕卡斯卡絲(Pakasukasu女神)，他們的後裔有拉俄拉俄伊斯(Raolaoisu男)神及瑟拉嘎絲(Soragasu女神)。二神又生下帕拉洛卡厄(Parogaos男神)，帕卡斯卡絲(Pakasukasu女神)，帕珂拉西(Pakarasi女神)，帕拉比(Parai男神)四位男女神。他們所生的人，已具備人類的形態了。[32]

여신의 주재, 그리고 대나무 위쪽에서의 여신 출현 등의 묘사를 통해서 이 고사가 모계제 사회를 배경으로 하여 나온 이야기라고 짐작할 수 있다. 그리고 이 고사는 아메이족 이야기보다는 베이난족 이야기가 많음에 비추어볼 때, 베이난족의 유래에 대해 초점을 맞추어 서술된 고사임을 알 수 있다.

여신이 등장한 후 그녀가 들고 있던 돌에서 남성 신으로 추정되는 신인이 출현하여 아메이족阿美族의 선조가 되고, 그녀가 꽂았던 대나무에서 여신과 남신이 출현하여 베이난족의 선조가 된다고 묘사되어 있다.

이 고사 유형을 통해서 종족 관계를 관찰해보면, 아메이족의 기원은 석생이고, 베이난족 기원은 죽생이 되는 동시에 동일한 여신의 주재 속에서 양 종족이 출현하는 계기가 되었기 때문에 양 종족의 기원이 동일하며 서로 친연 관계가 깊다고 추정할 수 있다.

그리고 위에서 특히 돌에서 여성이 출현하고 대나무에서 남성이 출현한다고 표현은 원주민 신화 속 인류 탄생의 일반적인 전례와 다르며, 대나무에서 남녀가 함께 출현하는 구조 역시 베이난족 신화의 독특한 측면이라고 여겨진다.

이 고사에 묘사되어 있는 신에서 인간으로의 변천 과정을 보면 다음과

32 林道生,『原住民神話故事全集 5』, 漢藝色硏, p.98 및 達西烏拉彎 畢馬,『卑南族神話與傳說』, 晨星出版, p.50 참조.

같다. 한편은 '여신 → 신인神人'이라는 구조로, 그리고 다른 한편은 '여신 → 대나무(왼손) → 여신(위 마디)과 남신(아래 마디) 출현 → 부부가 됨 → 남신과 여신 출산 → 둘의 결혼 → 또 다른 남신과 여신 출산 → 두 명의 여신과 두 명의 남신 출산 → 사람 모습으로의 변화 과정 → 보통의 인간으로 인화人化'라는 구조로 이루어져 있다.

여기서 신과 인간 사이에 연결되어 있던 경계가 자연스럽게 허물어지면서 신계의 신, 신인, 인계의 사람으로 순조롭게 전이되어가고 있음을 보여준다. 신 중심에서 인간 중심으로의 사고 전환 및 종족 시조의 신성함을 함께 그려내고 있다.

그리고 창세 과정이 여신으로부터 출발한다는 것은 '모친만을 알고 부친은 모른다只知其母, 不知其父'라고 하는 모계사회의 단면을 표현한 것이다. 사실 모계사회의 풍속은 현재까지 아메이족과 베이난족 등에게서 남아있다.[33]

이러한 점들을 종합해보면, 상기 종족 간의 밀접한 관계성을 쉽게 찾아볼 수 있다. 자연에 대한 공포와 경외에서 자연을 이해하는 단계로 가다가 점차 자연을 극복하려는 자신감이 생기면서 신앙적으로는 토템신앙과 자연숭배에서 점차 조상숭배로 전환된다. 이 때 출현하는 조상신은 반인반수로서 종전의 여러 신들이 낳은 아이와는 조금 다르게 용모가 사람 형태에 가까워진다. 이는 신에서 인간 중심으로 전환되는 모습을 보여주는 대목이기도 하다. 위의 고사는 바로 이러한 단계를 말해준다고 할 수 있다.

위에서 언급했듯이 이 고사에서는 특히 베이난족卑南族과 아메이족阿美

---

33 시조모에게서 후대로 모계사회의 전통이 계승되는 과정에서 여전히 딸이 중심이 되어 어머니가 관리하던 가정생활과 생산을 이어받는다. 현재도 파이완족, 루카이족, 베이난족, 아메이족에게서 모계사회 흔적과 풍속이 남아있다. 林道生, 『原住民神話與文化賞析』, 漢藝色硏, p.99, p.100, p.102 참조.

族이 한 여신의 양 손에 잡고 있던 돌과 대나무에서 각각 출생했다는 내용이 있다. 즉 이 두 종족의 혈연적 기원이 동일하다는 추측을 가능케 한다.

이 두 종족의 밀접한 관련성은 다음 고사에서도 그 일단이 드러난다.

> 옛날 지금의 베이난사 지방은 원래 아메이족阿美族의 거주지였다. 하지만 한번은 아메이족이 대나무 막대를 땅에 꽂았는데 점점 자라는 것이었다. 그리고는 마침내 대나무 안에서 베이난족이 태어났다.
> 古時候, 現在的卑南社地方本來是先有阿美族人在居住. 但是有一次, 阿美族人把竹杖挿在地上時, 竹子愈長愈大, 終於從竹子裡面生出了卑南族人.[34]

여기서는 여신이 등장하지 않고, 다만 아메이족阿美族이 아메이족 거주지에서 키운 대나무에서 베이난족卑南族이 출현했다는 이야기다. 즉 아메이족에게서 베이난족이 파생되어 나왔다는 말과 다름이 없다.

신화 내용을 돌에 초점을 맞추어 그 연관성을 따져보면 파이완족排灣族, 루카이족魯凱族, 야메이족雅美族이 연결되고, 대나무에 초점을 맞추어 연관 지어보면 아메이족阿美族과 베이난족卑南族이 연결된다. 이 사실에 근거해보면 일단 아메이족阿美族과 베이난족卑南族의 기원이 큰 범위에서 볼 때 동일하다고 여겨진다.

실제로 베이난족과 아메이족은 서로 타이완 동부인 타이둥臺東의 평원에 거주하는 원주민으로서, 그들 사이에는 자신들의 선조가 태평양의 작은 섬에서 타이동 부근인 파나파나얀(Panapanayan)으로 이주하였다는 이야기가 그들 사이에 전해지고 있다.[35]

그리고 야메이족 신화에도 파이완족 신화나 베이난족 신화와 마찬가

---

34 林道生, 『原住民神話故事全集 5』, 漢藝色研, p.146 참조.
35 達西烏拉彎 · 畢馬, 『卑南族神話與傳說』, 晨星出版, p.59 참조.

지로 돌에서 인간이 나오는 구조와 함께 대나무에서도 인간이 출현한다는 '석생石生＋죽생竹生' 결합구조 이야기가 전해진다.

> 시조가 둘 있는데, 하나는 거석이 깨지면서 태어났고, 또 하나는 동시에 대나무에서 나왔다.
> 始祖有二人, 一由巨石破裂而生, 另一則同時出自竹子中.[36]

> 대홍수가 지나간 후 거석이 깨지면서 남자 한 명이 출현했고, 대나무에서도 여자 한 명이 출현했다.
> 大洪水過後, 巨石破裂後生出一男, 竹子亦生一女.[37]

그리고 돌에서 나온 석생남과 대나무에서 나온 죽생녀가 후에 결혼하여 후대를 번성시키며 시조로서 역할을 한다는 내용의 고사가 전해진다.

> 그들의 선조는 타우두 토(Taudu To)라는 천신이 내려 준 큰 돌 속에서 탄생한 남자와 대나무에서 탄생한 여자가 혼인하여 태어난 것이다.[38]

선조의 탄생 배후에는 천신이 존재하고 있고, 그의 주재가 일정 부분 영향을 미치고 있다. 석생남과 죽생남 또는 석생신과 죽생신이 오른쪽 무릎과 왼쪽 무릎에서 각각 낳은 남자아이와 여자아이가 결혼하여 후대를 번성시킨다는 내용도 다음과 같이 전해진다.

> 대홍수가 물러난 후 천신이 두 손자를 돌과 대나무에 넣어 타오(Tao)섬에 보냈는데, 어느 날 돌에서 출생한 석생인과 대나무에서 출생한 죽생인이 무릎이 가려워지더니 점점 부풀어 오르는 것이었다. 그후 석생인과 죽생인은 각각

36 林道生, 『原住民神話與文化賞析』, 漢藝色研, p.100.
37 林道生, 『原住民神話與文化賞析』, 漢藝色研, p.101.
38 강판권(2002), 『어느 인문학자의 나무 세기』, 지성사, pp.65~66.

오른 쪽과 왼쪽 무릎에서 남자 아이 한 명과 여자 아이 한 명씩 낳았다.

　　大洪水消退後, 天神把兩位孫子分別塞入石頭和竹子入(Tao)島. 有一天, 從石頭出生的石生人和從竹子出生的竹生人, 他們的膝蓋發癢而逐漸腫脹起來, 然後石生人從右膝蓋生出一男, 左膝蓋生出一女的一對兄妹. 竹生人也從右膝蓋生出一男, 左膝蓋生出一女的一對兄妹.[39]

　　석생인과 죽생인의 기원을 거슬러 올라가면 천신의 손자가 되며, 이들 손자가 돌이나 대나무에 들어갔다는 묘사가 이 고사의 특징적인 내용이다. 그리고 신의 손자에서 인류가 시작되었다는 표현은 부계사회의 모습을 보여주는 대목이다.

　　석생과 죽생, 그리고 무릎을 비비는 요소가 결합된 야메이족 고사를 다시 인용하면 다음과 같다.

> 파터부터 산 정상의 큰 돌이 깨지면서 신이 나왔다. 어느 날 바다에서 큰 바람이 불어 파도가 일면서 해안가 대나무 숲을 치자 그로 인해 쪼개진 대나무 사이로 또 다른 신이 나왔다. 이 두 신은 모두 남신으로 좋은 친구가 되었다. 어느 날 함께 누워 두 무릎을 서로 비비자 뜻밖에 남자와 여자가 각각 출생하였는데, 이들이 인류의 조상이 되었다.
>
> 　　在巴特布特山頂, 有一巨石崩裂, 生出一神, 又一日發生大海嘯, 波浪濤天, 沖到海岸的竹林, 從裂開的竹竿中又生出一神. 這二神都是男神, 遂結爲好友. 一日並臥一枕, 兩膝互擦, 不意一神生男, 一神生女, 此乃人

39　林道生, 『原住民神話故事全集 5』, 漢藝色硏, p.227, 達西烏拉彎 · 畢馬, 『達悟族神話與傳說』, 晨星出版, pp.38~39 참조. 이와 유사한 고사를 소개하면 다음과 같다. "대홍수가 지나간 후, 천신이 하늘에서 하계를 굽어보니 아름다운 란위 섬이 있어 감탄하며 말했다. '아름다운 북방의 섬이구나! 이에 그의 두 손자 중 한 명을 돌 속에 넣고, 한 명은 대나무 속에 넣어 섬 위로 던졌다. 그 결과 무거운 거석은 바로 삼림 중앙에 떨어졌고, 가벼운 대나무는 공중에서 바람에 날려 해변 가에 떨어졌다. 거석이 파열하며 남자가 나와 풀즙을 먹고 살았으며, 대나무에서도 남자가 나와 대나무 마디에 있는 물을 마시며 살았다. 大洪水过後, 天神从天上俯瞰下界, 发现美丽的兰屿岛而惊叹地说…… 「好美丽的北方岛屿呀.」於是把他的两個孙子中的一個放入石头内, 一個塞进竹子内, 再往岛上一丢, 结果很重的巨石直落到大森山的中央, 很轻的竹子在空中被一阵风吹飘到海边, 巨石破裂後生出一男, 以草汁为生, 竹子亦生一男, 以喝竹节内的水维生." 林道生, 『原住民神話故事全集 1』, 漢藝色硏, p.101.

類祖先.[40]

이 외에 돌과 대나무에서 태어난 두 남신 또는 남자들이 무릎끼리 또는 무릎과 기타 신체부위를 비비자 아이가 태어났다는 비슷한 유형의 고사도 있다. 이 역시 '석생＋죽생' 구조에 무릎 비비기 요소가 첨가된 형태라고 할 수 있다.

> 큰 돌이 둘로 갈라지면서 한 신이 나왔고, 얼마 지나지 않아 큰 대나무가 홀연 가운데가 갈라지더니 신인이 출현했다. 두 신이 무릎을 마찰하자 홀연 한 신의 오른쪽 무릎에서 남자아이가, 또 한 신의 왼쪽 무릎에서 여자아이가 나왔다. 이 남녀가 야메이족의 먼 조상이다.
> 巨岩忽裂爲二, 中現一神. 不久, 一大竹子, 忽然從中間裂開出現神人. 二神膝頭相擦, 忽然一人的右膝生一男孩, 一人的左膝生一女孩, 此男女就是雅美族的遠祖.[41]

남신들이나 남자들이 등장하고 오른쪽에서 남자가, 왼쪽에서 여자가 출현한다는 표현은 다시금 부계제의 상징성을 보여주고 있음을 알 수 있다. 계속해서 관련 고사를 인용하면 다음과 같다.

> 석생남과 죽생남의 음경이 과다하게 길어 자신들의 무릎과 교차하더니 각각 좌우의 무릎에서 여자아이와 남자아이를 출산하였다.
> 石生男和竹生男的陰莖過長與自己膝蓋交媾, 分別左右膝生下了女孩和男孩.[42]

돌과 대나무에서 나온 두 남신이 산중에 머물렀는데, 하루는 너무 무료해서 돌에서 나온 자가 자신의 귀두를 자신의 무릎에 대고 몇 차례 비비자 남자아

---

40 達西烏拉彎 · 畢馬, 『達悟族神話與傳說』, 晨星出版, p.37. 또한 陳國强(1980), 『高山族神話傳說』, 民族出版社, pp.3~5 참조.
41 達西烏拉彎 · 畢馬, 『達悟族神話與傳說』, 晨星出版, p.41.
42 達西烏拉彎 · 畢馬, 『達悟族神話與傳說』, 晨星出版, p.50.

기가 오른쪽 무릎에서 나오고 여자아기가 왼쪽 무릎에서 나왔다.

自石和竹中走出的兩人留在山中, 有一天太無聊了, 出自石中者把龜頭塞入自己的膝窩, 摩擦幾下, 有一男嬰兒自右膝窩生出, 女嬰自左膝窩誕生.[43]

야메이족의 '석생石生＋죽생竹生' 결합 구조의 신화는 돌과 대나무에서 태어난 이들이 바로 시조가 되거나, 혹은 이들이 다시 무릎 등에서 낳은 남녀가 결합하여 후대를 번성시킨다는 구성으로 이루어져있다.

야메이족 신화에는 석생과 산문産門으로서의 무릎이 결합하는 형태와 '석생＋죽생' 구조에 무릎이 결합하는 형태라는 두 가지 유형이 공존하고 있다.

시초에 남자와 여자의 출현으로 이야기를 시작하다가, 점차로 남자들 또는 남신들의 출현으로 대체되고, 이에 덧붙여 남자들의 무릎을 비벼 오른쪽에서는 남자아이가 나오고 왼쪽에서는 여자아이가 나옴으로써 종족 번성이 시작되었다는 표현으로 전이되는 과정을 들여다보면, 모계제에서 부계제로의 전이 과정 현상이 반영되어 있음을 알 수 있다.

그리고 무릎을 비비는 자세나 남성의 성기가 등장한다는 것은 생육에 성관계가 관계된다는 사실과 함께 아기의 탄생은 여성 혼자의 힘으로, 또는 여성과 자연계나 신격체와의 감응을 통해서 이루어지는 것이 아니라 남성이 역할이 필요하다는 사실을 인지하기 시작한 단계에서 나온 표현이라는 것을 알 수 있다.

아울러 야메이족의 원 조상이 두 명의 신으로 묘사되어 있음은 야메이족이 초기에 두 씨족으로부터 출발하였음을 보여준다.

전체적으로 보았을 때, 야메이족 신화에 있어서 인류 시조 탄생 모티프 중 무릎에서의 출생 또는 무릎을 비비거나 하는 행동을 통한 후손의 출생과 같은 표현이나 묘사가 기타 원주민 종족 신화에 비해 훨씬 많이

---

43 達西烏拉彎 · 畢馬, 『達悟族神話與傳說』, 晨星出版, p.33, pp.49~50.

등장한다는 점이 특징임을 확인할 수 있다.

야메이족 신화에는 '석생石生 + 죽생竹生' 구조의 바탕 위에 대나무에서 탄생한 여신들이 물을 활용하여 석생남을 탄생시킨다는 다소 복잡한 유형의 고사도 있다.

> 옛날에 디-파온(di-paon)이라는 곳의 대나무에서 두 여신이 출현하였는데, 이 두 여신이 주운 돌을 겨드랑이에 끼고 있다가 샘물가에 가서 돌에다 물을 뿌리니 돌에서 많은 남녀들이 나왔고 인구가 번식하였다. 이들이 바로 야메이족의 시조들이다.
>
> 遠古, 由(di-paon)地的竹子出現二女神. 二女神撿地上石頭挾在腋下, 走到泉畔, 倒淸水於石頭上, 則由石頭出現多數男女, 人口繁殖, 爲我們的祖先.[44]

여기서는 대나무에서 여자가 출생하고 동시에 돌에서 남자가 출생하는 구조가 약간 변이되어 대나무에서 여신이 태어난 후 이 여신의 주재 하에 물가에 있는 돌에서 남녀가 태어난다는 설정으로 구성되어 있다. 겨드랑이에 끼고 있던 돌에서 사람이 출현하는 것은 겨드랑이가 여기서는 산문産門의 역학을 하고 있음을 상징적으로 묘사한 것으로 볼 수 있다. 또한 여신의 등장, 그리고 이들이 야메이족 시조인 남자들을 만드는 모습에서 모계제와 부계제가 공존하는 양태를 볼 수 있다.

여기서 보면 대나무와 돌에 대한 그들의 토템 신앙이 엿보이고, 아울러 신화상으로 물이 생명력의 상징 역할을 한다는 점을 재확인할 수 있다. 야메이족에게는 산속에 흩어져있는 돌이나 대나무를 마음대로 움직이거나 베지 못하게 하는 관습이 있다. 이를 통해서도 그들이 돌이나 대나무를 토템 시조로서 숭상하고 있음을 잘 알 수 있다.[45]

---

44 達西烏拉灣 · 畢馬, 『達悟族神話與傳說』, 晨星出版, p.36, p.51.
45 고대인들은 자연계의 만물에는 모두 신령이 있고, 비바람, 번개와 천둥, 돌, 동식물 등도 모두 인류로 화생이 가능하다고 믿었다. 마찬가지로 인류의 생활과 밀접한 관계가 있는

그리고 석생과 죽생이 동시에 이루어지지는 않았지만, 대나무에서 먼저 태어난 여신들의 중개와 물이라는 매개 역할을 통해 돌에서 남자들이 태어난다는 이야기로 진행되는 점에서 보면 기본적으로는 '죽생과 석생'의 결합 구조로 볼 수 있다.

이상에서 죽생 관련 신화 고사를 들여다보면, 대나무가 인간 시조 탄생의 원초적 매개체 역할을 하고 있음을 알 수 있다. 그렇다면 대나무가 이러한 역할을 하게 된 이유는 무엇일까? 그것은 바로 대나무 토템이라는 원시신앙의 사유방식 때문일 것이다. 그리고 그러한 사고방식의 근저에는 당시 야메이족 생활환경 속에 울창한 대나무 숲이 깊이 자리하고 있기 때문일 것이다.

아열대의 습한 기후를 지닌 타이완에는 야자수나 파파야木瓜와 같은 아열대 수목들과 함께 울창한 대나무 숲을 어디서든 쉽게 볼 수 있다. 따라서 아열대숲속에서 밥을 짓고 국을 끓이며 물을 마실 때 사용하던 용기는 주변에 사철 널려있고 손쉽게 활용할 수 있는 대나무로 만들었을 것이고, 불을 지필 때도, 집을 지을 때도 역시 대나무를 활용하였을 것이다.

실제로 타이완 원주민의 주거양식이나 생활도구를 보아도 여전히 대나무의 활용도가 높음을 알 수 있다. 일상생활에서 대나무는 없어서는 안 될 필수적인 존재였다.[46] 현재도 밀림에 거주하는 원시 부족들의 생활

대나무가 생육의 시조가 된다고 믿는 신앙도 자연스럽게 생겨날 수 있었을 것이다. 야메이족은 타이완 토착 원주민 중에서 원시문화를 비교적 많이 보존하고 있는 종족으로서 자신들의 토템 시조를 숭배하기 위해서 지금까지도 세 가지 금기를 공통으로 지켜오고 있다. 우선 대나무 시조의 자손들이 서로 결혼하면 장애아가 태어나기 쉽기 때문에 근친결혼은 절대로 금지하고 있다. 둘째, 산의 돌은 돌 시조를 숭배하는 관계로 절대 함부로 부딪치지 않는다. 셋째, 산의 대나무는 대나무 시조를 숭배하는 관계로 절대 함부로 베어서는 안 된다. 達西烏拉彎·畢馬, 『達悟族神話與傳說』, 晨星出版, p.46 참조.

46 실제로 타이완 원주민들의 전통적인 생활도구를 관찰해보면, 활과 화살, 창과 방패 등 무기와 농사나 수렵 시 활용하던 농기구와 어구, 긴 대나무관과 급수통, 구황금이나 피리 등의 악기, 모자나 바구니, 쟁반 등은 모두 대나무로 만들어졌다.

▲ 대나무로 만든 어구(필자사진)

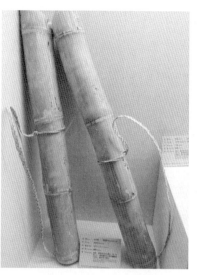

▲ 대나무로 만든 급수통(필자사진)

을 보면 대나무의 활용도가 큼을 알 수 있다.

　주변에 쉽게 보이는 대나무는 마디가 많고 비온 뒤에는 여기저기서 순들이 '우후죽순雨後竹筍'처럼 솟아오를 정도로 번식력이 강하기 때문에 원주민들은 그 생명력과 번식력을 인류 출현의 원천으로 자연스럽게 연관 지었고 이를 이야기 속에 담았을 것이다.

　한편 야메이족 신화에는 두 남자가 운석(돌)에서 출생하고 한 여자는 대나무에서 나왔는데, 후에 두 남자 중 한 명과 여자가 결혼하여 3남 2녀를 낳았고, 이들 간에 또 결혼을 하여 장님을 낳았다가 후에 사촌끼리 결혼하여 정상의 인간이 나왔다는 내용의 고사가 전해지고 있다.[47]

---

47 "최초에 태양이 출현했을 때는 아직 사람이 없었다. 후에 두 남자가 운석에서 나왔고, 이와타스라는 여자는 대나무 속에서 나왔다. 두 사람은 결혼하여 다섯 명의 아이를 낳았는데 셋은 남자아이이고 들은 여자아이였다. 이에 형제자매가 서로 결혼하였는데, 우선 자녀가 태어나자마자 맹인이 되었고 후에 사촌끼리 결혼을 하자 정상적인 아이가 나왔다. 最初太陽先出來了, 還沒有人, 後有二個男人從隕石中生出來, 一個女子iwatas村的竹裡生出來. 兩人結婚生下來

여기에는 3 : 2라는 비대칭 결합을 통한 자녀 출산 구조가 나타나는 동시에 남매간의 근친혼으로 인한 기형아 출산이라는 유형이 발견된다. 그런데 이러한 기형아 출산은 중국 서남부 소수민족 홍수 신화에서와 같이 홍수라는 불가항력의 상황에서 남매만이 남게 되고 인류번식이라는 절체절명의 상황에서 천의天意의 테스트를 거쳐 결혼을 한다는 내용의 홍수와 남매혼 모티프에서 주로 나타나는 현상인데, 여기서는 홍수 여부와 관계없이 독립된 형태의 고사에서 나왔다는 점에서 특징적이라고 할 수 있다.[48]

五個小孩, 三人是男的, 兩人是女的. 於是兄弟姉妹互相結婚, 先時子女生下來都是瞎子, 後改由堂表第二從兄弟姊妹爲結婚, 才生下正式的人." 達西烏拉灣 · 畢馬, 『達悟族神話與傳說』, 晨星出版, p.32.

48 서남 소수민족 고사에서는 주로 홍수 후 남은 남매가 결혼하여 육구를 낳자 버렸는데, 육구 조각들이 시조 또는 복수複數 인간으로 재생된다는 내용으로 이루어진다. 기형아에 대한 표현을 육구肉球 대신 육단肉團, 육포肉包, 혈육血肉으로도 기술하고 있다. 고사의 예를 들면 다음과 같다. "여동생이 육단肉團을 낳았는데, 코도 눈도 귀도 입도 없었다. 남매는 화가 나서 육단肉團을 백여 조각으로 자른 후 사방팔방에 뿌려놓았다. 이튿날 아침 뿌려진 곳에서 연기가 일더니 사람들이 만들어졌다(혹은 108개 조각을 산과 들에 버렸는데 백성이 되었고, 나무에 걸어 둔 것도 각각 사람이 되었다)."(布依族의 〈迪進迪穎造人烟〉), "남매 결혼 후 누이동생이 낳은 것은 한 개의 눈, 코, 귀 그리고 손발도 없는 고기 덩어리였다. 복희는 화가 나서 고기 덩어리를 돌로 부순 후 대지에 뿌렸다."(仏佬族의 〈伏羲兄妹傳說〉), "더룽德龍과 바룽爸龍 남매가 결혼한 지 1년 만에 아들을 낳았는데, 맷돌처럼 눈, 귀, 입, 코가 없었다. 저녁에 더룽이 맷돌을 잘라 부수어 옥상과 밭에 걸어놓았다."(苗族의 〈阿陪果本〉), "장량姜良과 장메이姜妹가 결혼한 지 삼 년이 지나서 육단을 낳았는데, 동과冬瓜처럼 머리가 없었다. 이에 그들은 육단을 쪼개 뼈는 밭에 버리고, 살은 강가에 버리고 간은 바위굴에 버리고 창자는 산언덕에 버렸다. 다음날 고기 조각은 사람이 되었다."(侗族의 雷公 고사), "홍수 후 라오셴老先과 허파荷發 남매만이 남았고, 허파가 육포肉包를 낳았다. 라오셴이 세 조각으로 잘라 보자기에 하나를 싸서 나무판에 놓고 강을 따라 흘려보내니 한족漢族이 되었다. 허파荷發가 두 번째 덩어리를 싸서 해바라기 잎에 놓고 만천하를 따라 보내니 먀오인苗人이 되고, 보자기로 마지막 덩어리를 싸서 야자수 잎에 놓고 강을 따라 흘려보내니 리인黎人이 되었다."(黎族의 홍수 고사), "남매 결혼 후 누이가 혈육血肉를 낳았다. 둘은 슬퍼하며 혈육血肉을 여러 조각으로 자른 후 나무에 걸어 놓았다. 며칠 후 가서 보니 조각들은 청년남자와 청년여자로 변해있었다.(혹은 홍수 후 남매 혼배婚配로 육단을 낳았는데 금구金龜노인이 구부려 여니 오십 쌍 남녀가 나왔다.)"(彝族의 홍수 고사), "남매 결혼 후 육타肉坨를 낳았는데, 남동생이 그것을 작은 조각들로

근친혼과 가형아 출산의 또 다른 예를 인용하면 다음과 같다.

옛날에 돌과 대나무에서 각각 나온 석생인과 죽생인이 감정이 좋았는데, 어느 날 두 사람이 무릎을 맞대자 남녀 각 한 명이 나왔고, 이들이 부부가 되어 출산한 아이는 자손 모두 건강하고 아름다웠다. 하지만 석생인 집안끼리 또는 죽생인 집안끼리 결혼한 경우 농아 아니면 맹인이 나왔고 정상인은 없었다. 후에 꿈에서 계시를 얻고 근친혼을 하면 좋은 결과가 없다는 것을 알았다. 이로부터 자가 혼인을 금지하고 양가가 통혼을 하자 후대에서 장애자 또는 결함을 지닌 사람이 나오지 않았다.

古時, 石和竹各生一人, 這二人感情很好, 一天二人膝蓋相觸而生出男女各一人, 這二人自配爲夫婦, 他們生出來的子孫箇箇都是健壯而美麗. 可是石家或竹家自家婚配所生的子女則如非聾子就是瞎子, 沒有一個長成正常的人. 後來夢中獲得神的啓示, 才知道近親結婚不會有好結果. 自此嚴禁自家婚配, 只許石竹二家通婚, 而他們的後代才沒有殘廢或有缺陷的人了.[49]

천신이 돌을 쪼개 손자를 집어넣고 봉합하고, 대나무를 쪼개 손녀를 넣은 후 봉합한 후, 돌과 대나무를 동시에 하늘에서 아래로 내려 보냈는데, 바로 둘로 갈라지면서 남자와 여자가 그 안에서 나왔다. 어느 날 갑자기 양 무릎이 가렵기도 하고 부어오르더니 양 무릎에서 각각 1남 1녀가 나왔다. 이들 남매가 성장하여 부부가 되어 아이를 낳았지만 눈이 멀거나 소아마비라는 장애를 안고 태어났다.

天神拿了一塊石頭, 剝成兩半, 然後, 把男孩放進去, 石塊複合後, 再拿一節竹子, 把女孩安放在裏面, 把石塊以及竹筒同時從天堂放下來, 立卽裂成兩半, 以後男孩自裏頭出來. 有一天, 突然感覺雙膝癢癢, 發現左右雙膝逐漸腫大, 二人雙膝各自出生一男一女. 長大之後, 兄妹二人結爲夫妻, 不過生下來的孩子不是瞎子, 就是跛脚.[50]

쪼개어 끼궁 나무 위에 길어놓으니 각 성姓의 조상이 되었나."(羌族의 고사) 『中國少數民族神話論文集』, 廣西民族出版社, pp.175-179, 馮敏(2001), 『巴蜀少數民族文化』, 四川人民出版社, p.345, 『中國神話學文論選萃(下)』, 中國廣播電視出版社, p.739, 陳炳良(1985), 『神話禮儀文學』, 聯經出版社, pp.39~44 참조.
49 達西烏拉彎·畢馬, 『達悟族神話與傳說』, 晨星出版, p.39.
50 達西烏拉彎·畢馬, 『達悟族神話與傳說』, 晨星出版, pp.44~45.

어느 날, 돌에서 나온 석생인과 대나무에서 나온 죽생인은 무릎이 간지럽더니 점차 부어올랐다. 그 후 석생인은 오른 쪽과 왼쪽 무릎에서 남자 아이 한명과 여자 아이 한 명, 즉 남매를 낳았고, 죽생인도 오른쪽 무릎에서 남자 아이, 왼쪽 무릎에서 여자 아이, 즉 한 쌍의 남매를 낳았다. 석생인이 낳은 남매는 자라서 서로 결혼하였고, 죽생인이 낳은 남매 역시 성장한 후 서로 결혼하였다. 그 결과 이 두 남매가 낳은 아이들은 장님 아니면 절름발이였다.

有一天, 從石頭出生的石頭人和從竹子出生的竹生人, 他們的膝蓋發癢而逐漸腫脹起來, 然後石生人從右膝蓋生出一男, 左膝蓋一女的一對兄妹, 竹生人也從右膝蓋生出一男, 左膝蓋一女的一對兄妹. 石生人所生的一對兄妹長大後互相結婚, 竹生人所生的一對兄妹長大後也互相結婚, 結果這兩大兄妹生下的孩子, 不是瞎眼便是跛脚.[51]

타이완 원주민들이 과거 원시사회에서 비록 우생학(eugenics)은 알지 못하였다손 치더라도, 근친혼으로 낳은 아이는 대체적으로 정상적이지 못한 장애라는 점을 삶의 경험상 알고 있었다는 사실을 이 고사는 보여주고 있다.

전체적으로 야메이족雅美族의 '석생＋죽생' 유형의 신화는 석생신과 죽생신, 석생남신과 죽생남신, 석생남과 죽생여신, 석생남과 죽생남, 석생남과 죽생녀, 석생남과 죽생남의 자녀의 결혼 등 다양한 유형으로 나타난다. 그리고 무릎이 빈번하게 출생과 관련하여 산문이라는 중요한 역할을 수행하고, 기형아 출산이라는 요소가 종종 결합되어 묘사되고 있는 점이 특징이라고 할 수 있다.

4) 죽생竹生

베이난족卑南族 신화 중 인류기원 모티프의 특징은 죽생竹生 유형만으로 구성된 고사도 존재한다는 점이다. 고사 내용은 다음과 같다.

---

51 林道生, 『原住民神話與文化賞析』, 漢藝色研, p.228.

태고시절에 누누르(nunur)라는 여신이 아루노(aruno)라는 풀을 뜯어 파나파나얀(panapanayan) 해안에 거꾸로 꽂았는데 상단의 뿌리에서 대나무가 자랐다. 후에 대나무가 분열되더니 윗마디에서는 곽말라이(pakmalai)라는 남자가, 아랫마디에서는 파구무세르(pagmuser)라는 여인이 나와 서로 결혼하여 몇 명의 아이를 낳았다.

太古時有叫做奴奴兒(nunur)的女神把(aruno)茅草摘下來, 揷在巴那巴那彦(panapanayan)的海岸, 所以在枝上端生根, 此後由根而生竹子. 竹子則分裂, 由竹之上節生出叫做巴克瑪來(pakmalai)的男人, 從下節生出叫做芭古慕雪(pagmuser)的女人. 兩人結婚之後, 生了幾個孩子.[52]

또 다른 고사에는 다음과 같은 내용이 있다.

바다에서 표류하다가 남자 누누얼마오쑤쓰奴奴兒茅蘇斯가 해안에서 대나무를 주워 지팡이로 사용하였는데 너무 피곤하여 돌로 변하였다. 그리고 땅에 꽂아둔 대나무 지팡이는 자라서 윗마디에서는 보커마라이柏克瑪來라는 남자가 나왔고, 아랫마디에서는 바구모사芭谷慕莎라는 여자가 나왔다. 둘은 부부가 되어 후손들을 번식시켰다.

有一位名叫奴奴兒蘇斯(nunurmaosus)的男子, 在海上漂流到海岸, 在海岸上拾到了一根竹子, 以之爲枝. 因爲太累了, 他變成一塊石頭. 那揷在地上的竹枝, 開始生出新的竹枝, 上節的竹枝生出後, 變成一個男人, 名叫柏克瑪來(pakmalai), 下節的竹枝生出後, 則變成一個女人, 名叫芭谷慕莎(pagumuser). 這男女二人結爲夫婦, 繁衍後代.)[53]

대나무가 여신이 뜯어 온 풀에서 자랐다고 하는 대나무 기원 설명이 추가되어 있는 점이 타 종족의 죽생 유형 고사와 차이가 있다. 그리고 '석생+죽생'의 구조가 아닌 '죽생+화석化石'의 구조라는 점도 특징적이다.

여기서는 남녀 시조 모두 대나무에서 나왔지만, 출현한 위치를 보면 남자는 윗부분이고 여자는 아랫부분이다. 즉 출생 위치상으로 판단해볼 때, 남녀의 신분이 남성 위주인 사회 상황임을 보여주는 대목이다.

---

52 達西烏拉彎 · 畢馬, 『卑南族神話與傳說』, 晨星出版, p.47 참조.
53 達西烏拉彎 · 畢馬, 『卑南族神話與傳說』, 晨星出版, p.48.

그러면서도 한 고사에서는 여신의 주재 하에 인류가 탄생하고, 또 다른 고사에서는 남자가 시조의 탄생을 주재하고 있다. 베이난족 신화에 모계제와 부계제가 혼재되어 있는 현상을 볼 수 있다.

아울러 죽생인竹生人 유형은 타이완 원주민 특히 야메이족雅美族과 베이난족 및 파이완족 신화에서 보이는 특징인데, 이러한 유형은 말레이반도의 세망족(semang), 인도네시아 수마트라 토착민, 필리핀 민다나오 토착민, 미크로네시아 토착민, 심지어 일본인 사이에 전래되는 등 동남아 지역의 신화 고사에도 널리 퍼져있다. 이를 통해 이들 타이완 원주민 종족 중 일부의 문화는 최소한 원천적으로 남도어계 및 동남아 고문화의 특질을 지니고 있다는 사실을 확인할 수 있다.

2. 난생卵生

1) 태양과 난생卵生, 그리고 동물

타이완 원주민 인류기원 모티프 신화 중에는 인간이 알에서 출현한다는 난생 유형 고사가 적지 않다. 난생은 주로 태양과 연관을 맺으며 이루어지고, 종종 동물 중에서 뱀이 알의 부화를 돕는 역할을 맡기도 하면서 때로는 정반대로 방해자 역할을 수행하기도 한다.

일반적으로 태양 관련 난생 유형 고사는 다시 크게 두 종류로 분류할 수 있다. 즉 태양 또는 태양신이 알을 낳고 이 알이 인간으로 부화되거나 태양의 메신저인 태양조太陽鳥(Sun bird)가 낳은 알을 시조모始祖母가 삼킨 후 먹고 자식을 출산하는 천강란형天降卵型 고사 유형과 여인 즉 시조모가 천제天帝와의 교류나 감응을 통해서 알을 낳게 되고, 이 알이 부화하면서 그 속에서 아이가 나오는 인생란형人生卵型 고사 유형이 있다.

전자는 은 왕조 시절 설契의 어머니인 간적簡狄 신화 속 현조생상玄鳥生商 고사[54]나 진 건국시조의 후예의 탄생 고사[55]가 대표적인 예이고, 후자는 유화柳花가 태양신 해모수로부터 감응을 받아 알을 낳고 그 알에서 고구려 시조인 주몽이 탄생한다는 주몽 신화가 대표적인 예이다.[56]

54 『史記』「殷本紀」에 은나라의 건국 시조 설의 탄생에 관한 기록이 다음과 같이 전해진다. "은민족의 선조인 설의 어머니는 제곡帝嚳의 둘째 부인인 유융씨有娀氏의 딸인 간적簡狄이라고 불린다. 두 동료와 목욕을 하면서 간적은 검은 새 한 마리가 알을 떨어뜨리는 것을 보고 그것을 집어삼킨다. 이리하여 임신하였고 마침내 설을 낳는다.殷契母簡狄, 有娀氏之女, 爲帝嚳次妃, 三人行浴, 見玄鳥墮其卵, 簡狄取吞之, 生契." 이러한 난생 신화 유형은 그 이전의 기록에도 남아 있다. 『詩經』 303편 「玄鳥」에 이르길, "하늘이 검은 새에게 명하시어, 내려와 상商나라 조상 낳아, 광막한 은殷 땅에 살게 하셨네.天命玄鳥, 降而生商, 宅殷土芒芒."

55 잔나라의 건국 시조 전욱顓頊의 후손 탄생 고사 역시 난생 유형에 속한다. 『史記』「秦本紀」에 이르길, "진 민족의 선조는 제전욱으로, 그의 손녀 중에 여수가 있었다. 여수가 실을 짜는데 검은 새가 알을 떨어뜨려 그녀가 그 알을 삼키고는 대업이라는 아들을 낳았다.秦之先, 帝顓頊之苗裔孫曰女脩. 女脩織, 玄鳥隕卵, 女脩吞之, 生子大業."

56 고주몽의 탄생 신화는 이규보의 『동명왕편』(1193년)과 일연의 『삼국유사』(1285년)에 기록되어 있다. 『동명왕편』에 이르길, "금와왕이 해모수의 부인을 알아보고, 그녀를 궁궐을 주어 살게 했다. 태양이 그녀의 가슴을 비추고 그녀는 주몽을 잉태했다. 신작의 네 번째 해에 그의 모습은 아름답고, 그의 목소리는 힘찼다. 그는 병 크기의 알로 태어나, 그것을 본 사람들 모두를 놀라게 했다. 왕은 그것을 불길하고, 기괴하고, 몰인정하다고 여겨, 그것을 마구간에 버렸지만, 말들이 그것을 돌보아 밟지 않았다. 가파른 언덕에 던졌지만, 야수들이 모두 그것을 보호했다. 어머니가 다시 회수하여 양육하였다. 그 아이가 알에서 부화하자 첫 마디 하는 말이, "파리들이 내 눈을 물어뜯어서, 평화롭게 누워 잘 수 없구나." 『三國遺事』 고구려 부분에 이르길, "금와는 태백산 남쪽 우발수에서 여자 하나를 만나서 물으니 그 여자는 말했다. '나는 하백의 딸로서 이름을 유화라고 합니다. 여러 동생들과 함께 물 밖으로 나와서 노는데, 남자 하나가 오더니 자기는 천제의 아들 해모수라고 하면서 나를 웅신산 밑 압록강 가의 집 속에 유인하여 남몰래 정을 통하고 가더니 돌아오지 않았습니다. 부모는 내가 중매도 없이 혼인한 것을 꾸짖어서, 드디어 이곳으로 귀양 보냈습니다.' 금와는 이상하게 여겨 그녀를 방 속에 가두어 두었더니 햇빛이 방 속으로 비쳐 왔다. 그녀가 몸을 피하자 햇빛은 다시 쫓아와서 비쳤다. 이로 해서 태기가 있어 알 하나를 낳으니, 크기가 닷 되 정도였다. 왕은 그것을 버려서 개와 돼지에게 주게 했으나 모두 먹지 않았다. 다시 길에 내다 버리니 소와 말이 그 알을 피해서 갔고 들에 내다 버리니 새와 짐승들이 알을 덮어 주었다. 왕이 이것을 쪼개 버리려 했으나 아무래도 쪼개지지 않아 그 어머니에게 돌려주었다. 어머니는 이 알을 천으로 싸서 따뜻한 곳에 놓아두니 한 아이가 껍질을 깨고 나왔는데, 골격과 외모가 영특하고 기이했다…… 스스로 활과 살을 만들어 백 번 쏘면 백 번 다 맞추었다. 그 나라의 풍속에 활을 잘 쏨을 주몽이라 한 까닭으로 이름을 주몽이라 지었다." 『한국의 신화연구』(1993), 교문사, p.55, p.110, p.202. 참고.

타이완 원주민 신화 중에서 파이완족排灣族 고사 유형은 전자에 속한다고 할 수 있다. 우선 파이완족 신화에는 태양이 낳은 알에서 남녀가 출생하여 이들이 부부가 된다는 고사 내용이 전해진다.

> 이곳에 작은 집이 있는데, 집안에는 돌기둥이 하나 세워져있었다. 그리고 돌기둥 뒤에는 태양이 낳은 알 두 개가 있었는데 이 알이 부화하여 1남 1녀가 나왔고, 그들 둘은 부부가 되었다.
> 該處有間小房子, 屋內立一石柱, 柱後有兩個太陽所生的蛋, 從中孵出一男一女, 兩人結爲夫妻.[57]

이 고사는 태양이 알을 낳고 알이 인간으로 부화한다는 난생 유형을 주요 골격으로 하고 있다. 동시에 돌기둥이 등장하여 생명 탄생의 장소 역할을 함으로써, 돌이 있는 이곳이 생명 탄생과 관련이 있음을 시사해 주고 있다.[58]

파이완족 신화에는 태양과 난생이 관련된 또 다른 이야기가 있다. 고사 내용을 요약하면 다음과 같다.

> 태고시대에 태양이 차카바오건 산 정상에 붉은색과 흰색의 알 두 개를 낳고 백보사百步蛇 보룡에게 이 두 알을 보호하라고 명한다. 이 두 알은 얼마 지나지 않아 부화하여 푸아 보룡이라는 남신과 차얼무지얼이라는 여신으로 부화하였고 이들의 후예가 파이완족排灣族 귀족의 선조가 되었다. 이와 별도로 평민의 선조는 푸른 뱀이 부화하여 나왔다. 상고시대에 태양이 또 지상에 두 개의 알을 낳았는데, 이 알들이 부화하여 남신과 여신이 되었다.
> 太古時代, 太陽在茶卡包根山頂, 降下紅白二卵, 命百步蛇保龍保護. 不久孵出男女二神, 男神名普阿保龍, 女神叫査爾姆姬兒, 這二神的後裔變成了排灣族之貴族的祖先. 至於平民之祖先, 就是靑蛇所孵出來的. 到了

---

57 達西烏拉彎·畢馬, 『排灣族神話與傳說』, 晨星出版, p.90.
58 파이완족의 오년제 제의행사 때 조령을 모시는 조령옥에는 조상의 신령을 새긴 기둥이 있다. 이러한 풍습과 신화상의 묘사를 연관 지어 생각해볼 수 있다. 王嵩山, 『臺灣原住民 -人族的文化旅程』, p.217 사진 참조.

上古時代, 太陽重又下凡, 在地上生下了二卵, 孵出男神和女神.[59]

　어느 날, 태양이 두 개의 알을 다우산[60] 정상에 낳았는데, 백보사가 부화하
여 태어난 사람은 귀족이 되었다. 이와 별도로 푸른 뱀이 부화하여 태어난 사
람은 평민이 되었다. 따라서 하늘이 낳은 귀족과 평민의 신분이 달랐기 때문
에 서로 결혼을 하지 않았다. 그 까닭은 귀족의 고귀하고 특수한 신분을 나타
내기 위함이었다.
　　有一天, 太陽下了兩個卵在大武山頂上, 経由一條百步蛇孵化而生出來
　　的人是貴族, 另由青蛇孵化而生出來的是平民, 因此, 天生貴族與平民的
　　身分下同, 互不嫁娶, 以突顯貴族的高貴特殊身分.[61]

　여기서는 알을 보호하고 실제로 부화의 역할까지 담당하는 뱀이 등장
하고, 귀족과 평민을 부화한 뱀의 종류가 각각 다르며, 태양이 알을 낳은
곳은 산 정상이라고 특정지어 묘사한 점들이 특징적이다.[62] 신들의 출현
이 사람의 출현으로 전이되는 모습도 볼 수 있다.
　여기서 산꼭대기의 등장은 그들의 거주지와 관련이 있는 동시에, 고대
산악숭배의 흔적으로 바라볼 수 있다. 주에서도 언급했듯이 다우산은 파
이완족의 전설상의 발상지이기 때문이다.
　인용문 내용 중에는 특히 이미 계급사회에 진입했음을 반영하는 용어

---

59 達西烏拉彎 · 畢馬, 『排灣族神話與傳說』, 晨星出版, pp. 31~32.
60 다우산은 파이완족의 전설상의 발상지이다. 林道生, 『原住民神話與文化賞析』, 遠族文
　化事業, p.101 사진 참조.
61 達西烏拉彎 · 畢馬, 『排灣族神話與傳說』, 晨星出版, p.47.
62 뱀 외에 개나 고양이 같은 동물이 알을 부화할 때까지 보호하고, 이후 부화한 남매가
　성장할 때까지도 보호하는 역할을 한다는 내용의 고사가 있다. "어느 날, 한 마리의 고양
　이와 개가 산 정상까지 무엇인가를 찾으러 왔다가 두 개의 맑은 빛이 반짝이는 예쁜
　둥근 알을 발견하고, 둥근 알 주위를 감싸고 주야로 보호하여 다른 야수의 침범을 받지
　않도록 하였다…… 고양이와 개의 보호 아래 두 어린아이는 빠른 속도로 성장하였다.一
　天, 有一隻猫和一隻狗因覓尋來到山頂, 看見這兩顆光潔閃亮的圓蛋十分漂亮, 就圈着圓蛋兜圈子, 並且日夜
　地守護着, 不讓它受到別的野獸的侵害…… 在猫和狗的養護下, 兩個小孩很快就長大了." 達西烏拉
　彎 · 畢馬, 『排灣族神話與傳說』, 晨星出版, pp.37~40 참조.

인 '귀족'과 '평민'이 등장하고 있다. 따라서 파이완의 이러한 유형의 고사는 다른 원주민 종족 신화에 비해 시기적으로 비교적 후기에 등장한 이야기이거나, 계급사회 단계에 형성된 사고가 기존 원시 고사에 첨가되어 반영된 것으로 추측된다.

파이완족 신화의 또 다른 난생 유형 고사를 인용하면 다음과 같다.

> 예전에 대지에 큰 연못이 있었다. 어느 날 태양신 카다오(Kadao)가 하늘에서 대지로 강하하여 큰 연못에 알 세 개를 낳았다. 그때 큰 연못에서 물놀이하던 개가 처음 본 큰 알을 보고 끝없이 짖어댔다. 신기하게도 연못물이 개 짖는 소리와 함께 점점 줄어들었다. 세 개의 태양 알은 후에 햇빛을 받더니 알껍데기를 깨고 1녀 2남이 안에서 나왔다. 몇 년이 지난 후, 태양신은 다시 지상으로 내려와 푸른색 알을 낳았고 이 알은 얼마 지나지 않아 깨지면서 남자아이 한 명이 나왔다. 후에 몇 년 지나 태양신이 내려와 알을 낳았는데, 부근을 지나던 뱀이 삼켰다. 태양신이 실망을 하였지만 다시 알을 낳았고, 이 알이 부화하여 여자가 나왔다. 태양이 또 알을 하나 낳았는데, 나중에 부화하여 남자 한 명이 나왔다. 여자는 나중에 백보사 뱀과 결혼하여 1남 2녀를 낳았다.
>
> 從前, 大地上有一個大池塘. 有一天, 太陽神(Kadao)從天上下降到大地, 在大池塘産下三個卵. 正在大池塘邊戲水的狗看了從來都没有見過的大卵而不停的吠叫. 說也奇怪, 池塘的水就這麽随著狗的吠叫聲漸漸的减少了. 三個大太陽卵經過陽光曬, 過了些時候蛋殼破裂開來, 從裏面走出來一女一男. 又過了好多年, 太陽神第二次從天上下降到地上來, 産下一個青色的卵, 不久蛋殼破裂, 走出來一男. 後來, 太陽神下降到大地産下了一個卵, 剛好被附近經過的一條蛇吞下. 太陽神看了些失望, 只好再一次下降到大地再生了一個卵, 才孵出一個女子, 太陽神再生一個卵, 孵出來的是一個男子. 女子嫁給了百步蛇, 生了一男一女.[63]

이 고사는 기본적으로 태양신이 알을 낳고 그 알이 부화하여 시조가 탄생된다는 난생 유형의 구조를 보이고 있는데, 여기에 천신 강림 유형 즉 태양신 카다오(Kadao)가 하늘에서 대지로 강하하여 알을 낳는다는 내

---

63 林道生 編著(2003), 『原住民神話與文化賞析』, 漢藝色硏, pp.115~116.

용이 구체적으로 서술되어 있다. 또한 뱀과 인간의 교혼에 의한 인류 번성, 즉 인간과 동물의 교혼交婚 유형까지 결합하여 복잡한 구조의 이야기로 전개되고 있다.

태양과 난생이 결합된 파이완족의 첫 번째 고사에서는 태양이 알을 낳는 주체자이고 뱀이 알을 보호하는 순기능 역할을 하고 있지만 두 번째 인용 고사에서는 태양신이 알을 낳는 주체가 되고 뱀은 알을 방해하는 역기능 역할을 하고 있다. 또한 전자는 후기의 사회제도인 계급사회 양상이 가미된 반면, 후자에서는 뱀과 인간의 교혼이라는 토템사상에 기초한 유형이 가미되어있다.

파이완족 신화 고사 간에 이처럼 서로 다른 양상을 보이는 묘사들이 존재하는 동시에 한 고사 속에 여러 이질적인 유형이 복합적으로 결합된 모습은 특이한 현상으로 볼 수 있다.

이는 우리나라 단군신화가 천신족 환웅桓雄과 지신족 웅녀熊女가 결합하여 하나의 신화 고사 체계를 형성한 것과 같이 기원이 다른 고사들이 전래과정 중에 서로 혼합되면서 이루어진 것으로 판단된다.[64]

두 번째 고사에서는 뱀이 처음에 하늘로부터 내려온 태양신이 낳은 알이 부화하지 못하도록 방해하기 위해 그 알을 삼켜버리는 역기능 작용을 했는데, 이후의 묘사를 보면 다시 여자와 결혼하여 인간을 낳는다는 순기능적 역할을 함으로써 문맥상 앞뒤가 서로 모순되는 현상을 보인다.

---

64 『三國遺事』 「고조선」에 이르길, "여자가 된 곰은 그와 혼인할 상대가 없었으므로 항상 단수壇樹 밑에서 아이 배기를 축원했다. 환웅은 이에 임시로 변하여 그와 결혼해 주었더니, 그는 임신하여 아들을 낳았다. 이름을 단군왕검이라 일렀다." 이에 비해 『帝王韻紀』에서는 신 웅이 그 손녀로 하여금 약을 먹어 사람 몸을 갖게 한 뒤 단수신과 결혼케 하여 아이를 낳게 하고 이를 단군이라 이름지었다고 하는 내용으로 기록되어 있다. 토테미즘과 민족 간의 결합 과정으로 볼 때, 단군 신화는 신단수라고 하는 천지를 연결해주는 무속 나무(shaman tree)의 배경 하에서 지신족인 곰 토템 민족과 또 다른 지신족인 호랑이 토템 민족 간의 경쟁에서 곰 토템이 승리하고 이후 친신족인 환웅 계열과 융합하는 과정을 그리고 있다고 해석할 수 있다.

즉 한 고사 내에서 뱀이라는 동물의 역할과 정체성이 서로 상반되게 묘사되어 있다. 기원이나 유형이 다른 고사들이 혼합되면서 나타나는 현상이라고 해석할 수 있다.

여기서 푸른색 알에서 부화하여 나온 남자아이가 이 종족의 선조라고 기술한 후, 이어서 또 다른 알에서 부화한 여자와 뱀이 결합하여 자식을 낳았다고 하는 구성은 시조의 기원과 유래의 초점을 흐리게 하여 종족 시조 탄생 과정을 불분명하게 만들기 때문에 논리상으로는 적절하지 않다고 할 수 있다.

한편 두 번째 고사는 난생 유형이라는 기본적인 색채 위에 여러 신화 요소들이 가미되어 복잡하면서도 풍부한 이야기를 만들어내고 있다. 신화적 행위가 일어난 장소인 연못, 즉 물은 실제생활에서 생명의 원천 역할을 하기 때문에 신화 상에서도 특히 생명력 또는 생식력의 상징으로 해석할 수 있다.

마치 우리나라 고구려 신화에서 유화가 압록강 가에서 해모수로부터 감응을 받고 주몽을 잉태하는 장면,[65] 만저우족滿洲族 신화에서 포구룬佛古倫이 압록강 가에서 붉은 과일朱果을 입에 넣고 부쿠리옹순布庫里雍順을 잉태하는 장면,[66] 수메르 신화에 나오는 태초의 바다인 나무(Namu)의 모

---

65 주몽 신화 중 잉태 장면에 대해『삼국유사』「고구려」에 이르길: "'저는 하백의 딸입니다. 이름을 유화라고 합니다. 여러 아우들과 나와 놀고 있을 때, 한 남자가 자기는 천제의 아들 해모수라 하면서 저를 웅신산熊神山밑 압록강 가에 있는 집 속으로 유인해 가서, 몰래 정을 통해 놓고 가서는 되돌아오지 않았습니다. 부모는 내가 중매 없이 혼인한 것을 꾸짖어 드디어 이곳으로 귀양 보냈습니다.'⋯⋯ 금와는 그녀를 이상히 여겨 방 속에 가두어 두었더니 햇빛이 비쳐 왔다. (그녀가) 몸을 피해 가니 햇빛이 또 따라가 비치었다. 그로 인하여 태기가 있어 알 하나를 낳으니 크기가 닷되들이만 했다."

66 만저우족 시조 아이신줴러愛新覺羅 · 부쿠리옹순布庫里雍順 고사에 대해『淸太祖武皇帝實錄』에 이르길: "처음에 하늘의 세 선녀가 내려와 장백산 동쪽 물가에서 목욕을 하였다. 큰 언니 언구룬恩古倫, 둘째 정구룬正古倫, 막내 포구룬佛古倫이었다. 목욕 후 물가로 나오니, 신작神鵲이 붉은 과일朱果 하나를 물어다가 불고륜의 옷 위에 떨어뜨렸는데, 색깔이 매우 고와 차마 손에 내려놓지 못하고 입에 물었다. 옷을 입다가 그 과일이 뱃속으로

습과 일본 신화에 등장하는 원초의 바다 모습 등에서 확인할 수 있는 생명력 넘치는 물과 그 상징 이미지가 일치한다.[67]

여기서도 연못물은 알이 부화할 수 있도록 스스로 줄어들면서 생명을 탄생시키는 적합한 환경을 만드는 데 일조를 하고 있다. 이 장면은 마치 태아가 어머니 뱃속 양수 속에 머물다가 마지막 순간 양수가 터지면서 출생하는 모습을 연상케 한다. 연못은 여기서 생명수로서 또 태아를 보호하는 양수로서의 상징적 의미를 내포하고 있다.

동물 개의 등장도 주목할 만한 대목이다. 이 고사에서 개가 생명 탄생의 서상을 알리는 사자 역할을 하는 동시에, 알이 햇빛을 받을 수 있도록 짖어대며 알리는 행위는 한 생명을 보호하는 충실한 행동으로 해석된다.

즉 고구려 고분벽화의 견우직녀 그림에 등장하는 개가 현실과 사후세계, 또는 은하수 사이에서 사자의 역할을 하고, 부여 금와 신화나 신라 박혁거세 신화에서 말이 생명 탄생의 서상을 알리는 역할을 하며,[68] 고구

들어간 후 감응으로 임신하였고…… 한 남자아이를 낳았는데 태어나면서 말을 잘 했고 금방 성장하였다. 初, 天降三仙女浴於泊, 長名恩古倫, 次名正古倫, 三名佛庫倫, 浴畢上岸, 有神鵲衘一朱果置佛庫倫衣上, 色甚鮮姸. 佛庫倫愛之不忍釋手, 遂衘口中. 甫著衣其果入腹中, 卽感而成孕…… 佛庫倫後生一男, 生而能言, 倏爾長成."

67 『古史記』에 다음과 같은 이야기가 전해진다. 천지(아메츠치)의 태초에 소위 신대칠대神世七代의 신이라고 불리는 일곱 명의 신들이 나타나고 제일 마지막에 남신인 이자나키와 여신인 이자나미가 출현한다고 되어 있다. 나라가 아직 뜬 기름과 같고 해파리같이 떠다닐 때 천신(아마츠신)의 명령으로 양 신은 하늘의 부교 위에 서서 창으로 밑에 있는 원초의 바다를 휘저으니 창끝으로부터 소금물이 떨어지고 그것이 굳어서 오노고로지마라는 섬이 만들어 졌다고 한다.

68 『三國遺事』「北夫餘」에 이르길: "부루가 늙어 아들이 없으므로 하루는 산천에 제사 지내어 대를 이을 아들을 구했다. (그가) 탔던 말이 곤연에 이르러 큰 돌을 보고 마주 대하여 눈물을 흘렸다. 왕은 이것을 이상히 여겨 사람을 시켜 그 돌을 굴려 들치니 금빛 개구리 모양의 어린애가 있었다. 왕은 기뻐했다. '이것은 하늘이 나에게 아들을 주심이로다.' 이에 거두어 기르며 이름을 금와라 했다. 그가 자라매 태자로 삼았다. 先是, 夫餘王解夫婁, 老無子, 祭山川求嗣, 其所御馬至鯤淵, 見大石相對流淚, 王怪之, 使人轉基石, 有小見, 金色蛙形, 王喜曰, 此乃天賚我令胤乎, 乃收而養之, 名曰金蛙, 及其長立爲太子." 또 『三國遺事』「赫居世王」에 이르길: "번개 빛처럼 이상한 기운이 땅에 닿도록 비치는데, 흰말 한 마리가 꿇어앉아 절을 하는

려 주몽 신화에서 소와 말이 주몽이 알의 상태일 때 그의 보호자 역할을
하고, 만저우족 사커사沙克沙나 누루하치 고사에서 까치가 사커사를 보호
하거나 까마귀가 도망가는 누루하치를 보호해주는 수호자 역할을 하는
모습과 유사하다.[69]

일반적으로 신화 속에 등장하는 동물은 보통 한 가지 역할을 수행하는
데, 여기서는 두 가지 역할을 한다는 점이 다른 신화에서는 발견하기 함
든 드문 장면이다.

다음으로 시조가 될 알이 나오기 전에 이미 나온 알에서 1남 2녀가 태어
났고, 시조가 출생한 후에도 알에서 남자아이가 나왔는데, 이들이 인류를
번성시키는 역할은 하지 않고 의미 없이 그저 보통의 아이로만 묘사한 채
끝났다는 점도 눈에 띈다. 아이가 태어나면 그 아이가 악역이든 선역이든
무슨 역할을 한다고 하는 서술이 진행되는 것이 당연한 일일 텐데 여기서

형상을 하고 있었다. 그곳을 살펴보니 붉은 알 하나가 있는데, 말이 사람을 보고는 길게
울다가 하늘로 올라갔다. 알을 깨고서 어린 사내아이를 얻었는데, 모양이 단정하고 아름
다웠다. 동천에 목욕시키니 몸에서 광채가 났다.異氣如電光垂地, 有一白馬跪拜之狀, 尋撿之,
有一紫卵. 馬見人長嘶上天, 剖其卵得童男, 形儀端美, 驚異之, 浴於東泉, 身生光彩."
69 만저우족의 사커사沙克沙 고사는『滿族神話故事』에 다음과 같이 수록되어 있다. "사커사
언두리(沙克沙恩都里의 恩都里는 신을 의미)는 모친이 까치가 품에 날아드는 꿈을 꾸고
임신했으며, 뱃속에서 15개월이 지난 단오 날 태어났다. 그의 등은 깃털로 덮였고 입술도
뾰족하고 딱딱하며, 어깨에 날개가 달려있었다. 부친이 모친이 없는 틈을 타서 아이를
몰래 안고 나가 황량한 들에 내다버렸다. 하지만 까치가 나타나 아이가 늑대한테 먹히지
않게 무리 지어 보호하였다. 모친이 집에 돌아와 보니 아이가 없자 부친이 갖다버렸다는
것을 알고 찾아 나섰다. 들에서 아이를 발견했지만 남편이 다시 버릴까봐 할 수 없이
까치둥지에 내려놓고는 우유를 보내 먹였다. 오류 세 때 날 줄도 알고, 십 오류 세에
까치에게 일을 시킬 수 있을 만큼 까치의 대장 뉴루어전牛錄額眞이 되어, 까치들을 정탐시
키고 그 소식을 사람들에게 전했다. 이에 사람들은 이 인두조人頭鳥를 싫어하지 않고 희신
喜神으로 모셨다."『塵封的偶像-薩滿敎觀念硏究』, p.147 및 김재용·이종주 공저(1999),
『왜 우리 신화인가』, 동아시아, pp.307~309 참조. 사커사沙克沙를 도와주는 까치의 역할은
만저우족의『天宮大戰』에 나오는 기타 신화에서도 발견되고, 누르하치 고사에서 누르하
치가 쫓기는 상황에서 까막까치가 달려들어 시체처럼 가장하여 추적 군사를 따돌린 장면
에서도 나온다.

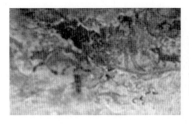

▲ 견우직녀 벽화

는 그러한 부분이 빠져있어서 다소 의아스러운 기술로 보인다.

아울러 1남 2녀의 비대칭 배합 구조도 눈에 띈다. 이러한 비대칭 구조는 앞에서도 언급했듯이 소수민족 중 나시족納西族 신화에서만 발견되는 독특한 설정이기 때문이다.

그리고 최초의 태양신이 알을 낳는다는 대목에서는 태양이 여성이라고 가정할 수 있고, 그렇다면 이 장면은 모계사회가 반영되어 있다고 여길 수 있다. 그리고 뒷부분에서 선조가 남자라고 한 대목은 모계제에서 부계제로의 전이단계를 투영하는 것이라고 볼 수 있다.

알 색깔에 대한 묘사도 주목을 끈다. 보통의 알 색깔인 흰색과는 대조적으로 푸른색 알이 부화하여 파이완족排灣族의 선조가 되었다는 표현을 되새겨보면 푸른색이 종족 사이에서는 길상을 상징하는 색이 아니었을까 하는 추정을 해보게 된다.

다음으로 이 고사에서는 태양신이 직접 알을 낳았다고 표현되어 있다. 태양이 아닌 태양신이 알을 낳았다고 기술되어 있지만, 태양신을 태양을 관장하는 신으로 해석한다면 태양이 직접 알을 낳은 것과 다름 아니다.

태양이 이처럼 직접 알을 낳는다는 구조는 중국『詩經』이나 은나라 시조 신화에서 현조 또는 까치나 까마귀로 등장하고, 고구려 벽화에서 삼족오라고하는 세발 까마귀로 등장하며, 만저우족 신화에서 검은 새가 등장하여 알을 낳는 구조와는 다소 차이가 있다. 일반적으로 태양이 직접 알을 낳는 고사가 태양을 운반하거나 또는 태양을 수호하는 태양조 (Sun Bird)가 알을 낳는다는 고사보다는 좀 더 시원적인 고사라고 할 수 있다. 따라서 태양신이의 알을 낳는 파이완족 고사의 경우, 비교적 원시적 형태를 유지한 것으로 판단된다.

이밖에 다음과 같은 고사들도 있다.

예전에 파부루캉巴布路康 집에 토병이 있었는데, 어느 날 태양이 토병에 알을 낳았다. 하지만 이를 본 큰 뱀이 알을 삼켰다. 이에 부락 사람들은 크게 분노하여 그 큰 뱀을 잡아 징벌하려 했지만 아무도 그 뱀을 잡을 수 없었다.
從前, 巴布路康家有一個土壺。有一天, 太陽在壺中下了一個蛋, 但是被看到的一條大蛇吞下肚子, 部落的人大爲憤怒, 要捕捉大蛇來懲罰, 但是没有人能捉到牠。[70]

예전에 바이루쓰사拜路斯社 위에 마카룽룽지馬卡榮榮基라는 곳이 있었는데, 태양이 매일 그곳에 왔다. 한번은 태양이 두 개의 알을 낳았는데, 큰 뱀 한 마리가 와서는 태양 알을 삼켰다. 이 상황을 본 카구지나, 카뤄라이, 카나 등 세 여인은 화가 나서 이 가증스러운 뱀을 제거하러 갔다. 하루는 결국 힘을 합쳐 뱀을 잡아 비눠지커강 속 깊이 던져버렸다. 다음 날 태양이 또 예전처럼 알을 낳았는데 이미 뱀을 없앴기 때문에 태양 알은 마침내 부화하여 1남 1녀가 되었다.
從前, 在拜路斯社的上方有個叫馬卡榮榮基的地方, 太陽每天來到那裡。有一次, 太陽下了兩個蛋, 卻來了一條蛇吞下了太陽的蛋。看了這情形的卡古基娜、卡洛萊、卡娜三位女人, 很生氣的要去除掉這條可惡的大蛇。有一天, 終於合力抓住了大蛇, 把牠投弃到比諾基克江的深淵。次日, 太陽又照常來下蛋, 因爲已經消滅了蛇, 太陽的蛋終於孵化出一男一女。[71]

상기 두 고사 모두 태양이 직접 알을 낳는다는 구조를 보이고 있다. 특히 두 번째 인용 고사는 태양이 강림하여 알을 낳는다는 천강생란天降

---

70 林道生, 『原住民神話故事全集 5』, 遠族文化事業, p.99.
71 林道生, 『原住民神話故事全集 5』, 遠族文化事業, p.101.

生卵 유형과 여인들이 방해자인 뱀을 제거해버린다는 내용이 결합된 구조를 보이고 있다.

여기서는 위에서 언급했던 뱀과의 교혼을 통한 인류 번성 유형은 보이지 않는다. 그리고 개가 짖어댐으로써 알을 보호하려고 하는 내용 대신 중간 신격체에 해당하는 카구지나卡古基娜 등 세 여인이 뱀을 제거함으로써 알을 보호한다는 내용으로 바뀌고, 알에서 1남 2녀가 탄생한다는 비대칭 배합 구조 대신 1남 1녀라는 대칭 배합 구조로 바뀌어 있다. 남녀평등의 관점으로 해석할 수도 있을 것이다.

고사 내용을 묶어서 큰 틀에서 고찰해보면, 결국 태양 강림 및 난생 유형, 뱀의 방해, 그리고 다른 한편으로 뱀 토템에 기초한 뱀과의 교혼 유형이 서로 다른 계통으로서 전해져오다가 후에 난생 유형과 뱀의 방해 유형의 결합 고사 대신 뱀과 인간의 교혼 고사와 결합된 것으로 추론할 수 있다.

결국 태양에 의한 난생과 사생蛇生 유형이 서로 결합된 것이나 마찬가지다. 파이완족은 루카이족이나 베이난족 등과도 접촉이 많아 비교적 혼합문화 형태를 지녀왔다는 특성이 이러한 혼합형 신화 구조로 나타난 것으로 보인다.[72]

상기 고사들을 통틀어 보면 뱀은 방해자, 즉 악역을 맡기도 하고, 한편으로는 여인과의 교혼을 통해 인간의 부친으로서 인류 번성이라는 선한 역할을 담당하기도 한다. 여기서 뱀에 대한 타이완 원주민들의 양면적 시각이 드러난다.

---

72 원주민 종족種族 중에서 파이완족은 인구밀도가 비교적 높고 주변 루카이족이나 베이난족과 접촉할 기회가 많았기 때문에 일종의 문화혼합 과정을 겪게 된다. 따라서 시조신화의 유형도 매우 복잡하게 전개되어 기존의 원시신화 유형인 사생蛇生 외에 또 다른 계통인 태양의 난생, 석생, 죽생, 호생, 견생 등 다양한 유형의 신화들과 결합되고 있다. 林道生, 『原住民神話與文化賞析』, 遠族文化事業, p.117 참조.

선한 역할을 담당하는 뱀에 대한 묘사는 뱀 토템 신앙에서 나온 것일 수도 있고, 뱀의 알, 그리고 태양의 모습이 모두 동일하게 동그란 모습이라는 점에 착안하여 이러한 표현을 했을 수도 있다.

태양과 난생 유형은 일반적으로 태양조가 알을 낳고 이 알이 후에 인간으로 화한다는 구조로 설정되는데, 여기서는 태양과 알, 그리고 뱀이 함께 결합됨으로써 좀 더 생동적이면서도 독특한 느낌을 구현하고 있다는 점에서 특징적이다.

위에서 언급한 바대로 태양 새가 알을 낳는다는 유형보다는 태양이 직접 알을 땅에 낳는다는 유형이 좀 더 시원적인 형태이다. 하늘에서 내려온 신성한 메신저인 새가 알을 낳는다는 '태양 + 태양조 + 알'이라는 구조는 변화과정을 겪은 이후에 출현한 것이라고 할 수 있다. 전체적으로 볼 때, 파이완족의 난생 고사는 태양과의 밀접한 관계 속에서 묘사되고 있다.

또한 여기서 돌과 물이 생명의 탄생 과정에서 중요한 존재로서 등장한다는 점 역시 돌과 물과 생명의 연결고리 구조가 보편적인 사유방식이었음을 재차 확인시켜준다.

파이완족 신화 중에는 태양 대신 하늘蒼天이 알을 낳고 이 알이 부화하여 그들의 시조가 된다는 이야기도 있다. 즉 하늘이 황색 알과 푸른 색 알을 낳았는데, 황색 알은 남자(rumuji)로 부화하고 푸른 색 알은 여자(gilin)로 부화하였으며, 이들이 결혼하여 파이완족의 시조가 되었다는 내용이다.[73] 하늘과 태양이 밀접한 관계에 있음에 비추어, 이 고사 역시 태양에 의한 난생 유형 범주에 속한다고 볼 수 있다.

---

73 하늘에서 황색 알과 청색 알이 떨어졌는데, 황색 알에서는 루무지라고 하는 남자가 태어나고, 청색 알에서는 기린이라고 하는 여자아이가 태어났다. 이들 남매는 성장한 후 부부가 되어 아이들을 낳았다. 從天間下來黃色與靑色的蛋, 黃蛋出生男子名叫(rumuji), 靑蛋出生女子名叫(gilin), 兄妹長大成爲夫妻生出兒女. 達西烏拉彎·畢馬, 『排灣族神話與傳說』, 晨星出版, p.40.

▲ 루카이족의 뱀 장식물(필자사진)

한편 루카이족魯凱族 인류기원 모티프 신화에도 난생 유형의 이야기가
다음과 같이 전해지고 있다.

> 어느 날, 태양이 산위에 두 개의 알을 낳았는데, 하나는 흰색이고 또 하나는
> 붉은 색이었다. 부눈(vunun)이라는 뱀이 와서 알을 부화하였다. 얼마 지나지
> 않아, 한 쌍의 남녀신이 모습을 갖추더니 부화하여 태어났는데, 그들이 바로
> 이 부락 두목의 선조이다. 기타 평민들은 또 다른 청색 뱀이 낳은 알이 부화
> 하여 생겨났다.
> 有一天, 太陽在山上産了兩個卵, 一個是白色的, 另一個是紅色的. 有一條
> 蛇(vunun)前來孵卵. 不久, 一對男女神成形, 孵化而生, 他們就是這個部落
> 頭目的祖先, 其他的平民則是從另一種靑色的蛇, 産下的卵所孵化生出的.[74]

이 고사는 산을 배경으로 하여 태양의 난생과 뱀의 부화가 결합된 유
형이다. 여기서 보면 루카이족魯凱族 두목의 시조는 태양이 낳은 흰색과
붉은 색의 알을 부눈(vunun)이라는 뱀이 부화하여 태어났고, 평민은 푸

---

74 達西烏拉彎・畢馬, 『魯凱族神話與傳說』, 晨星出版, p.29.

른 뱀이 낳은 알이 부화하면서 태어났다. 뱀은 태양을 도와 태양의 알을 부화하여 종족 선조로 출생하게 하는 역할을 담당하고 있다.[75]

부눈(Vunun) 뱀과 푸른 뱀의 차별, 그리고 귀족 그룹인 두목과 평민이라는 계급 구분들을 볼 때, 이 고사의 완성 시기는 역시 계급사회가 형성된 이후라고 판단된다.[76]

태양의 난생, 색깔이 다른 알의 부화와 계급의 차이, 뱀의 부화를 통한 조력 등 거의 모든 면에서 파이완족 난생 신화와 흡사하다. 이를 통해 양 종족 간 밀접한 관련성을 재차 엿볼 수 있다.

여기서 태양에 의한 난생과 뱀의 부화를 통한 도움이라는 설정은 당시 원주민들이 태양과 뱀의 알 모양이 모두 둥글다는 생각 하에서 양자가 연계되지 않았나 생각된다. 하지만 뱀이 악역을 맡기도 하고, 부화의 도움이라는 선역을 맡기도 하며, 때로는 뱀이 독립적으로 알을 낳아 시조를 탄생시키기도 하는 묘사들을 종합해보면, 상기 고사는 태양과 뱀이 애초부터 연결되어 있는 고정적인 고사 형태라기보다는 태양 난생 고사와 뱀에 의한 난생 및 사생蛇生 고사가 한차례 융합을 통해 만들어진 형태라고 판단된다.

원시신앙의 측면에서 보게 되면, 태양 토템 종족의 선조와 뱀 토템 종족의 선조가 통혼한 이후 태양과 뱀을 함께 토템으로 숭배하면서 자연스럽게 이와 같은 고사가 형성된 것으로 추정할 수 있다.

---

75 실제로 루카이족은 조상이 죽은 후 영혼이 영사(vunun)인 카나바난(kanavanan)으로 화한 후 파루(paru)라는 조령지祖靈地로 돌아가기 때문에, 영사를 보면 반드시 그에게 제배(dulisi)해야 한다는 믿음을 지니고 있다. 그리고 조상의 혼백은 영사가 변한 것이라고 믿고 있다. 許功明(2001), 『魯凱族的文化與藝術』, 稻鄉出版社, pp.59~60.

76 귀족인 두목 집안은 신령이 거주하는 라푸톤(Laputon)과 카자기란(Kazagiran)이라는 곳에 사는 태양과 달의 후예이며, 일반 평민은 흙土의 후예라고 하는 내용의 고사에서도 이 종족이 계급구분 사회를 유지하고 있음을 알 수 있다.

2) 태양과 난생, 그리고 도자기병

한편 파이완족 사이에는 태양의 빛을 받은 도자기병陶壺이 알을 낳아 인간을 탄생시킨다는 고사도 전해진다. 여기서는 태양과 난생 유형에 도자기병이라는 요소와 뱀과의 교혼 유형이 추가되어 이야기를 형성하고 있다.

> 전해지는 이야기로 여자 도자기병이 있는데, 이 도자기가 양광을 받아 한 여성의 알을 부화하였다고 한다. 이 알이 포코안(pocoan) 집안의 남성 영혼과 결혼하여 한 여인을 낳았고, 이 여인이 또 산속의 백보사와 결혼하여 두 남자아이를 낳았다.
>
> 傳說有一個女陶壺, 此陶受陽光照射孵出了一個女性的蛋, 此蛋與(pocoan) 家一個男性的靈魂結婚, 生下了一女人, 此女子又和山裡的百步蛇結婚, 生下了二男孩.[77]

▲ 파이완족, 루카이족의 백보사百步蛇 문신 도기항아리
(출처: 『臺灣原住民藝術田野筆記』)

▲ 파이완족 도호신화: 양광이 도호를 비추자 깨지면서 여아가 출현한다는 고사 내용을 묘사(출처: 『臺灣原住民的社會與文化』)

---

77 達西烏拉彎 · 畢馬, 『排灣族神話與傳說』, 晨星出版, p.31. 또 다른 고사에서는 태양이 낳은 알이 도자기병에서 백보사로 부화하였고, 이 백보사가 두목의 딸과 결혼하여 두 마리의 뱀을 낳았다는 이야기가 담겨있다. "很早以前太陽生了一個蛋放在甕中孵化, 在太陽的高溫下誕生了百步蛇, 後來百步蛇與頭目女兒成親, 生下了一對雙胞胎姊妹喜到部落探親." 林建成(2002), 『臺灣原住民藝術家田野筆記』, 藝術家出版社, p.225.

▲ 루카이족의 조령 항아리
(출처: 『臺灣原住民藝術田野筆記』)

태양빛의 영향을 받은 병 속의 알이 여인으로 부화하여 한 남성의 영혼과 결혼하여 여인을 출산했다는 것은 태양 난생 및 여성시조 유형이 함께 섞여있다. 둥그런 자궁 모양의 도자기병은 여신 또는 여성의 출생지가 되며, 여성이 뱀과 결혼하는 것은 토템으로서의 뱀이 남성시조라는 것을 나타내고 있다고 해석된다.[78]

이러한 형태의 고사는 시대적으로는 도자기 문화가 발달한 사회단계이면서 동시에 남성위주 사회의 산물임을 보여준다. 실제로 파이완족은 백보사가 인류의 남성 시조이자 화신이고, 따라서 이 뱀을 마음대로 살상해서는 안 된다는 관념을 가지고 있다.[79] 그렇다면 신화상의 백보사역시 남성 시조로서 바라보아야 할 것이다.

한편 뱀과 난생 이야기는 빠지고 길에서 주운 도자기병이 태양 빛을 받은 후 깨지더니 남녀 아이 두 명이 나와 후에 선조가 되었다고 하는 태양 관련 도자기로부터의 인류 탄생이라는 유형의 고사도 있다.[80]

---

78 루카이족 신화나 조각 또는 병의 도안에 등장하는 백보사는 일반적으로 루카이족 선조로서 토템의 의미를 지닌다고 여겨지지만, 근래에 들어와 루카이족 상당수가 백보사는 선조가 아니라 친구라는 주장을 제기하기도 한다. 喬宗忞(2001), 『魯凱族史篇』, 臺灣省文獻委員會, p.16.

79 백보사는 지금도 파이완족에게는 여전히 선조의 화신으로 여겨지기 때문에 마음대로 살해할 수 없고, 도자기병은 선조들이 머무는 곳으로서 선조들이 돌아오면 모두 이 병 속에 머물기 때문에 잘 보호해야 하며 마음대로 이동해서는 안 된다는 습속이 남아있다. 至今, 排灣族仍有'百步蛇是祖先的化身, 不能殺害, 陶壺是祖先住處, 祖先回來都住在壺裏, 要好好保存, 不可隨意移動'的習俗. 達西烏拉彎・畢馬, 『排灣族神話與傳說』, 晨星出版, p.30.

80 아주 오래전 카토모안산 위에 아나란이라는 곳이 있는데, 어떤 사람이 여기에서 땔감을 하다가 도자기병을 하나 발견하고는 이상히 여겨 천으로 싸서 집으로 돌아오려 했다. 오는 길에 도자기병이 여러 차례 떨어져서 길가에 이것을 두고는 돌아와 그 형제들에게

루카이족 신화에도 태양과 함께 도자기병이 선조 탄생 고사에 등장하기도 한다.

　　옛날, 태양이 도자기병을 좋아하여 거기에 알을 낳았는데 백보사가 수호하며 보호하였고 후에 부화하였는데 루카이족의 남녀 시조로 되었다.
　　傳說遠古時代, 太陽愛上了陶壺, 他們生下了蛋, 由百步蛇守衛保護, 後來孵出魯凱族男祖與女祖.[81]

도자기병과 태양, 난생 그리고 뱀이 연관된 또 다른 루카이족 고사를 보면 다음과 같다.

　　옛날에 용사가 산에 올라가 사냥을 하는데, 뜻밖에 두 개의 알을 주워 집에 가져와 항아리에 넣어두었다. 그리고 당시 가장 흉맹한 백보사에게 책임지고 알을 안전하게 보호하도록 하였다. 후에 태양이 강렬하게 비추면서 항아리는 고열 때문에 깨졌고 안에 있던 두 개의 알은 한 쌍의 남녀로 부화하였다. 이들이 바로 루카이족의 선조이다.
　　遠古時期有一名勇士上山打獵, 無意中撿獲了兩顆蛋, 他將蛋帶回放在甕裏, 並且找了當時最兇猛的百步蛇來負責守衛, 保護蛋的安全. 後來因爲太陽强烈的照射, 甕因高熱而崩裂, 兩顆蛋也誕生了一對男女, 這卽是魯凱族的祖先.[82]

이는 파이완족 신화에서 태양이 토병에 알을 낳는다는 설정 내용과도 상당히 흡사하다.[83]

같이 가자고 한 후 함께 도자기를 가지고 돌아왔다. 어느 날 태양이 담장 너머로 비추어 들어오더니 병이 깨지고 그 안에서 남녀 두 아이가 나왔다. 이들이 자란 후에 선조 중 하나가 되었다. 很古以前, 在(katomoan)山上, 一處叫(inaran)地方, 有人於柴時辭爬一陶壺, 甚奇, 遂用布包起來帶回家, 一路上, 陶壺墜掉下, 於是那人便將之置於路旁, 回家邀其兄弟來, 一同將陶壺帶回家去. 一天, 太陽從牆頭邊照過來, 陶壺逢裂, 裡面出現男女二小孩, 他們長大後, 成爲該社的祖先之一. 達西烏拉彎 · 畢馬, 『排灣族神話與傳說』, 晨星出版, p.31.

81　達西烏拉彎 · 畢馬, 『魯凱族神話與傳說』, 晨星出版, p.33.
82　林建成(2002), 『臺灣原住民藝術家田野筆記』, 藝術家出版社, p.78.

다만 양자 간 관련 신화의 차이점은 파이완족 신화에서는 뱀이 알이 부화하는 것을 방해하는 방해자 역할도 하고 부화를 적극적으로 돕는 선한 역할을 하기도 하는 반면, 루카이족 신화에서는 뱀이 태양이 낳은 알을 보호하는 선한 역할만 하고 있다는 점이다. 이 고사를 통해서 볼 때, 루카이족도 태양과 뱀, 그리고 도자기병을 함께 숭배의 대상으로 여겼음을 알 수 있다.[84]

　　이밖에 루카이족 신화에는 태양과 난생의 기본 구조 속에 다양한 요소들이 결합하여 이루어진 고사도 전해진다. 즉 태양과 도자기병이 결혼하여 알(여성)을 낳고, 이 알이 돌에서 나온 남자와 결혼하여 딸을 낳았는데, 이 딸이 백보사와 결혼하여 두 명의 남자아이를 낳았으며 장남은 사후에 승천했다고 하는 내용이다.[85]

　　여기에는 태양과 난생, 도자기병, 석생石生, 뱀과의 교혼, 승천 등의 유형들이 결합되어 있다. 여성 중심으로 가계를 이어가는 모계적 요소와

---

83 또 다른 고사에는 도자기병이 깨지면서 1남 1녀가 태어나 이들이 후손을 번성시켰다는 내용이 있다. 즉 도자기병은 초자연적 힘을 지닌 신물神物로 여겨졌음을 엿볼 수 있다. 達西烏拉彎·畢馬, 『排灣族神話與傳說』, 晨星出版, p.29. 실제로 루카이족은 도자기병을 리롱(lirong)이라고 부르며 조령祖靈의 화신으로 여기고 있다. 그리고 도자기병을 7급으로 나누는데, 그중 1급에서 4급은 귀족 소유로 되며 여기에 백보사 무늬를 새긴다. 林建成(2002), 『臺灣原住民藝術家田野筆記』, 藝術家出版社, p.78.

84 達西烏拉彎·畢馬, 『魯凱族神話與傳說』, 晨星出版, p.33.

85 "옛날에 한 부락에는 신격체만 있고 인류는 없었다. 그래서 태양이 도자기병과 결혼하여 여성의 알을 낳았다. 이 알은 또 라보안사 포코안집안의 암석에서 출생한 남자와 결혼을 하였다. 그 후 발론이라는 여자를 낳았는데, 발론은 또 백보사와 결혼하여 두 명의 형제를 낳았다. 동생 이름은 카노박인데 아리사에서 두목의 집을 세웠다. 하지만 백보사와 결혼한 발론과 백보사, 그리고 그들의 장자는 후에 승천하였다. 從前, 在一部落, 當時只有神祇而尚無人類, 因太陽與陶壺結婚而生出一個女性的卵. 這個卵又與(Lavoan)社(Pocoan)家從岩石所生的男子結婚. 然後, 生下一名女子(Valon). (Valon)又與百步蛇結婚, 再生下兩個兄弟. 弟名爲(Canovak), 在阿禮社創立了頭目的家. 然而, 那名與百步蛇結婚的(Valon)和百步蛇, 以及他們的長子後來都昇天了." 許功明(2001), 『魯凱族的文化與藝術』, 稻鄕出版社, pp.60-61. 또한 達西烏拉彎·畢馬, 『魯凱族神話與傳說』, 晨星出版, p.34 참조.

태양, (도자기)병, 돌, 뱀(백보사)과 같은 토템 요소들이 혼합되어 어우러진 경우라고 할 수 있다.

이밖에도 토지와 도자기병에서 아이가 출생하는 고사도 있고, 토지에서 출생한 남녀가 성장 후에 결혼하여 많은 아이를 낳았지만 여아만 성장하였고, 후에 이 딸이 태양과 관계를 맺고 쌍둥이를 낳았다는 고사도 있다. 다양한 토템 신앙들이 혼합되어 묘사되는 것은 역시 여러 종족이 통혼을 통해 서로의 문화 요소들이 하나씩 융합되는 과정에서 발생하는 현상으로 풀이된다.

3) 뱀과 난생

파이완족 신화에는 태양에 의한 난생 유형과는 다른 인류기원 모티프 고사도 존재한다. 즉, 뱀과 난생 유형인데, 관련 고사를 인용하면 다음과 같다.

> 태고시대에 한 차례 홍수가 범람한 후에 대지 위의 모든 인류와 동물들이 익사하여, 대지 위에는 살아있는 생명체를 볼 수가 없었다. 어느 날 신령이 산에서 사란蛇卵을 보고는 이상히 여겨 가까이 다가가 자세히 보았는데, 눈에서 신령스러운 빛을 방출하여 뱀 알의 내부를 투시해 보니 사람의 형태가 보이는 것이었다. 얼마 지나지 않아 뱀 알은 양광을 받아 파열되었다. 그리고 그 안에서 한 사람이 나왔는데, 그가 바로 파이완족의 귀족의 조상이다.(파이완족 부차오얼군 자핑사)
>
> 太古時候, 在一次大洪水的氾濫後, 把大地所有的人類和動物通通淹死了, 大地上再也看不到活的生命. 有一天, 一位神靈在山頂上看到一枚蛇卵, 他覺得奇怪而靠近仔細察看, 神的眼睛放射出靈光指透進入蛇卵內, 看見有一個人形. 不久, 蛇卵經由陽光的照射而破裂, 從裡面走出一個人來, 他就是排灣族貴族的祖先.(排灣族 · 布曹尔群 · 佳平社)[86]

---

86 林道生,『原住民神話與文化賞析』, 漢藝色研, pp.119~120. 達西烏拉灣 · 畢馬,『排灣族神話與傳說』, 晨星出版, p.47.

여기서는 파이완족의 귀족 조상이 사란蛇卵, 즉 뱀의 알이 부화하여 태어났다고 서술하고 있다. 이는 위에서 인용되었던 뱀과 인간의 교혼交婚을 통한 인간 출생이라는 일종의 사생蛇生 유형 고사와는 다른 형태인 뱀의 난생 고사이다.

전통적으로 파이완족은 뱀을 존중해왔으며, 특히 족장인 두목은 뱀 조각이 새겨진 생활도구를 보유하는 전통을 유지해왔다. 즉 뱀은 종족 사회에서 귀족계급인 두목의 징표임을 나타내는 동물임을 알 수 있다.[87]

그러면서도 뱀의 알이 홍수, 양광(즉, 태양빛)의 도움, 귀족 선조라는 요소들과 고사 속에서 함께 어우러져있다. 즉 이 고사는 뱀에 의한 난생이라는 유형이 핵심 구조이면서도 태양이라는 요소를 완전히 배제하지 못하고 있다.

위에서 언급했던 연못 그리고 태양에 의한 난생 신화와도 일면 상통하는 측면이 있다. 아울러 홍수 범람 후에 인류가 전멸하고 이어서 새로운 인간의 조상이 출생한다는 서술 부분은 홍수와 인류 재생 모티프의 범주에 속하기도 한다.

또한 귀족의 조상이라는 표현에는 앞서 언급한 바 있지만 계급사회 시기의 사회적 신분 차이에 대한 인식이 스며들어 있다. 계급의식이 이미 형성된 시기에 완성된 이야기이기에 부계사회와 남성 위주의 사회모습도 녹아있다.

파이완족 신화 중 또 다른 뱀에 의한 사생蛇生 유형 고사를 인용하면 다음과 같다.

> 예전에 천계의 아마완사에 여신이 있었는데, 어느 날 채찍을 가지고 썰으면서 놀다가 채찍을 너무 썰어서 줄이 '펑'하고 소리 내며 끊어졌다. 그리고 채찍은 하늘의 구멍 속으로 들어가 하계의 마자사로 떨어졌다. 어느 날 여신이

---

87 達西烏拉彎·畢馬, 『排灣族神話與傳說』, 晨星出版, p.48.

목이 말라 물을 기르러 가는데, 길에서 백보사百步蛇 알 하나와 구각사龜殼蛇 알 하나를 주웠다. 백보사 알과 구각사의 알을 주워서 돌아온 지 얼마 지나지 않아 백보사 알이 깨지면서 남자가 나왔는데 그가 후에 두목의 조상이 되었고, 조금 있다가 구각사 알에서는 여자가 나왔는데 그녀는 후에 두목의 보좌이자 평민의 조상이 되었다. 두목과 보좌가 결혼하여 콧구멍 하나, 반쪽 입술의 기형아를 낳았다. 그 이후로는 귀족 두목과 평민이 혼인하는 것이 금지되었다.

    從前, 在天界的阿瑪灣社有一位女神. 有一天, 女神荡鞦韆玩, 荡過了頭, 鞦韆的繩子「叭！」的一聲斷了, 鞦韆掉入天穴, 一直降落到下界的瑪家社. 有一次, 女神口渴去提水, 在路上檢到一枚百步蛇的蛋和一枚龜殼蛇的蛋, 把它們帶回家. 不久, 百步蛇的蛋裂開生出一個男人, 他就是頭目的祖先. 過了一會, 又從龜殼蛇的蛋生出一個女人, 他成爲頭目的輔佐, 就是平民的祖先. 頭目和輔佐結婚, 生下一個只有一個鼻孔和半個嘴巴的孩子. 從此, 貴族的頭目和平民的結婚就成了禁忌.(排湾族·古楼社)[88]

여기서도 뱀의 알이 인간으로 부화하는 모습이 보이는데, 이는 뱀에 의한 난생 모티프의 전형이라고 할 수 있다. 영사靈蛇의 일종인 백보사百步蛇와 구각사龜殼蛇, 그리고 알에서의 인류 출현은 난생 유형과 함께 뱀 토템을 반영하고 있다.

아울러 귀족과 더불어 평민의 탄생에 대한 구체적인 묘사가 있는데, 이 역시 사회적 신분이 어느 정도 정착된 단계의 사회를 반영한다. 또한 도입 부분에서 천계의 여신이 등장하는 것은 모계사회를 반영하며, 동시에 계급의 상하를 남녀에 대입하여 남자가 귀족 두목의 조상으로 되고, 여자는 두목을 보좌하는 평민의 조상이 되었다는 서술에서는 모계제에서 부계제로 전이되는 과정에서 형성된 계급의식과 함께 남존여비 사상도 일부 반영되어 있다고 볼 수 있다.

여기에서는 또한 신분제도상의 차별이 반영된 금기(taboo) 사항도 추

---

88 林道生,『原住民神話與文化賞析』, 漢藝色研, p.104. 다음과 같은 이야기도 기록되어 있다: "어느 날, 태양이 두 개의 알을 다무산 정상에 낳았는데, 백보사 한 마리가 부화를 하여 낳은 사람은 귀족이 되었고, 청사가 부화하여 낳은 사람은 평민이 되었다. 有一天, 太陽下了兩個卵在大姆山頂上, 經由一條百步蛇孵化而生出來的人是貴族, 另有青蛇孵化而生出來的是平民."

가된다. 즉 귀족 신분 남자와 평민 신분의 여인 간의 결혼이 금기사항으로 된 것이다. 남녀차별을 강조하기보다는 사실상 신분상의 차별을 강조하고 있다고 보아야 할 것이다.

또한 신화상에 등장하는 육구肉球나 육단肉團 같은 기형아는 일반적으로 홍수와 남매혼 모티프 신화에서 홍수 후 인류 절멸 상태에서 유일하게 생존한 남매가 인류 번성을 위해 천의의 테스트를 거쳐 남매혈족혼이라는 근친혼 결혼 방식을 취하면서 나온 결과인데, 여기에서는 신분이 다른 남녀가 혼인하였기 때문에 낳은 것으로 이야기를 전개하고 있다.[89] 이를 통해 우생학적 원인으로 인한 근친혼 금기가 아닌 귀족과 평민의 결혼 금기를 위한 설계임을 알 수 있다.

다만 남자는 모두 귀족이고 여자는 모두 평민인데 금기를 지키려면 원천적으로 서로 혼인을 못하기 때문에 자식이나 후손을 낳을 수 없다는 한계에 부딪친다. 신화가 논리를 반드시 따져야만 하는 영역은 아니지만 상식적으로는 볼 때 다소 취약한 면이 보인다.

이상의 여러 고사들을 종합해서 보면, 파이완족에게는 태양과 백보사(두목의 조상 낳음), 그리고 도자기병(토병)이 그들의 우두머리의 상징물이라는 점이 확인된다.[90] 그리고 계급과 남녀 신분의 차이, 그리고 귀족과 평민 간 결혼 금기 등 후기 원시사회에 속하는 풍습을 많이 내포하고 있다.

여기서 신화 속 뱀은 거의 모두 정령(aididigan)의 화신이지만, 그 세계 역시 파이완족이나 루카이족의 사회 계층구조를 반영하여 두 종류로 나뉜다. 즉, 영사靈蛇 백보사(amani)는 인간사회의 두목 계층을 상징하고

---

89 물론 근친혼으로 인한 기형아 출생 유형의 고사도 있다. 태양이 낳은 알에서 1남 1녀가 태어났는데, 이 둘은 결혼을 하여 기형아 자녀를 낳았다고 하는 내용이다. 達西烏拉彎·畢馬, 『排灣族神話與傳說』, 星辰出版, p.33.
90 達西烏拉彎·畢馬, 『排灣族神話與傳說』, 星辰出版, p.49.

있고, 기타 뱀들은 평민 계급을 상징하고 있다. 두목의 선조는 영사가 출생하였으며, 기타 평민들은 평범한 뱀이 출생하였다. 물론 이러한 신화 고사에 대한 권리와 의무를 동시에 가지면서 문자 기록 없이 구전으로 계승해온 그룹은 두목 가족임은 당연한 일이며, 그렇기에 이들은 이를 통해 자신들의 지위를 합법적으로 세뇌하며 공고히 해왔던 것으로 볼 수 있다.

한편 루카이족의 비교적 완벽한 뱀의 난생 유형 신화를 인용하면 다음과 같다.

> 예전 어느 날 두 마리의 신령스러운 뱀이 많은 알을 낳았는데, 이 알들이 부화하여 많은 사람들이 나왔다. 이들은 우리 이 부족의 선조들이다. 그래서 이 부족은 뱀 종류를 살상하지 않는다.
> 從前, 有一天, 兩條靈蛇産下許多卵, 於是, 就從這些卵中誕生出來許多人, 是我們這族的祖先, 所以, 不可殺傷這些蛇類.[91]

자신들 부족의 시조가 뱀이라고 하는 단순하면서도 직접적인 묘사를 목도할 수 있다. 이러한 유형의 신화는 원시 토템숭배에 근거한 초기 원시신화 범주에 속한다고 볼 수 있다.

또한 루카이족은 여신과 뱀의 알에서 부화한 남자아이 사이에 태어난 후손이라는 이야기도 전해지고 있다. 옹기 속 백보사[92] 알이 양광을 받아 부화하여 남자아이가 나왔고, 후에 여신과 결혼하여 루카이족이 번성하였다고 하는 고사다. 태양 알을 뱀이 부화를 도와서 아이를 출산하는 경우와는 정반대로 뱀이 낳은 알에 태양빛(양광)이 도움을 주어 아이를 출생시키는 형태라는 점에서 특징적이다.

---

91 達西烏拉彎 · 畢馬, 『魯凱族神話與傳說』, 星辰出版, p.37.
92 루카이족은 백보사를 아마니(Amani) 또는 카마니안(Kamanian)이라고 부른다. 許功明 (2001), 『魯凱族的文化與藝術』, 稻鄕出版社, p.56.

루카이족 난생 유형의 신화 중에는 이밖에 태양이나 뱀에 대한 묘사 없이 바로 도자기병에 있는 알이 부화하여 선조가 태어난다는 고사도 있다. 도자기병에서의 난생 유형이다.

그런데 현재 전해지는 루카이족 우두머리 집안에 전해지는 도자기병에 뱀이 그려져 있거나 새겨져 있는 모습을 참조해서 보면 이 고사도 태양에 의한 난생이라기보다는 뱀에 의한 난생 유형에 가깝다고 볼 수 있다. 루카이족 관련 고사를 요약하면 다음과 같다.

> 옛날, 바다에 하나의 병이 표류했는데 그 안에 알 두 개가 있었다. 이 두 알은 후에 부화하여 두 마리의 백보사가 되었는데 이들이 바로 루카이족의 선조이다.[93]

여기서는 태양은 보이지 않고 알에서 나온 뱀이 루카이족의 선조가 된다고 기록되어 있다. 즉 뱀 토템이 반영된 '도자기병＋사생蛇生' 유형으로 볼 수 있다. 루카이족 신화에는 이와 같은 도자기병 관련 고사가 특히 많다. 즉 태양과 뱀의 난생 유형이 공존하면서도 도자기를 포함한 돌, 교혼 등 다양한 구성 요소들이 결합되어 다양한 형태의 구조를 보이고 있다.

현존 고사들을 간략하게 정리해보면 다음과 같다.

(1) 태양 → 알 → 뱀의 부화 → 루카이족 시조 탄생
(2) 태양 → (도자기병에) 알 낳기 → 뱀의 부화 → 루카이족 시조 탄생
(3) (태양 없이) 도자기병의 알 부화 → 루카이족 시조 탄생
(4) 뱀 → 알 낳기 → 부화 → 루카이족 시조 탄생
(5) 도자기병 속의 알 → 부화 → 뱀 → 루카이족의 시조가 됨
(6) 도자기병 속 뱀의 알 → 양광 도움 → 남아 출생 → 남아와 여신 교혼 → 루카이족 시조 탄생
(7) 태양과 도자기병의 결혼 → 알女 낳기 → 알과 돌男 결혼 → 딸 출산

93 達西烏拉彎・畢馬, 『魯凱族神話與傳說』, 星辰出版, p.30.

→ 딸과 뱀 교혼 → 아들 출산

전체적으로 태양과 뱀의 난생 유형 고사로 볼 때, 파이완족, 루카이족, 그리고 베이난족 등 세 종족 모두에게 직접적으로 연관되는 혈연관계를 찾아보기는 쉽지 않지만, 파이완과 루카이족 신화 양자 간의 친연성은 쉽게 발견되고 있다. 파이완족 난생 신화의 유형이 다음과 같이 정리되고, 양 종족의 지역 모두 뱀 문양의 예술조형과 도안으로 충만하기 때문이다. 뱀은 양 종족의 문화를 상징하는 의미를 지니며 존경 받는 제사의 대상이 되고 있다.

(1) 태양(또는 태양신) → 알 → 인간 출현
(2) 태양 → 알 → 뱀의 부화 → 인간 출현
(3) 태양 → 알 → 뱀의 방해 → 인간 출현
(4) 뱀 → 알 → 인간 출현
(5) 뱀과 여인의 교혼 → 인간 출현

루카이족과 파이완족 등의 뱀 관련 신화를 보면, 세계의 일반적인 뱀 관련 신화에서 보이는 뱀의 영혼과 성력 性力(libido)이라는 이중 상징성이 동일하게 보인다. 인류사적으로도 인류는 구석기시대부터 무기나 물건에 뱀 문양의 형태를 새겨 넣었고 뱀 관련 신화를 만들어왔다. 이는 뱀의 체형은 작지만 걸출한 사냥꾼으로서 빠른 속도로 독액을 상대의 체내에 넣어 마비시키는 특이한 능력을 보이기 때문에 이에 대해 깊은 인상과 함께 두려움과

▲ 루카이족 신화에 등장하는
항아리와 뱀 조각물(필자사진)

앙모의 마음을 지니면서 원시종교감정을 가졌을 것이다. 아울러 인류의 잠재의식 속에 뱀의 형상과 성기의 형상을 연관 지으면서 뱀을 생식력의 상징으로 자리매김 하였을 것이다.

다만 루카이족이나 파이완족 신화 속 뱀의 형상은 세계 보편적인 신화에서 뱀이 성결聖潔과 초탈의 감정과 동시에 변형과 불결, 그리고 망각의 죄악감이라는 두 가지 서로 다른 상징성이 나타나는 것과 달리 주로 긍정적인 관점에서 그려지고 있다는 점이 특징이라고 할 수 있다.

3. 감응感應 탄생

타이완 원주민의 인류기원 모티프 신화 고사 중에는 감응에 의한 탄생 유형이 종종 보인다. 감응을 일으키는 매개체로는 주로 돌과 바람, 돌과 물, 물과 나무, 허리띠, 열매(빈랑)와 꽃 등이 있다.

우선 타이야족泰雅族 인류기원 모티프 신화에는 다음과 같이 석두감응石頭感應, 즉 돌의 감응과 바람의 매개에 의해 아이를 잉태를 하여 낳는다는 인류 탄생 고사가 보인다.

> 태고에는 처음에 한 여인만이 있었다. 어느 날 그녀가 큰 돌 위에 있었는데 바람이 한번 다리 사이로 불어 들어오더니 임신을 하였고 얼마 안 있어 아들을 하나 낳았다.
> 太古之時, 最先只有一個女人. 有一次她站在大石上, 一陣風吹入股間因而懷孕, 不久生下一個兒子.[94]

태초에 등장한 생식 가능한 여성 한 명이 배우자 없이 단독으로 아이를 낳는다는 내용이다. 상식적으로 태고의 여인이 신이 아닌 이상 혼자

---

94 李亦園(1983), 『師徒·神話及其他』, 正中書局, pp.122~124. 또한 陳千武(1991), 『臺灣原住民的母語傳說』, 臺原出版社, pp.34~35 참조.

서 자손을 만들어 낼 수는 없는 일이다. 따라서 아이를 낳기 위해서는 바위 위에 서서 바람을 맞고 임신을 한다는 감응 구조가 첨가되어야 했던 것이다. 돌과 바람의 결합, 그리고 감응이라는 형식을 취하여 최초의 종족 번성에 대한 원주민 나름대로의 해석을 취하고 있다.

여성을 시조로 두었다는 것은 모계제의 반영이지만, 첫 번째로 아들을 낳았다는 것은 모계제에서 부계제로의 전이 과정이 내포된 것으로 해석할 수 있다.

타이야족과 동류로 여겨지는 타이루거족泰魯閣族의 신화에도 위와 유사한 고사가 발견된다.

> 최초에 타이루거족泰魯閣族의 선조는 여인 한 사람뿐이었다. 어느 날, 이 여인이 산 정상 위에 올라 두 다리를 벌려 바람을 쐬는 즐거움을 누리고 있을 때 한 바탕 산바람이 그녀의 넓적다리 사이로 불어드니 매우 상쾌한 느낌이 들었다. 집에 돌아와 얼마 지나지 않아 남자 아이 하나를 낳았다.
> 太魯閣族的祖先最初只有一個女人. 有一天, 這位女人來到了山頂, 雙脚跨開在享受吹風的快樂時, 一陣山風吹入她的股間, 感覺甚是爽快. 回到了家, 不久就懷胎生下了一個男孩子.[95]

파이완족의 여인국 신화에도 유사한 바람 감응 모티프 고사가 있다.

> 차오바이바이 부락 사람들은 모두 여자들이고 남자는 없었다. 한번은 여인들이 서로 "우리 아이를 가져야지." 하고 상의하였다. 이에 모두 산위에 올라가 산 계곡을 등지고 엉덩이를 내밀고 구부린 채 엎드려 바람이 불어 들어오도록 하였다. 이렇게 해서 임신을 하였고 아이를 낳았는데 모두 여자였다.
> 喬拜拜部落的人, 都是女人, 沒有男人. 有一次, 女人們互相商量說: "我們應該生孩子." 於是大家就到山上去, 背着山溪, 露出屁股俯伏下來, 讓風吹進去. 就這樣她們懷孕, 生了孩子. 可是生出來的都是女人.[96]

---

95 林道生, 『原住民神話故事全集 5』, 漢藝色研, p.39에서 인용.
96 陳千武(1991), 『臺灣原住民的母語傳說』, 臺原出版社, p.33.

여기서는 구체적으로 돌이라는 표현은 등장하지 않았지만, '큰 돌 위에' 대신 '산정상 위'라는 유사 구조로 설정되어 있다. 바람에 의한 감응이라는 공통점도 존재한다. 상기 두 고사의 구조는 '시조여성＋거석(산)＋바람＋임신＋(아들) 출산'이라는 결합 구조로 묶어서 정리할 수 있다. 그리고 이러한 유사한 감응 구조를 통해 두 종족 간 혈연적 친연성이 매우 깊음도 알 수 있다.

부눙족布農族 신화에도 여인이 산에 올라가 바람을 쐬고 임신하여 여아를 낳았다는 고사가 있다.

> 어느 여인이 산 위로 올라가 부는 바람을 맞고는 임신을 하였는데, 다만 여자아이를 낳았다.
> 某一個女人到山上吹風而懷孕, 唯只生女孩.[97]

산 위에서 바람의 감응으로 임신한다는 점에서는 타이야족 신화와 동일하지만, 여자 아이를 출산한다는 점에서는 남자 아이를 출산한다는 타이야족 신화 내용과 차이가 있다고 할 수 있다. 부눙족의 이 신화는 과거 여성 중심의 모계사회가 반영되어 있는 반면, 타이야족과 타이루거족의 신화는 모계사회에서 부계사회로의 전이과정이 함축되어 있다고 할 수 있다.

바람의 감응으로 임신을 한다고 하는 설정은 생식生殖에 대한 과학적 지식이 부족한 고대인들이 강력하게 불어오는 바람을 신격체의 매개물로 인식하고, 신격체의 생식력이 바람이라는 매개물을 통해 여인을 감응

---

97 李福清(2001), 『神話與鬼話』, 社會科學文獻出版社, p.190. 부눙족 고사에는 임신풍을 의미하는 회잉풍懷孕風 이야기가 있는데, 여인들만 사는 곳에서 여인들이 산꼭대기에 올라가 바람이 음부에 들어오도록 하자 아이가 뱃속으로 들어왔고, 탄생한 아이가 여자아이면 정상이고, 남자아이면 모두 기형으로 잘라서 버렸다고 한다. 陳千武(1991), 『臺灣原住民的母語傳說』, 臺原出版社, p.36.

시켜 출산에 이르게 한다고 여겼기 때문에 나온 표현이라고 추측된다.[98]

한편 쩌우족鄒族의 감응 탄생 유형 고사에는 물과 나무의 감응에 의한 탄생이라고 하는 독특한 내용이 보인다.

> 한 여자 고아가 강물에 떠다니는 나무토막을 허리춤에 끼고 돌아왔는데…… 얼마 지나지 않아 아이를 낳았다. 이름을 나파라마치(Naparamatsi)라고 지었다.
> 孤女把流木挾在腰部便回去了…… 不久, 生下了孩子, 取名那巴拉馬吉(Naparamatsi).[99]

이러한 물과 나무토막의 감응에 의한 출산 유형은 기타 원주민 신화에서는 찾아볼 수 없다. 쩌우족은 아리산을 중심으로 거주하면서 산악 속 숲과 나무에 친숙하고, 아리산 나무를 수신樹神으로 숭상하는 신앙도 간직하고 있는 종족이다. 이러한 사실에 비추어 볼 때, 나무가 생명 탄생의 매개체로서의 역할을 한다는 내용의 신화 고사의 출현은 그들에게 있어서 매우 자연스러운 현상이라고 보인다.

흥미로운 점은 오히려 주인공의 남녀 성별은 다르지만, 홍수 때 아버지 교목喬木을 타고 다니다가 인류의 조상이 된다는 우리나라 목도령 고사[100]와 흡사한 측면이 발견된다.

---

98 『楚辭』와 『異域志』의 바람신 비렴飛廉이나 풍백風伯을 통해서도 바람의 신격화 현상을 엿볼 수 있다.

99 원문은 林道生, 『原住民神話故事全集 4』, 漢藝色硏, p.89에서 인용.

100 손진태(1954), 『한국민족설화의 연구』, 을유문화사, pp.170~171 참조. 그 내용을 요약하면 다음과 같다. ① 나무의 아들 출생: 선녀가 목신木神의 정기에 감응 받아 아들을 출산하고 하늘로 올라간다. ② 홍수 출현: 갑자기 큰비가 내리며 세상을 바다로 만든다. 이에 목신의 아들(목도령으로 명명)은 아버지 교목喬木의 등을 타고 표류한다. 교목은 아들에게 동물은 구해 주어도 좋지만 사람은 구해 주지 말라고 하였지만 아들은 개미와 모기 뿐 아니라 아이도 구해 준다. 그들은 산의 정상(혹은 섬)에 오른다. 두 소년은 친딸 및 수양딸과 살고 있는 노파를 만난다. ③ 구조된 소년이 목도령을 곤경에 처하게 함: 두 소년과 두 딸이 청년으로 성장한 후 노파는 친딸을 영리한 자에게, 그리고 수양딸

한편 고사 내용 중 허리춤이라는 신체 부위가 감응의 매개가 되고 있다는 대목은 흥미롭게도 베이난족 신화에서도 찾아볼 수 있다. 처녀가 허리띠의 감응으로 임신을 하여 아이를 출산한다는 베이난족 고사 내용은 다음과 같다.

> 예전에 이마루伊瑪露라는 미혼 여인이 아이를 기르고 싶어 했다. 그녀는 친구 측으로부터 여자가 허리띠를 허리에 두르면 아이를 낳을 수 있다는 말을 듣고, 자신도 허리에 허리띠를 둘렀는데 얼마 지나지 않아 임신을 하였고 아들을 하나 낳았다.
> 從前, 有一位叫伊瑪露的未婚女人想要養孩子, 她從朋友那邊聽到女人用腰帶綁在腰部就會生子, 而自己也在腰部梆子一條帶子, 不久就懷孕生了一個男孩子.[101]

이 이야기는 허리띠의 감응에 의한 처녀 임신과 출산이라는 유형의 고사이지만 허리띠를 허리라는 신체 부위에 두름으로써 임신되었다는 점에서는 쩌우족 감응 신화 일부와 유사한 측면이 있다.

이밖에 야메이족雅美族의 감응 유형 고사는 돌과 물의 감응에 의한 인간 탄생이라는 구조로 이루어져있다.

> 야메이족 두 여신이 대나무에서 나왔는데, 각자 돌을 잡은 후 겨드랑이에 끼고 물속에 들어가 목욕을 하고 난 뒤 임신을 하여 자손을 낳았다.
> 兩位女神出現在竹子裏, 二人各拾一石頭挾於腋下, 走進泉水中洗澡, 乃懷孕生下子孫.[102]

을 그 나머지에게 주려고 한다. 구조된 청년의 계략으로 노파는 목도령에게 어려운 시험을 청하지만 모기의 도움으로 성공적으로 통과한다. 이에 노파는 두 딸을 동서 두 방에 넣고 두 청년에게 두 방 중 하나를 택하라고 한다. 목도령은 모기의 도움으로 예쁜 노파의 친딸을 얻고 마침내 인류의 조상이 된다. 원문 일부를 인용하면 다음과 같다: "洪水將至, 必爲巨害矣. 願速嚴舟…… 有蛇越船, 菩薩曰取之, 鼇云大善. 又覩漂狐, 曰取之, 鼇亦云善. 又覩漂人, 搏顙呼天, 哀濟吾命, 曰取之, 鼇曰愼無取也…… 鼇曰悔哉……"
101 林道生, 『原住民神話故事全集 5』, 漢藝色硏, p.110.

여신들의 죽생竹生 유형에 돌 그리고 물이라는 요소들이 결합하여 생명 탄생의 고사를 형성하고 있다. 여기서 신체 중 겨드랑이 부위는 생명 탄생의 출구인 산문産門으로 쓰이는데, 신화에서 이러한 경우가 가끔씩 발견된다.

한편 루카이족 신화 중에는 특히 빈랑檳榔(betel nut)이라는 작고 동그스름한 열매의 감응으로 임신을 하여 아이를 낳는다는 내용의 이야기가 전해진다.

> 이때 돌연 빈랑과 석회가 하늘로부터 창문을 통해 날아 들어왔다. 그 당시의 하늘은 원래 낮아서 머리가 닿아 부딪칠 정도였다. 누이는 "이 빈랑은 태양이 나에게 주신 것입니다"라고 하며 무둬커둬姆多克多克는 빈랑을 먹었다. 얼마 지나지 않아 임신을 하였고 시마라라이西馬拉萊라고 하는 남자 아이를 낳았다. 남매 둘은 세심하게 태양의 아들을 보살폈고, 이 기간 중에도 창문을 통해 아이의 옷이 날아 들어왔다.
> 這時突然從窓戶飛進來檳榔和石灰, 那時的天本就低得都要碰到頭了, 妹妹說:"這檳榔是太陽要給我的吧!" 姆多克多克吃下了檳榔, 不久就懷孕生下男孩叫西馬拉萊. 兄妹兩人很細心的照顧着太陽之子, 這期間也常常從窓戶飛進來孩子的衣物.[103]

여기서 하늘에서 떨어진 빈랑은 태양(신)의 매개물 또는 태양의 아들로 추정할 수 있다. 빈랑의 감응으로 인해 태어난 아이를 당연히 태양의 아들이라고 표명하고 있기 때문이다. 태양과 타이완의 주요 특산물 중 하나인 빈랑의 연계는 독특하면서도 토속적 특색을 지닌 발상으로 보인다.

빈랑은 타이완 거의 전역에 걸쳐 생산이 되는 아열대 열매로서, 현재도 타이완 원주민들과 농촌의 본토인들 사이에서는 피로회복과 각성 효과를 위해 석회나 나뭇잎을 싸서 생활용품으로 애용하고 있다. 따라서

---

102 達西烏拉彎 · 畢馬, 『達悟族神話與傳說』, 晨星出版, p.51.
103 林道生, 『原住民神話故事全集 5』, 漢藝色研, p.82.

고대 원주민 신화 속에 빈랑이 소재로 들어가 있는 것은 충분히 당연한 일일 것이다.

태양이나 태양신이 알을 낳는다는 난생 유형의 구조와는 조금 다르지만 태양이 작열하는 아열대 지방인 타이완 섬에서 많이 볼 수 있는 빈랑나무의 열매인 빈랑의 둥그런 모양새가 태양의 축소된 모습과 흡사하다는 생각에서 바라볼 때 태양과 난생 유형의 구조를 쉽게 연상할 수 있다.

루카이족 신화 중에는 여신이 좋아하던 꽃 가운데서 루카이족 시조가 탄생했다는 이야기도 전해지고 있고, 또한 바람 부는 가운데 백합꽃과 여신의 심령이 서로 감응하여 남자아이가 태어났다고 하는 이야기도 전해지는 등 꽃의 감응에 의한 탄생 내용이 담긴 고사가 종종 보인다.[104]

일반적으로 신화 속에서 꽃 이미지는 생식과 생명력을 상징한다고 볼 수 있다. 프로이트(Sigmund Freud)는 꽃이 생식기관을 상징한다고 주장하고 있고, 보드킨(Bodkin)은 일반적으로 꽃과 식물은 재생력을 갖추고 있으며 고대의 식물 숭배와 관련이 있다고 말하고 있다.[105] 이렇게 볼 때,

---

104 達西烏拉彎 · 畢馬, 『魯凱族神話與傳說』, 晨星出版, p.28.

105 Maud Bodkin(1965), 『Archetypal Pattern in Poetry』(London: Oxford Univ. Press), pp.130~131 참조. 우리나라 소설 『심청전』에서도 꽃의 신화적 상징성 영향을 받아 심청이 연꽃에서 재탄생하는 내용이 있다. 우리나라 무속 신화나 무가巫歌 속에도 꽃의 생명력이 잘 표현되어 있다. "그녀 사체의 살을 고정시키기 위해 살꽃을 뿌리고, 명꽃으로 그녀의 생명을 구하고, 기묘한 꽃들을 뿌린 후에, 나는 그녀의 사체를 부드러운 버들가지로 쓰다듬었다. 그러자 나의 어머니는 다시 천천히 일어나셨다" 진성기(1970), 『남국의 전설』, 일지사), p.80. "하염없이 흐르는 눈물을 닦고 묵묵히 상여로 가서 곽을 뜯고 첨판을 떼서 보니 부모님의 시신에는 뼈만 앙상히 남아 있었다. 비리데기(바리공주)는 피 살릴 물을 그 위에 뿌리고 피 살릴 꽃을 흩트린 다음 야감나무 가지로 내리치니 뼈는 불그스름하게 물들었다. 이어서 비리데기는 살 살릴 물과 살 생길 꽃을 뿌리니 뼈에 살이 점점 살아 나오기 시작했다. 다음으로 숨 터질 꽃을 뿌리고 야감나무 가지로 살짝 치고 숨 터질 물을 부모의 입에 흘려 넣으니 한날한시에 죽었던 부모님이 한날한시에 다시 살아나게 되었다." 최길성(1985), 『무속의 세계』, 정음사, pp.113~114.

이 고사는 꽃의 감응에 의한 인류 탄생 유형에 해당한다. 신령스러운 꽃이자 약용으로 쓰이는 백합을 매개로 삼아 아름다운 신화 고사를 만들어 낸 루카이족의 풍부한 상상력과 감성이 엿보인다.

인류기원 모티프 고사 중 감응 유형에서 태양과 나무열매인 빈랑檳榔과의 연계 구조와 꽃의 감응에 의한 인류 탄생이라는 구성은 루카이족 신화에서만 볼 수 있는 감성적 특징이라고 할 수 있다.

4. 동물로부터 출산법 학습

타이야족泰雅族과 타이루거족泰魯閣族 신화에는 동물에게 출산 방법을 배워 아이를 출산한다는 흥미로운 이야기가 각각 아래와 같이 전해진다.

> 남녀 두 신이 여러 방식으로 시도했으나 자손 번성에는 실패하였다. 이때 파리가 한 마리 날아 들어와 여신의 은밀한 곳에 머무르자 두 신은 그제야 크게 깨닫고…… 아이를 낳았다.
> 他們兩試了許多方式, 就是無法製造子孫. 這時飛來了一隻蒼蠅, 恰好停在女神私處, 二神才慌然大悟…… 生了孩子.[106]

---

106 원문은 林道生, 『原住民神話與文化賞析』, 漢藝色研, pp.19~20에서 인용함. 이와 유사한 고사 내용을 인용하면 다음과 같다. "남신과 여신이 드디어 이곳(Pinsabnkan)에서 거주하였다 어느 날, 남신은 자손을 가질 수 있을 정도로 어른이 되었음을 느꼈고 이에 여신은 미소로서 답하였다. 하지만 두 신이 각종 방법을 써서 시험하였지만 눈과 눈을 마주해도 해답을 찾을 수 없었고 입과 입을 마주해도 해답을 찾을 수 없었다. 그때 파리 한 마리가 여신의 은밀한 곳에 머무르는 것이 아닌가? 이에 부부의 도를 깨닫게 되었고 얼마 후 여러 아이들을 낳아 인류의 조상이 되었다. 男神與女神遂居於此. 一日, 男神覺得已有根基, 可生子孫, 女神報以微笑, 但二神試驗各種方法, 目目相合, 口口相合, 仍未得其解, 適一蒼蠅停在女神私處, 因此便得知夫妻之道, 不久便生下數子, 此爲人類的祖先." 또 다른 기록을 인용 번역하면 다음과 같다. "어느 날 파리 한 마리가 여인의 음부에 날아와 앉는 것이었다. 남자는 이에 비로소 어떻게 결합하는지에 대해 알게 되었고 이후 그들은 이 방법을 즐겨 사용하였고 얼마 지나지 않아 여인은 임신을 하여 계속해서 1남1녀를 낳았고 이후 자손은 번성하였다." 王嵩山(2011), 『臺灣原住民-人族的文化旅程』, 遠族文化事業, p.55. 또한 陳千武 (1991), 『臺灣原住民的母語傳說』, 臺原出版社, p.90 참조.

부득이 모친 자신이 아들의 처 역할을 하기로 결정하였다······ 파리가 한 마
리 날아 들어와 불가사의하게 그녀의 은밀한 곳에 머물자, 그제야 크게 깨닫
고, 이에 아들과 함께 하여 순조롭게 임신하여 아이를 낳았다.
決定由自己來充當兒子的妻子······ 飛來了一隻蒼蠅, 不可思議的停在她
的私處, 這才慌然大悟, 於是順利的與兒子懷孕生子.[107]

이 두 고사는 아이를 출산하는 데 있어서 각각 남녀 두 신 간의 결합과
모자 간의 결합을 통하여 이루어진다는 점에서는 차이를 보이고 있지만,
파리라는 동물이 교미 방법을 제시하고 이후 자손 번성 방법을 깨닫고
인류번성에 성공한다는 점에서는 일치를 보이고 있다.[108]

한편 아메이족阿美族 신화와 부눙족布農族 신화에는 파리가 아닌 또 다
른 동물인 새가 직접 교미하는 모습을 보고 이를 학습하여 결국 자손을
낳았다는 이야기가 각각 아래와 같이 전해지고 있다.

최초로 하늘에서 두 신이 지상으로 내려왔다. 그들은 배가 고파 먹을 것을
찾다가 감자를 발견하고 그것을 먹기 위해 쭈그리고 앉았다. 그때 서로의 성
기를 보게 되었는데, 각기 그 모양이 다름을 알았다. '왜 모양이 다를까?' '글
세······' 두 신은 그 차이에 놀라서 유심히 살펴보며 신기하게 생각했다. 이때
어디선가 할미새 한 쌍이 날아와 꼬리를 상하로 흔들었다. 그것을 보고 흉내
를 내어 성교 방법을 깨달았다고 한다.[109]

두 산인이 나체로 불 옆에 쭈그리고 앉아 불 옆에서 야생 산마를 구워먹고
있었는데, 불빛이 그들 몸에 금색의 빛을 쏘는 것이었다. 그때, 신인들은 우
연히 나체인 상대의 모습이 조금 이상하다는 것을 알게 되었고, 바로 이때 멀
리서 한 마리의 수컷 새와 한 마리의 암컷 새 등 두 마리의 신조가 날아와
부근의 풀밭에 머물며 교미를 하였다. 두 신은 크게 깨닫고 남녀 간에 아이
를 생육하는 오묘한 이치를 알게 되었다. 그들은 새들의 그러한 모습을 모방

---

107 원문은 林道生, 『原住民神話故事全集 5』, 漢藝色硏, p.39에서 인용.
108 반면 루카이족 신화에는 산위에 올라 파리로부터 출생법을 학습한 것이 아니라 나무를
   비벼서 불을 내는 방법을 배웠다는 내용이 있다.
109 이명주(1996), 『한국인과 에로스』, 지성문화사, p.31.

하여 아이들을 낳았고, 시간이 흐르면서 섬 위에 점차 사람들로 붐비기 시작하였다.

兩位神人便赤身露體地蹲在火旁, 烤着山薯吃. 火光在他們的身上鍍了一層金色的亮光. 神人偶然瞥見了赤裸的對方有點異樣. 就在這個時候, 遠處飛了一雄一雌的兩隻神鳥. 停栖在附近的草地上作交尾的樣子. 二神見了才恍然大悟, 懂得了男女間生育孩子的奧妙, 他們便模倣鳥兒那樣, 生兒育女. 天長日久, 島上逐漸鬧起來了.[110]

태고 시에 한 남자와 한 여자가 있었는데, 뼈가 없는 사람 모습이었고 땅에서 기어 다녔다. 한번은 일군의 개미 무리에게 포위되자 놀라면서 땅위에 서게 되었고, 이렇게 해서 인류가 되었다. 이 두 남녀는 한 쌍의 새로부터 남녀 교합의 이치를 배운 후 많은 자손을 낳았다. 그들이 바로 부눙족 카사군의 선조이다.

太古時候, 有兩個一男一女的無骨人形者, 在地上匍匐行走. 有一次, 被一群蟻蚊蛆包圍, 吓得從地上站了起來而成爲人類. 這兩個男女從一對鳥學得了男女交合之道, 生了許多子孫, 他們就是布農族卡社群的祖先.[111]

태고 시절 인류 최초의 존재가 남녀 신으로 등장하기도 하고, 남녀 사람으로 등장하기도 한다는 점에서 양 고사가 차이가 있고, 양 고사 모두 동일하게 할미새인지에 대해서도 확인하기는 어렵지만, 기본적으로 새로부터 교미 방법을 학습하여 자손을 번성시켰다는 점에서는 동일하다.

앞서 언급한 타이야족泰雅族과 타이루거족泰魯閣族 신화에는 파리가 등장하였고, 아메이족阿美族과 부눙족布農族 신화에는 새가 등장하였다는 점은 차이를 보이지만, 사실상 여기서 남녀에게 자연스럽게 출산법을 가르

---

110 陳國强(1980), 『高山族神話傳說』, 民族出版社, pp.12~13.

111 원문은 林道生, 『原住民神話與文化賞析』, 漢藝色硏, p.49에서 인용. 또 다른 고사에는, "후에 부친이 이를 알고 칼로 남아의 남근을 자르자 남매 둘은 죽었다…… 죽은 후 둘은 앵두나무櫻가 되었다查看了究竟之後, 父親只好拔出刀切斷哥哥的男根, 兄妹兩人便死了…… 櫻樹是兩位兄妹所化生的"라는 내용이 있다. 남매혼 고사의 변형 고사이다. 林道生, 『原住民神話故事全集 4』, 漢藝色硏, p.63. 참조. 우리나라 달래내 고사에서 남매 간 성욕이 일어나는 것에 대한 죄의식으로 인해 남동생이 스스로 남근을 찍고 죽는다는 내용과 흡사하다.

쳐준 파리나 새의 존재에 대한 신화적 의미는 별 차이가 없어 보인다. 아마도 고대 원주민의 생활권 내에 있는 이들 동물들의 교미하는 모습은 일상에서 쉽게 눈에 띄기 때문에, 파리나 새 모두를 자연스럽게 고사에 등장시키게 된 것으로 보인다.

이상에서와 같이 조류인 새와 벌레인 파리의 교미 방법을 흉내 내고 학습하여 종족의 시조를 출생케 한다는 동물로부터의 출산법 학습 모티프 고사는 14개 원주민 종족 중 타이야족, 타이루거족, 아메이족阿美族, 부눙족 등 4개 종족의 신화 속에 남아있다.

일본의 창세 신화 중 아지나키伊邪那岐와 이자나미伊邪那美 또는 음신과 양신이 척우조鶺宇, 鶺鴒, 즉 할미새가 교미하는 모습을 보고 그대로 배운 후 인류를 번성시켰다는 내용이 있고, 오키나와 전래 신화에도 남녀가 암수 새나 메뚜기가 서로 포개지는 것을 보고 성교를 배웠다는 내용이 전해진다. 아마도 타이완과 오키나와 양 지역 모두 섬이면서 지리적으로 근접해있다는 점이 공통의 유형 고사 발생에 영향을 주었을 거라는 추측을 가능케 한다.[112]

5. 모자혼과 화인化人

앞서 동물로부터의 출산법 학습 부분에서 타이루거족泰魯閣族의 신화 고사를 인용하면서 파리로부터의 교미 방법 습득과 모자 간의 결합에 대

112 중국 구이저우 먀오족苗族 신화에도 척우새가 등장하는데, 여기에서는 알의 부화를 돕는 역할을 한다. 내용은 다음과 같다: 먀오족의 시조 장앙姜央은 메이팡류妹榜留와 물거품 사이에서 생겨난 열두 개 알 중 황색 알에서 부화되어 나오는데, 메이팡류妹榜留는 정작 부화할 줄을 몰라 척우鶺宇라는 새의 도움으로 장앙을 부화시킨다. 척우鶺宇는 12년 동안 갖은 고생을 하면서 먀오족 시조인 장앙을 비롯해서 뇌공, 룡, 코끼리, 물소, 호랑이, 뱀, 지네 등 각종 생명체를 탄생시킨다. 생명의 탄생이라는 측면에서 보면 새가 큰 범주에서 유사한 역할을 하는 것으로 해석된다. 貴州省苗學會 共編(2007), 『苗學研究』, 貴州民族出版社, pp.24~25, pp.94~99.

해 언급한 바 있다. 여기서는 모친의 아들 출산과 모자母子 간 혼인을 통한 시조의 탄생 부분에 초점을 맞추어 다시 언급해보고자 한다.

> 아이가 점차 성장하여 건장해지자 어머니는 동분서주하며 아들의 배필감을 찾아다녔지만, 그 지역에서는 인류를 더 이상 볼 수가 없어서 부득이 자신이 아들의 배필이 되기로 결정했다. 어느 날 어머니는 아들에게 말했다. "너도 이미 성장하여 성인이 되었으니 결혼을 해야겠지. 내가 먼저 나가 너의 배필을 찾아볼 테니 5일 후 집 뒤의 산 저쪽에 가 보거라. 그러면 얼굴에 푸른색 문신을 한 여인이 기다릴 것이야. 그녀가 바로 너의 아내가 될 것이야."
> 孩子日漸長大, 健壯, 母親奔波要为兒子找妻子, 却没有看過其地方有人類. 不得已, 決定由自己來充當兒子的妻子. 有一天, 母亲告訴告兒子: "你已經長大成人, 該結婚了. 我這就先走一步, 去爲你找個好妻子. 五天後你到屋後的山山麓那邊, 會有個臉上刺青的女人在等待, 她就是你的妻子了."[113]

이 고사는 '아들 출생 → 모친이 난삽한 윤리와 종족 보존이라는 사명 사이에서 갈등 → 얼굴에 푸른색을 칠하고, 아들이 사냥하는 길목에 숨기'라는 구성으로 내용이 전개된다. 그리고 고사 내용은 이어서 '아들이 상대가 모친임을 모르고 모친과 결혼 → 모자 둘 사이에서 낳은 아들이 시조가 됨'이라는 구성으로 이어지며 이야기를 마친다.

인류 또는 종족의 태초의 시원적 상황을 상상하면 태초에는 배우자가 없는 상황이었을 것이고, 이에 인류 번성이라는 절체절명의 숙제를 해결하기 위해서 윤리문제에 앞서 생존과 번식의 문제에 고민하게 되었을 것이며, 결국 상상력의 종점은 모자혼 또는 남매혈족혼이라는 근친혼 설정으로 귀결될 수밖에 없었을 것이다.

타이루거족 시조 기원 모티프 신화 중 모자혼 유형온 기미린족噶瑪蘭族 시조 기원 모티프 신화에서도 나타난다. 가마란족 신화 중 관련 고사를

---

113 林道生, 『原住民神話故事全集 5』, 漢藝色硏, p.39에서 인용.

요약하면 아들이 배필을 구하지 못하자 모친이 아들 몰래 흑칠을 하고 아들과 동침한 후 자식을 낳는다는 내용이다.[114]

하지만 이러한 모자 간 교혼 유형은 기타 아메이족阿美族이나 부눙족 등의 신화에서는 발견되지 않는다. 즉 타이루거족과 가마란족 사이에서만 전해지는 고사이다. 따라서 모자 간 교혼 유형 고사를 통해서 타이루거족과 가마란족 간 긴밀한 친연관계와 동질성을 좀 더 분명하게 확인할 수 있다.

한편 타이완 원주민 인류기원 모티프 고사 중에는 화생化生(metamorphosis, dissolution) 또는 변형變形(transformation) 유형의 이야기들이 발견된다. 주로 벌레를 포함한 동물의 분변이나 사체의 일부 부위, 또는 뱀과 같은 동물이나 식물의 화생化生을 통한 종족 번성이라는 내용이 주를 이룬다. 인간으로 변형되기 이전의 이들 동물들은 토테미즘 신앙의 관점에서 각 종족의 토템으로 바라볼 수도 있을 것이다.

먼저 부눙족 신화에는 벌레 분변의 화생化生에 의한 인간 출현 유형의 고사가 보인다.

> 태고 시절에 민둥쿵敏東孔(Mintongolu) 지역에 두 개의 동굴이 있었다. 어느 날 한 마리의 벌레가 자신의 대변을 빚어 동그란 공처럼 만들어 동굴 안으로 넣었는데, 15일이 지난 후 한 동굴에서 남자 한 명이 출생했고, 다른 동굴에서는 여자 한 명이 나왔다. 그 둘은 성장 후에 결혼하여 부부가 되었고 2남 2녀, 총 4명의 아이를 낳았다. 아이들은 자란 후 서로 결혼을 하여 또 많은 자손을 낳았다. 오늘날 부눙족은 바로 이렇게 해서 계속 번창해온 것이다.
>
> 太古時候, 在敏東孔(Mintongolu)地方有兩個洞穴. 一隻路豪路蟲把自己下的糞便揉成丸推入其穴, 十五天後從一個洞穴出生了一男子, 從另一個洞穴出生了一女子. 他們兩人長大後結成夫妻, 生了二男二女四個孩子. 孩子們長大後互相結婚, 又生了許多子孫. 今天的布農族人便是這樣一直繁衍下來的.[115]

---

114 고사의 전체 내용은 林道生, 『原住民神話故事全集 5』, 漢藝色硏, pp.165~67 참조.

이처럼 벌레에서 나온 분변이 사람으로 변한다는 화생化生 유형 이야기는 거인의 사후에 그의 몸속 벌레가 바람 감응으로 인간으로 화한다身之諸蟲, 因風所感, 化爲黎民는 반고盤古 신화[116]의 화생化生 유형과 대조해볼 때, 직접적인 화생이냐 간접 방식에 의한 화생이냐 라고 하는 방식상의 차이는 있겠지만, 토테미즘의 배경 속에서 벌레나 그의 일부가 결국은 사람으로 화한다는 화생 또는 변형 유형을 보여준다는 점에서는 동일하다. 고대인들은 인간과 동식물의 지위가 대등하다고 하는 사고를 품었었고, 이것이 특정 동식물에 대한 토템사상으로 이어져 토템에서 출현하고 토템으로 회귀한다는 이야기가 만들어졌다. 따라서 벌레가 사람으로 화한다는 사실은 고대인의 눈높이나 시각에서 보면 자연스럽고 당연한 일이었던 것이다.

타이완 원주민 신화와 반고 신화의 이러한 유형상의 유사성은 반고 신화의 기원에 관한 여러 학설 중 하나로서 반고 신화가 대륙 남방 묘만계苗蠻系 신화에 속하며 이 지역에서 출현했다고 주장하는 학설을 뒷받침하는 단서가 될 수 있다.

타이완 원주민 화생 유형 고사와 반고 신화의 화생 유형 고사가 공통의 요소를 가지고 있다고 한다면, 지역적으로 상호 교류가 쉬운 타이완 근처 대륙 남방 지역이 반고 신화의 출현 지역일 가능성이 대륙 중원

---

115 林道生, 『原住民神話與文化賞析』, 漢藝色硏, p.48에서 인용.

116 『繹史』 권 1에 인용된 『五運歷年記』에는 다음과 같은 거인 반고의 화생 관련 내용이 첨가되어 있다. "반고가 죽은 후, 그의 숨은 바람과 구름으로, 그의 목소리는 천둥으로, 그의 왼쪽 눈과 오른쪽 눈은 각각 해와 달로, 그의 사지오체는 땅의 사극과 오악으로, 그의 피는 강으로, 그의 근육과 혈관은 지층으로, 그의 살은 토양으로, 그의 머리와 수염은 별자리로, 그의 피부와 몸의 털은 식물과 나무로, 그의 치아와 뼈는 금속과 돌로, 그의 골수는 금과 보석으로, 그의 땀은 비로 화하였다. 그리고 그의 몸의 벌레들은 바람의 감응에 의해 인간으로 변했다.首生盤古, 垂死化身, 氣成風雲, 聲爲雷霆, 左眼爲日, 右眼爲月, 四肢五體爲四極五嶽, 血液爲江河, 筋骨爲地理, 肌肉爲田土, 髮髭爲星辰, 皮毛爲草木, 齒骨爲金玉, 精髓爲珠石, 汗流爲雨澤, 身之諸蟲, 因風所感, 化爲黎民. 반고는 분리(separation)와 변형(transformation) 또는 화생(dissolution)이라는 방법으로 창조를 전개하며, 반고라는 우주적 존재의 여러 다른 기관들이 생명체 또는 피조물들로 변형된다.

지역이나 북방 지역이 출현지역일 가능성보다는 클 것이다. 이 점에서 타이완 원주민 중 부눙족布農族과 대륙 남방 민족 간의 연계성 부분도 긍정적으로 바라볼 수 있다.

한편 타이루거족 신화에는 "여인은 돼지 똥에서 출생하고, 뱀은 또 다른 돼지 똥에서 나왔다女人是從猪糞生出來的, 蛇是從另外的猪糞所生出來的"[117]는 고사가 있는데, 여기서 돼지의 똥은 큰 범주에서 동물 분변에 속하기 때문에 부눙족 화생 유형 고사와 유사한 측면이 있다.

루카이족魯凱族 신화에도 반고의 사체화생설과 유사한 유형의 인류 탄생 내용이 나오는데, 요약하면 다음과 같다.

> 옛날에 여신 루쿠라우(Rukurau)가 강림하여 라우푸룬(Raupurun)과 결혼하였는데, 이 남자의 양물이 너무 커서 여신은 견디지 못하고 자신의 남편을 살해하였다. 이 남자의 손가락은 평민이 되었고, 사지는 두목의 가신이 되었으며, 흉부는 두목이 되었다.[118]

여기서는 사체화생死體化生 유형이 이 이야기의 기본적인 골격이다. 반고는 죽음의 이유가 밝혀지지 않았지만, 여기서는 배우자인 여신이 남편을 살해함으로써 죽음에 이르게 하였음이 기술되어 있고 이어 그 사체가 화생하는 구조로 되어 있다. 그리고 여신이 남자와 결혼하였는데 남자의 신체가 거구인지 아닌지에 대한 묘사는 없지만, 양물의 크기에 미루어 거인이라고 추정할 수 있다. 즉, 이 고사는 거인 반고와 같은 거인 고사 유형에 속한다고 할 수 있다.

여기에 후대의 계급의식이 가미되어 여러 계층과 신분의 인간군이 출현하는 구조가 첨가되어있다. 이 점은 반고 신화에서 시체의 각 부분들이 자연계의 사물이나 현상으로 화생함으로써 인간과 자연이 하나로 이

---

117 林道生, 『原住民神話故事全集 4』, 漢藝色研, p.27에서 인용.
118 『達西烏拉彎·畢馬, 『魯凱族神話與傳說』, 晨星出版, p.35.

어지는 구조 설정과는 다르다. 그리고 인간의 출현 과정에서 여신이 자의 반 타의 반으로 중요한 매개 역할을 하고 있다. 이는 모계사회의 흔적이 반영된 것으로 보인다.

화생 또는 변형 유형의 고사는 파이완족 신화에서도 발견된다. 대나무에서 뱀이 출현하고, 이 뱀들이 후에 사람으로 화한다는 내용이다.

> 태고 시절, 다우산 위에 많은 대나무가 있는데, 그중 한 개가 홀연 터지듯이 열리더니 안에서 수많은 뱀들이 기어 나왔다. 이 작은 뱀들은 성장 후에 모두 사람으로 변하였다. 그들이 바로 파이완족의 조상이 되었다.(파이완족 바리쩌리아오군 무단사)
>
> 太古時候, 大武山上許多竹子中的一根, 有一顆忽然爆裂開来, 從裡面爬出來許多小蛇. 這些小蛇長大後都變成了人, 他們就是排湾族的祖先.(排湾族·巴利澤利敖群·牡丹社)[119]

여기에서는 죽생의 방식으로 출현한 뱀들이 변형에 의해 인간으로 출현한다는 구조로 설계되어 있다. 파이완족은 앞에서 언급했듯이 기본적으로 뱀을 토템으로서 숭상하며 일상생활에 있어서도 뱀과 밀접한 관계를 맺고 있다. 백보사의 자식百步蛇之子이라고 스스로 칭할 정도로 뱀에 대한 그들의 애착과 숭앙심은 지금까지도 이어지고 있다.

이렇게 뱀을 숭상하는 파이완족답게 그들은 수많은 신화 고사에서 뱀을 여러 형태로 등장시켜 신화적 소재를 풍부하게 만들어갔던 것이다.

파이완족 신화 중에는 신과 인간이 교혼을 통해 뱀을 낳고, 그 뱀이 후에 인간으로 화생한다는 변형 모티프도 존재한다. 이상의 고사를 통해 인간과 신과 동물 삼자는 동격체로서 삼자 간에 서로 혼인도 하고 변형도 할 수 있는 평행적 관계라고 보는 시각이 자리하고 있음을 알 수 있다.[120]

---

119 林道生,『原住民神話與文化賞析』, 漢藝色研, p.120. 達西烏拉彎·畢馬,『排灣族神話與傳說』, 晨星出版, p.40.
120 서유원(1998),『중국창세신화』, 아세아, p.93.

싸이샤족賽夏族에게도 동물인 개구리가 사람으로 화한다는 유형의 고사가 있다. 강가에서 잡은 개구리를 풀어주자 바로 사람으로 변하였다고 하는 내용의 이야기인데,[121] 개구리가 신화 상에서 생식과 비의 상징적 이미지를 지니고 있음을 감안해볼 때, 이 고사 속에도 개구리를 생식의 숭배 대상으로 삼는다는 개념이 간접적으로 내포되어 있는 것으로 바라볼 수 있다.[122]

마치 예언자의 예언이 딱 들어맞듯이 개구리가 울면 바로 비가 오는 현상을 지켜보면서, 또 주변에 항상 존재하는 개구리가 수많은 알은 낳아 일거에 번성하는 모습을 관찰하면서, 생존에 필수적인 비와 노동력 확보를 위해 다산多産을 기구하던 고대인들은 개구리라는 동물에 강우降雨와 번식繁殖을 의탁하고 기탁했는지도 모른다.

이밖에 아메이족阿美族 신화에는 식물의 변형에 의한 인류 탄생이라는 유형의 고사가 있다. 식물 토템 사상이 배어있다고 볼 수 있는 고사이다.

태고시절에 신령인 푸퉁(Futong)과 쿠미(Kumi)가 일찍이 인간세계에 강림하였다. 하지만 함께 손을 잡고 하늘로 다시 올라가던 도중에, 여신 쿠미(Kumi)가 조심을 하지 않아 아래로 떨어지고 말았다. 이때 푸와(puwa)라고 하는 식물도 함께 떨어지면서 파열하였는데, 그 안에서 한 명의 사람이 걸어 나왔다. 소문에 따르면 이 사람이 바로 번인(아메이족)의 시조가 되었다고 한다.

太古時代, 神靈(Futong)和(Kumi)曾降臨人間. 不過, 在攜手返天途中, 女

---

121 達西烏拉彎 · 畢馬, 『賽夏族神話與傳說』, 晨星出版, p.40.
122 동이계 은 민족이 개구리를 생식신으로 숭배한 이야기, 항아분월嫦娥奔月 고사에서 항아가 불사약을 지니고 달로 도망간 후 개구리와 동류인 두꺼비蟾蜍로 화한다는 고사, 그리고 부여 금와金蛙 신화에서 금와가 개구리 모습으로 태어났다는 내용 등을 종합해보면 개구리가 부분적이지만 고대 동이계를 포함한 특정 민족들의 신화와 원시신앙 속에서 생식력을 상징하고 있음을 알 수 있다. 예를 들어 『全上古三代秦漢三國六朝文』에 항아분월 고사 내용이 다음과 같이 기록되어 있다: "항아는 예의 처로, 서왕모의 불사약을 몰래 훔쳐 복용한 후, 달로 도망갔다…… 항아는 몸을 달에 의탁했는데, 이는 두꺼비가 되었다.嫦娥, 羿 妻也, 竊西王母不死藥服之, 奔月…… 嫦娥遂託身於月, 是爲蟾蜍."

120 | 타이완 원주민 신화의 이해

神(Kumi)卻不愼掉落下來, 當時, (puwa)植物亦隨之墜落而破裂, 竝從中走
出一個人來, 據說此人卽是蕃人的始祖.[123]

이처럼 식물의 변형에 의한 인류 탄생이라는 유형은 드물게 보이는
유형으로서, 아메이족이나 위에서 언급했듯이 꽃의 화생 유형 고사를 간
직한 루카이족의 신화 고사 이외에는 찾아보기 힘들다.

6. 인간파종人間播種과 호로생인葫蘆生人

타이완 원주민 중 쩌우족鄒族에게는 다른 종족 신화에서는 발견하기
힘든 인간 파종播種이라는 독특한 유형의 고사가 다음과 같이 전해지고
있다.

> 태고 시절에 천계의 만물 신이 하모우대신哈牟大神에게 인류를 파종하는 사
> 명을 지라고 명령을 하였다. 이에 하모우대신은 인류를 파종할 사명을 띠고
> 지상으로 내려와 천계로부터 가져온 인종人種을 지상에 파종하였다.
> 太古時候, 天界的萬物之神, 命令哈牟大神, 肩負著播種人類的使命, 哈
> 牟大神降到了地界, 找了個地方從天界帶來的人種播種在地上.[124]

이 고사는 농경사회 속에서 농사를 짓거나 작물을 재배하는 생활배경
하에서 형성된 이야기로서, 신의 강림이라는 천강天降 유형과 식물 토템
신앙이 농경사회에서 곡물을 심는 농사 방식과 결합되어 독특한 구조를
형성하고 있다.

여기서 특히 파종播種이라고 하는 농사 또는 식물학적 개념을 인류의
탄생과 번성 과정에 적용하여 인류를 지상에 파종하여 식물이 땅속에서

---

123 中央研究院民族學研究所 편역(2009), 『番族調査報告書第二冊』, 中央研究院民族學研
    究所, p.213.
124 林道生, 『原住民神話與文化賞析』, 漢藝色研, p.89.

자라듯 인류도 이렇게 땅위에서 탄생하고 자란다고 하는 기발하고도 풍부한 상상력을 발휘한 점은 눈길을 끈다. 이러한 상상력을 이야기로 이끌어낸 종족은 타이완 원주민 중에서도 쩌우족鄒族이 유일하다는 점도 눈에 띄는 대목이다.

한편 호로생인葫蘆生人 유형의 고사도 발견된다. 다만 이러한 유형은 타이야족과 부능족 고사에서만 나타나고 있다.

> 태고 시절, 우리 조상의 탄생은 하늘에서 내려온 호리병박葫蘆에 있다. 호리병박은 지면에 떨어지면서 부딪쳐 깨졌는데, 남녀 두 사람이 호리병박에서 나와 부부가 되었고, 많은 아이를 낳았다⋯⋯ 노래를 잘 못 부르는 사람들은 반탈란(Bantalan)의 타이야족泰雅族이 되었고, 노래를 잘 하는 부능족布農族은 원래의 곳에 그대로 남았다.
>
> 古早, 我們祖先的誕生, 現有葫蘆從天降下, 葫蘆碰到地面就破了. 有男女兩個人從葫蘆跳出來. 男女成爲夫妻, 生了很多孩子⋯⋯ 歌聲不好的離開這個地方成爲(Bantalan), 歌聲好的布農族⋯⋯ 留在原地.[125]

여기에 등장하는 호로葫蘆, 즉 호리병박 또는 조롱박은 모양이 둥그스름해서 일반적으로 모태母胎 특히 임신한 여성의 배 모양을 상징하고, 호로 속 씨앗들은 모태 속에서 자라나는 각각의 생명체로서 다산(fertility)을 상징한다. 다산을 바랬던 고대 원주민들의 원망願望이 담겨있는 상징물인 것이다.

호로葫蘆 식물 토템과도 연관이 있는 이 고사를 통해 타이야족과 부능족 양자 간 친연성과 문화 교류의 깊이를 가늠해 볼 수 있다. 아울러 호로葫蘆는 중국 서남부 지역을 중심으로 퍼져있는 남매배우형 홍수 신화에서는 홍수로부터 남매가 피난하기 위해 숨어 있던 도구로 사용되었으며, 동시에 홍수 후 인류가 출현한 바로 그 장소였다. 즉 이들 원주민 종족과 대륙

---

125 林道生, 『原住民神話故事全集 4』, 漢藝色研, p.77. 李福清(2001), 『神話與鬼話』, 社會科學文獻出版社, p.439 참조.

서남부의 묘만계 소수민족과의 연계성도 눈여겨 볼 대목이다.

한편 인류기원 모티프 신화에는 흙이 매개가 되는 고사들이 종종 보인다. 예를 들면 중국대륙의 한족 신화 중에 여와女媧가 진흙을 빚어 인간을 창조해낸다는 여와조인女媧造人 고사가 있고,[126] 중국 대륙 소수민족의 신화[127]에서도 흙으로 인간을 만드는 유형의 고사는 쉽게 찾아볼 수 있다.

반면에 타이완 원주민 인류기원 모티프 신화에서는 흙과 관련된 인류 출생 내용은 거의 찾아볼 수 없다. 왜 이러한 현상이 발생하는 것일까? 아마도 화산이 폭발하고 해저에서 융기하여 형성된 카르스트 지형의 섬이라는 지리적 여건상 그들의 생활은 아무래도 바위나 바위섬, 또는 바닷물 등과의 관련성이 좀 더 깊었을 것이고, 따라서 흙을 소재로 활용한 이야기를 만들어가는 데에는 상대적으로 관심이나 상상력이 덜 미쳤기 때문으로 풀이된다.

7. 신조인神造人, 신생인神生人과 자연생인自然生人

인류기원 모티프 신화는 다른 측면에서 분류해본다면 크게 태초 시절에 주로 하늘에 거주하던 신격체, 신인 또는 천신이 인류를 창조하거나 강림 또는 하강하여 최초의 인류를 출산 또는 창조한다는 신조인神造人 또는 신생인神生人 유형[128]과 자연스럽게 인류가 출현했다고 하는 자연생

---

126 흙으로 빚어 인간을 만든다는 발상은 신석기시대의 토기제작과정 중 진흙으로 빚어 만든다는 경험으로부터 나왔을 것으로 추정된다. 「중국천지기원신화에 보이는 천지의 형상과 천제」, p.3.

127 몽고 부리야트족, 어룬춘족鄂倫春族, 어원커족鄂溫克族, 하싸커족哈薩克族, 다이족傣族, 와족佤族 등도 진흙을 빚어 인류를 만든다는 고사를 가지고 있다. 陳建憲(1995), 『神祇與英雄』, 新華書店, p.118. 徐萬邦(1997), 『中國少數民族文化通論』, 中央民族大學, p.187. 潛明玆 (1994), 『中國神話學』, 寧夏人民出版社, pp.57~58.

128 예를 들면 아메족 신화에는 태초에 여인 7명과 남자 5명만이 있었는데, 이들은 하늘에서 내려왔으며, 이후 자식이 번창하였다는 고사가 있다. 陳千武(1991), 『臺灣原住民的母語

인自然生人 유형의 고사로 나뉜다.

신조인神造人 또는 신생인神生人 유형의 고사는 앞장에서 이미 인용한 고사 가운데서도 어렵지 않게 발견할 수 있을 정도로 그 수가 많은 편이다. 이미 언급했던 고사들 외에 몇몇 참고가 될 만한 고사 내용을 추가적으로 기술하면 다음과 같다.

우선 싸이샤족 신화에는 신이 인류 또는 시조를 창조한다는 내용이 있다.

> 태고 시절, 신이 인류를 창조하였고, 그 최초의 토지 위에 소규모의 부락을 건설하였다.
> 太古, 神創造人類, 還在其最初的土地上建設小規模的部落.

> 전해지는 이야기에 따르면, 아주 오래 전 타이완의 충산 준령 속에서 만능의 신이 한 무리의 인간을 창조하였다.
> 傳說很早以前, 臺灣的崇山峻嶺中, 萬能的神創造出一批人來.[129]

베이난족卑南族 신화 중에는 여신이 결국 인류를 창조하는 내용의 이야기가 나온다.

> 태고 시절, 바나바나양巴那巴那樣 지방에 하늘에서 내려온 여신 누누라어努努拉娥의 후예인 바라비巴拉比와 바커라시巴可拉西 두 신이 혼인을 하여 초기 인류를 낳았다.
> 太古時候, 在巴那巴那樣地方, 住著從天降下來的女神努努拉娥的後裔巴拉比, 巴可拉西二神, 由他們二神而生下了初期的人類.[130]

하늘에서 강림한 여신의 후예 신들이 혼인에 의한 최초 인류를 탄생시

傳說』, 臺原出版社, p.206.
129 達西烏拉彎 畢馬(2003), 『賽夏族神話與傳說』, 晨星出版, p.29.
130 林道生, 『原住民神話故事全集 5』, 漢藝色研, p.112.

키는 모습은 여성 혈통으로 이어지던 모계사회의 흔적을 간접적으로 보여주는 대목이다. 이 고사와 함께 베이난족이 현재까지도 일부 모계사회 관습을 유지하고 있다는 사실을 결부시켜 생각해보면, 고대에 모계제도가 확실히 존재했었고 신화 속 여신 등은 모계제의 흔적이라고 유추해도 무방하다고 하겠다.

베이난족의 또 다른 신화 고사들을 살펴보면, 인류를 창조한 신격체의 명칭이 창조자創造者, 조인자造人者, 재천자在天者, 재제자宰制者 등으로 다양하게 표현되어 있다. 인간을 창조한 신격체가 이렇게 다양한 명칭을 지니고 있다는 점은 베이난족의 특징 중 하나이면서, 그만큼 많은 신조인神造人 또는 신생인神生人 고사가 전해지고 있다는 증거가 된다.[131]

야메이족雅美族 신화에도 시조가 천신에 의해 창조된 후 나무상자에 밀봉되어 란위 섬으로 표류하여 왔다는 내용이 담겨있다.

> 예전에, 폰소 노 토우(ponso no tou) 즉 란위 섬은 드지테이완(dziteiwan) 즉 작은 란위 섬과 같이 아무도 거주하지 않는 섬이었다. 한번은 어디에서 출발했는지 알 수 없는 몇 척의 밀봉된 나무상자가 표류해왔다. 나무상자가 해안가에 좌초하여 도착했을 때, 안에서 천신이 창조한 사람이 나왔는데, 그들이 바로 폰소 노 토우(ponso no tou)의 시조가 되었다.
>
> 從前, (ponso no tou)(蘭嶼島)就如同(dziteiwan)(小蘭嶼島)一般, 是個無人居住的島嶼. 有一次不知從哪裡漂來了幾隻密封的木箱, 當木箱擱淺到岸邊的時候, 從里面走出來了天神所創造的人, 他們就是(ponso no tou)的始祖.[132]

천신이 어떻게 시조 인간을 만들었는지에 대한 서술은 없지만, 천신이 창조한 사람이라고 묘사되어 있으며, 란위 섬에 거주하는 야메이족의 시조 신화답게 란위 섬과 바다가 고사 배경으로 등장하고 있다. 야메이족

131 達西烏拉彎·畢馬, 『卑南族神話與傳說』, 晨星出版, p.46.
132 達西烏拉彎·畢馬, 『達悟族神話與傳說』, pp.30~31.

의 생활환경과 배경적 특징이 잘 반영되어 있다.

아울러 해양을 통해 표류해 온다는 내용과 나무상자에 실려 온다는 내용은 해양민족이나 해양으로 둘러싸인 섬이나 반도에 거주하는 민족의 신화에 주로 등장하는 구조라고 할 수 있다.[133]

아메이족 신화에도 신이 낳은 자식 중 여신이 인간의 생명을 창조하였다는 고사가 있다.

> 아라양과 마할렌고 사이의 자녀는 아주 많았는데, 여신 메아흐셀레(Mea-hsele), 남신 아나베야우(Anaveyau), 여신 돈게(Donge) 그리고 라팔란구아(Lapalangua) 등이 그들이다. 그리고 인간의 생명은 여신 돈게가 창조하였다.
> (Arayang)和(Mahalengo)的子女有好幾位, 分別是女神(Meahsele), 男神(Anaveyau), 女神(Donge)以及(Lapalangua), 而人的生命是女神(Donge)創造的.[134]

파이완족 신화에도 천신과 두 명의 여신이 하늘에서 내려와 파이완족의 선조를 낳았다는 고사와 천지 두 신이 내려와 만물을 창조하고, 진인

---

133 바다와 나무상자는 우리나라 『三國史記 · 新羅本記』속 탈해왕脫解王 탄생 신화에도 나온다. "왜국倭國의 동북천리에 있는 다파나국多婆那國의 왕이 여왕국의 딸을 왕비로 맞이했는데, 오래도록 아들이 없으므로 기도祈禱하여 아들을 구했더니 7년 만에 큰 알을 낳았다. 왕이 말하기를 '사람이 알을 낳는 것은 상서롭지 못하니 버림이 좋겠다'고 하여 비단으로 알을 싸고 보물과 함께 궤 속에 넣어서 바다에 띄우고 떠가는 대로 맡겨 두었다. 궤짝을 실은 배는 처음에 금관국金官國 해변에 이르렀으나 사람들이 보고 괴이하게 여겨서 거두지 않자, 배는 다시 계림鷄林의 동쪽 하서지촌 아진포下西知村阿珍浦에 닿으니 이때 바닷가에서 고기잡이를 하던 아진의선阿珍義先이라는 노파가 이를 보고 새끼줄로 배를 매어 해안으로 끌어 올린 후 궤를 열어보니 용모가 단정端正한 사내아이가 있어 데려가 길렀는데, 키가 9자나 되고 풍모가 준수하여 지혜가 뛰어났다. 그러나 아이의 성씨를 알지 못하여 처음 배가 올 때 까치가 울면서 따라 왔으므로 까치 작鵲자에서 새조鳥를 떼어 버리고 석昔을 성으로 삼고, 포장한 궤 속에서 나왔다고 하여 탈해脫解라는 이름을 지었다."

134 王嵩山(2011), 『臺灣原住民-人族的文化旅程』, 遠族文化事業, pp.138~139. 아메이족의 시조의 계시라는 신화 고사에는 아메이족의 시조인 남녀 천신 이름이 아부뤄라양阿波若拉揚과 타리부라양塔里布拉揚으로 묘사되어 있다. 陶陽鐘秀(1993), 『中國創世神話』, 上海人民出版社, p.257.

을 창조하여 파이완족을 번식시키기 시작했다고 하는 만물창조와 인류 창조가 결합된 내용의 고사가 있다.

싸이샤족 신화에는 신이 사람의 살과 뼈 등 몸을 쪼개어 인류를 만들 거나, 시조 남매가 인육을 잘라서 사람을 만든다는 절인육화인截人肉化人 유형의 독특한 이야기가 전해진다.

태고시대에 타이완에 큰 바닷바람이 불더니 육지가 모두 바다로 변하였고, 오직 파파크와카(papakwaka, 현재의 다바젠산大霸尖山)[135] 꼭대기만 드러났다. 당시 베틀의 주요 부위 오코(oko)가 바닷물에 표류하여 들어오자 오포 나 볼혼(opho na bolhon)이 그것을 건져왔는데, 그 속에 한 아이가 있는 것을 발견하였다. 오포는 이 아이를 죽인 후 그의 살과 뼈 그리고 위장을 가는 조각으로 잘라 나뭇잎에 싼 후 바다에 던져버렸다. 그러가 각 조각들이 각각 인류로 화하였다. 살이 변한 것은 사이시 잣(saisi jat)족의 선조가 되었고, 뼈가 변한 것은 사이파파스(saipapaas)족의 선조가 되었으며, 위장이 변한 것은 커자인의 선조가 되었다.

太古時代臺灣發生大海嘯, 陰地全部變成海洋, 只露出(papakwaka)(現在的大霸尖山)山頂, 當時織布機的主體部分(族語(oko))隨著海水漂流以來, (opoh na bolhon)(不確定其爲何人, 應該是神)把他撈起來, 發現裏面有一孩童. (opoh na bolhon)將該孩童殺死, 把他的肉骨及胃腸切成細片, 包在樹葉裏投入海中, 之後各片卽轉化爲人類. 從肉變來的是我們(saisi jat)族的祖先, 從骨頭變成的是(saipapaas)((tajal)族)祖先, 從胃腸變成來的是客家人的祖先.[136]

베이난족이나 야메이족雅美族 등의 신화의 신조인神造人 유형과는 반대로 타이야족의 인류기원 신화에는 자연물이 변화되거나 변형되어 인류로 바뀐다고 하는 자연생인自然生人 유형이 나타난다. 일면 고사 속에서

___

135 다바젠산은 싸이샤족 발상지로서 지금까지도 여전히 그들의 조산祖山으로 여겨지고 있다. 다바젠산 정상에는 1남 1녀의 석상이 있는데 이들이 싸이샤족의 시조라고 그들은 믿고 있을 정도로 싸이샤족의 다바젠산에 대한 존경심은 상당히 깊다.
136 達西烏拉灣 畢馬(2003), 『賽夏族神話與傳說』, 晨星出版, p.30.

사람은 객관적 존재물질에서 기원한다는 원리가 담겨있다.[137]

파이완족 신화에는 앞서 언급한 신조인神造人 또는 신생인神生人 유형과 함께 자연 속에서 인류가 기원했다고 하는 자연생인 유형도 함께 존재한다. 예를 들면 개가 사람을 낳았는데 이 사람이 자연스럽게 종족의 선조가 되었다는 고사가 있다. 한 마리 개가 큰 나무 사이에 끼인 채로 사람을 낳았는데 이 사람이 파이완족의 선조가 되었기 때문에 개에 대해서는 예를 갖추어 순장한다는 내용이다. 견생犬生 유형의 이야기는 바로 개에 대한 숭앙심에서 나왔음을 말해준다.[138] 이밖에 진흙에서 인류 선조가 나왔다는 이야기와 물속에서 연기가 솟아오르며 시조가 태어났다는 고사도 있다.

루카이족과 타이야족, 아메이족의 신화에서도 나무에서 종족의 선조가 태어난다고 하는 자연발생적 탄생 유형이 보인다.[139] 이러한 수생樹生 유형의 고사는 현재 중국 구이저우貴州 거주 먀오족苗族 시조 신화 중 단풍나무楓木에서 시조가 태어난다는 이야기에서 찾아볼 수 있으며,[140] 이밖에 동남아 도서지역 토착민 고사에도 자주 등장한다. 이는 동남아 지역 민족과도

---

137 馬學良 外(1997), 『中國少數民族文學比較研究』, 中央民族大學, p.36.
138 "태고에 개 한 마리가 있었는데, 두 그루의 나무 사이에 끼인 채로 사람을 낳았다. 이 사람이 바로 우리들의 선조가 되었다. 그래서 지금까지 본사 내에서는 개를 순장하는 것을 극히 중시한다. 만약 마음대로 개를 유기하게 되면 사회 전체에 감가가 유행하게 된다.太古有一條狗, 夾在兩棵大樹之間, 生人, 卽爲我們的祖先. 迄今, 本社裡對狗之殉葬極爲重視. 若任意遺棄狗屍, 則全社會流行感冒." 達西烏拉彎·畢馬, 『排灣族神話與傳說』, 晨星出版, p.50.
139 達西烏拉彎·畢馬, 『魯凱族神話與傳說』, 晨星出版, pp.38~39. 『中國各民族宗敎與神話大詞典』(1993), 學苑出版社, p.145.
140 『苗族古歌』중「楓木歌」,「開天闢地歌」,「洪水滔天」등에 담겨있는데, 단풍나무가 낳은 나비가 물거품과 결혼하여 열두 개의 알을 낳았는데 거기에서 사람, 동물 그리고 신이 부화되어 나왔다는 내용이다. 그중「楓木歌」속 이야기를 인용하면 다음과 같다. "나비가 단풍나무 속에서 태어난 후, 거품과 결혼하여 12개의 알을 낳았는데, 이 알들이 부화하여 사람과 동물, 그리고 신이 되었다.蝴蝶从枫树心孕出来之后, 跟泡沫婚配, 生了十二个蛋, 这些蛋孵化出人兽神." 田兵, 陳立浩 共編(1984), 『中國少數民族神話論文集』, 廣西民族出版社, pp.342~344.

혈연적 또는 문화적 연관성이 있을 가능성이 큼을 말해준다.

싸이더커족 신화에도 신성한 나무에서 자신들의 시조가 태어났다고 하는 내용이 이야기가 있는데, 그 나무는 흥미롭게도 반쪽은 나무 모양이고 나머지 반쪽은 돌 모양을 하고 있다.

> 전해지기를 중앙산맥의 바이스산에 보쒀쿠푸니波索庫夫尼(Pusu Qhuni)라고 하는 큰 나무가 있다. 이 나무는 형상이 반은 나무 모양이고 반은 돌 모양이다. 어느 날 나무의 신이 자손을 낳았는데, 이들이 싸이더커족의 시조가 된다. 싸이더커족 사람들은 이 나무가 무량한 능력을 지니고 있다고 믿고 있으며, 사냥꾼들은 이곳에 들러 수확이 풍성하기를 도와줄 것을 기원하였다.
> 相傳在中央山脈的白石山, 有棵大樹叫波索庫夫尼(Pusu Qhuni), 該樹呈半木半石狀, 一日樹神生下子孫, 成爲賽德克人的祖先. 族人相信該樹有至高的力量存在, 獵人到此都要祭拜, 以保佑獵獲豊收.[141]

한편 부눙족 신화에는 벌레가 빚은 변이 변하여 사람으로 되었다는 이야기와 조롱박과 도자기 솥에서 남자아이가 나왔다는 이야기, 꽃 속에 있던 벌레가 변하여 사람으로 된다는 이야기 등이 담겨있다.

> 태고시절에 민퉁굴(Mintungul) 지역에 굴이 두 개 있었다. 훌할(hulhal)이라고 불리는 벌레가 분변을 비벼 동그랗게 만든 후 두 개의 굴에 집어넣었다. 15일이 지난 후, 남자아이가 그중 한 굴에서 나오고 여자아이가 또 다른 굴에서 기어 나왔다. 두 사람은 성장하여 성인이 된 후 부부가 되었다.
> 太古時代, (Mintungul)之處有兩個洞穴. 有隻稱爲(hulhal)的蟲, 把糞便搓成團狀, 分別放進兩個洞穴. 經過十五天, 有個男孩從其中一個洞穴出來, 又有一個女孩從另一個洞穴爬出來. 兩人長大成人後便結爲夫妻.

> 태고시절에 라문간(Lamungan)이라는 곳에 조롱박과 도자기 솥이 있었다. 그런데 조롱박에서 남자가 걸어 나오고, 도자기 솥에서 여인이 걸어 나왔다. 후에 두 사람은 사이가 좋았고 많은 자손이 생겼다.

---

141 타이완 르웨탄日月潭 구족문화촌九族文化村 내의 싸이더커족 전시구역 설명문에서 발췌.

太古時候, 在(Lamungan)之處, 有個葫蘆, 還有個陶鍋. 葫蘆裏走出一個男人, 而陶鍋裏走出了一個女人. 後來二人燕好, 而有了許多子孫.

옛날에 비타훌(bitahul)이라는 조롱박꽃이 하늘에서 떨어졌는데, 꽃잎 속에 날개가 달린 수카즈(sukaz)라고 불리는 벌레가 숨어있었다. 이 벌레는 점점 형태를 바꾸더니, 마지막에는 사람으로 변형되었다. 후대 자손들이 점차 많아지면서 사방으로 흩어져갔다.
古時候, 有一朵(bitahul)(葫蘆花)從天上掉下來, 花瓣間藏著一隻長了翅膀叫做(sukaz)的蟲. 這裏蟲逐漸變形, 最後變成了人. 不久之後, 後代子孫逐漸增多, 分散四方.[142]

이처럼 부능족 신화에는 벌레의 변형 또는 벌레의 매개체를 통한 변형, 그리고 조롱박이라는 매개체를 통한 시조의 출현 등 자연생인自然生人 유형의 고사들이 많이 전해지고 있는 점이 특징적으로 나타난다.

마지막으로 싸치라이야족 신화에도 인류가 자연스럽게 출현한다는 내용의 고사가 전해진다. 최초의 남자 보톡(Botoc)과 최초의 여자 사박(Sabak)이 땅으로부터 솟아나왔고, 또 한 남자 보통(Botong)은 물에서부터 출현하여 사얀(Sayan)이라는 여인과 결혼을 하였다는 내용이다.[143]

이처럼 타이완 원주민 신화에는 태초에 하늘의 신인 또는 천신이 인류를 창조하는 경우와 신의 강림 후 최초의 인류를 출산 또는 창조하는 경우, 그리고 땅이나 물 등 자연이나 나무나 조롱박 등 자연물에서 인류가 출현하거나 변형을 통해 탄생하는 경우 등 다양한 유형의 인류기원 고사들이 남아있다.

---

142 中央研究院民族學研究所 편역(2008), 『番族調査報告書第六冊』, 中央研究院民族學研究所, pp.25~26.
143 "太古時期, 男子(Botoc)與女子(Sabak)從地裏冒出來, 並且結爲夫妻, 育有兒子(Botong.) 另有名叫(Sayan)的女子(相傳是(Sakizaya)人的祖先)拿著容器到水井邊提水, 從水井中出現一位男子, 並且向她求婚, 這個男子即是(Botong), 成爲(Sayan)的丈夫." 百度(baidu)에서 발췌.

제3장
만물기원 모티프 신화

타이완 원주민 신화 중에는 창세 이전 모습이나 천지개벽 관련 고사는 거의 전해지지 않는다. 고사 내용을 보면 세계는 이미 존재하고 있으며 천지개벽도 이미 이루어진 상태에서 출발한다. 따라서 만물이 생겨나는 모습이나 과정이 내용의 주를 이룬다.

본 장에서는 섬이나 산, 시내와 해안, 모래, 돌, 초원 등 자연물들에 대한 신들의 창조고사를 다룬다. 이와 함께 하늘의 태양과 달, 그리고 별은 사람이 변하여 된 것이고 사막과 평원은 진흙이 변하여 된 것이라는 내용의 베이난족 고사, 천지를 보정하는 내용이 담긴 파이완족 고사, 태양의 생사를 통해 주야의 구분이 생겼다는 내용의 야메이족雅美族 고사 등 만물의 변형에 의한 출현 유형 고사들을 다루어본다.

1. 신인神人의 창조

타이완 원주민 신화 중 천지개벽 모티프 고사는 찾아보기 힘들지만, 신 또는 신인神人들이 자연물을 창조한다는 내용의 고사는 적지 않다.

우선 야메이족雅美族 신화에는 남방에서 온 신인이 란위蘭嶼 섬을 창조했다는 이야기가 전해진다.

예전에 이름을 알 수 없는 한 신이 남쪽에서 와서 바다가 온통 공허할 뿐 아무 것도 없는 것을 보고 좋지 않게 생각을 하였다. 직접 섬을 하나 만들겠다고 정하였지만, 만들어 놓은 섬이 너무 작아서 만족스럽지 않았다. 이에 다시 큰 섬을 만들고는 그제야 만족스러워했다. 신이 먼저 만든 작은 섬은 드지테이완(dziteiwan)小蘭嶼島, 즉 작은 란위 섬이고, 후에 만든 큰 섬은 폰소 노 토우(ponso no tou)大蘭嶼島, 즉 큰 란위 섬이라고 불렸다.
從前, 有一位不知名的神從南方來, 發現整個大海空空蕩蕩什麼都沒有, 實在不好. 決定親自造一個島嶼, 可是造出來的島嶼太小了, 覺得不夠理想, 因而又造了一個大的島嶼, 才覺得滿足. 神先造的是(dziteiwan)(小蘭嶼島), 後造的是(ponso no tou)(大蘭嶼島).[1]

또 다른 고사에는 란위 섬을 만들고는 다시 남방으로 돌아갔다는 내용이 있다.

태고시절에, 남쪽에서 한 면의 신인이 와서는 우선 소홍두서를 창조하고, 그 다음에는 홍서를 창조했다. 그리고는 남쪽으로 돌아갔다.
太古的時候, 從南方來了一位神人, 首先創了小紅頭嶼, 然後再創造了紅嶼, 隨後就回到南方去.[2]

란위 섬은 야메이족의 본거지이자 대륙보다는 지형적으로 익숙한 삶의 터전이기 때문에 그 섬을 인류가 거주할 세계로 보고 창조의 대상으로 삼아 고사를 엮어냈던 것으로 추정된다. 다만 그 신이 섬을 어떤 과정을 거쳐 창조했는지에 대한 구체적이고 세부적인 묘사가 없기 때문에 창조과정에 대한 상황은 알 수 없다.

---

1 達西烏拉彎 · 畢馬, 『達悟族神話與傳說』, 晨星出版, p.28.
2 達西烏拉彎 · 畢馬, 『達悟族神話與傳說』, 晨星出版, p.28.

한 가지 재미있는 점은 다른 고사에서는 산과 시내 등을 창조한 당사자가 때로는 신격체가 아닌 야메이족 주민인 경우도 있다. 이렇게 사람이 만물을 창조한다는 내용은 상당히 특수한 유형에 해당한다고 하겠다.[3]

다음으로 파이완족의 만물기원 모티프 신화에 신에 의한 만물창조 유형의 고사가 보인다.

> 이 두 신이 성장한 후에, 남신이 "소를 낳으라"고 말하면 여신은 바로 소를 낳았고, 남신이 "나무를 낳으라"고 말하면 여신은 바로 나무를 낳았다. 이렇게 해서 천하의 만물이 탄생하게 되었다.
> 這二神長大後, 只要男神叫一聲"生牛", 女神就生牛, 叫一聲"生樹", 就生下樹木, 如此這般, 天下萬物就誕生了.[4]

이 이야기는 태양과 난생, 그리고 알에서 부화한 남녀 신들에 의한 만물창조 과정의 일부 모습이다. 그러면서도 남신이 주도적으로 우주만물의 창조를 주재하고 여신이 이에 응하여 출산하는 모습은 부계제 사회의 모습이 좀 더 강하게 투영된 것으로 볼 수 있다. 파이완족은 여러 루트를 통해 다양한 문화를 수용해왔기 때문에 비교적 문화가 발달하였고, 이에 따라 이러한 원시 후기사회의 문화현상들이 신화에 그대로 투영되고 있다고 할 수 있다.

다음으로 베이난족 만물기원 모티프 신화에는 자연물 중 산맥과 평야를 남자와 여자가 창조한다는 고사내용이 전해지는데, 요약하면 다음과 같다.

---

3 達西烏拉彎·畢馬, 『達悟族神話與傳說』, 晨星出版, p.29. 사람이 섬을 만든다는 인조도서人造島嶼 내용을 요약하면 다음과 같다. 야메이족 중 한 사람이 란위 섬을 창조했는데, 크고 작은 란위 섬들을 하나로 연결하고자 하였지만 아쉽게도 완성하지 못했다. 그리고 타이완 사람이 섬을 만든 이 사람을 타이완 본토 섬으로 데려간 후 그는 다시는 란위 섬으로 돌아오지 못했다.

4 達西烏拉彎·畢馬, 『排灣族神話與傳說』, 晨星出版, p.32.

남자가 진흙을 움켜쥐고 서쪽을 향해 던지자 진흙 양이 많아 지금의 타이완 중앙산맥이 되었고, 여자가 진흙을 움켜쥐고 남쪽을 향해 던지자 진흙의 양이 적어 타이둥臺東의 평원이 형성되었다.[5]

타이완 섬의 지형상 중서부 고원지대는 산맥으로 이어져있고, 남동부는 평원지대의 형태이다. 이러한 지형 형성의 기원에 대해서 신화적으로 남녀가 흙을 던져서 만들었다고 설명하고 있다.

그런데 이 짧은 이야기 속에는 마치 우주대만큼 커다란 거인이 만물을 창조해가는 모습을 연출하는 듯한 장관이 펼쳐진다. 흙을 던져 산맥이나 평야를 만든다고 할 때는 그 던지는 사람의 손이 얼마나 커야 하는지 상식적으로 생각해도 알 수 있을 것이다. 따라서 이 고사는 일종의 거인의 만물창조 유형에 속한다고 해도 무방하다.

그러면서도 산맥과 평야라는 지형의 모습이나 특성의 차이를 설명하기 위해 손이 큰 남자가 던진 곳은 산맥으로 변하고 손이 작은 여자가 던진 곳은 평야가 되었다는 표현을 구사하고 있다. 또한 여기서 흙이 만물 형성의 한 소재로 활용되고 있다. 인간을 흙으로 빚었다는 여와조인 고사 등과 같이 일반적으로 신화에서는 흙이 인간이나 만물 출현의 주요 소재로서 활용되고 있다.

파이완족 신화에는 천지가 개벽되고 세상이 이미 만들어졌지만 천지 간 공간이 좁아 사람들이 불편하자, 천지 사이를 넓히고 하늘에서 해와 달로 변화한다는 내용이 있다. 그런데 천지 간 폭을 넓히는 방식이 다음과 같이 독특하게 진행된다.

하늘이 낮을 때 절구채로 부인과 합심하여 위로 치자 하늘이 뚫리면서 높아지게 되었다. 그리고 부부 두 사람은 천궁天宮으로 올라가 일월이 되었다.[6]

5 達西烏拉彎·畢馬, 『卑南族神話與傳說』, 晨星出版, p.63.
6 부부가 승천하여 천둥과 번개로 화하였다고 하는 천둥과 번개 기원 고사도 있다. 서유원,

여기서 "하늘이 낮을 때"라는 표현에는 무슨 의미가 담겨있을까? 타이완 원주민들에게 천지가 개벽되는 상황을 묘사한 신화 고사는 남아있지 않지만, 천지가 개벽한 후에도 천지 간 거리가 좁았다고 보는 생각은 기술되어 있다. 작열하는 태양의 뜨거움도 맛보면서 이를 하늘이 낮게 깔려있기 때문이라고 느꼈을 수도 있고, 자신들이 거주하는 낮은 천장의 작은 집을 연상하면서 하늘도 낮은 천장처럼 낮게 깔려 있었다고 상상했을지도 모른다.

이러한 상황에서 미완성된 천지개벽의 다음 단계로서 하늘을 좀 더 들어 올리는 작업이 필요하고 그 작업의 구체적인 행동을 상상력을 발휘하여 묘사하게 되었을 것이다. 즉 천지개벽이 이루어졌지만 이직까지 천지의 부족하고 미진한 부분을 보정 또는 보수하는 과정에 대한 묘사가 필요했던 것이다.

그리고는 몽둥이 즉 절구채로 하늘을 찔러서 구멍을 내어 하늘을 높이 올리는 방법을 생각해내었을 것이다. 이러한 상상력은 바로 절구를 사용하던 도작문화稻作文化와 직접적인 관계가 있다고 볼 수 있다.

한편 인간이 일월로 화한다는 유형은 일반적으로 태양숭배와 원형회귀사상의 관점에서 분석하는 것이 가능하다. 파이완족은 이미 언급한 바 대로 태양이 낳은 알에서 부화한 사람들이 부부가 되어 인류를 번성시킨다는 고사를 가지고 있다. 즉 태양숭배사상을 지닌 이들은 여기에서는 다시 태양으로 회귀하는 모습을 묘사하고 있다. 또한 부부 합심의 모습과 부부 공히 태양과 달이 된다는 설정은 남녀평등과 공존의 사고가 들어있다. 특히 남자와 태양, 여자와 달이라는 연계성은 음양의 원리가 함축되어 있다.[7]

『中國創世神話』, 아세아. p.155, p.206.

7 馬學良 外(1997), 『中國少數民族文學比較研究』, 中央民族大學, p.73.

파이완족 신화와 마찬가지로 야메이족 신화에도 "야메이족 하늘이 낮아 거인이 낮게 깔린 천공을 들어 높은 곳에 올려놓았다"라고 하는 천지 간 간격을 벌리는 천지 보수작업에 관한 묘사가 나온다.[8]

> 아주 오래 전, 하늘은 결코 지금처럼 높지 않았다. 후에 시 카조조(si kazozo)라는 사람이 출생했을 때 일반 어린 아기와 차이가 없었는데, 나중에 그가 자라면서 키가 커져서 마침내 거인이 되자 다시는 이처럼 낮은 하늘이 곳곳에서 그의 행동을 제한하는 것을 참을 수 없었다. 그래서 두 손으로 하늘을 받쳐 들고 하늘을 천천히 끝까지 들어올렸다. 두 손이 하늘에 닿지 않을 정도가 돼서야 멈추었다. 그가 직립하여 걸을 수 있을 때, "이제야말로 사람이 살 곳이 되었네"라고 말하였다. 이렇게 해서 하늘은 비로소 변하여 현재의 높이처럼 되었다.
> 很久以前, 天空竝沒有像現在這麼高. 那是因爲後來個人名叫(si kazozo), 他出生時本與一般嬰兒無異, 但他後來愈長愈高, 而終成了巨人. 他再也無法忍受如此低的天空處處限制他的行動, 故用雙掌頂著天, 慢慢把天空往上頂高, 直至雙手摸不著天時方止. 當他可以直立行走時, 他便說: "這才是人住的地方." 就這樣, 天空才變得像現在這麼高.[9]

---

8 達西烏拉彎·畢馬, 『達悟族神話與傳說』, 晨星出版, p.108.
9 또 다른 고사를 인용하면 다음과 같다. "전하는 말에 따르면, 옛날에 천공은 지금처럼 이렇게 높지 않았고 단지 산봉우리보다 조금 높을 정도였다. 왜 천공이 지금의 모양으로 변하게 되었을까? 전하는 말에 의하면, 아득한 옛날 시 카조조(si kazozo)라는 거인이 있었는데, 출생 시에는 일반 아기와 별 차이가 없었지만 기이하게도 일반인보다 훨씬 빨리 성장하였고 끝없이 자라서 마침내 거인이 되었다. 그래서 그가 앉아있을 때도 머리 부분이 항상 하늘에 닿아 행동이 더욱 불편하였다. 어느 날 시 조조는 더 이상 참을 수 없었고, 이렇게 낮은 천공이 그의 행동을 제한하고 자신의 행동을 곤란하게 하는 미운 존재로 여겼다. 이에 거인은 화가 나서 한 발은 지 필레그탄이라는 곳을 밟고 다른 한 발은 지 라르고그나라는 곳을 밟고 머리로는 하늘을 이고 천천히 몸을 펴서 그가 몸을 다 펼 때까지 하늘을 높이 받들었다. 이렇게 해서 하늘은 비로소 현재처럼 높게 변했다. 據說遠古時代, 天空竝沒有像現在這麼高, 僅此山峰略高而已, 爲什麼天空會變成現在的樣子呢? 據說, 遠古時代有個巨人名叫(si kazozo), 出生時與一般嬰兒無異, 奇怪的是他比一般的人長得快, 而且不停的增長, 最後成爲巨人, 當他坐下來時頭部便經常砸到天, 行動起來更是不方便. 有一天, (si kazozo)再也受不了, 他因爲這種低矮的天空處處限制他的行動, '可惡! 害我行動困難!' 巨人一發怒, 就一脚踩在(ji palegtan), 另一脚踩在(ji largogna). 頭頂住天慢慢地挺起身來天頂高, 直到他能站直爲止, 就這樣, 天空才變得像現在的這麼高.", 達西烏拉彎·畢馬, 『達悟族神話與傳說』, 晨星出版, pp.108~109.

이 고사에서는 거인이 하늘이 너무 낮아 그의 생활에 영향을 주었기 때문에 하늘을 들어 올렸다는 설명을 하고 있다.

여기서는 특히 천지를 들어 올리는 방법에 있어서는 절구를 사용하는 것이 아니라 거인이 등장하여 천공을 들어 올리는 방식으로 진행되고 있다. 거인이 천지를 들어 올리는 장면은 중국 소수민족 먀오족의 거인 천지 보수 신화나, 문헌에 등장하는 거인 반고가 하루에 한 장씩 자라면서 18,000년 동안 천지를 들어 올린다는 장면과 같이 거인에 의한 거천擧天 모티프 또는 거인정천입지巨人頂天立地 모티프라는 점에서 유사하다.[10] 다만 반고 신화에서는 혼돈의 상태에서 그 속에서 자생한 반고가 거인으로 화하면서 천지를 개벽한다는 구조로 되어있지만, 여기서는 이미 천지가 개벽이 된 상태에서 좁은 천지 간 거리를 벌리는 작업에 거인이 참여하였다는 점에서 차이가 있다.

거인의 등장은 거인 신화에 속하며 상기 베이난족 신화 중 거인 유형의 신화 등과 함께 고려해 볼 때, 타이완 원주민 신화에도 거인 반고 개벽신화와 같은 거인 유형의 신화가 종종 발견되고 있음을 알 수 있다.

이밖에 뜨거운 물을 하늘에 뿌려 간격이 좁아서 그동안 공간적으로 불편했던 천지간을 벌려놓았다는 고사도 전해진다. 즉 타이완 원주민 신화에는 천지개벽 이전 모습과 천지를 개벽하고 창조하는 내용이 담긴 천지개벽과 창세 모티프 고사는 찾아보기 힘들지만, 천지 사이를 넓힌다는

---

10 『太平御覽』에 인용된 『三五歷紀』에 이르길: "하늘과 땅이 아직 계란처럼 혼돈의 상태에 있었고, 그 안에서 반고가 생겨나 18,000년이 지나 천지가 개벽되었는데, 양기와 맑은 기운은 하늘이 되었고, 음기와 탁한 기운은 땅이 되었다. 반고가 그 안에서 하루에 아홉 번 변하며 하늘에서는 신이 되고 땅에서는 성인이 되었다. 하늘은 매일 1장씩 높아지고, 땅은 매일 1장씩 두터워지고, 반고는 매일 1장씩 지랐다. 이처럼 18,000년이 지나면서, 하늘은 지극히 높아지고, 땅은 지극히 깊어지고, 반고는 지극히 커졌다. 그 후 삼황이 출현했다.天地渾沌如鷄子, 盤古生其中. 萬八千歲, 天地開闢, 陽淸爲天, 陰濁爲地. 盤古在其中, 一日九變, 神於天, 聖於地. 天日高一丈, 地日厚一丈, 盤古日長一丈. 如此萬八千歲, 天數極高, 地數極深, 盤古極長, 後乃有三皇."

일종의 천지개벽 후반부의 작업과정 관련한 신화는 존재하고 있고, 아울러 천지 사이를 넓히는 방식도 상당히 다양하고 흥미롭게 표현되어 있다는 점이 특징적이라고 할 수 있다.

2. 자연적 출현과 화생化生

야메이족雅美族 신화에는 자신들이 다른 민족에게 죽임을 당하자 이를 불쌍히 여긴 하늘의 신이 지진을 일으켰고, 이때 란위 섬이 자연히 분리되어 평안하게 생활하게 되었다는 내용이 나온다.[11] 이는 섬이 자연적으로 육지에서 분리된 경우로서 야메이족의 섬과 연관된 만물기원 모티프 신화를 종합해 고찰해보면, 신의 창조 유형, 인간의 창조 유형, 그리고 자연적 출현 유형이라는 세 가지 형태가 모두 존재한다.

야메이족에게는 이밖에도 달과 구름이 어떻게 만들어졌는지에 관한 기원 고사들도 전해진다.

> 예전에는 두 개의 태양이 지구를 비추어, 당시 사람들은 태양의 열과 빛으로 음식물을 굽고 끓여 먹었다. 어느 날 한 어머니가 산에 올라가 먹을 것을 채집하려고 하였지만, 작은 딸이 아직 어려 피부가 두 태양의 빛을 감당하기 어려워 딸이 따라오지 못하게 했다. 하지만 딸은 계속 엄마 곁에 머물고자 하였고 어머니는 다른 방법이 없자 하는 수없이 딸을 데리고 산으로 올라갔다. 어머니가 일을 하고 있는 동안 뜻밖에도 딸은 정말로 태양빛에 쏘여 죽고 말았다. 어머니는 비통한 마음에 어린 딸을 껴안고 하늘의 두 태양을 향하면서 손가락으로 두 개 중 하나의 태양을 가리키면서 저주의 말을 하였다. 천신이 이 장면을 보고 매우 슬픔을 느꼈고, 이때 하나의 태양이 점점 열과 빛을 잃고 달로 변하였다.
>
> 從前, 有兩個太陽射地球, 而當時的人就是靠此熱能來烤熟食物果腹. 一日有一母親欲上山採集食物, 因爲擔心女兒還小, 皮膚無法承受兩個太陽的照射, 故不讓她跟. 小女兒則百般予要賴, 母親無計可施, 只好帶她一起

---

11 達西烏拉彎·畢馬, 『達悟族神話與傳說』, 晨星出版, p.30.

上山了. 怎料, 當母親在工作之時, 小女孩眞的被晒死了, 母親在萬分悲痛
之際, 抱着可憐的孩子面對天上的兩個太陽, 並用食指指着其中一個太陽
下咒語. 天神看到此情景, 感到很難過. 此時, 另一個太陽便漸漸失去熱能,
變成月亮.[12]

아주 오래 전, 하늘을 아주 낮았는데, 당시 심나골루란(simnagolulan)이라
는 거인이 힘을 다해 하늘지붕을 위로 밀어 올려 비로소 지금의 위치까지 높
아졌다. 하늘지붕이 높아진 후 후 두 개의 태양이 생겨났다. 어느 날, 한 부인
이 그녀의 작을 딸을 데리고 토란 밭에서 일을 하던 중, 딸이 태양빛을 견디
지 못하고 타죽게 되었다. 부인은 너무나 비통한 마음에 태양을 향해 저주의
말을 퍼부었다. 이때 태양빛이 점점 약해지면서 하나는 지금의 태양이 되었고
다른 하나는 지금의 달이 되었다. 지금 하늘의 구름은 심나골루란의 모자로
서, 이는 그가 하늘지붕을 밀어 올릴 때 잊어버리고 자신의 모자를 가져오지
않았기 때문에 남아있는 것이다.

很久很久以前, 天空也很低. 當時有一個叫(simnagolulan)的巨人, 用力
把天蓋向上推, 天空才升高到今天的位置. 天蓋升高以後, 天空出現了兩
個太陽, 有一天一個婦人帶着她的小女孩在芋田中工作, 小女孩受不住太
陽而晒死. 婦人非常悲痛, 指着太陽咒罵, 於是太陽的光就漸漸減弱, 一個
就是今天的太陽, 一個就是今天的月亮. 現在天空的雲, 就是(simnagolulan)
的帽子, 這是他把天蓋托高時, 忘記取回他的帽.[13]

두 개의 태양이 하늘에 떠 있는 상황에서, 밭에 있던 딸이 태양에 의해
타죽자 비통한 어머니가 태양을 향해 저주를 하였고, 모정에 감동한 하
늘에서는 태양 중 하나가 열기를 잃고 달이 된다는 내용이다.

이는 화살로 태양 중 하나를 쏘아 눈을 멀게 함으로써 점차 빛을 잃어
달이 된다고 하는 태양을 쏜다는 일반적인 사일射日과 달로의 변형 유형
고사와는 달리 모친의 원한과 저주를 통해 태양을 달로 변형시킨다는 이
야기로서 상당히 독특한 내용을 보여주고 있다.

비록 모친의 저주라는 행위는 있었지만 결국은 태양 스스로 감동을

12 達西烏拉彎·畢馬, 『達悟族神話與傳說』, 晨星出版, p.104.
13 達西烏拉彎·畢馬, 『達悟族神話與傳說』, pp.110~111.

받았거나 힘을 잃어 빛을 잃어가면서 달로 화한 경우이기 때문에 자연적 변형 유형으로 분류할 수 있다. 또한 거인의 모자가 변하여 흰 구름이 되었다는 표현은 구름의 기원을 신화적으로 설명한 것이다.

하늘의 흰 구름은 과연 누가 수놓았을까? 손으로 높은 하늘에 드높게 구름을 펼쳐 놓을 수 있는 존재는 거대한 모습의 거인일 수밖에 없을 테고, 이에 구름은 바로 거인의 모자라는 상상력을 동원했던 것으로 보인다. 마치 한 장의 동화책 속 삽화를 보는 듯한 장면이다.

이와는 달리 야메이족의 한 모친이 태양에 의해 죽은 아이의 복수를 위해 태양을 죽였고, 이에 비로소 주야 간 구분이 생겼다는 고사도 전해진다.[14]

자연물인 천지가 개벽된 후 하늘의 은하수가 어떻게 생겨났는지에 대한 이야기도 야메이족 사이에 전해져오고 있다.

> 바로 이 때, 큰 바다에서 한 마리 물고기가 뛰어나오더니 힘을 다해 높이 뛰어올라 하늘에 올랐는데, 하늘에 붙어버려서 떨어지지 않았다. 그리고 그곳에 머무르다가 은하수로 변했다.
> 就在這個時候, 從大海裏跳了一條魚, 魚太用力跳太高而黏貼在天上沒有掉下來, 留在那邊變成了銀河.[15]

즉 물고기가 하늘로 뛰어올라가 내려오지 못하고 하늘에서 은하수로 변하였다고 한다. 변형 모티프가 담긴 동화와 같은 상상력이 담겨있다.

또 다른 내용의 은하수 관련 고사도 있다.

> 아주 오래 전에 어부 마을에서 시-칼레테드(si-kaleted)라는 이름의 거인이 출생하였다. 후에 시-칼레테드는 결혼하여 자식을 낳았는데, 그 아들은 부친

---

14 達西烏拉彎·畢馬, 『達悟族神話與傳說』, 晨星出版, p.106.
15 達西烏拉彎·畢馬, 『達悟族神話與傳說』, 晨星出版, p.111.

과 똑같이 키가 크고 몸집이 컸다. 한번은 부자 둘이 각각 배를 만들어 함께 바다로 나가서 고기를 잡는데, 아버지는 아들의 힘이 얼마나 센지 측량하기 위해 아들과 배 저어 빨리 달리기 경주를 하자고 제안하였다. 시합 결과 아들의 힘이 아버지만 못했는데, 그들 부자가 바다에서 배를 저으면서 생긴 물의 흔적이 후에 하늘의 은하수로 변했다.

> 很久以前漁人部落生下一位名叫(si-kaleted)的巨人. ……後來(si-kaleted)結婚生子, 其子也與父親一般高大. 有一次父子兩人各造一艘船一起出海捕魚, 父親爲了估量孩子的力量有多大, 提議和兒子划船競速, 比試結果, 兒子的力量略遜父親. 他們父子在海上划船的水痕, 後來變成了天上的銀河.[16]

하늘을 밀어 올렸던 거인이 후에 결혼을 하여 아이를 낳았는데, 그 아이 역시 거인이었으며, 이러한 거인 가족끼리 바다에서 배 빨리 젓기 시합을 하였고, 이에 배를 저을 때 나타나는 물의 흔적이 후에 하늘의 은하수로 변하였다는 내용이다.

역시 하늘의 자연물이나 자연현상은 그 규모가 거대하기 때문에 원주민들은 밤하늘을 수놓은 은하수의 기원을 거인들의 배 젓기 경주 행적에 의한 결과물이라고 상상의 나래를 펼쳤던 것이다.

아메이족 신화 중에는 하늘과 태양과 달의 탄생에 관한 고사가 전해진다. 신의 자연물로의 변형 모티프가 함축되어 있다.

> 먼 옛날 천지가 아직 형성되기 전, 두 명의 신이 출현했는데, 바로 남신 마레얍(Mareyap)과 여신 마스왕(Maswang)이었다. 그 때는 전 우주가 어둠 속인 상황에서, 그들은 남자아이 한 명과 여자아이 한 명을 낳았다. 남자는 아라양(Arayang), 여자는 마할렌고(Mahalengo)라고 불렸다. 아라양은 후에 하늘로 변형되었다. 아라양과 마할렌고 사이의 자녀는 아주 많았는데, 여신 메아흐셀레(Meahsele), 남신 아나베야우(Anaveyau), 여신 돈게(Donge) 그리고 라팔란구아(Lapalangua) 등이 그들이다. 그중에서 여신 메아흐셀레는 태양으로 변하였고, 남신 아나베야우는 달로 변하였다. 그리고 인간의 생명은 여신 돈게가 창조하였다.

---

16 達西烏拉彎・畢馬, 『達悟族神話與傳說』, 晨星出版, p.111.

遠在還沒有天地的時候, 出現兩個神, 男神稱(Mareyap), 女神稱(Maswang). 那時整個宇宙是黑暗的. 他們生有一子一女, 男的叫(Arayang), 女的叫(Mahalengo). (Arayang)變成了天. (Arayang)和(Mahalengo)的子女有好幾位, 分別是女神(Meahsele), 男神(Anaveyau), 女神(Donge)以及(Lapalangua). 其中, 女神(Meahsele)變成太陽, 男神(Anaveyau)變成月亮, 而人的生命是女神(Donge)創造的.[17]

아메이족 신화 중에는 이처럼 신격체와 그의 자녀의 신체 변형을 통한 천지 자연물 출현 유형 고사도 존재하고 있다.

이밖에 베이난족 신화에는 영웅 형제가 모친이 사망하자 변형을 통해 각각 아침과 밤의 별로 변화하였다는 고사가 전해진다.

형제는 산에서 내려와, 모든 두목들을 죽였다. 그들 두 사람의 용맹스런 행위는 모두의 존경을 받고 자신들의 마을에서 두목으로 추대되었다. 얼마 지나서, 모친이 죽자, 형은 하늘에 올라와 아침의 명성으로 화했고, 동생도 하늘에 올라가 저녁의 명성으로 화했다. 주야로 쉬지 않고 하늘에서 비추며 대지의 사람들을 조망하고 있다.

兄弟倆從山上下來, 割下所有的首級. 他們倆的勇猛行爲受到大家的尊敬, 都被推選爲自己社裏的頭目. 過了一些時候, 老母親死了, 哥哥就上天化爲早晨的明星, 弟弟也上天便爲傍晚的明星, 晝夜不停地閃爍在天邊, 眺望着大地的人們.[18]

이처럼 원주민 신화 속 만물의 출현은 신의 창조, 자연스러운 출생, 유정 비정의 자연물과 자연현상의 화생, 신과 인간의 화생 등의 다양한 방식을 통해 이루어지고 있음을 알 수 있다.

---

17 王嵩山(2011), 『臺灣原住民-人族的文化旅程』, 遠族文化事業, pp.138~139.
18 陳國强(1980), 『高山族神話傳說』, 民族出版社, pp.79~80.

파이완족, 루카이족, 베이난족, 아메이족, 타이야족, 가마란족, 부눙족, 싸이샤족, 싸이더커족, 쩌우족 등 대부분의 원주민 종족들 사이에는 홍수 모티프 신화들이 전해진다. 본 장에서는 이들 종족들의 홍수 고사를 위주로 다룬다.

특히 홍수의 발생원인, 남매혼 후 태어난 아이의 버림받음과 다양한 버림의 장소 및 보호자의 등장 등에 관한 이야기인 홍수와 남매혼 모티프 고사를 서술한다. 중국학자들은 이를 '홍수동포배우형洪水同胞配偶型' 신화 또는 '홍수와 형매혼洪水與兄妹婚' 신화라고 부르기도 한다.

원주민 고사의 특징적인 부분은 고사 중 일부가 중국 서남부 소수민족의 홍수와 남매혼 모티프 고사와 유사하면서도, 동시에 남매혼이라고 하는 윤리 파괴 행위가 신의 노여움을 사면서 그 벌로 바다의 습격, 즉 홍수가 발생하는 구조로 설정되어있다는 점에서 대륙 소수민족 신화와는 차이가 있다.[1]

---

1 중국의 남매배우형 홍수 신화는 聞一多의 조사에 따르면 중국 서남 지방의 먀오족(Miao

즉 중국 서남부 소수민족 신화에서 일반적으로 보이는 신의 노여움 등에 의한 홍수 발생과 홍수 후 유일하게 생존한 남매의 결혼, 그리고 괴태怪胎의 출생이라는 구조와는 정반대의 순서로 구성되어 있음을 확인할 수 있다.

육신 덩어리와 같은 괴태의 출현과 이 괴태의 인간으로의 재생 관련 묘사는 특히 싸이샤족賽夏族 신화 속 신체 조각의 화인化人 유형에서 자세히 전해지고 있다. 이러한 유형이 거북이 고기를 잘게 썬 후 나뭇잎으로 싸서 강물에 던지자 수많은 새끼 거북이로 재생한다는 중국 서남부 소수민족 신화 내용이나 육구肉球가 하늘로 올라가다가 흩어져 떨어진 후 수많은 사람들로 바뀐다는 대륙 소수민족 신화 장면과 내용과 구성이 흡사

---

tribe), 야오족(Yao tribe), 바나족巴那族(Ba-hnars tribe), 비얼족比爾族(Bhils tribe)을 중심으로 전해 내려오며, 홍수 신화 유형만도 나공나모가儺公儺母歌, 나신기원가儺神起源歌, 반왕가서호로효가盤王歌書葫蘆曉歌 등 25종이 넘는다고 한다. 聞一多(1936), 『神話與詩』, 臺北複寫本, pp.9쪽~11쪽 참조. 야오족 신화 내용은 다음과 같다. "7일간의 흑암과 9일간의 폭풍으로 강물이 하늘까지 넘쳤고 인류는 모두 절멸되었다. 조롱박 속의 남매만이 생존하였다. 9일 경과 후 강물이 가라앉았고 혼인 대상을 찾지 못한 남매는 서로 결혼하여 7명의 딸과 9명의 아들을 낳았다." 중국 윈난성 나시족納西族 신화 내용은 대음과 같다. "당시 5명의 형제와 6명의 자매들이 혼인 대상을 찾지를 못해 남매끼리 결혼을 하였다. 이에 하늘의 신이 노하여 큰 홍수를 일으켰다. ……표류 중 살아남은 남자는 천녀를 만나 천신의 어려운 문제와 시험을 거쳐 천녀와 결혼한 후 3명의 아들을 낳았다." 구이저우 먀오족 신화 내용은 다음과 같다. "용감한 한 부친이 백성들이 우레신을 두려워하자 우레신을 붙잡아 우리에 가두고 아이들에게 그에게 물을 주지 말라고 했다. 하지만 남매는 우레신의 요구를 들어주어 물을 주었고, 활력을 찾은 우레신은 우리를 나오면서 이빨 하나를 뽑아 남매에게 주면서 심으라고 했다. 이 씨는 금방 자라서 조롱박이 열렸고 부친은 재난이 올 것을 알고 철선을 만들어 들어가고 남매는 조롱박에 숨었다. 홍수가 하늘까지 올랐고, 이후 천신이 수신에게 물을 빼라고 명령하자 물이 한꺼번에 빠지면서 부친이 탄 철선은 추락하며 깨져서 죽고 말았다. 표류하는 조롱박은 남매를 살렸고 인류 번성을 위해 남매는 결혼하여 머리와 손발이 없는 육구肉球를 낳았다. 남매는 비통해하며 육구를 조각내어 포대에 싼 후 하늘로 올라가다가 포대 속 육구가 바람에 날려 땅에 떨어지면서 조각마다 사람으로 변하였다." 陳千武(1991), 『臺灣原住民的母語傳說』, 臺原出版社, pp. 19~20에서 인용 번역.

하다. 그 이야기 속에는 천인 결합과 남녀평등의 사유방식이 내포되고 있다.

특히 부눙족과 쩌우족 신화 속에서 홍수와 동물의 관계가 두드러지게 나타나며, 뱀, 장어, 게, 멧돼지, 두꺼비 등 여러 종류의 동물들이 홍수의 원인이 되기도 하고, 반대로 이들 동물들이 홍수의 해결사가 되기도 하는 독특한 면모를 보여주기도 한다.

1. 홍수의 원인, 남매혈족혼

1) 홍수와 남매혈족혼

루카이족魯凱族의 홍수와 남매혼 모티프 고사에는 남매혼과 홍수 그리고 남매 간 혼인으로 인한 기형아 출생이라는 구조의 고사가 전해진다. 간략하게 요약하면 다음과 같다.

> 홍수의 원인은 남매가 수확제 때 금기를 어기고 근친혼을 하여 천신이 대노하면서 홍수가 일어났다. 근친혼으로 인해 장님과 절름발이를 낳았다.[2]

루카이족의 또 다른 고사에도 남매혼과 홍수 발생, 그리고 남매 간 혼인으로 인한 장애아의 출산이라는 구조의 고사 내용이 나온다. 다시 말해 석생남과 토생녀의 장남과 차녀가 결혼하여 남매를 낳았고, 이 남매가 다시 결혼하자 이에 홍수가 발생하였으며, 후에 이들이 세 명의 아이를 낳았는데 그중 두 명의 남자아이는 모두 장애아였고, 또 여자아이도 역시 장님이었다는 내용이다.[3]

---

2 達西烏拉彎・畢馬,『魯凱族神話與傳說』, 晨星出版, p.94. 林道生,『原住民神話故事全集 2』, 漢藝色研, pp.77~78.
3 達西烏拉彎・畢馬,『魯凱族神話與傳說』, 晨星出版, p.46.

이와 같은 구조는 중국 서남부 소수민족 신화에서 일반적으로 나타나는 신의 노여움이나 신들 간의 싸움 등에 의한 홍수 발생과 홍수 후 유일하게 생존한 남매 간의 결혼, 그리고 괴태怪胎 출생이라는 구조와 순서상으로 반대이다.[4]

이러한 차이는 인류 시원에 관한 원초적 사유방식을 담은 중국 서남부 소수민족 신화와는 달리 원주민 신화에서는 인지가 어느 정도 발달한 원시사회 후기 단계에서 나타나는 윤리적 사고방식을 표출하면서 윤리 측면을 강조하였기 때문인 것으로 풀이된다.

타이야족 홍수 모티프 신화에는 인간들의 윤리파괴와 신의 노여움 및 그로 인한 홍수 유발 이야기가 다음과 같이 나타난다.

> 남녀 청년들이 미혼이면서 유훈을 준수하지 않고 윤리를 파괴하는 행위에 대해 조령 신이 화가 나서 바다의 습격을 일으켰다.
> 一對男女靑年不遵守遺訓, 行爲破壞倫理, 而觸怒祖靈, 引起海的襲擊.[5]

이 고사는 남매혼이라고 하는 윤리적 파괴 행위가 신의 노여움을 사면서 그 벌로 바다의 습격, 즉 바닷물이 범람하여 홍수가 발생한다는 구조로 설정되어 있다.[6]

---

4 다만 싸이샤족의 홍수 신화의 경우에는 홍수와 해수의 범람으로 인해 1남 1녀만 남았고, 이들이 후에 성장하여 결혼하면서 자손이 번성했다는 구성으로 이루어져 있다. 達西烏拉彎·畢馬, 『賽夏族神話與傳說』, 晨星出版, pp.58~59.
5 林道生, 『原住民神話故事全集 4』, 漢藝色硏, p.77.
6 타이야족 신화에는 홍수에 대한 묘사가 없는 남매혼 유형의 고사도 전해진다. "아주 오래 전에 세상에는 남매 들 만이 남았는데, 남동생은 결혼 적령기가 되었지만 결혼할 대상을 찾을 수 없었다. 이에 누나는 조급해하며 동생을 위해 여기저기에서 대상을 찾았지만 매번 실망한 채 돌아왔다. 누나는 '나의 용모를 바꾸어 동생을 속인다면 어떻게 될까?'라고 생각하였다. 어느 날, 누나는 동생에게 '내가 너를 위해 한 여인을 찾았는데, 모레 너는 그녀를 데려올 수 있을 거야. 그녀가 삼거리의 나무 그늘 아래서 너를 기다리고 있을 테니까.'라고 말을 하였다. 약속한 날이 되자 누나는 얼굴에 염료로 문신을 하고 먼저 삼거리의 나무 그늘 아래에서 앉아있었다. 동생이 약속한 장소에 가니 과연 누나가

부눙족布農族 신화에도 남매혼에서 좀 더 범위가 넓어진 혈족혼과 이로
인한 신의 노여움, 그리고 괴태怪胎 출현이라는 구조가 보인다.

> 이러한 친척 간 잡혼 현상은 신을 노하게 하여, 원숭이, 사슴, 카린리시새,
> 바바둬시새, 심지어는 태어나서도 움직일 수 없는 반시샤루, 바시커란 종류의
> 나무를 출생하게 하였다. 하지만 인류는 스스로 왜 기이한 물건을 낳는지 알
> 수 없었다가 나중에서야 그 원인이 혈족혼 때문임을 알고 이때부터 선조들은
> 엄격히 일부일처제를 채용하였고, 동성 간에 서로 결혼하는 것을 금지하였다.
> 這種雜交現象, 大大觸怒了神, 而生下了猴子, 鹿, 卡林利希鳥, 巴巴多
> 西鳥, 甚至於是生下不能走動的斑西夏路, 巴西可蘭之類的樹. 但是人類
> 自己也不明白爲甚麽会生下如此怪異的東西, (後來)才知道戒忌血族相婚.
> 從从此, 祖先們採取了嚴格的一夫一妻制, 竝且禁止同姓相嫁娶.[7]

여기서는 특이하게도 홍수 발생에 대한 묘사는 생략되어있고, 혈족혼
과 신의 분노, 괴태 출현 및 원인 파악과 동성혼 금지라는 내용으로 전개
되어 있다.

이러한 구조는 타이루거족 신화에서도 찾아볼 수 있다.

> 초기에 한 집안의 부자형제와 모녀자매는 서로 주저 없이 결혼을 했는데,
> 이들이 출산한 아이들이 모두 온전하지 못한 장애아였다. 사람들은 이를 이상
> 히 여겼지만 그 원인을 알 수 없었다. 어느 날 꿈에 신이 "혈족결혼이 장애아

말한 대로 문신을 한 여인이 그곳에서 기다리고 있는 것이 아닌가. 동생은 그녀를 데리고
집에 돌아와 결혼을 하고 부부가 되었다. 很早以前, 世界只有姐弟兩個人. 弟弟到了該結婚的年齡,
找不到對象可以成親. 姐姐非常焦急, 爲了弟弟到處去找對象, 但每次都失望回來. 姐姐就想: '改變自己的
容貌, 欺騙弟弟, 不知會怎麽樣?' 有一天, 姐姐對弟弟說: '我爲你找到了一個女人, 後天你可以去帶她回來,
她會在岔道的樹蔭下等着你.' 到了約定的日子, 姐姐在臉上刺染紋身, 先到岔道的樹蔭下坐着. 弟弟來到約
定的地點, 果然看到姐姐所講的, 一個紋身的女人等待在那兒. 他便帶她回家成親, 做夫妻了.", 王嵩山
(2011), 『臺灣原住民−人族的文化旅程』, 遠族文化事業, p.141. 타이야족 신화에는 오빠와
여동생 간의 결혼의 유래에 관한 고사도 존재한다. 陳國强(1980), 『高山族神話傳說』, 民族
出版社, pp.3~5.
7 원문은 林道生, 『原住民神話故事全集 5』, 漢藝色硏, p.61에서 인용.

를 낳는 주원인이다"라고 경고하고 나서야 비로소 혈족혼을 금지하고 원친
간 결혼으로 바꾸었다.

> 初期,一個家庭的父子兄弟與母女姊妹都無差距的互相結婚, 生下來的孩
> 子大都身体残缺不全, 人們都覺得奇怪, 但是又不知道原因. 直到有一天在
> 夢中被神警告「血族結婚爲生下殘缺孩子的主因」, 這才禁止了血族相婚, 改
> 爲遠親互相結婚.[8]

즉 혈족혼으로 인해 장애아들이 태어났는데 그 원인을 몰랐다가 꿈에
서 신으로부터 영감을 얻은 후 원친혼으로 바꾸고 혈족혼은 금지하였다
는 이야기이다. 여기서는 혈족혼 즉 근친혼으로 인해 동식물이라는 기이
한 물건을 출산하는 대신 결함이 있는 장애인간으로 바뀐 점과 장애아를
낳게 된 원인이 혈족혼에 있었음을 구체적으로 묘사한 점에서 부눙족 신
화와 차이가 있다.

홍수에 대한 묘사가 없는 남매혼과 기형아 출산에 관한 고사는 파이완
족 신화에도 남아있다.[9]

타이루거족의 또 다른 고사를 보면 다음과 같다.

> 드디어 남매는 결혼하였다. 얼마 지나지 않아, 계속해서 세 아이를 낳았는
> 데 하나는 다리를 절룩거리고, 하나는 눈이 멀고, 나머지 하나는 정상이었지
> 만 요절하였다.
> 遂兄妹相配. 不久, 陸續生下了三個孩子, 一個跛脚, 一個眼盲, 一個正
> 常的但夭折死了.[10]

대홍수가 물러난 후 천신이 두 손자를 돌과 대나무에 넣어 타오(Tao) 섬에

---

8 원문은 林道生, 『原住民神話故事全集 5』, 漢藝色硏, p.40에서 인용.
9 "가운데에서 1남1녀가 부화되어 나왔는데, 이들이 결혼하여 부부가 되었고 기형아 자녀
   를 낳았다. 이들 자녀 간에 또 결혼을 하여, 여전히 정상이 아닌 자녀를 낳았다. 從中孵出一
   男一女, 兩人結爲夫妻, 生下了畸形的子女, 子女彼此間又結婚, 所生的子女仍然不正常." 達西烏拉彎·
   畢馬, 『排灣族神話與傳說』, 晨星出版, p.90.
10 林道生, 『原住民神話故事全集 5』, 漢藝色硏, p.81.

보냈는데, 석생인과 죽생인은 각각 오른 쪽과 왼쪽 무릎에서 남자 아이 한 명과 여자 아이 한 명을 각각 낳았다. 남매들은 각각 결혼하여 장님 또는 절름발이를 낳았다.[11]

전체적으로 내용과 구조가 유사하다는 점에서 볼 때, 타이야족과 타이루거족은 어느 정도 서로 밀접한 관계를 유지해왔던 종족이었던 것으로 판단된다. 상기 두 고사는 타이야족 신화에 비해 후기에 형성된 신화로서 우생학적 지식이 좀 더 가미되어 서술되고 있다.

물론 원주민 신화 중에는 동일한 구조를 이룬 것은 아니지만 중국 서남부 소수민족의 홍수와 남매혼 고사 유형과 유사한 구조를 지닌 고사도 있다. 가마란족噶瑪蘭族 홍수 모티프 신화에는 다음과 같은 고사 내용이 전해지고 있다.

> 태초에 인류가 막 생겨났을 무렵, 땅에는 물이 계속 솟아올라 침몰되고 디뤄누커와와男와 아바쓰커와女 남매만이 살아남았다.
> 剛開始有人類時, 大地不斷的湧上水來… 只剩下的狄洛努克瓦(男)和阿巴斯克瓦(女)兄妹兩個人存活下來.[12]

여기서 홍수로 대지가 침수되고 생존한 남매 두 사람이 생존 후 어떻게 되었는지에 대한 서술은 없다. 그러나 가마란족이 지금도 여전히 종족을 유지한 채 타이완 섬에 현존하고 있다는 사실에 비추어보면 남매가 실제적으로 결혼을 통해 종족을 번성해왔다는 의미가 함축되어 있다는 추정은 상식적으로 얼마든지 가능하다. 즉 이들 남매는 가마란족 시조인 것이다.

이밖에 파이윈족排灣族 신화 중에 "홍수기 발생히지 남매만이 살아남아

---

11 원문은 林道生, 『原住民神話與文化賞析』, 漢藝色研, p.228 참조.
12 원문은 林道生, 『原住民神話故事全集 5』, 漢藝色研, p.159에서 인용.

▲ 아메이족阿美族의 홍수 신화를 묘사한 조각물
(홍수 때 절구통 안에 들어가 표류하는 모습)(필자사진)

서 지렁이 대변이 쌓여 만들어진 산 위에 앉아있었다"라는 구절이 있는데, 여기에서도 홍수가 발생한 후 남매만이 산위에 올라가 살아남아 부부가 된다는 구조로 이루어진 이야기다. 또한 홍수로 인해 남게 된 남매가 결혼한 후 맹인이나 절름발이 자식을 낳았는데, 이는 혈족혼과 관계가 있다는 이야기도 전해진다.[13]

산은 홍수로 인한 인류의 피해가 진행될 때, 가장 안전한 피난처가 되는 곳이기 때문에 일반적으로 홍수 후 살아남은 사람의 안식처는 산 정상으로 묘사되곤 한다.

한편 홍수 원인과 관련해서는 남매혼이나 윤리파괴로 인한 신의 노여움 외에도 거절당한 신들의 노여움 때문이라고 하는 이야기도 전해진다.

예를 들면 아메이족阿美族 홍수 모티프 신화 중에는 거절당한 신들이 화가 나서 홍수를 일으키자 남매 둘이 미리 절구[14]에 숨어 홍수를 피하였고, 홍수가 끝난 후에 남매가 결혼하여 다섯 아이를 낳는다는 내용의 이

---

13 陳千武(1991), 『臺灣原住民的母語傳說』, 臺原出版社, pp. 20~21.
14 싸이샤족 신화에는 홍수를 피하기 위한 도구가 베틀로 설정되어 있다. "전해지는 이야기에 의하면 싸이샤족의 선조들은 홍수를 피해 베를 짜는 베틀에 들어가 물 따라 표류하다가 한 작은 섬에 이르러 거주하기 시작하였다. 相傳賽夏族人的祖先, 乃是逃避洪水, 而伏於織布機上, 順水漂流, 經由一小島而至現在居地." 達西烏拉彎·畢馬, 『賽夏族神話與傳說』, 晨星出版, p.48. 호로병박이나 절구가 아닌 베틀이 홍수를 피하는 도구로 사용된다는 이야기는 상당히 이색적인 장면이다.

야기가 전해지고 있다.[15]

또한 신이 세계를 멸망시키기 위해 홍수를 일으키자 신의 남매만이 생존하여 표류하였고, 이들이 불륜 방지를 위해 신체 가운데 사슴 가죽을 대었는데 후에 태양이 결혼을 허가하여 자식을 낳았지만, 괴물이 탄생하여 강에 버렸다는 이야기도 전해진다.[16]

이처럼 아메이족 홍수 모티프 고사는 신의 노여움과 이로 인한 홍수 발생, 생존 남매의 결혼과 괴물 출산이라는 구조를 보인다. 그리고 이러한 구조는 중국 서남부 소수민족 홍수 모티프 고사 구조와 내용에 더욱 근접해 있다는 점에서 필자는 아메이족과 대륙 남서부 민족 간 밀접한 영향관계에 대해 주목하게 된다.

홍수 고사를 통해서 볼 때는 결국 타이완 아메이족과 중국 남서부 지역 소수민족 간 혈연적 또는 문화적 교류가 상당히 빈번했거나 밀접했음을 엿볼 수 있다.

이밖에 타이야족 홍수 모티프 신화에는 단순한 해수면 상승이 홍수의 원인이라고 하는 내용이 나온다.[17] 그런데 이야기 내용 중에 바다에 희생물을 바친다는 기록이 나온다. 이는 바다의 노여움을 진정시키기 위한 행위임이 분명할 테고 진정시키고자 하는 대상은 바다의 신 또는 바다를 조정하는 신이라고 추정해볼 때, 결국 신의 노여움이 홍수의 원인이 될

---

15 내용이 긴 관계로 여기서는 원문 인용을 생략한다. 林道生, 『原住民神話故事全集 5』, 漢藝色研, pp.127~128. 또한 陳國强(1980), 『高山族神話傳說』, 民族出版社, pp.3~5, 陳千武(1991), 『臺灣原住民的母語傳說』, 臺原出版社, p.160 참조.

16 陳炳良(1985), 『神話‧禮儀‧文學』, 聯經, pp.44~45. 동일한 유형은 여와 복희의 결합 고사에도 있다.

17 "해수가 상승하여 전체 마을이 바닷물로 가득 차자 사람들은 토와카(Towaqqa) 산꼭대기로 피신을 하였다. 비록 바닷물에 악녀를 희생물로 바쳤지만 조금도 물러날 기세가 없자 다시 진남진녀를 바다에 던지기로 결정하였다. 有一次海水暴涨, 整個部落涨满了海水, 大家都逃到多瓦卡(Towaqqa)山顶. 虽然向大海投入了一位恶女, 一點也没有减退的趋势, 因此决定再投入一对真男真女." 원문은 林道生, 『原住民神話故事全集 4』, 漢藝色研, p.24에서 인용.

수 있다는 추론이 나온다.

싸치라이야족 신화에서는 해신海神이 바이 로바스(Bay Robas)의 딸인 시실링안(Cisilingan)의 미모에 반해 결혼을 하고자 했지만 거절을 당하자, 노하여 해풍으로 홍수를 일으킨다는 내용이 나온다. 결국은 딸을 상자에 담아 바다에 표류시킨 후 해신의 노함이 잠잠해졌다고 한다.[18]

야메이족雅美族 홍수 모티프 신화에는 최초의 인간들인 석생인과 죽생인이 먹는 것만 알 뿐 신을 경배하는 것을 몰랐기 때문에 신의 노여움으로 홍수가 발생하게 되었다는 내용도 있다. 그리고 결국 신이 내린 홍수로 인해 산이 붕괴되고 수많은 사람이 다쳤다는 이야기로 이어진다.

이밖에 임산부가 금기를 어겨 신의 분노를 사서 홍수를 만났다는 이야기도 있고, 심술이 신의 노여움을 사서 홍수로 징벌을 당했다는 이야기도 있다.[19]

야메이족雅美族 신화를 보면 다음과 같은 이야기도 발견된다.

아주 오랜 옛날에 섬에는 이미 많은 사람들이 거주하였기 때문에, 심지어는 개간할만한 땅도 없을 지경에 이르렀다. 음식물은 점차 부족해지면서 이렇게 많은 사람들을 먹여 살릴 수 없을 정도였다. 그때 시파루라는 자가 있었는데 게으르고 노는 것만 아는 사람이었다. 매번 해변에 가서 고기를 잡아 돌아오는 도중에 몰래 큰 고기를 먹고 작은 물고기만 집에 들고 가져왔다. 또 게으르고 놀기만 하는 시어사먼이라는 사람이 있었다. 자신은 밭이 있어도 농사를 짓지 않고 항상 아이를 원통에 넣어놓고 돌보지도 않았다. 사람들이 일을 할 때도 용안 나무 아래서 채찍을 가지고 놀았다. 또 시파라우라고 불리는 사람이 있었는데 역시 놀고 마시며 살고 있었다. 그의 아들은 뚱뚱했는데, 어느 날 집에 먹을 것이 부족해지자 아들을 죽여 잘게 자른 후 삶아 먹었다. 온 섬은

---

18 "(Bay Robas), 她有一個女兒叫做(Cisilingan), 她全身都是紅色, 海神被她的美麗著迷後 想來提親, 卻被拒絕, 海神便作法引發海嘯. 因此族人向(Bay Robas)求救, 她無奈只好 將女兒裝入箱內, 放入海上任其漂流, 頓時海面呈現一片紅色, 海嘯便漸漸退去." 百度 (baidu)에서 발췌.
19 達西烏拉彎 · 畢馬, 『達悟族神話與傳說』, 晨星出版, p.117, p.123, p.127.

놀고 마시는 사람들로 가득했다.

很久以前, 島上已經居住了太多的人, 甚至於到了無地可以開墾的地步,
食物逐漸不够養活這麼多人. 那時候, 有個叫希帕魯, 只懂得「喝風喝水」的
人. 每一次到海邊捕魚, 回家的中途就偷偷在波羅從裡吃大魚, 只把小魚
帶回家. 還有一個「喝風喝水」的人, 他叫希俄沙門. 自己有田卻不耕種, 常
把孩子丟入圓桶中不好好照顧. 人家工作他卻在龍眼樹下蕩鞦韆. 另外一個
「喝風喝水」的人叫做希帕拉烏, 當他的孩子長胖了, 有一天家裡缺少食物
時, 竟把胖兒子宰了, 切割煮了吃. 整個島上多的是「喝風喝水」的人。[20]

옛날에는 사람들이 바닷가에 살고 있었다. 어느 날 임신부와 노부인이 해변
에서 물을 길었는데, 바닷물이 넘쳐 이들을 삼켜버렸고, 마지막에는 거의 모
든 섬들이 바다 속으로 들어갔고, 두 개의 산봉우리만 수면 밖으로 남게 되었
다. 9년이 지나 아직 해산을 하지 못한 임산부가 발견한 쥐를 잡아 두 토막
낸 후 그중 한 토막을 바다에 던지고 쥐의 꼬리가 물을 빨아들일 수 있도록
기원하자 그 결과 정말로 물이 점차 빠지기 시작했다.

遠古的人住在海邊. 某天, 一個孕婦與一老婦人同在海邊汲水, 終於將
汲水的女人淹沒了. 最後幾乎整個島嶼都陷入了海中, 只露出二座山頭.
到第九年, 那位懷胎多年未產的孕婦, 於某天發現了一隻老鼠, 便把牠分
成兩半, 將其中一半拋入海中, 祈求老鼠尾將海水吸乾, 結果真的海水就
漸漸消退了.[21]

대홍수가 지나간 후, 천신이 하늘에서 하계를 내려다보다가 아름다운 란위
섬을 발견하고 감탄하여 말하길, "정말로 아름다운 북방의 섬이군!"이라고 하
였다. 이에 그의 두 손자 중 한 명을 돌에 넣고 다른 한 명도 대나무 속에 밀
어 넣어 다시 섬 위로 던졌다. 결과 큰 거석은 바로 삼림의 중앙에 떨어졌고
가벼운 대나무는 공중에서 바람에 휘날리다가 해변에까지 표류하였다. 거석
이 파열하며 한 남자가 생겨났고 풀 즙으로 생명을 유지하였고, 대나무에서도
한 남자가 나왔는데 대나무 마디 속의 물을 마시면서 생을 유지하였다.

大洪水過後, 天神從天上俯瞰下界, 發現美麗的蘭嶼島而驚歎地說……
「好美麗的北方島嶼呀.」於是把他的兩個孫子中的一個放入石頭內, 一個塞
進竹子內, 再往島上一丟, 結果很重的巨石直落到大森山的中央, 很輕的竹
子在空中被一陣風吹飄到海邊. 巨石破裂後生出一男, 以草汁為生, 竹子亦

---

20 林道生, 『原住民神話與文化賞析』, 漢藝色研, p.210.
21 王嵩山(2010), 『臺灣原住民-人族的文化旅程』, 遠族文化事業, p.44.

生一男, 以喝竹節內的水維生。[22]

여기서는 홍수 발생의 원인이 게으른 자들이 많아 이들을 꾸짖기 위해 바다가 넘쳤기 때문이라고 묘사하고 있다. 그리고 결국 쥐를 희생물로 바치자 홍수가 드디어 물러나기 시작했고, 인류가 절멸한 후 천신이 돌과 대나무 속에 손자를 넣어 섬으로 보내 인간으로 태어나게 했다는 이야기로 이어진다.

일반적인 홍수 모티프 신화는 큰 비가 계속 내려 물이 넘친다는 구조로 전개된다. 하지만 란위蘭嶼 섬에 사는 야메이족雅美族에게는 섬의 사면이 모두 바다이기 때문에 큰 소나기가 오는 것보다도 해일이나 풍랑, 또는 쓰나미 같이 바닷물이 넘치는 현상이 생존에 위협적이자 공포였을 테고, 따라서 야메이족은 신화 속에서 홍수의 형태를 바다의 위협에 의한 것이라고 묘사하지 않았나 추정된다.

죽생 고사의 출현은 당시 주변에 대나무가 많았던 환경적 조건과 밀접한 관련이 있어 보인다. 신화 내용은 당시의 실제 생활환경과도 연관성이 깊기 때문이다. 9년, 10년, 11년의 표현도 다른 민족과는 다른 시간연대 개념을 보여준다. 또한 하늘에 있는 천신의 자손이라는 그들의 믿음과 함께 타인을 존중하는 자유사상도 엿보인다.

2) 홍수와 동물

한편 파이완 신화 속에 묘사된 홍수의 원인은 다음과 같이 괴물과 연계되어 나타난다. "괴물 다뤄판達洛凡이 강물을 삼키곤 했는데, 어느 날이 괴물이 눈을 감으면서 강물이 괴물 입속으로 들어가지 못하게 되자 홍수 재난이 도래했다."[23] 여기서 홍수의 원인을 신의 노여움이나 분노가

---

22 林道生, 『原住民神話與文化賞析』, 漢藝色研, p.101.
23 "평지에 다뤄판이라는 괴물이 있었는데, 강과 천의 물이 괴물의 입속으로 흘러들어가는

아닌 괴물과 연계시킨 점이 독특하다.

루카이족 홍수 모티프 신화에는 바닷물이 넘쳐 홍수가 발생했다는 내용이 나온다. "바닷물이 넘쳐 주민들이 산으로 피신 간 지 5일이 지나자 선조가 물을 물러나게 하였고, 나머지 남은 물은 개 한 쌍이 먹어치움으로써 치수를 했다"는 내용의 이야기다.[24]

여기에서 홍수는 큰비가 내렸기 때문이 아니고, 동물이 물길을 막아 생긴 것도 아니며, 원인에 대해 별다른 설명이 없이 그냥 바닷물이 넘쳐서 일어난 것이다. 타이완의 지리적 여건상 태풍 등으로 해일이 일어나 해안가 쪽으로 물난리가 일어나는 경우가 많기 때문에 이러한 묘사가 나온 것으로 보이며, 실제로 태풍이 물의 범람의 원인이 되었다는 고사도 전해지고 있다.

또한 홍수가 발생한 후에 등장한 개가 홍수를 다스리는 조력자 역할을 흥미로운 대목도 있다. 개가 알의 부화를 방해하는 물을 향해 짖어댐으로써 물을 물러나게 한 대목이 상기된다. 위에서 언급한 바와 같이, 야메이족의 홍수 신화 속에도 동물 쥐가 등장하여 바닷물을 빨아들이는 작용 즉 치수 작업에 임하고 있다.

또 다른 고사에서는 조상이 사람을 희생물로 하여 홍수를 막았다는 내용과 함께 이와 반대로 조상이 도리어 물의 범람을 일으켰다는 내용의 이야기도 있다. 조상숭배 신앙 하에서 조상을 신과 동일시했던 고대 원주민의 사고를 여기서 엿볼 수 있다.

한편 부눙족과 쩌우족의 또 다른 홍수 신화에는 홍수와 동물의 관계가 두드러지게 나타나는데, 여러 동물이 홍수의 원인제공자로 등장하기도

것이었다. 그런데 괴물이 입을 닫으면서 강물이 흘러들어가지 못하게 되어 재난이 일어나게 되었다. 在平地有個叫達落凡的怪物, 河川的水是流進怪物嘴裡去的, 因怪物的嘴閉下來, 河水流不進去才成災." 達西烏拉彎 · 畢馬, 『排灣族神話與傳說』, 晨星出版, p.86.

24 達西烏拉彎 · 畢馬, 『魯凱族神話與傳說』, 晨星出版, p.92.

하면서 치수의 해결사이기도 한 점이 흥미롭다.

먼저 부눙족 신화를 보면 다음과 같다.

> 이뤄강에 사는 큰 뱀이 제방의 입구를 막아 강물의 흐름을 멈추게 하자 강
> 물이 넘쳐서 홍수가 범람하였고 이에 땅은 수몰되었다. 사람들은 할 수 없
> 이 위산과 줘사의 큰 산과 고지로 피신했다…… 어느 날 게가 증오스러운 큰
> 뱀을 발견하고…… 두 토막으로 자르니, 큰 뱀은 죽게 되었고, 그 후 홍수도
> 물러났다.
>
> 有一條住在伊洛康的大蛇堵住堰口止住了河流, 河水便溢了出來造成洪
> 水氾濫, 淹没了地面. 人們只好逃難到玉山及卓社的大山高地…… 有一天,
> 螃蟹找到了可惡的大蛇…… 把牠截成兩段. 大蛇死了之後洪水也退了.[25]

쩌우족郞族 신화에도 "큰 장어가 강물을 막아 홍수가 일어났다. 사람들
은 라쿠라파(Lakurapa)산과 알리파포타콜루(Alipapottakolu)산으로 피신
하였다. 산양이 불씨를 얻었고, 멧돼지가 장어를 물어죽이고 홍수를 잠
재웠다"라는 고사가 전해진다.[26]

위에서 언급한 두 고사 모두에서 동물이 홍수 고사의 주인공으로 등장
하고 있다. 뱀이나 뱀 모양의 장어가 홍수 원인이 되고, 게, 두꺼비, 멧돼
지 등이 홍수를 막고 치수를 돕는 역할을 한다. 산양, 새, 두꺼비[27]가 불

---

25 원문은 林道生, 『原住民神話與文化賞析』, 漢藝色研, p.52에서 인용. 또 다른 신화에는
"이부트라는 뱀이 강물을 가로막아 강물이 넘쳐 홍수가 났다. 이에 사람들이 산으로 물을
피해 올라갔다. 불이 없어 쿠르파(Kurpa)라는 두꺼비를 보내 불씨를 얻게 했지만 실패하
고 카이비시조凱碧西鳥가 불씨를 얻어왔다. 후에 두꺼비가 뱀을 물어 두 동가리로 만들었
고 그 후 홍수는 물러나게 되었다"는 이야기도 있다. 林道生, 『原住民神話故事全集 4』,
漢藝色研, p.74, p.82. 이외에 홍수 원인에 관한 내용은 『中國各民族宗敎與神話大詞典』
(1993), 學苑出版社, P.144, 陳千武(1991), 『臺灣原住民的母語傳說』, 臺原出版社, p.208
참조.
26 陳千武(1991), 『臺灣原住民的母語傳說』, 臺原出版社, p. 24.
27 부눙족 신화에는 두꺼비에 대한 숭배 고사도 있다. "하늘에서 신이 내려온 곳인 아상
덴나드(Asang Dennad)에서 사람들이 밭에서 농사를 짓다가 휴식하면서 (천신이 기르는)
두꺼비를 서로 던지면서 놀자 천신의 노여움을 사서 화난 천신이 하늘에서 한 무더기의

씨를 얻어오는 장면도 특징적이다.

부눙족과 쩌우족 신화에서는 이처럼 홍수 원인이 물속에 사는 긴 뱀이나 장어가 물길을 막았기 때문에 발생한다고 여겼으며, 그 홍수를 멈추게 하는 방법은 홍수를 유발하는 동물을 제거하는 일이기 때문에, 게나 멧돼지 등을 해결사로 등장시켜 뱀이나 장어를 두 동강 내거나 물어 죽이는 방식으로 표현하고 있다.

이처럼 타이완 원주민들은 동물을 흉물로 보기도 했지만, 동시에 홍수를 막거나 인간에 불씨를 제공해주는 등 삶을 살아가는 데 도움이 되는 대상으로 여기기도 했다. 그리고 부눙족과 쩌우족 두 종족 고사에서 홍수와 동물의 관계성이 좀 더 구체적으로 기술되어 있다는 점에서 양 종족 간 밀접한 관계를 가늠해볼 수 있다.

3) 홍수와 치수治水

홍수가 발생한 후 치수를 위해 등장하는 주체자와 치수 방법을 묘사한 홍수 모티프 고사도 나온다. 베이난족 신화에는 우왕 고사에서 우왕이 자신의 아버지가 식양息壤을 훔쳐 물을 막는 방법 대신 사용한 소도疏導와 인수引水, 즉 물길을 트는 방식과 똑같은 방법으로 치수를 하고 동시에 음용수 문제도 해결하였다는 치수 고사가 전해진다. 내용을 요약하면 다음과 같다.[28]

진흙을 쏟아 부어 이 일가족을 산 채로 땅속에 매몰시켰다.(Asang dennad)社是古时候神把它从天上降下来的舊社. 有一户人家在田裡耕作休息时. 以互相投挪虾蟆来玩, 结果触怒了天神. 生氣了的天神从天上降下一大堆泥土, 把这一家人都活埋在地底下." 林道生, 『原住民神話與文化賞析』, 漢藝色研, pp.59~61. "번개가 치면서 돌로 변했다" 즉 두꺼비를 괴롭히면 우레신 노여움을 산다는 고사도 두꺼비와 비의 깊은 관계를 말해준다.

28 林道生, 『原住民神話與文化賞析』, 漢藝色研, pp.154~155. 『山海經』 「海內經」에 나오는 곤과 우의 홍수와 치수 관련 고사 중 주요 부분을 소개하면 다음과 같다. "홍수가 온 하늘에 넘치자, 곤은 황제의 식양(계속 자라나는 흙)을 훔쳐 홍수를 막았는데, 황제의 명령을 기다리지 않았다. 황제는 축융에게 명하여 곤을 우교에서 죽이도록 하였고 곤은

두구비쓰杜古比斯가 산을 바로 쳐서 뚫린 곳이 연못이 되었다. 물이 넘쳐 홍수가 나자 다시 물길을 돌리는 방법으로 두고비사가 처리하였다.[29]

이와 유사한 다른 홍수 고사에서는 불씨를 얻는 장면이 첨가되고, 뱀이 시냇물 길을 만들면서 물길이 통하자 강이 되었다는 장면도 첨가하여 기술되어 있다. 또한 태양신의 분부로 홍수가 그쳤다는 기록도 전해진다.

베이난족의 또 다른 신화에는 홍수와 형매의 결혼, 일월 변형과 만물 출산과 생육, 그리고 돌 유형들이 골고루 섞여있다. 고사 내용을 요약하면 다음과 같다.

> 홍수 후에 남은 다섯 명의 형제자매 중 두 명은 태양과 달로 변하였고 타브타브(Tavtav)妹와 파로아크(Paroaq)兄는 부부가 되어 물고기, 새우, 게, 그리고 새를 낳아 길렀다. 또한 여동생은 흰색, 붉은색, 노란색, 검은색의 돌을 낳았는데, 이 돌에서 각 민족들이 출현하였다.[30]

또 다른 신화를 요약하면 다음과 같다.

> 홍수 범람 후 타이완 섬은 해면 위로 부상하였고, 남은 사람은 형제자매 다섯 명뿐이었다. 이들은 절구 모양의 나무 위에 머물면서 표류하였다. 홍수 범람 시에 모든 생물은 침몰하여 죽고 하늘의 태양과 달도 사라졌다. 천지는 캄캄했고 그러자 다섯 형제자매는 그중 한명을 하늘의 광채로 만들기로 정하고 낮에 후닌(Hunin)이라는 남자를 하늘로 던지니 태양이 되었다. 그리고 밤에는 불란(Vulan)이라는 여자를 하늘로 던지니 달이 되었다.[31]

이 고사 속에서 홍수 후 남은 형제자매들 사이에서 최초로 출생한 아

뱃속에서 우를 낳았다. 황제는 우에게 명하여 마침내 흙을 갈라 구주를 정하였다.洪水滔天. 鯀竊帝之息壤以埋洪水, 不待帝命. 帝令祝融殺鯀於羽郊, 鯀復生禹. 帝乃命禹卒布土以定九州."

29 林道生, 『原住民神話與文化賞析』, 漢藝色研, p.152.
30 達西烏拉彎 · 畢馬, 『卑南族神話與傳說』, 晨星出版, p.56.
31 達西烏拉彎 · 畢馬, 『卑南族神話與傳說』, 晨星出版, p.90.

이가 인류가 아니라 동물들이라는 점에서는 남매혼과 기형아 출산 유형의 한 형태로 볼 수 있는 동시에, 앞에서 일월로 변하는 변형고사를 염두에 두고 보면 변형 유형의 만물창조 모티프 신화로도 바라볼 수 있다. 그리고 달을 여성원리의 상징, 태양을 남성원리의 상징으로 삼아 여성이 달로 변하고 남성이 태양으로 변한다는 구조 설정을 하고 있다는 점은 고대인의 사고 속에도 일월과 음양의 연계관계가 지금과 거의 동일했음을 알 수 있다.

베이난족의 또 다른 홍수 모티프 신화를 보면 "홍수의 대재난이 발생하여 모든 사람이 다 죽고 일남일녀만 남아서 새롭게 시작하였다."라고 기술되어 있다.[32]

홍수 후 생존자의 숫자에 있어서 앞에서 인용한 고사에서는 다섯 형제자매로 되어 있고, 여기서는 1남 1녀로 되어 있다. 이처럼 홍수 후 생존자의 숫자가 동일한 종족의 고사 내에서도 다르게 나타나고 있다는 점이 흥미롭다.

2. 괴태怪胎 출산과 버림

위에서 홍수의 원인과 남매혈족혼 부분을 서술하면서, 남매혼 또는 혈족혼 등으로 기형아, 괴태, 동물 등이 태어난다는 내용을 함께 언급한 바 있다. 이 장에서는 괴태의 출산과 버림[33]이라는 유형에 좀 더 초점을

---

32 達西烏拉彎 · 畢馬,『卑南族神話與傳說』, 晨星出版, p.88.
33 일반적으로 기자棄子 모티프 고사란 말 그대로 버림(discard)을 받은 아이를 주제로 한 이야기다. 갑골문에도 '기棄' 자는 핏물 떨어지는 갓난아기를 삼태기에 담아 두 손으로 들어다 버리는 모양을 하고 있다. 버림 행위가 고사의 핵심이 되는 유형의 신화는 주로 영웅 신화 속의 민족시조, 건국시조 일대기에서 쉽게 발견된다. 기자 모티프는 전 세계에 퍼져있는 보편적인 신화 유형으로서, 수메르의 길가메시가 버림받는 내용은 최초의 기자 모티프이며, 이후 『구약』에서 모세가 강가에 버려지고 바로 왕의 딸에 의해 구조되는 내용은 전형적인 기자 모티프다. 중국의 주 민족 시조인 후직 고사도 대표적인 기자 모티

맞추어 서술하고자 한다.

  우선 아메이족阿美族 홍수 모티프 신화 고사에는 두 번의 괴물 출산과 두 번의 버림을 받는다는 내용이 나오는데, 요약하면 다음과 같다.

> 홍수 후 남매가 임신을 하고, 첫 출산 시에는 괴물을 낳았다. 이에 상심하여 영아를 강물 속에 던져버렸다. 두 번째 임신 후에는 백석白石을 낳았다. 두 사람은 놀라서 백석을 가지고 나가 강물 속에 버리려하였다. 달이 이 소식을 알고 남매에게 잘 보관하면 너희들 목적을 달성할 수 있다고 말하였다. 남매는 이상히 여겼지만 달의 말을 받아들여 백석을 보존하였다. 나중에 백석이 크게 변하더니 그 속에서 네 명의 아이가 출생하였다.[34]

프를 담고 있으며, 이러한 유형은 바빌론, 고대 그리스, 아라비아, 일본, 인도 등의 신화와 사시史詩에도 보인다. 버림 이유는 기이한 형태, 부친이 있는지 모름, 의외의 임신, 악인이나 자신의 부친의 압박, 상제의 분노 등이며, 상심과 분노로 버리는 경우도 있고, 자식의 피해를 막기 위한 배려로 버리는 경우도 있다. 버림 행위자는 주로 부친이고, 버림 과정은 미리 경고 후 살해 시도, 또는 먼 곳으로 내보내며, 버림 장소는 강가가 많이 이용되고, 버림 후에는 양치기 부부 등 신분 낮은 자나 동물들이 보호하고 키운다. 결국에는 성공하여 금의환향하거나 왕이 되는데, 서양 고사의 경우 대부분 타살 등 비극으로 끝난다. 외형상 기자 모티프의 버림 행위는 기이한 출생이나 불법적 출생이라는 배경 때문이지만 자세히 보면 구체적 사건의 기술이라기보다는 신화적 사건임을 확인할 수 있다. 기자 모티프의 출현 배경이나 상징 의미에 대해서는 여러 견해가 제기되고 있는데, 신화가 현실생활과 풍습의 반영이라는 점에 입각하여 보면, 식자 습속, 불거삼자 습속, 시영습속, 차자계승次子繼承의 관습의 반영 등으로 볼 수 있다. 예를 들면 아이를 강가에 버리는 고사는 수중 시영 습속이라는 토양에서 나온 것으로 볼 수 있고, 단군 신화에서 서자 환웅의 등장은 차자계승의 관습과 관련이 있다고 볼 수 있다. 또 사회발전단계의 관점에서 보면, 버림 모티프는 부친을 모르던 모계 여성 중심에서 부계 중심의 친자관계로의 전이轉移를 반영한다고 볼 수 있다. 특히 국왕이 아이를 버리는 것은 부권사회의 권리쟁탈, 부권제 하에서 친생자가 아닌 자에 대한 배타성을 반영한다. 심리학적 관점에서는 자아 인격의 성장 또는 생육과정의 상징적 반영, 부자간 대치관계의 상징 등으로 보기도 하며, 제의적 관점에서는 버림과 생존의 모티프는 희생물을 바치는 제사와 관련된다고 볼 수 있고, 산 자를 농업 제사의 제물로 삼는 의식이 신화에 반영되어 있다. 생후 오염을 제거하기 위한 씻김 즉 생자예의生子禮儀의 전시라는 견해도 있다.

34 인용된 고사는 원문의 내용이 상당히 길어서, 여기서는 원문 인용은 생략하고 발췌 요약 번역만을 인용하기로 한다. 陳炳良(1985), 『神話 · 禮儀 · 文學』, 聯經, pp.48~49. 일본인 신지 이시이(Shinji Ishii)의 「臺灣島及其原始住民(The Island of Formosa and its

여기서는 한차례 남매가 첫 번째로 출산한 괴물을 강물에 버린 이후, 두 번째로 출산한 백석白石을 재차 버리려고 시도한 점이 목격된다. 이처럼 두 번에 걸쳐 괴물을 출산하고 버린다는 구조는 중국 대륙의 괴태怪胎나 육구肉球, 육단肉團 출생 유형의 신화 전체를 통틀어 살펴보아도 유일무이하다고 할 수 있다.

또한 남매혼과 기형아 출산 유형의 신화에서는 일반적으로 육구肉球 형태의 기형아가 등장하지만 여기에서는 백석이라고 하는 돌이 등장하고 있다는 점에서 특색이 있다. 다만 중국 남서부 먀오족 신화에 맷돌이라는 돌이 등장하는 장면과 유사하다는 점에서 볼 때, 이들 양 종족 간 관련성이 주목을 끌게 된다.

그런데 여기서 기형아를 버리는 행위를 제지하기 위해 왜 달을 중개인으로 등장시켰을까? 그 배경을 생각해보면, 아마도 원주민들이 달의 생사生死 반복의 영속성과 순환 원리, 그리고 여성적 생식력을 지켜보면서 이러한 달이 돌에서 인간으로의 변형을 통한 생명의 순환과 영속성을 상징적으로 표현해줄 수 있을 거라는 믿음 하에 달을 생명의 지속성을 지켜가는 상징적 대상으로 보았기 때문일 것이다.

아이를 버리는 행위인 기자棄子의 장소와 그 행위의 주체자가 각각 강물과 부모라는 점은 일부 타 민족 신화에서도 동일하게 나타나는 요소이지만,[35] 달을 보호자로서 설정한 경우는 아메이족阿美族 신화에서만 유일

Primitive Inhabitants)」에는 아메이족의 세 가지 유형의 홍수고사가 기록되어 있다. 즉 홍수로 남매가 나무절구에 숨어 홍수를 피한 후 둘이 결혼하여 3남 2녀의 자식을 낳아 인류를 번성시켰다는 이야기와 태아가 물고기와 게로 변하였고 다시 돌을 낳았는데 이 돌이 사람으로 변했다는 이야기, 그리고 남자와 여자를 생육하여 인류를 이어갔다는 이야기 등이다. 馬昌儀(1994), 『中國神話學文論選萃(上下)』, 中國廣播電視出版社, p.406.

35 만저우족滿洲族, 짱족藏族, 이족彝族, 둥족侗族, 리족黎族 신화에서는 기자 장소가 강물로 나오고, 부이족布依族, 리족黎族, 이족彝族, 만저우족突忽烈, 沙克沙, 야오족瑤族 신화에서는 기자 행위 주체자가 부모로 나온다. 이는 아메이족阿美族 신화의 기자 장소 및 주체자와 동일하다.

하게 나타나고 있다.

특히 이 고사는 신화 이야기임에도 불구하고 문학적 요소들과 표현이 뛰어난 측면이 있다. 따라서 이 고사 전체를 일독하게 되면 마치 한 폭의 수채화 속에 담긴 문학 이야기를 관람하는 듯한 착각에 빠질 정도로 문학적 상상력과 표현력이 우수하다는 점을 감지할 수 있다.

아메이족 신화 중에는 또한 홍수 후에 유일하게 남겨진 남매가 결혼한 후 괴물, 즉 뱀과 청개구리가 나오자 이들을 집밖에 버린다는 홍수와 남매혼 및 버림 유형의 고사가 전해지고 있다.

다음으로 파이완족排灣族의 홍수 모티프 신화 고사 내용을 재차 요약 인용하면 다음과 같다.

> 홍수가 발생하자 남매만 살아남아서 지렁이 대변이 쌓여 만들어진 산 위에 앉아있었다. 벌레를 통해 불을 얻는 법을 터득했고, 파종을 시작했다. 남매의 결혼, 즉 근친혼으로 인해 출산한 아이는 장애아였고 3대가 지나서 점차 정상아를 출산하였다.[36]

중국 서남부 소수민족의 홍수와 남매혼 고사 유형과 마찬가지로 여기서도 홍수 후에 남은 남매가 결합하여 장애아, 즉 기형아를 낳는다는 설정으로 이야기를 전개하고 있다.

이 고사에도 우생학優生學의 개념이 들어가 있으며, 양자가 기본적으로 동일 구조라는 점에서 파이완족 신화와 중국 서남부지역 신화의 교류, 그리고 종족 간 교류 관계 가능성을 짐작할 수 있다. 남매혈족혼에 대한 윤리적 문제 제기보다는 그에 앞서 혈연혼 산물, 즉 세상의 최초의 생명

---

36 達西烏拉彎・畢馬, 『排灣族神話與傳說』, 晨星出版, pp.80~81. 루카이족 신화에도 산위에 올라 파리로부터 나무를 비벼 불을 내는 방법을 터득했다는 이야기가 있다. 林道生, 『原住民神話與文化賞析』, 漢藝色研, p.126. 林道生, 『原住民神話故事全集 2』, 漢藝色研, pp.77~78.

의 출발점에 대한 근원적 물음을 신화적으로 해석한 것으로 보인다.

그리고 우생학적 관념이 가미된 점과 화식火食생활문화 단계를 말해주는 불의 발견과 경작 농업을 시작한다는 묘사 내용을 고려한다면, 이 고사는 원시 고대 중기의 문화와 생활상을 반영한 신화로 볼 수 있다. 한편 남매가 살아남아서 앉아있던 산과 파종에 관해서 언급한 것은 산이 지렁이 대변으로 쌓여 만들어졌고 이곳이 바로 경작하기 좋은 비옥한 토지가 되었다는 내용으로 해석할 때, 당시 원주민들이 농경에 관심이 깊었고 거름이나 농사법을 중요시했다는 면모를 엿볼 수 있는 흥미로운 대목이다.

또 다른 파이완족 신화에서는 출산한 기형아의 모습이 다음과 같이 좀 더 구체적으로 묘사되고 있다.

> 남매의 결혼으로 출산한 1대 자녀는 눈이 다리에 붙어있었고, 2대는 눈이 무릎에 붙어있었으며, 3대 자녀는 얼굴에 붙었다.[37]

> 옛날에 태양이 두 개의 알을 뤄파닝집 처마에 낳았는데, 이 알들이 파뤄랑과 자모주뤄 남매가로 부화하였다. 이 둘은 후에 결혼을 하여 자녀 두 명을 낳았는데, 눈이 다리 쪽에 붙어있었다. 후에 형제자매 간에 결혼을 하였는데 그 아이들의 눈은 무릎에 붙어있었다. 형제자매가 다시 결혼을 하였는데 그때서야 아이 눈이 얼굴에 붙어있었다. 또 다른 전설에는 자녀들이 모두 눈이 멀고 코가 없었는데, 2대에 가서야 사람의 형상으로 태어났다.
> 太古時, 太陽神生兩卵於洛帕寧家屋檐下, 化生帕洛朗, 扎摩珠洛兄妹, 兩者結爲夫妻, 生子女二人, 眼睛長在脚上, 後兄弟姐妹相婚, 所生的子女眼睛長在膝蓋上, 兄弟姐妹又相婚, 子女眼睛才長在臉上. 另說, 所生衆多子女, 均盲目缺鼻, 弟二代始有人的形容相貌.[38]

남매혈족혼에 의한 기형아 출산에 이어 세대를 거듭하여 제3대에 이르러 징상아를 출산하는 과성을 간단한 표현으로 담고 있다. 그 이면에

---

37 達西烏拉彎 · 畢馬, 『排灣族神話與傳說』, 晨星出版, p.85.
38 『中國各民族宗教與神話大詞典』(1993), 學苑出版社, p.144.

는 기형아 출산의 원인이 혈족혼 때문임을 알고 있는 상황에서 제3대에 이르러 정상아가 나왔다는 것은 그 사이에 혈족혼을 피하고 원친혼을 규범으로 삼아왔다는 배경이 깔려있다.

한편 베이족 신화에는 남매혼 후에 새우, 게 그리고 물고기를 낳았다는 내용이 담겨있다. 복희伏羲 이름만 있는 야오족瑤族 신화와는 달리 남녀 이름이 모두 있다는 점은 베이난족 신화 속에 남녀평등 사상이 진하게 배어있다는 사실을 알려준다.

베이난족 신화 중에는 다소 독특한 내용의 기형아와 버림 고사가 전해지고 있다.

> 태고 시절, 바나바나양 지역에 하늘에서 강림한 여신 누누라어의 후예인 바라비, 바커라시 두 신의 사이에서 초기 인류가 나왔다. 여러 곤란한 시간들을 겪은 후, 딸인 루커라어가 마침내 아름다운 미녀로 성장했다. (예쁘게 자랐지만 부친 없는 사생아인 관계로 엄마가 외출할 때마다 대나무 광주리에 넣고 덮개를 덮어 숨겨 다녔다.) 하지만 무슨 원인이지 모르겠지만 루커라어의 음부에 예리한 이빨이 자라고 있어서, 사위를 맞이해도 하룻밤이 지나면 죽고 말았다. 어머니는 얼굴빛을 잃었고 비록 버리기는 어려웠지만, 마지막에는 결심을 하고 붉은색 상자를 만들어 그 안에 떡, 지더원커 나무와 빈랑을 넣어놓았다. 딸이 부주의한 틈을 타서 그녀를 상자 속에 집어넣고 뚜껑을 덮은 후 사람을 시켜 바다에 던져버렸다.
>
> 太古時候, 在巴那巴那样地方, 佳著从天降下来的女神努努拉娥的後裔巴拉比, 巴可拉西二神, 由他们二神而生下了初期的人类. 在经过種種困难的日子後, 女兒露克拉娥终於长成亭亭玉立的美人. 但是不知道是什麽因果, 露克拉娥的阴部暗长著锐利的牙齿, 迎接入贅的女婿才那麽一夜就死了. 母亲觉得脸上無光, 虽然难捨, 最後还是下定决心做了個红色的箱子, 放了些饼, 基德温克(树名)和槟榔, 趁女兒不注意时把她抱入箱内, 钉牢蓋子封闭, 雇人丢到海裡流放.[39]

---

39 林道生, 『原住民神話故事全集 5』, 漢藝色研, p.112. 부농족 신화에도 비슷한 유형의 고사가 전해진다. 미녀인 딸을 결혼시켰는데 첫 번째 사위가 첫날밤을 보낸 후 죽고 두 번째와 세 번째 사위도 마찬가지로 사망하자 부모는 딸의 음부를 조사하였고 뜻밖에서

음부 속 치아 성장 유형의 고사는 파이완족 신화에도 나오며 기타 민족 신화에도 간혹 등장한다.[40] 이러한 유형의 고사는 아메리카 인디언들의 전설에서도 종종 발견된다.[41] 치아가 있는 음부有牙齒的陰戶(uagina dentata)로 불리는 이 유형은 신화적인 의미로는 고대인들의 성에 대한 공포와 두려움을 나타내는 것으로 보인다.

이밖에 남매가 목욕한 후 오래지 않아 임신하여 딸을 낳았는데, 둘 사이가 안 좋아 서로 갈라져 가마란족噶瑪蘭族과 타이루거족泰魯閣族으로 나뉘었다는 고사도 있다.[42] 신화 고사상으로 가마란족과 타이루거의 종족이 후에 사이가 안 좋아지면서 갈라졌다고 하지만, 이는 역으로 양 종족 간 혈연관계는 밀접했음을 알 수 있다. 좀 더 확대해서 본다면, 신화 내용상으로 타이야족과 타이루거족의 친연성이 깊다는 사실에 비추어 타이야족-타이루거족-가마란족으로 서로 묶어 하나의 종족문화군으로 분류할 수 있다.

또한 남매혼과 임신 및 아이 출산이라는 구조 속에 홍수 대신 홍수를 상징하는 물로 대체하여 물에서의 목욕 부분이 가미됨으로써 물의 생식력이나 생명력이 출산으로 이어지게 된다는 의미도 내포하고 있음을 알 수 있다.

타이완 원주민 홍수 모티프 신화 전체를 놓고 보면, 14개 종족 중 아메이족阿美族 홍수 신화가 중국 서남부 소수민족 사이에 전해지는 홍

음부에서 하얀 치아가 자라고 있음을 발견하고는 칼로 치아를 갈아 없앴다는 내용이다. 여기서는 딸을 버린다는 구성은 보이지 않는다. 中央研究院民族學研究所 편역(2008), 『番族調查報告書第六冊』, 中央研究院民族學研究所, p.197 참조.
40 陳千武(1991), 『臺灣原住民的母語傳說』, 臺原出版社, pp.37~38.
41 陳炳良(1985), 『神話禮義文聞學』, 聯經, pp.46~48.
42 "남매의 감정도 점차 나빠졌다…… 나중에 디뭐눠커와는 가마란족이 되었고, 아바쓰커와는 타이루거족이 되었다. 兄妹的感情也就變壞了…… 後來, 狄洛努克瓦成爲噶瑪蘭族, 阿巴斯克瓦成爲泰魯閣族." 林道生, 『原住民神話故事全集 5』, 漢藝色研, p.164에서 인용.

수 신화에 가장 근접하게 나타나고 있다. 결국 아메이족은 타 원주민 종족들과 일단의 교류를 하면서 나름대로의 신화세계를 구축해간 동시에, 중국 서남부 지역과의 인적, 문화적 교류도 활발하였을 것으로 추정된다.

3. 신체 조각의 화인化人 外

싸이샤족 홍수 모티프 신화는 홍수 후 유일하게 생존한 남매끼리 결혼을 하여 인류를 번성시키는 이야기로 전개되는 것이 아니라, 사람의 몸을 조각내니 그 조각들이 복제되어 인간으로 화한다는 구성으로 이루어져있다는 점이 특징이다.

> 태고 적에 한 차례 대홍수로 인해 평지는 푸른 바다로 변하였고, 이에 주씨 성의 부뤄눠보이男와 마야어푸女 두 남매만이 살아 베틀 북에 앉아 리터우산 위로 표류하여 생명을 보전하였다. 얼마 지나지 않아 여동생 마야어푸가 죽자 오빠 부뤄눠보이는 상심하여 누이의 시체를 붙들고 통곡을 한 후, 시체를 산 기슭 칭청淸澄이라는 연못가로 안고 가서 여러 편의 작은 조각으로 잘랐다. 그리고는 그중 한 조각을 들어 나뭇잎으로 조심스럽게 싼 후 주문을 외우고 물속에 넣자 나뭇잎에 싸여있던 고기 조각은 홀연히 사람으로 화하였다.
> 太古時候的一次大洪水, 平地變成一片蒼海, 朱姓的普洛諾波伊(男)和瑪雅娥璞(女)兩兄妹乘坐在織布的機杼上, 漂流到李頭山上保全了生命. 不久, 妹妹瑪雅娥璞死了, 哥哥普洛諾波伊傷心的抱著妹妹的屍體痛哭, 然後把屍體抱到山麓的淸澄池邊切姓許多小片, 拿其中的一片用利加樹葉小心的包好, 然後詛咒…… 沈到水中, 樹葉中的肉忽然化成人.[43]

즉 대홍수 후에 살아남은 남매 중 여동생이 죽자 혼자 남은 오빠가 여동생 시체를 여러 조각으로 잘라 잎으로 싼 후 물속에 던지니 조각조

---

43 林道生,『原住民神話故事全集 5』, 漢藝色研, p.49. 達西烏拉彎 · 畢馬, 『賽夏族神話與傳說』, 晨星出版, p.38.

각마다 사람으로 화하여 싸이샤족 각각의 씨족의 선조가 되었다는 내용이다.[44]

이러한 유형의 홍수 고사들은 중국 소수민족 신화 고사들 중에 나오는 거북이 고기를 잘게 썬 후 나뭇잎으로 싸서 강물에 던지자 여러 마리의 거북이로 재생하였다는 장면이나, 남매의 결혼으로 태어난 기형아인 육구肉球[45]가 하늘로 올라간 후 흩어져 떨어져서 사람들로 변하였다는 장면

---

[44] 홍수 후 생존자가 남매가 아니라 그냥 두 사람이었고, 이들 중 한 사람이 남은 한사람의 시체를 작은 조각들로 잘게 자른 후 베틀에 넣어 물에 떠우니 모두 아동으로 화하였고 이들이 사방으로 퍼져 자손을 번성시키면서 각 부락의 시조가 되었다는 고사도 있다.有一年, 洪水氾濫, 族人避難不及, 只有兩人逃往山地. 大洪水漸退才下山, 將同族屍體裁成細片, 塞入織布用的胴水中, 汪水浸泡, 此刻皆化爲兒童, 分散四方繁衍子孫, 成爲各部落開山始祖. 達西烏拉彎·畢馬, 『賽夏族神話與傳說』, 晨星出版, p.36.

[45] 중국 서남부 소수민족 사이에 가장 많이 전해지고 있는 고사로서, 육구肉球 대신 육단肉團, 육포肉包, 혈육血肉이라는 표현으로 사용되기도 한다. 이 고사는 종종 홍수와 남매혼 고사와 결합되며, 홍수 후 생존하게 된 남매가 결혼하여 육구를 낳자 이상히 여겨 버렸는데 육구 조각들이 시조나 복수複數의 인간들로 변형 재생된다는 내용으로 이루어진다. 육구 고사의 한 예를 들면 다음과 같다. "여동생이 육단肉團을 낳았는데, 코도 눈도 귀도 입도 없었다. 남매는 화가 나서 육단을 백여 조각으로 자른 후 사방팔방에 뿌려놓았다. 이튿날 아침 뿌려진 곳에서 연기가 일더니 사람들이 만들어졌다(혹은 108개 조각을 산과 들에 버렸는데 백성이 되었고, 나무에 걸어 둔 것도 각각 사람이 되었다.)(부이족布依族, 「迪進迪穎造人烟」)", "남매의 결혼 후 누이동생이 낳은 것은 한 개의 눈과 코와 귀, 그리고 손발도 없는 고기 덩어리였다. 복희는 화가 나서 고기 덩어리를 돌로 부순 후 대지에 뿌렸다(무라오족, 「伏羲兄妹傳說」)", "더룽德龍과 바룽爸龍 남매가 결혼한 지 1년 만에 아들을 낳았는데, 맷돌처럼 눈, 코, 귀, 입이 없었다. 저녁에 더룽이 맷돌을 잘라 부수어 옥상과 밭에 걸어놓았다(먀오족苗族, 「阿陪果本」)", "장량姜良과 장메이姜妹가 결혼한 지 삼 년이 지나서 육단을 낳았는데, 동과冬瓜처럼 머리가 없었다. 이에 그들은 육단을 쪼개 뼈는 밭에 버리고, 살은 강가에 버리고 간은 바위굴에 버리고 창자는 산언덕에 버렸다. 다음날 고기 조각은 사람이 되었다(둥족侗族, 뇌공雷公 고사)", "홍수 후 라오셴老先과 허파荷發 남매만이 남았고, 허파荷發가 육포肉包를 낳았다. 라오셴이 세 조각으로 잘라 보자기에 하나를 싸서 나무판에 놓고 강을 따라 흘려보내니 한족漢族이 되었다. 히파가 두 번쌔 덩어리를 싸서 해바라기 잎에 놓고 만천하를 따라 보내니 먀오인苗人이 되고, 보자기로 마지막 덩어리를 싸서 야자수 잎에 놓고 강을 따라 흘려보내니 리인黎人이 되었다(리족黎族, 홍수 고사)", "남매 결혼 후 누이가 혈육血肉을 낳았다. 둘은 슬퍼하며 혈육을 여러 조각으로 자른 후 나무에 걸어놓았다. 며칠 후 가서 보니 조각들은 청년남자와 청년여자

과 내용이나 구성 면에서 상당히 흡사하다. 고사에 따라서는 인간으로 화하는 인원이 총 9명이라는 제한 문구가 들어가기는 하지만, 이 역시 아홉 명으로 제한하여 만든다는 의미라기보다는 9라는 숫자로 많음을 상징적으로 표현한 것으로 해석된다.

이처럼 '홍수 → 남매생존 → 누이시체 조각냄 → 화인化人 → 인류재생' 이라는 도식 구조는 일반적인 홍수와 남매혼 고사 유형의 구조와는 사뭇 다른 형태이다.

인류가 홍수라는 대재앙으로 인해 멸망하려는 절체절명의 시점에서 남매가 윤리적인 고려에 앞서 인류 생존과 번성이라는 문제에 초점을 두고 천의天意 테스트 등 몇 가지 단계를 거치고 나서 결혼을 한다는 이야기가 일반적인 홍수 고사 유형인데,[46] 이 고사에서는 여동생과의 결혼을 통한 종족 번성이 아니라 여동생의 사망 후 그 시체를 조각내어 사람으로 만든다는 내용으로 구성되어 있다.

이러한 누이의 시체조각의 인간으로의 변형 이야기는 남매혈족혼이

로 변해있었다(혹은 홍수 후 남매 혼배婚配로 육단을 낳았는데 금구金龜노인이 구부려 여니 오십 쌍 남녀가 나왔다.)(이족彝族, 홍수 고사)" "남매 결혼 후 육타肉坨를 낳았는데, 남동생이 그것을 작은 조각들로 쪼개어 각종 나무 위에 걸어놓으니 각 성姓의 조상이 되었다(창족羌族, 고사)"

46 중국의 남매배우형 홍수 신화 구성의 큰 틀은 다음과 같이 정리된다: ① 홍수가 왜 발생했는지에 관한 묘사, ② 홍수의 도래, ③ 한 남매만이 생존, ④ 신의 뜻을 알아보기 위한 테스트의 실시, ⑤ 남매가 결혼하여 인류의 조상이 된다. 반면 한국의 남매배우형 홍수 모티프 관련 신화의 기본적인 골격은 다음과 같다: ① 홍수의 출현: 산봉우리의 꼭대기를 제외한 지상의 모든 곳을 덮어 버린 대홍수가 발생한다. ② 단지 남매만이 표류하여 생존한다. 그 결과 그들 남매에게는 결혼할 상대를 찾을 방법이 없게 된다. ③ 어느 날 남매가 서로 결혼할 수 있는지를 알아보기 위한 테스트로서 맷돌을 굴린다. 마침내 남동생이 굴린 수 맷돌이 누이가 굴린 암 맷돌 위에 포개진다(혹은 남매가 서로 마주하는 산꼭대기에 올라 소나무에 불을 지폈는데, 한쪽에서 피어오르는 연기가 공중에서 다른 쪽에서 나오는 연기와 합쳐졌다. 그 밖에 피를 섞었더니 한데 엉켰다.) ④ 신이 허락한 것으로 여기고 남매는 드디어 결혼한다. 이후 남매는 많은 자손을 낳고 인류의 조상이 된다.

가족 내 근친혼이라는 가족 간 교혼에 대한 죄책감과 윤리적 파괴 행위, 즉 반인륜행위라고 하는 후대 사상의 영향을 인식하면서, 가급적 남매혼의 방식을 피하면서 후손들을 번성시키는 방안을 강구하는 과정에서 만들어졌기 때문으로 풀이된다.[47]

또 다른 형태의 홍수와 신체조각 화인化人 유형 고사를 인용하면 다음과 같다. 여기서는 홍수 후 남매혼 설정은 생략되어 있다.

> 태고 적에 대홍수가 발생한 후 어떤 한 신이 사람을 죽이고는 그 죽은 사람의 고기를 토막으로 썰어 바다 가운데 던졌는데, 이 잘려진 고기 덩어리들이 모두 인류로 화했다는 이야기가 전해지고 있다.
>
> 太古時候, 相傳大洪水之後, 一位(神殺了人, 還把他的肉成片投入海中, 這些碎肉悉數化性人類.[48]

---

47 한국의 홍수 신화 경우에도 윤리적인 고려 때문에 이러한 변형 과정을 겪으며 민간전설로 변화되어 전승된 이야기들도 남아있다. 남매혼이라는 모순을 제거하기 위해 성 윤리 측면을 강조한 변형 고사가 출현한 것인데, 일례를 들면 다음과 같다: ① 온 세상이 해일로 넘치게 된다. ② 오빠와 누이만이 생존하여 산꼭대기에 살게 된다. ③ 오누이는 미혼으로 나이를 먹는다. ④ 어느 날 호랑이가 데리고 온 한 남자가 누이와 결혼을 한다. ⑤ 결국 이들은 많은 자손을 낳고 인류의 조상이 된다. 여기서 홍수의 원인으로 해일을 언급하고 있고 호랑이가 한 남자를 데려왔다는 사실은 바로 반윤리적 문제를 비켜 가기 위한 합법적 수단을 보여 주는 것이라 할 수 있다. 결국 이러한 변형은 결과적으로 신화가 내포하고 있는 본질성의 결핍을 초래하게 되는 부작용도 있다. 또 다른 변형의 예는 달래고개 전설에서 찾아볼 수 있다: ① 한 남동생과 누이가 소나기를 맞으며 외딴 산길을 지나가고 있다. ② 남동생은 누이의 젖은 모습을 보고 성욕을 느낀 것에 죄의식을 느끼고 돌로 자신의 남근을 찍고는 죽는다. ③ 누이는 "달래나 보지" 하고 탄식한다. ④ 지금 "달래"라고 불리는 고개나 강이 있다. 전 세계적으로 발생한 홍수는 그 재해가 너무나 컸기 때문에 인류 보존을 위한 남매혼에 정당성을 부여할 수 있었다. 하지만 이 고사의 경우 홍수가 축소되어 소나기라는 요소로 바뀌었기 때문에 남매간 성적 결합이나 결혼 행위에 대한 정당성은 이미 결여될 수밖에 없는 것이다. 따라서 남매혼이 남매간의 정욕으로 축소되면서 남매간 결혼의 불가피성에 대한 관용은 사라지고 남매끼리 성욕을 느끼는 죄를 지었으니 죽어 마땅하다는 윤리적 심판이 부각되어 있다. 결국 이 고사는 죽음이라는 비극적 결말로 끝을 맺게 된다. 또한 근친상간이라는 성 윤리의 문제성을 제기함으로써 원초의 신화적 분위기가 반감된다.

48 林道生, 『原住民神話故事全集 5』, 漢藝色研, p.50.

이러한 고사들은 21세기 과학기술의 발달에 따른 인간 복제나 동물 복제라는 현실에서의 실현 이전에 이미 고대에도 복제라고 하는 원시적 상상력이 존재했었고 이것이 신화 속에 투영된 것으로 풀이된다.

즉 복제인간과 함께 로봇으로 현실화한 기계인機械人, TV로 현실화한 천리안千里眼, 전화로 현실화한 순풍이順風耳 등 신화 속 고대인들의 직관이나 상상력은 과학기술의 미발달로 실현되지 않았을 뿐, 현대인과 마찬가지의 비전과 상상력을 지녔었고 그 수준은 현대인에 결코 뒤지지 않았다는 것을 알 수 있다.

한편 중국 서남부 소수민족의 육구 신화 및 거북이 살 조각들의 인간으로의 변형을 통한 재생 고사와 타이완 원주민 신화와의 영향관계도 짐작해볼 수 있는 대목이다.

싸이샤족 신화 중에는 앞서 언급한 대로 산신이 홍수 때 표류하던 나무통 속 아이를 썰어서 나뭇잎으로 싼 후 물속에 던졌는데, 살은 싸이샤족으로 변하여 싸이샤족의 선조가 되었고, 뼈는 타이야족이 되었으며, 위장은 커자인客家人의 조상으로 변하였다는 내용이 있다.[49]

이와 같은 '이인육조인以人肉造人' 또는 '이인육화인以人肉化人' 유형은 싸이샤족 홍수 신화의 독특한 면모라고 할 수 있다. 여기서 싸이샤족과 타이야족의 혈연관계와 함께 커자인과의 문화적 유대관계도 어느 정도 확인할 수 있다.[50]

---

49 "古代臺東河山區本來是平原, 後來發生大海嘯, 淹沒所有平地, 只剩下大霸尖山山頭露出海面, 這是漂來一個紡織用的木桶, 大霸尖山老山神(opehe naboon)把他撿起來, 看到木桶有一個小孩, 老山神把小孩切成許多塊, 用樹葉包起來, 再丟入水中, 於是, 小孩的骨頭變成泰雅族人, 肉則變成賽夏族人." 達西烏拉彎·畢馬, 『賽夏族神話與傳說』, 晨星出版, p.30, p.37.

50 실제로 싸이샤족은 본래부터 종족 인구가 적은데다가 타이야족과 오랫동안 이웃에 거주하면서 자연스레 양 종족 간에 통혼이 이루어졌고, 이에 따라 싸이샤족은 타이야족의 혈통도 지니게 된다. 達西烏拉彎·畢馬, 『賽夏族神話與傳說』, 晨星出版, p.51.

싸이샤족 홍수 모티프 신화 중에는 다음과 같이 특이한 묘사도 발견 된다.

> 산신이 홍수 생존자를 죽이고는 잘게 씹은 후 바다에 던지자 조각들이 모두 사람으로 변했는데, 이들이 싸이샤족의 선조가 되었고, 바다에 던진 뼈들도 사람으로 변했는데, 이들이 타이야족의 선조가 되었다.
> 山神便把這唯一存活的人類打死, 細嚼其肉, 然後吐入海裏, 浮上來的 肉都變成了人, 他們就是賽夏族的祖先, 神又把他的骨頭投入海中, 也化 爲人類, 他們就是泰雅族的祖先.[51]

산신이 인류의 재생을 위해 남자의 살을 바다에 던져 사람을 만든다는 고사로서 여기에서는 생존을 위한 도구가 직포기織布機, 즉 베틀이고, 생 존 남자는 바로 이 베틀을 붙잡고 살아남는다. 하지만 산신 시스비야西土 比亞는 인류가 절멸할 것을 걱정하여 인류를 재건하기 위해 생존한 남자 의 살을 산 아래 바닷물에 던졌고, 후에 기적적으로 바다에서 많은 인류 가 출현하게 된 것이다. 여기서는 특히 '(입으로) 잘게 씹은 후'라는 표현 이 눈에 띈다. 싸이샤족은 이렇게 입으로 인육을 잘게 쪼개는 방식으로 세상 사람들을 번식시켜나간다는 상상을 했던 것이다.[52]

---

51 達西烏拉彎 · 畢馬, 『賽夏族神話與傳說』, 晨星出版, pp.33~34.
52 홍수 설정은 없이 싸이샤족 남매 시조가 결혼하여 한 아이를 낳고 이 아이를 여러 조각 으로 잘라서 물속에 던졌는데 이 조각들이 여러 부족의 사람들로 변했으며 그 중에는 타이야족 시조도 있었다는 고사도 전해지는데, 그 내용은 다음과 같다. "에베-나본은 싸이샤족 시조이고 그의 부인은 나자-나본으로 두 사람은 원래 남매였으며 모두 다바 젠산에 살았다. 그 남매는 결혼하여 한 아이만을 낳았는데 부부는 '우리 둘만 세상에 살아서는 의미가 없다'고 말하면서 자신들의 아이를 잘라서 물속에 버리자 이 살 덩어 리들이 사람들로 변하여 몇몇 부족의 시조가 되었다. 마지막에 나온 사람은 성이 없었 는데 이 사람이 다이아족의 신조가 된다. (ebe-nahon)是賽夏族的始祖, 他的太太叫(maja-nabon), 兩人本來是兄妹, 都住在大霸尖山. 兩兄妹結婚後, 只生了一個小孩, 夫婦兩人說說: '只有我們 兩人活在世上沒有用.' 於是將小孩切碎成肉塊, 丟到水裏, 這些肉塊就變成人. 最後來的那個人沒有姓, 他就是泰雅族(atayal)的祖先" 여기서도 타이야족과 싸이샤족이 오래 전부터 밀접한 관계가 있었거나 빈번한 왕래가 있었음을 추측할 수 있다. 達西烏拉彎 · 畢馬, 『賽夏族神話與

또 다른 싸이샤족 고사에서는 산신 어와보예허펑俄瓦波耶赫鵬이 홍수를 피해 유일하게 살아남은 사람을 붙잡아 죽이고 그 살을 잘게 씹은 후 주문을 외우면서 살 조각들을 바다에 토해내니 떠오른 살 조각들이 모두 사람으로 변한 후 싸이샤족의 선조가 되었다는 내용과 뼈를 바다에 던지니 인류로 화했는데 뼈가 화했기 때문에 배짱이 강하고 성품이 완강한 타이야족의 선조가 되었다는 내용이 남아있다.[53]

이상에서 보듯이 인간의 몸이나 시체를 자르고, 쪼개고, 씹는 행위의 주체자는 동족인 경우도 있고 신격체인 경우도 있다.[54] 그리고 조각이 되는 대상은 남녀노소, 인간과 동물의 구분 없이 다양함을 알 수 있다.

인육을 잘라 사람으로 화하게 한다는 고사 유형에는 원시 세계에서는 인류가 극히 적고 번성도 어렵게 되자, 이에 인육을 잘라 세상이 많은 사람들로 넘실거리게 하였다는 싸이샤족의 상상력이 그대로 담겨있다.

싸이샤족과 타이야족의 관계와 함께 기존에 언급한 종족 간 관계성을 다시 대입해본다면, '싸이샤족-타이야족-타이루거족-가마란족'을 한 그룹으로 묶을 수 있다.

한편 야메이족雅美族 홍수 모티프 신화에는 홍수 후 형제만 남고, 남은 형제들이 선녀와 결혼한다는 고사가 있다. 그 내용을 요약하면 다음과 같다.

> 해수가 물러간 후 형제만 남았는데, 불을 몰라 생식을 하는 이들을 동정하여 천신이 두 선녀를 파견하여 타오(Tao)라는 섬에 하강시켜 형제와 결혼케

傳說』, 晨星出版, p.31.

53 "山神俄瓦波耶赫鵬把因爲洪水逃難僅存的人捉去打死, 細嚼其肉, 口唱呪文, 然後把嚼成的細肉吐入海裏, 浮上來的肉都變成了人, 此卽賽夏族的祖先. 山神又把骨頭投入海中, 也化爲人類, 由於是骨頭化成的, 所以骨氣也硬, 生性頑强, 他們就是泰雅族的祖先." 達西烏拉彎・畢馬, 『賽夏族神話與傳說』, 晨星出版, p.34.

54 達西烏拉彎・畢馬, 『賽夏族神話與傳說』, 晨星出版, p.36, p.39.

하였다. 후에 선녀의 하인들이 쥐와 뱀으로 남편을 놀라게 하였고, 이에 선녀도 아이들을 데리고 하늘로 올라가버렸다.[55]

이 고사에서는 홍수 후에 남매가 남은 것이 아니라 형제가 남는다고 하는 독특한 설정을 하고 있다. 하지만 형제들은 후손을 남겨야 했고, 이에 선녀들이 내려와 형제들과 결합한다. 이 장면은 마치 천녀고사(나무꾼과 선녀 고사)를 연상케 한다.[56] 선녀와 형제 간 결혼은 신체 조각의 화인化人 유형 고사와 더불어 남매혼을 회피할 수 있는 대안 설정이라고 볼 수 있다.

전체적으로 타이완 원주민의 홍수와 인류의 재생 모티프 신화 특징은 다음과 같이 정리할 수 있다. 홍수 재난 후 인류는 거의 파멸하고, 한 남자만이 남는 경우(싸이샤족), 여러 남자들만이 남는 경우, 그리고 남매가 생존하는 경우(아메이족), 혹은 여러 남매가 남는 경우(베이난족)로 나눌 수 있다.

그중 남매 간의 결혼유형은 타이완 원주민 홍수 모티프 신화 고사 중 다수를 차지한다. 그리고 싸이샤족 홍수 신화에서는 남자 한 명만 살아남았기 때문에 신이 이를 죽여 입에 넣어 씹은 후 종족이 다른 여러 민족들을 만들어 뱉어낸다는 이야기로 전개된다는 점에서 특징적이다.

대홍수 신화는 인류가 점차 소멸해가는 상황에 직면한 것에 대한 일종의 기억 유형의 고사로서, 고대에 상당히 큰 홍수 재난이 있었고, 이에 싸이샤족은 인육을 잘라 인간으로 화한다는 모티프를 통해 인류를 다시 중단 없이 번식해간다는 고사 형태를 만들었다. 따라서 이러한 고사유형

---

55 林道生, 『原住民神話與文化賞析』, 漢藝色硏, pp.212~213.
56 타이완 부눙족布農族과 중국 대륙의 나시족納西族 신화에도 나무꾼과 선녀 유형의 고사가 있다. 부눙족 신화에는 변한 여인이 선녀가 된다는 고사가 있다. 그리고 나시족 신화에는 천신 딸과 인간계 남자의 결합으로 인류를 번식한다는 내용의 고사가 있다. 『原始人心目中的世界』, p.244, p.251

은 상당히 적극적인 의미를 지니고 있다고 평가된다.

이 장에서 논의한 홍수 모티프 신화 속에서 인류에게 재앙을 주는 대홍수는 실제로 전 세계적으로 일어난 사건으로 볼 수도 있고, 지역적인 홍수 사건의 전파로 인해 세계적 홍수로 변화된 것으로 해석할 수도 있으며, 심리 내면의 투시라는 관점에서 해석한다면 대홍수로 인간의 고뇌와 죄악을 세척함으로써 후에 선조들이 새로운 국면으로 세계를 새롭게 열어가는 이미지를 상징화하는 고사라고도 정의내릴 수 있다.

제 5 장
사일射日 모티프 신화

타이완 원주민 중 타이야족泰雅族 등 8개 종족의 신화에서 다양한 유형의 사일射日 모티프 신화 고사가 발견된다. 우선 사일과 화월化月 및 화성化星 유형의 고사를 살펴본다. 타이야족과 쩌우족의 사일 고사에서 두 개의 태양 중에서 난을 일으킨 태양 한 개를 쏘아 달과 별로 바꾸어버린다는 내용과, 고사 속 주인공이 끝까지 태양을 쫓아가다 갈증으로 죽지만 지팡이를 던져 등나무로 화하면서까지 끝내 투지를 꺾지 않는다는 과보추일夸父追日 고사 속 과보의 불굴의 영웅적 투쟁 이미지를 비교해본다.

아울러 두 개의 태양이 뜨자 활이 아닌 절구 방망이로 쳐서 떨어뜨린다는 내용과 방망이에 맞은 태양이 눈이 멀어 달로 변했다는 내용이 담긴 파이완족의 변형된 형태의 사일 고사도 함께 다룬다.

이어서 부눙족의 사일 모티프 신화에서만 나타나는 사일과 태양 숭배와 감사의 표현 및 죄 의식이 가미된 제사의식 거행을 살펴본다. 사일의 다양한 동기에 대해서도 언급한다.

다음으로 다일多日과 일월병출日月並出 유형 고사에 대해 논한다. 태양 두 개 중 하나를 쏘아 맞힌다는 타이야족, 쩌우족, 부눙족 사일 모티프 신화 고사가 열 개의 태양 중 아홉 개를 쏘아 떨어뜨린다는 동이계 인물 예羿의 사일 모티프 신화 고사와 차이가 있음을 밝히고, 이를 통해 사일 고사의 원형(archetype)에 대해 좀 더 자세히 탐색해본다.

여러 개의 태양이 한꺼번에 등장하고 이를 쏘아 떨어뜨리는 고사는 실제로 환태평양(pacific rim) 일대 시베리아 동쪽 아무르강 유역, 길략(Gilyak), 오로치(Oroch), 네기달(Negidal), 우데(Ude) 지역, 바이칼 호수의 부리아트(Buryat) 거주지, 몽골, 한반도, 중국 동북부 연안과 남부, 말레이반도, 필리핀, 인도네시아와 인도 동북 지역, 아메리카 대륙 서쪽 해안에 이르기까지 태평양 연안 동서 양쪽 지역에 걸쳐 골고루 전해지고 있다.[1]

이에 비추어 사일 모티프가 태평양 연안지역에 보편화되어 있는 것은 사실이지만, 타이완 원주민 신화 특히 타이야족, 부눙족, 사오족邵族, 쩌우족 신화 속에 일월日月이 동시 출현하는 구조는 사월射月 신화가 사일射日 신화보다 앞서 나왔다는 이론을 바탕으로 생각할 때, 태양만을 쏘아 떨어뜨린다는 구조보다 더 시원적인 원형이자 독특한 면모임을 기술해본다.

천제가 영웅에게 활을 제공한 후 태양을 쏘게 명령한다는 예羿의 사일 신화와는 달리 타이완 원주민 신화에서는 주인공이 자발적 의지로 사일 작업에 참여한다는 점에서 차이가 있음도 밝힌다.

전체적으로 볼 때, 타이완 원주민 사일 모티프 신화 고사에는 떨어진

---

1 중국 윈난의 부랑족布朗族 신화에는 거인과 태양이 관련된 이야기가 다음과 같은 내용으로 전해진다. "거인 커미야克米亞가 천지를 창조한 후 9개의 태양 자매와 10개의 달 형제가 커미야가 세계를 아름답게 창조한 것을 질투하여 지상의 생물들을 파괴하려고 마음먹고, 여러 개의 태양과 달의 광선이 수많은 지상의 생물들을 태우자 커미야는 화가 났다. 그는 산 위로 올라가 화살로 8개의 태양과 9개의 달을 사살하고 태양과 달 하나씩만 남겨두었다. 커미야가 달아나는 달을 쏘았지만 비껴갔고 이에 달은 놀라서 많은 땀을 흘렸고 온몸이 냉각되어 빛을 발하지 못하게 되었다." 陳千武(1991), 『臺灣原住民的母語傳說』, 臺原出版社, p.25.

태양이 달과 별로 변화하는 모습, 태양이 쪼개짐과 함께 그 반쪽이 달로 변화하는 모습, 그리고 태양에 대한 제사 행위 등이 담겨있고, 사일 동기로는 가뭄 및 사생활 침해, 자식에 대한 복수 등 다양한 이유가 있으며, 고사 내용과 구조면에서 보면 두 개의 태양, 하나의 태양, 일월병출 등 다채로운 형태로 전개된다는 점이 특징적이다.

1. 사일射日 영웅, 그리고 화월化月

타이완 원주민 사이에서 사일 모티프 신화는 상당히 유행이었으며, 특히 타이야족, 싸이샤족, 싸이더커족, 부눙족, 쩌우족, 사오족, 루카이족, 파이완족 등 8개 종족의 신화에서 사일 모티프 고사들이 전해지고 있다.

우선 타이야족의 사일 모티프 고사에는 세 명의 용사들이 두 개의 태양 중 한 개를 쏘아 달과 별로 바꾸어버린다는 내용이 펼쳐진다.

> 옛날, 하늘에는 두 개의 태양이 있었는데, 그 중 한 개는 지금의 태양보다도 컸다. 날씨는 혹독하게 더웠고 초목들은 말라죽고 강물도 마르고 농작물은 자랄 수 없었다. 두 태양이 서로 번갈아 출현하여 주야 구분이 없어졌고 백성들 생활은 어려워졌다. 이에 마을 사람들이 태양 하나를 쏘아 떨어뜨리기로 결정했다…… 세 명의 용사가 지원하여 각기 한 명의 아이를 업고 출발하였다…… 태양이 있는 곳까지 가는 동안 세 용사들은 모두 늙어 죽었지만 아이들이 성장하여 계속 행진하여 결국 태양이 뜨는 곳까지 이르렀다…… 다음날 아침 세 명의 청년이 태양이 나오는 것을 보고 동시에 쏘아 그 중 하나를 맞혔다…… 그 이후 한 개의 태양만이 남아서 주야가 분명해졌고, 우리가 보는 달은 그 화살에 맞은 태양의 시체다. 태양이 화살 맞아 흐르는 피는 하늘의 무수한 별들이 되었다.[2]

---

2 李亦園, 『師徒神話及其他』, 正中書局, pp.123·124에서 발췌 번역. 『中國各民族宗教與神話大詞典』, p.144에서 발췌하면 다음과 같다. "太古時, 天有二日, 世間酷暑, 稼禾枯焦草, 生靈涂炭, 泰雅人遂派三壯士去射日. 三人行至中途, 便已衰老. 一壯士返回, 讓部落又派三靑年, 背負三個嬰兒, 携橘子, 枇杷等的種子以及粟穗出征. 先行的壯士早已老死, 三靑年又相繼謝世, 三嬰兒長大成人, 繼承先人遺志, 跋山涉水, 到達太陽出沒的地方,

이 고사는 3대를 거치면서 결국에는 사일 과정을 끝까지 완수해간다는 이야기다. 세대를 이어가는 투쟁을 통해 인류에게 피해를 주고 해가 되는 태양 하나를 쏘아 없애는 위업을 달성한 용사들의 포기하지 않는 불요불굴不撓不屈의 우공이산愚公移山 정신과 끝까지 태양을 쫓아가다 갈증으로 죽지만 등나무로 화하면서까지 끝내 투지를 꺾지 않는 과보추일夸父追日 고사 속 과보의 영웅적 투쟁 이미지가 여기에도 고스란히 녹아들어가 있다.

> 과보가 태양과 달리기 경주를 하러 태양 속에 들어갔는데, 갈증 때문에 물을 마시고자 하였다. 황하와 위수를 마셨지만 부족하였다. 그래서 북쪽의 대택大澤까지 마시려 했는데 결국엔 이르지 못하고 도중에 목이 말라죽었다. 그의 지팡이를 던지니 등림鄧林으로 화했다.
> 父與日逐走, 入日, 渴欲得飮. 飮於河渭, 河渭不足. 北飮大澤, 未至, 道渴而死. 棄其杖, 化爲鄧林.[3]

더욱이 주목할 부분은 중국 문헌 신화 중 열 개의 태양이 동시에 출현한다는 십일병출十日並出 고사와 이를 쏘아 떨어뜨린다는 예羿의 사일 고사에서는 태양이 동시에 출몰하여 인류에게 피해를 준다는 내용으로 설정되어있다. 이에 반해 여기에서는 두 개의 태양 중 하나가 너무 커서 피해를 주고 있고, 동시에 태양이 번갈아 가며 떠올라서 밤에도 그 태양 빛으로 인해 쉴 수 있는 어둠이 없기 때문이라는 이유를 들어 그 중 큰 태양 하나를 쏘게 되었다는 내용으로 설정되어있다.

挽弓射日, 一個太陽被射傷, 流血不止, 變成月亮, 飛濺天宇的血点化作無數星辰. 從此, 世間有了日月星辰, 晝夜交替, 五穀豐登, 人類繁衍." 또 다른 신화에는 태양이 반년에 한번 씩 출현하여 반년은 대낮이고 반년은 한밤중인 이상 현상이 나타나자 주민들이 불편해하였고, 이에 용사들이 태양을 쏘기 위해 출정했다는 이야기가 나온다. 陳千武(1991), 『臺灣原住民的母語傳說』, 臺原出版社, p.26.
3 「山海經・海外北經」

그래서 결국에는 낮에도 적절한 환경이 되고 주야 구분도 분명하여 낮에는 일하고 밤에는 쉴 수 있는 환경을 만들어갔던 것이다. 또한 태양이 빛을 잃고 달로 바뀐다는 점과 태양의 피가 별로 화했다는 표현은 변형을 통한 자연물과 자연현상의 탄생 묘사를 통해 자연을 조화의 관념 속에서 해석하고자 한 흔적을 보여준다.

루카이족의 사일 모티프 신화 고사에는 다음과 같은 내용의 이야기가 전해지고 있다.

> 예전에 하늘에 두 개의 증오스러운 태양이 강렬한 빛을 쏘아 지상 사람들 생활에 영향을 주었다. 이에 둬나多納 부락에서는 두 명의 소년을 파견하여 가증스러운 태양을 쏘아 죽이려고 하였다. 소년이 출발한 후 길가 곳곳에 밀감을 심었다. 목적지에 도착해서 태양 하나를 쏘았지만 한 명이 죽었다. 다른 한 명이 돌아오는 길에 예전에 심은 밀감을 먹고 허기를 달랬다. 부락에 돌아왔을 때는 이미 치아가 빠지고 백발이 성성한 노인으로 변해있었다. 둬나 부락 고향사람들이 노인이 돌아온 것을 보고는 모두 말하길: "우리는 정말 당신들을 걱정했어요!" 그리고는 모두 기쁨의 눈물을 흘렸다. "왜 당신 혼자 돌아왔나요? 또 한사람은 어디 갔나요?" 모두 이상하게 물었다. "아, 죽었어요! 정말로 방법이 없었지요. 좋지 않은 꿈을 꾸어 이미 돌아올 수 없어요." 아이는 그의 조부와 조모에게 말했다.
>
> 從前, 天上有兩個可惡的太陽, 熾熱的陽光射, 影響到地上人們的生活, 因此多納部落派出了兩位少年, 要去射殺可惡的太陽. 少年出發後, 一路上種植蜜柑. 到了目的地, 少年射下一個太陽, 但是死了一人. 另一位回來的人, 一路上以來時種植的蜜柑充餓, 回到部落時已經是掉光了牙齒, 白髮斑斑的老人了. 多納社故鄉的人看了老人回來都說……「我們非常的担心你們呀!」然後大家都高興的流下眼淚. 爲什麽只有你一個人回來呢? 還有一位到哪裡去了?」大家奇怪的探問, 啊! 死了! 死了, 真是没辦法呀! 做了不好的夢, 已經回不來了.」孩子告訴了他的祖母和祖父.[4]

여기서 사일 삭업의 임무를 완전하게 성공시키기 위해 대를 이어가면

---

4 林道生,『原住民神話故事全集 5』, 漢藝色硏, p.78.

서 임무 수행을 하지는 않았지만, 소년이 태양 정복을 위해 집을 출발해서 임무를 마치고 노인이 되어 돌아올 때까지 최소한 수십 년이라는 긴 시간이 걸렸다는 사실은 앞서 타이야족 사일 모티프 신화에서 대를 이어 가면서까지 오랜 시간이 걸린 후에야 태양을 쏘는 데 성공한다는 내용의 이야기와 본질에 있어서는 별 차이가 없다.

싸이샤족 사일 모티프 신화 고사에서도 비슷한 유형과 구조의 이야기가 나온다. 그 내용은 다음과 같다.

태고시절에, 하늘에 두 개의 태양이 있어서, 한 개의 태양이 하산하면 또 다른 태양이 동쪽에서 솟아오르는 식으로 계속 번갈아 출현하여 지구는 주야의 구분이 없을뿐더러 일 년 내내 혹열로 인해 견딜 수가 없었다.

사람들이 거센 불빛에 모두 전신이 타는 고통을 겪게 되고 또한 강물도 점차 증발하였다. 그래서 사람들은 이렇게 나가면 지구상이 생물은 어느 날엔가는 소멸될 것이라고 생각하며 걱정하였다.

당시 다뤄라허라이라고 불리는 20세 청년이 있었는데 잘생겼을 뿐만 아니라 용감했다. 그는 스스로 용기를 불러일으키면서 태양을 토벌하러 원정 떠나기로 결심했다. 출발 후에는 길을 따라 유자와 계수대나무를 심으며 험준한 산을 넘고 또 넘었다. 강인한 인내 정신으로 몇 십 년의 노정을 밟아나갔다. 그리고 결국 태양이 솟아오르는 곳까지 이르렀다.

한 개의 태양이 솟아오르기를 기다렸다가 신속하게 활을 들어 발사하여 태양의 중심 부위를 맞혔다. 이에 활을 맞은 태양은 열도와 광도를 잃어버리고 달로 변했다. 이제 지구도 주야의 구분이 생기게 되었고 사람들 생활도 점차 즐겁게 되었다.

이상한 점은 그가 계속 동쪽으로 나아가면서 결코 원래의 길로 돌아가지 않았는데, 여전히 고향으로 돌아오게 되었다는 것이다.

太古時代, 天上有兩個太陽, 一個太陽下山, 另一個太陽就東昇, 如此輪迴, 地球不但沒有晝夜之分, 終年酷熱不堪.

人們因熾烈的陽光個個全身焦痛, 而且, 河裏的水也漸漸的蒸發了, 人們都很擔心, 長此下去, 地球上的生物, 終有一天會消滅.

當時, 有一名叫搭羅拉和萊的二十歲靑年, 不但英俊, 而且龍龕. 他自告奮勇, 決心遠征討伐太陽. 出發後沿途種植柚子和桂竹, 翻山越嶺, 以堅忍不拔的精神, 跋涉了幾十年的路程, 終於到達了太陽上昇之地.

等到一個太陽剛上昇, 迅達的擧弓發射, 射進了太陽的中心. 自此, 被射刺的太陽失去熱度和光度而變成了月亮. 地球也開始有了晝夜之分, 人們的生活也漸入了佳境.

奇怪的是, 他繼續向東進發, 並未折回原路而仍返歸故鄉.[5]

두 개의 태양이 주야구분을 없애고 우환을 일으키자, 20세 청년이 수십 년 걸려 태양에 도착한 후 두 개의 태양 중 하나를 쏘았고, 화살에 맞은 태양은 달이 된다. 그리고 돌아가지 않고 계속 동쪽으로 가자 원래의 고향으로 돌아오게 되었다는 내용이다.

이 사일 모티프 신화 고사 내용 중 마지막 부분에서 돌아가지 않고 계속 동쪽으로 가자 원래의 고향으로 돌아왔다는 표현은 원주민들이 살고 있는 지구라는 세상이 둥글다는 것을 인지한 듯한 묘사가 아닌가라고 생각된다. 고대에도 지구가 둥글다는 것을 경험적으로 체득했는지는 모르겠지만 신화 내용으로 볼 때는 지구가 둥글거나 원형의 형태로 되어있다는 사실을 감지하고 있는 것으로 보였다는 점에서 흥미롭다.

---

5 達西烏拉彎 · 畢馬, 『賽夏族神話與傳說』, 晨星出版, pp.64~65. 싸이샤족 사이에는 이와 유사한 고사도 전해진다. "옛날에 하늘에 태양이 두 개가 있었다. 그중 하나가 서쪽에 떨어지면 나머지 하나가 동쪽에서 떠오르며 세상을 비추어 주야 구분이 없었다. 선조들이 찜통더위의 고통을 받고 또 밤이 없어서 거의 잠을 이룰 수 없었으며, 타얄(tayal)족은 끊임없이 습격을 해오고 있었다. 이에 사람들이 한 개의 태양을 없애 이러한 고통에서 벗어나고자 하였다. 이에 14~15세의 남자 여러 명을 선발하여 서쪽으로 태양을 쫓아갔다. 떡을 준비하여 중간에 양식으로 삼았으며, 또 약간의 귤나무를 가져가서 중간 중간에 심었다. 남자들은 오랜 기간이 지난 후에 세상의 최서단에 도착했다. 그때 마침 하나의 태양이 땅 밑으로 떨어지려 할 때, 그중 타노히라(tanohila)라고 불리는 선조 한 명이 활을 당겨 태양을 쏘아 맞혔다. 태양은 빛을 잃고 지금의 달로 변했다. 일행은 원래의 길을 따라 고향으로 돌아가는데, 길가에 심어두었던 귤나무는 이미 과실을 맺을 정도로 자라버렸다. 귤을 양식 삼아 먹으며 돌아오는데, 처음 출발할 때 어린 소년들이 고향으로 돌아올 때는 이미 백발이 성성한 노인들이 되어있었다. 이렇게 해서 세상에는 주야의 구분이 생겼고, 편안하게 수명을 취할 수 있게 되었다." 中央研究院民族學研究所 편역 (1998), 『番族慣習調査報告書第三卷賽夏族』, 中央研究院民族學研究所, p.9, 達西烏拉彎 · 畢馬, 『賽夏族神話與傳說』, 晨星出版, pp.65~69.

또 다른 신화에는 다음과 같은 내용이 나온다.

두 개의 태양 때문에 어둠이 없자, 사람들은 끝없이 일하면서 언제 쉴지 모르는 등 생활이 불편하자, 활을 가장 잘 쏘는 타노헤라(Tanohera)가 두 아이를 데리고 태양을 정벌하기 위해 동쪽으로 나섰다. 도중에 돌을 세워 표시를 하고 귤을 심었다. 타노헤라는 시간이 흘러 죽고 성장한 아이들이 결국 태양이 솟아오르는 곳에까지 다다른 후 태양을 쏘았다. 예전에 심었던 귤나무를 따라 귀가하였다.
有兩個太陽, 沒有黑夜, 人們不停的工作, 不知什麼時候休息, 不方便. 最精於箭術的(Tanohera)帶着他的二位小孩前往東方征伐太陽. 沿道放置石頭當記號, 且順便將橘子種埋在地裏. (Tanohera)已經衰老而死, 長大的兒子終於到達太陽升起之處, 將太陽射中了. 兩兄弟沿着橘子樹回家了.[6]

3대에 걸쳐 달성했던 사일 임무가 여기서는 2대에 걸쳐 이루어지고 있다 아울러 도중에 귤을 심는 모습도 보인다. 이는 앞서 인용문에서 언급한 타이야족과 루카이족의 사일 모티프 신화를 혼합한 형태라는 점에서 특징적이다.

쩌우족 사일 모티프 신화에도 타이야족 신화에서 보였던 태양의 변형과 비슷한 유형의 고사가 다음과 같이 전해지고 있다.

나바아라마那巴阿拉馬는 하늘에 두 개의 태양이 있어서 주야 분간이 안 되고 사람들이 햇빛 때문에 견딜 수가 없자 태양을 화살로 쏘았다. 피를 흘린 태양은 양광을 더 이상 발하지 못하였고 이에 대지는 암흑이 되었다. 후에 태양이 솟아 동에서 서로 순환하였고 화살을 맞은 태양은 부드러운 달로 변화였다.[7]

다만 앞서 타이야족 신화에서는 화살에 맞은 태양이 달과 별이라는

---

6 達西烏拉彎·畢馬, 『賽夏族神話與傳說』, 晨星出版, p.68.
7 林道生, 『原住民神話故事全集 5』, 漢藝色研, pp.67~68. 원문 분량이 많은 관계로 여기서는 요약 번역문만 실음.

자연물로 변했다는 내용이 나오는데, 여기서는 화살에 맞은 태양이 오직 달로만 변한다는 내용으로 기술되어 있다. 화살에 맞은 태양이 사라지지 않고 그 시체나 피가 후에 달과 별로 변화化月, 化星한다는 설정은 중국 한족의 문헌 고사에서는 발견되지 않는 특징이다.

특히 밤하늘을 수놓은 별들의 운행 현상의 기원을 설명하기 위해, 변형 모티프를 활용하여 화살에 맞은 태양이 빛을 잃어 달로 변하고 그 피가 흩어져 하늘의 별로 변한 것이라는 신화적 해석을 한 것은 상당히 흥미롭다. 밤하늘의 별을 본래부터 하늘에 있는 해나 달의 피와 연계시킨 것은 피의 선명하고 반짝이는 색깔의 특성이 밤하늘의 반짝이는 별의 형태와 유사했기 때문에 이러한 상상력을 동원하여 그렇게 표현해내지 않았나 생각된다.

태양이 동시에 출현하여 백성들이 고통을 받자, 영웅 나바아라마那巴阿拉馬가 나서서 사일 행위를 성공적으로 수행하는 이야기는 일반적인 영웅사일 고사의 대표적인 유형이기도 하다. 루카이족 고사에도 태양 두 개 중 하나를 쏘았는데, 화살에 맞은 태양이 달로 변했다고 하는 내용이 있다.[8]

흥미로운 점은 파이완족 신화에는 두 개의 태양이 뜨자 활이 아닌 절구 방망이로 쳐서 떨어뜨린다는 내용이 나온다. 요약하면 다음과 같다.

> 예전에 하늘이 아주 낮으면서 태양이 두 개라 사람들 생활에 어려움을 주었다. 사람들이 온종일 일해도 밤이 없어서 쉴 수도 없었다.…… 어느 날 토카노본(Tokanovon) 집안사람이 절구에 좁쌀을 빻을 때 그의 방망이가 하늘을 치자 태양 하나가 떨어졌다. 하늘도 방망이를 맞고는 더욱 높아졌고 대지에도 밤이 찾아왔으며 사람들은 비로소 쉬고 잘 수 있게 되었다.[9]

---

8 達西烏拉彎 · 畢馬, 『魯凱族神話與傳說』, 晨星出版, p.98.
9 達西烏拉彎 · 畢馬, 『排灣族神話與傳說』, 晨星出版, p.92.

여기서 화살이 아닌 절구방망이에 맞아 태양 하나가 떨어지고 이로 인해 밤이 생겼다는 내용은 매우 독특한 설정으로 보인다. 앞서 인용한 천지 간 간격을 벌리기 위해 방망이로 낮은 하늘을 치자 천지의 간격이 크게 벌어졌다는 내용의 고사가 연상된다.

이 고사에서는 방망이의 용도가 태양을 떨어뜨리는 역할을 하는 동시에 하늘을 더욱 높게 올리는 역할도 하고 있다. 일거양득의 효과를 얻었다는 구상도 흥미로운 대목이다. 원주민들의 당시의 생활환경에 기초한 순박한 천체관, 세계관을 엿볼 수 있고 우주와 세계 만물의 기원을 해석하는 데 있어서도 아름답고 동화적인 접근을 시도한 점은 매우 흥미롭다.

파이완족의 또 다른 태양 관련 고사에는 방망이에 맞은 그 태양이 눈이 멀어 달로 변했다는 내용이 있는데, 요약하면 다음과 같다.

> 여인들이 옥상에서 조를 빻고 있는데, 당시의 하늘은 매우 낮아서 태양이 뜨거웠다. 한 여인이 뜨거운 열기가 두려워 방망이로 위를 향해 치니 태양의 눈이 멀게 되면서 달로 변했다. 아울러 하늘은 소리를 내면서 높아졌다.[10]

옛날 하늘이 낮았을 때 두 개의 태양이 함께 출현하자 사람과 동물들이 더위 때문에 견디지 못하였다. 이에 부인들이 옥상에 올라가 고성으로 노래하면서 절구방망이로 하늘을 찔러 그중 한 개의 태양이 눈을 다쳐 달이 되었다. 이와 같은 유형의 파이완족 사일 모티프 신화는 모계사회와 도작문화稻作文化 흔적을 엿볼 수 있는 고사라고 할 수 있다.

한편 활이나 방망이가 아닌 저주하는 말, 또는 침으로 태양을 죽인다는 고사가 야메이족雅美族 신화에 나온다.

---

10 達西烏拉彎·畢馬, 『排灣族神話與傳說』, 晨星出版, p.92. 또한 陳千武(1991), 『臺灣原住民的母語傳說』, 臺原出版社, p.26 참조.

예전에, 두 개의 태양이 함께 지구를 비추었고, 그래서 당시 사람들은 그 열기로 음식물을 굽고 익혔다. 어느 날, 한 어머니가 산에 올라가 먹을 것을 채집하려고 하는데 딸이 아직 나이가 어려서 피부가 두 태양의 강한 빛을 감당할 수 없을 것을 걱정하여 함께 가지를 않았다. 하지만 딸은 여기저기 뛰어돌아다니기에 돌볼 방법이 없어서 하는 수 없이 딸과 함께 산에 올랐다. 설마했는데, 어머니가 일을 할 때 어린 딸이 정말로 강한 태양빛에 쏘여 죽고 말았다. 어머니는 너무나 비통한 마음에 불쌍한 아이를 껴안고 하늘의 두 태양을 보고 손가락으로는 그중 한 개의 태양을 가리키면서 저주의 말을 퍼부었다. 천신이 이 광경을 목격하고는 매우 슬픔을 느꼈다. 이때, 다른 태양 하나가 점점 빛을 잃어가더니 결국 달로 변했다.

從前, 有兩個太陽照射地球, 而當時的人就是靠此熱能來拷熟食物果腹. 一日, 有一母親欲上山採集食物, 因爲擔心女兒還小, 皮膚無法承受兩個太陽的照射, 故不讓她跟. 小女兒則百般㕦懶, 母親無計可施, 只好帶她一起上山了. 怎料, 當母親工作之時, 小女孩眞的被曬死了. 母親在萬分悲痛之際, 抱著可憐的孩子面對天上的兩個太陽, 竝用食指指著其中一個太陽下呪語. 天神看到此情景, 感到很難過, 此時, 另一個太陽便漸漸失去熱能, 變成月亮.[11]

야메이족(홍터우위) 전설에 의하면, 하늘과 태양이 낮게 깔려있어서 어린아이가 뜨거운 태양빛에 고생을 하였다. 이에 모친이 뛰어가서 침으로 태양을 찔러 상처를 입히고, 거인이 하늘을 높게 들어올렸다. 그제야 현재의 이러한 하늘과 태양의 모습이 되었다.

雅美族(紅頭嶼)的傳說, 是天和太陽低矮, 小孩被陽光照得很熱很苦. 媽媽跑去用針刺傷太陽, 巨人把天推高了, 才有現在這樣的天和太陽.[12]

일반적으로는 여러 개의 태양으로 인한 피해를 극복하기 위해 영웅들이 태양을 활로 쏘아 떨어뜨린다는 내용의 고사가 전형적인데, 파이완족 원주민 신화에서는 활과 화살을 활용하는 방법 외에도 절구방망이와 강한 모성애와 모정이 함축된 저주의 말, 또는 침 등 다양한 방법들이 활용되고 있다. 이렇게 태양을 떨어뜨리는 방법이 다양하게 존재하는 것이

---

11 達西烏拉彎 · 畢馬, 『達悟族神話與傳說』, 晨星出版, p.104.
12 陳千武(1991), 『臺灣原住民的母語傳說』, 臺原出版社, p.28.

원주민 신화의 특징 중 하나라고 볼 수 있다.

야메이족 태양 관련 신화에는 이밖에도 용감한 모친이 태양을 찔러 죽인 후 주야의 구분이 생기고, 이후에 거인이 하늘을 밀어 올려 하늘이 더 높아졌다는 내용도 전해진다.[13] 인류에게 피해를 주는 태양을 제거하는 방식도 다양하지만 야메이족 신화에서 보듯이 태양과 맞서는 행위의 주체가 일반 영웅이 아니라 모성애를 지닌 모친이라는 점이 독특하다.

이상에서 볼 때 원주민 신화 중 해로움을 준 태양을 제거한 영웅들은 일반 백성 중 용기 있는 청년과 아이들이었고, 방망이치기나 저주, 찌름의 방식으로 태양을 물리친 유형까지 포함하면 여인들도 이에 포함된다. 자연을 경외했던 초기 원주민의 심리에서 벗어나 자연을 이해하고, 때로는 적극적으로 신의 의지가 아닌 인간의 의지로 자연을 정복하려했던 당시 원주민들의 불굴의 의지를 확인할 수 있다.

2. 사일 동기와 태양 제사

이상의 장에서 인용한 고사 내용을 보면, 사일의 동기는 낮은 하늘 때문에 태양이 너무 낮게 떠있거나 태양 자체가 너무 큰 관계로 인해 인간에게 혹독한 더위와 가뭄, 농작물 피해, 주야 불분명 등 일상생활에 극도의 불편과 어려움을 주었기 때문이다.

그런데 특히 타이야족 사일 모티프 신화에는 사일 동기가 가뭄 때문이 아닌 사람들의 사생활에 대한 침해 때문이라는 내용이 나온다.

> 예전에 하늘에 두 개의 태양이 있어서 잠을 잘 수가 없고 부부는 합방을 할 수 없게 되자 1남 1녀를 파견하여 한 개의 태양을 토벌케 하였다. 화살에 맞은 태양은 피를 흘리며 죽으면서 화살 상처를 남겼고 차가와졌다. 이에 대지

---

13 達西烏拉彎 · 畢馬, 『達悟族神話與傳說』, 晨星出版, p.106.

에는 밤이 찾아왔다.

　　從前天上有兩個太陽, 不能睡覺, 夫妻也不能行房. 因此有一男一女被
派出去討伐太陽. 這次射中的一個太陽, 流出了熱血, 死了, 留下箭的疤痕
變冷了. 於是大地上才有了夜晩.[14]

　부부 합방에 지장을 준다는 이 고사 내용은 싸이더커족 고사에서도
발견된다.[15] 여기서는 낮과 밤이라는 주야교체의 자연현상을 죽은 태양
이 차가와지면서 밤으로 변하였다고 하는 신화적 표현으로 해석하고 있
다. 어두움과 함께 낮에 비해 기온이 떨어지는 밤의 현상을 이글거리는
태양의 죽음과 차가와짐으로 묘사하고 있다. 원주민 신화에는 또한 태양
과 달 모두 애초부터 인류에게 해악이 되는 존재로 등장하고 있다.

　뜨거운 태양으로 인해 자식을 잃은 부모가 직접 나서서 구체적인 피해
를 언급하며 태양을 쏘아 복수하였다는 부눙족 고사가 다음과 같이 전해
지고 있다.

　　옛날에 태양이 종일 비추어 달도 없고 밤도 없었다. 달은 태양의 형제로서
태양처럼 뜨거웠다.…… 어느 날 부모가 경작할 때 땅위에 산양 가죽을 펴고
아기를 자게 하였다. 하지만 얼마 지나지 않아 아기는 두 태양의 열기에 타죽
어 도마뱀蜥蜴으로 화하였다. 슬픔에 잠긴 부모는 태양을 정벌하기로 마음을
정했다 부친은 우선 밀감을 심은 후, 태양이 출현하는 곳에 다가가 화살로 태
양의 오른 눈을 쏘았고, 태양이 오른 눈을 닦자 그 눈은 멀게 되었다. 그리고
태양은 빛이 강하지도 않고 뜨겁지도 않은 달로 변하였다.[16]

14　林道生,『原住民神話故事全集 4』, 漢藝色硏, p.25.

15　陳千武(1991),『臺灣原住民的母語傳說』, 臺原出版社, p. 26.

16　林道生,『原住民神話故事全集 5』, pp.54~55에서 발췌하여 요약 번역함. 余錦虎(2002),
『神話祭儀布農人』, 晨星出版, pp.61~65에도 두 개의 태양 출현과 아이이 도마뱀스로의
변형이라는 유사한 이야기가 나온다. 그 중 도마뱀으로의 변형 부분을 인용하면 다음과
같다. "원래, 그들의 아이는 한 마리 도마뱀(si-sisun)으로 변했다. 그들 부부는 매우 비통
해하면서 태양을 찾아 복수를 하기로 맹세를 하였다. 부친은 분한 마음으로 태양을 응시
하면서 '모두 너희들 탓이다. 너희들이 쉬지 않고 태양 빛을 쏘았기 때문에 우리 아이가

원주민 사일 모티프 신화 속 사일 동기를 종합하면 가뭄 및 사생활 침해, 자식에 대한 복수 등 다양한 이유 때문이다. 사일 행위 고사는 당시 무속사회라는 사실을 염두에 두고 보면, 자연 정복 의지 내지는 마를 퇴치하려는 샤머니즘 주술 의지가 담겨있다고도 할 수 있다.

파이완족의 사일 모티프 신화에는 다음과 같은 고사도 들어있다. 요약하면 다음과 같다.

> 전설에 의하면 옛날에 태양이 너무 뜨거워서 토란이 자라지 않을 정도였다. 이에 두 남자가 삼베로 줄을 만들어 집안 기둥에 묶고는 이 줄을 타고 하늘로 올라가 태양을 쏘았다. 태양이 피를 흘리는데 피가 너무 뜨거워 한 사람이 물속에 들어갔으나 태양의 뜨거운 핏물 때문에 사망하였다. 나머지 한 명은 어두운 암굴에 들어갔지만 매우 고생스런 날을 보냈다. 후에 사람과 야수들이 논의한 끝에 태양에게 제를 올리기로 했다…… 희생물을 바쳐 제를 올린 후 태양과 관계가 회복되었다.[17]

여기서는 태양이 몇 개인지에 대한 묘사가 없으므로 태양이 하나뿐이라고 짐작을 할 뿐이다. 뜨거운 태양이 주민생활에 피해를 주었기 때문에 태양의 강렬한 열기와 빛을 다소나마 감소시키고자 태양을 쏘게 된다. 그리고 결국 제를 올림으로써 태양과 인간 사이의 관계 회복이 이루어진다.

태양에 의한 피해를 얘기하고 있지만, 사실 태양은 인류를 포함한 거의 모든 생명체의 생명활동에 없어서는 안 될 필수적인 존재이다. 따라서 태양과는 불가근불가원不可近不可遠의 관계로서 결국 태양과의 공존과 화해를 위해 제의를 행하는 것으로 결론이 난다.

도마뱀으로 변한 것이다. 반드시 아이의 복수를 위해서 너희들을 쏘아죽일 것이다.'原來, 他們的孩子變成了一隻(si-sisun)(蜥蜴). 他們夫妻倆悲痛萬分, 誓言要找太陽算帳. 那父親憤恨的瞪着太陽說: '都是你們! 因爲你們不停的照射, 才讓我的孩子變成豆蜥蜴, 我一定要射殺你們, 爲我的孩子報仇'" 유사한 고사는 陳千武(1991), 『臺灣原住民的母語傳說』, 臺原出版社, pp. 28~29에도 실려 있다.

17 達西烏拉彎·畢馬, 『排灣族神話與傳說』, 晨星出版, p.90.

▲ 태양을 쏘는 영웅 모습(부눙족 신화) 조각물(필자사진)

부눙족의 대표적 사일 모티프 신화 고사에는 죄의식이라고 하는 조금
은 색다른 요소가 가미되어 이야기가 전개된다.

태고 시절에 하늘에는 두 개의 태양이 번갈아가며 대지를 비추었다. 이에
인간세계에는 주야 구분이 없었고, 그 열기는 참기 힘들어서 생활에 많은 불
편을 초래했다. 이에 힘들어하던 부락에서는 당시 용맹함으로 이름을 날린 카
리당사 보안가의 용사를 선발하여 태양을 정벌하도록 하였다. 수십 년 후 태
양에 접근한 용사는 활을 당겨 태양의 눈을 쏘았다. 화살 맞은 태양은 어지러
워하며 땅에 떨어졌다. 용사가 손을 벌려 태양을 잡으려할 때, 태양이 그의 손
아귀로부터 빠져나오자, 용사는 침을 손바닥에 뱉고 벼룩을 잡듯이 태양 머리
를 눌렀다.…… 용사는 서서히 인류의 죄악을 깨닫고 후회의 마음이 일어, 가
져 온 수건으로 태양 눈에 흐르는 피를 닦아주며 매달 의식을 거행하여 태양
에게 제사지내겠다고 약속했다. 이후 하늘에는 더 이상 두 개의 태양이 뜨지
않았고, 활 맞은 태양은 빛을 잃고 부드러운 성품의 달로 변하였다.
太古時候, 天上有兩個太陽輪流照射著大地, 人間沒有晝夜之分, 炙熱
難熬, 造成生活上的許多不便. 於是受苦的部落便推選了當時有英勇盛名
的卡利當社波安家的勇者去征伐太陽. 數十午後, 逐漸接近了太陽的勇士,
拉滿弓箭射向太陽的眼睛. 被射中的太陽狼狠的顚落地上. 勇士張開手要
捉太陽的時候, 太陽從他的指尖溜走, 於是勇士吐了些口水在手掌上, 像
是要捉蚤似的壓住了太陽的頭…… 勇士慢慢瞭解了人類的罪惡, 動起了

悔悟之念，用帶來的番布擦拭了太陽眼睛流著的血，並與太陽約定，以後
每月必定舉行儀式祭祀太陽,後來天上不再有兩個太陽， 被射中的一個太
陽失去了光輝，變姓柔和的月亮.[18]

여기에는 대를 이어가며 태양을 정벌하는 임무를 수행한다는 내용은
없지만 임무 완성까지는 수십 년이 걸리는 힘든 작업이라는 점이 묘사되
어있다. 사일의 동기와 주체자, 그리고 태양의 달로의 변화 등 구성과
내용도 일반 원주민 사일 모티프 신화의 구성 및 내용과 유사하다.

그리고 이 고사에는 화살을 맞은 태양에 대한 죄의식 때문에 제사를
거행한다는 제사 이유에 대한 설명이 추가로 서술되어 있다.

쩌우족 신화에도 사일 고사 중 제사 관련 이야기가 나온다.

　　옛날에 하늘에는 두 개의 태양이 떠서 인간세상은 더위가 이어졌고 토란과
조는 생장하지 못했다. 이에 부락에서는 용사 두 명을 파견하여 태양을 쏘기
로 했다. 사람들은 두 줄의 길고 두터운 마로 된 밧줄을 꼬아서 한쪽은 용사
의 허리에, 다른 한쪽은 부락의 큰 기둥에 매어두었다. 용사는 활을 당겨 태양
을 쏘았고, 이에 한 개의 태양이 맞아 부상을 입고는 뜨거운 피를 흘렸고, 그
사이 용사 한 명이 뜨거운 피 때문에 화상으로 죽었고 나머지 용사는 돌 동굴
에 피신하여 목숨을 구했다. 부상을 입은 태양은 달이 되었고, 다른 태양은 숨
어서 나오지를 않았다. 이에 천지가 어두워지고 사람들이 예전처럼 농사를 짓
거나 사냥을 할 수 없게 되자, 두목은 돼지와 닭으로 제사를 지냈고, 그때서야
태양이 하늘에 나타났다. 이후 일월과 주야, 그리고 태양에 제사지내는 의식
이 생겨나게 되었다.
　　太古時, 天有二日, 人間酷熱, 芋頭與小米無法生長, 部落則派兩名勇士
射日. 大家編織兩條又長又粗的麻繩, 一頭繫在勇士腰椎, 一頭拴在部落
的大柱上, 勇士挽弓射日, 一個太陽被射傷, 熱血噴濺. 一勇士被蕩死, 另
一勇士躲入石洞幸免. 受傷的太陽變爲月亮. 另一個太陽藏匿不出, 天地
黑暗, 人們照樣無法耕種狩獵, 頭目遂以猪和鷄祭日, 太陽才重現天宇. 從
此有了日月和晝夜以及祭日儀式.[19]

---

18 林道生, 『原住民神話故事全集 5』, 漢藝色研, pp.52~53.
19 『中國各民族宗敎與神話大詞典』(1993), 學苑出版社, P.144. 또한 陳千武(1991), 『臺灣原

뒤에서 언급하겠지만 사오족 사일 모티프 신화에는 달까지 포함하여 일월日月에 대해 제를 올린다는 이야기가 나온다. 이처럼 부눙족과 파이완족, 쩌우족 그리고 사오족 신화에서는 일반적인 사일 모티프 신화 고사에는 찾아보기 힘든 태양에 대한 숭배와 감사의 표현이 죄의식에 따른 제의 행위와 함께 가미되어 있다. 신화 속에서 일월 제사라는 공통의 요소를 공유한다는 사실에 비추어보면, 이 종족들 간의 빈번한 교류가 서로에게 영향을 미친 것으로 파악할 수 있다.

홍수, 지진, 일월 등 자연현상은 천신 디하닌(Dihanin)이 주재를 하기 때문에 사람은 하늘과 천신을 이길 수 없고, 따라서 하늘의 이치를 따라야만 무사할 수 있다는 순응적 사고방식이 태양에 대한 죄의식과 이에 따른 제사를 지낸다는 표현으로 나타난 것이다.[20] 아무래도 고대 원주민들은 자연환경이나 자연현상과의 조화와 공생을 추구하려는 상생의 마인드를 강하게 지녔기 때문이 아닌가 한다.

그래서 비록 인류에게 피해를 준 태양 한 개를 공격하였지만, 여전히 태양에 대한 신성한 마음을 간직하고 있는 것이다. 그리고 태양의 눈을 쏘아 눈멀게 하여 달로 변화시킨다는 표현은 바로 달이 태양에 비해 어둡다는 지극히 자명한 사실을 신화적 시각으로 풀이한 것이라고 할 수 있다.

3. 다일多日과 일월병출日月竝出

앞장에서 인용했던 타이야족, 쩌우족, 그리고 부눙족의 사일 모티프 신화 고사 모두 두 개의 태양 중에 하나를 쏘아 맞힌다는 내용이 들어있다. 이는 하늘에 출현한 태양의 숫자에 있어서 열 개의 태양 중 아홉 개

住民的母語傳說』, 臺原出版社, p. 26 참조.
20 林道生, 『原住民神話與文化賞析』, 漢藝色硏, p.68.

를 쏘아 떨어뜨린 예羿의 사일 고사 속 숫자와는 다소 차이가 있다. 그렇다면 어떤 유형의 고사가 원형에 가깝고 좀 더 시원적인 고사라고 할 수 있을까?

한족漢族의 원시 사일 신화는 본래 두 개의 태양이 하늘에 출현했다는 이야기로 시작했는데, 후에 십간十干의 영향을 받아 십일十日 신화로 바뀌었다는 학설[21]이 줄곧 제기되어왔다. 이 견해에 동조하는 입장에서 본다면, 두 개의 태양이 병출並出한다는 유형의 고사가 여러 개의 태양이 함께 출현한다는 유형의 고사보다는 좀 더 시원적 원형에 가깝다고 판단된다.

한편 이미 위에서 인용한 고사들을 통해서도 알 수 있듯이, 타이완 원주민 신화 중 사일 모티프 고사에는 태양과 달이 동시에 거론되고 있는 점이 특징이다. 두 개의 태양 중 화살에 맞은 한 개가 달로 화함으로써 태양과 달이 함께 존재하는 형국으로 언급되고 있는 부분은 기타 민족들의 신화에서는 찾아보기 힘들다.

부능족 신화 중에는 태양과 달이 형제로서 동시에 하늘에 출현하여 밤은 없고 낮만 있게 되자 사람들은 죽도록 경작만 하게 되고 아이들은 태양빛에 타서 도마뱀蜥蜴으로 변하면서 비통에 잠긴 부모가 태양을 정벌하러 간다는 내용도 담겨있다.[22] 태양과 달이 동시에 거론되면서 동시에 출현한 경우이다.

루카이족과 싸이더커족 신화에는 독특하게도 이일이월二日二月[23] 유형

---

21 李福清(2001), 『神話與鬼話』, 社會科學文獻出版社, p.128.
22 陳千武(1991), 『臺灣原住民的母語傳說』, 臺原出版社, p.27.
23 우리나라 무속 신화에도 해와 달이 두개씩 존재한다는 고사와 후에 해와 달 중에서 하나씩 별로 화한다는 고사가 전해지고 있다. 무가 「창세가」에 이르길: "세상을 굽어본직 밤도 캄캄 낫도 캄캄 인간이 동서남북을 모르고 가림을 못가린직 혜음없이 남방국 일월궁의 아달 청의동자가 소사낫스니 앞이망 뒷이망에 눈이 둘씩 도닷심내다. 하늘옥황으로 두수문장이 나려와서 압이망에 눈둘을 취하야다가 동의동방 섭제땅에서 옥황께 축수한직 하날에 해가 둘이 돗고 뒷이망에 눈둘을 취하야다가 서방국 섭제 땅에 서옥황께 축수한직 달이 둘이 소사난직 금세상은 밝앗스나……." 상기 구절은 해와 달이 출현하게 되는 과정

의 고사가 존재한다.[24] 이 역시 달과 함께 거론되는 다일多日 신화의 초기 형태로 추정할 수 있다.

이밖에 또 다른 유형도 존재한다. 즉 타이야족과 사오족邵族 신화에는 한 개의 태양이 둘로 쪼개지고 쪼개진 두 쪽 중 반쪽이 달로 변한다는 고사가 있다. 타이야족에게는 "태양이 하나밖에 없어서 주야 구분이 없자 어떤 사람이 둘로 잘라서 태양과 달로 나누었다."[25]라는 내용으로 전래되고 있고, 사오족에게도 태양이 쪼개져서 태양과 달로 나뉜다는 고사가 다음과 같이 전해진다.

> 아주 먼 옛날 하늘에는 거대한 태양만 있었고 달은 없었으며 큰 태양은 만물을 말려 죽였다. 사오족 영웅이 활과 화살을 들고 음력 3월 11일에 태양을 쏘니 둘로 갈라졌다. 태양이 작아져 오늘날의 모습과 같이 되었고, 나머지 반쪽은 비교적 작아 달이 되었다. 이때부터 태양은 따뜻해졌고, 밤에도 달이 생겨나 어두운 밤하늘을 비추었다. 이 때문에 사오족은 태양신과 달신에게 제를 올리기 시작했다.
>
> 遠古時代, 天上只有巨大的一個太陽, 沒有月亮, 大太陽烤死萬物, 一個邵族英雄就用弓箭, 在農曆三月十一日這一天, 把太陽射成兩半, 太陽變小了, 成爲今天的樣子, 另一半較小, 變月亮, 從此太陽暖和, 晚上也誕生一個月亮, 照亮可怕的黑夜. 因此邵族人開始祭拜「日神」和「月神」.[26]

이 고사에서는 태양이 쪼개지면서 그 반쪽이 달로 화한다는 설정이

을 표현하고 있다. 신성한 동자의 눈이 하늘로부터 내려온 두 수문장에 의해 해와 달로 변화하는 이야기는 초월적 존재 또는 거인의 몸의 일부가 자연물로 변형되는 모티프를 강하게 함축하고 있다. 「창세가」는 계속해서 이르길: "그 때는 해도 둘이요, 도 둘이요. 달 하나 띠어서 북두칠성 남두칠성 마련하고, 해 하나 띠어서 큰별을 마련하고, 잔별은 백성의 직성直星별을 마련하고……" 이 구절은 창조자 미륵에 의해 별이 창조되는 과정을 이야기하고 있다. 김헌선(1994), 『한국의 창세신화』, 길벗, pp.394·395.

24 馬學良 外(1997), 『中國少數民族文學比較研究』, 中央民族大學, p.77. 또한 陳千武 (1991), 『臺灣原住民的母語傳說』, 臺原出版社, p.27 참조.

25 李福淸(2001), 『神話與鬼話』, 社會科學文獻出版社, p.124 참조.

26 達西烏拉彎·畢馬, 『邵族神話與傳說』, 晨星出版, pp.84~92에서 발췌하여 요약 번역함.

담겨있다. 태양이 쪼개졌지만 큰 쪽이 태양이 되고 작은 쪽이 달이 되었다고 묘사함으로써, 여기서도 역시 태양과 달이 동시에 출현하게 된 셈이다. 여기서 일월의 대소 차이는 빛의 강약 차이를 반영하기 위한 표현으로 보인다. 아울러 반으로 갈라진 태양 역시 기존의 강렬했던 태양보다는 약화되어 일생생활에 적당하게 도움을 주는 존재로 탈바꿈되었다고 표현하고 있다.

한편 사오족 신화 속에 담긴 태양신과 달신에 대한 제의 행위는 부능족 신화에서 죄의식과 함께 제사를 지내는 행위와 일치한다. 따라서 양자 간에 어느 정도 동질성이 있음이 엿보인다.

이처럼 태양이 둘로 쪼개지면서 그 일부가 달로 화한다는 유형의 고사는 중국 한족漢族 사일 모티프 신화에서는 찾아보기 힘들다. 즉 해와 달이 동시에 등장하는 구조는 타이야족, 쩌우족, 부능족, 사오족 신화만의 특징으로 볼 수 있다. 이를 통해 4개 종족의 교류 관계 상황도 간접적으로 엿볼 수 있다. 또한 천제 요堯가 영웅 예羿에게 활을 제공한 후 태양을 쏘게 한다는 예羿의 사일 신화[27]와는 달리 타이완 원주민 신화에서는 주인공이 자발적으로 사일 작업에 참여한다는 점도 특징적이다.

여러 개의 태양이 등장하고 이들을 쏘아 떨어뜨린다는 유형의 고사는 실제로 환태평양 일대(pacific rim)에 걸쳐 골고루 퍼져있다.[28] 즉 타이완 원주민 사일 모티프 고사도 크게는 태평양 지역의 보편적인 사일 고사군

---

27 『淮南子』「本經編」에 이르길: "요임금 시절, 열 개의 태양이 한꺼번에 출현하여, 곡식을 태우고 초목을 죽이니, 백성들은 먹을 것이 없었다. 또한 알유, 착치 등은 모두 백성들의 해가 되었다. 요임금이 이에 예로 하여금 착치를 주화의 들에서 죽이게 하고…… 위로 열 개의 태양을 쏘고 아래로 알유를 죽였다……. 堯之時, 十日並出, 焦禾稼, 殺草木, 而民無所食. 猰貐, 鑿齒…… 皆民害. 堯乃使羿誅鑿齒於疇華之野…… 上射十日而下殺猰貐……., 『山海經』「海內經」에도 예의 영웅적 고사가 다음과 같이 나온다: "제준이 예에게 붉은 활과 흰 화살을 주고, 하국下國을 도우라고 명한다. 예가 이에 비로소 하지下地의 많은 어려움을 구하였다.帝俊賜羿彤弓素矰, 以扶下國, 羿是始去恤下地之百艱."

28 李福清(2001), 『神話與鬼話』, 社會科學文獻出版社, p.150.

에 속한다고 할 수 있다.

다만 타이완 원주민 신화에 보이는 일월 동시 출현 구조는 사월 신화가 사일 신화보다 앞서 나왔다는 학설에 의거할 때,[29] 태양만을 쏘아 떨어뜨린다는 구조보다는 좀 더 시원적 원형으로 볼 수 있다.

전체적으로 볼 때, 타이완 원주민 사일 모티프 고사는 떨어진 태양의 달과 별로의 변화 유형, 태양의 쪼개짐과 그 반쪽의 달로의 변화 유형, 여러 종류의 사일 동기 표현 등 내용이 다양하고 다채롭게 전개된다는 점에서 이들이 역동적인 에너지와 함께 풍부한 상상력을 지니고 있었음을 짐작할 수 있다.

어떻게 보면, 태양을 정벌하는 고사 내용은 종족마다 다소간의 차이가 있겠지만, 태양빛이 너무 세서 지상의 생물이 생존할 도리가 없고 아이들마저 태워 죽여서 후대를 이을 수 없게 되어 부득이 태양을 정벌하게 되었다는 점 등은 대체로 공통적인 표현이라고 할 수 있다.

태양의 의인화 고사라는 시각에서 바라본다면, 태양빛의 과열은 인류의 현실사회를 비유한다고 생각할 수 있다. 즉 상층권력계급의 전횡으로 인해 백성들이 지나친 권력의 압박을 견딜 수 없게 되자 태양을 정벌하는 방식으로 그 감정을 표현하고 있다고 해석할 수 있다. 결국 태양 정벌 후 남은 한 개의 태양과 한 개의 달을 온화한 생기를 가져다주는 이상적인 상황으로서 바라본다는 것은 현실에 대한 긍정적인 관념을 함축하고 있는 것으로 볼 수 있을 것이다.

---

29 李福清(2001), 『神話與鬼話』, 社會科學文獻出版社, p.148.

상술한 모티프 신화 고사들 외에 원주민 신화 중에는 변형과 교혼, 기원과 유래, 선악, 왜소인, 무속, 재생 모티프 등 관련 고사들도 적지 않게 보인다. 의물화 또는 의인화 변형 모티프 고사에는 대부분 만물유령론, 토테미즘, 원형회귀 사상이 반영되어 있다.

교혼 모티프 고사로는 타이야족, 타이루거족, 가마란족 및 부능족 신화 속에 나타나는 개와의 교혼, 부능족 신화에 나타나는 지렁이와의 교혼, 아메이족 신화에 나타나는 사슴과의 교혼, 쩌우족 신화에 나타나는 멧돼지와의 교혼, 파이완족의 뱀이나 소라와의 교혼 및 신인 즉 인신지간人神之間 교혼, 싸이샤족 신화에 나오는 뇌신雷神과 여인의 교혼 고사 등이 있다.

기원 모티프 고사로는 타이야족의 수렵, 불, 머리 베기出草, 獵人頭, 문신, 제사, 게, 바람의 기원 고사, 쩌우족의 불, 독사, 절벽, 산신제의 기원 고사, 부능족의 무지개, 재해, 달 제사 기원 고사, 아메이족阿美族의 불, 칠성의 기원 고사 등이 있다.

선악 모티프 관련 고사는 원주민 중에서 쩌우족과 싸이샤족 신화에서만 보이는 현상이다. 쩌우족들에게는 영혼과 정령 외에 신기神祇가 있고, 신은 선신과 악신 두 부류로 나뉘며, 선신 중에는 상신과 하신이 있는데, 상신은 생명을 관장하며 악신은 사람 생명을 위해한다는 내용의 이야기가 전해진다.

선악이나 지혜, 그리고 사랑과 같은 개념 신화가 중국에서는 오직 윈난雲南 나시족納西族 신화 외에는 찾아보기 힘들다. 이러한 사실에 비추어 볼 때 쩌우족의 개념 신화로 볼 수 있는 선악 모티프 신화 고사는 상당히 희귀한 자료로 평가된다.

그리고 왜소인 모티프도 원주민 신화 속에 자주 등장한다. 예를 들면 싸이샤족 고사에는 "소왜인(Taai)이 초목 속 바위 동굴 안에 거주하였는데, 지혜가 뛰어나고 능력이 좋으며 가무를 좋아했지만 호색 음란하여 싸이샤족 여인을 간음한 후 종적을 감추고 현장을 빠져나갔다"는 내용의 이야기가 전해진다. 이 역시 다른 민족 신화에서는 찾아보기 힘든 희귀한 유형의 신화로 볼 수 있다.

1. 변형 모티프

타이완 원주민 신화 중에서 변형 모티프 관련 고사는 그 수가 적지 않다. 예를 들어 타이야족 신화에는 사람이 개, 원숭이, 매미, 멧돼지, 파초, 비둘기 등 새로, 타이루거족 신화에는 새로, 싸이샤족 신화에는 솔개와 원숭이로, 부눙족 신화에는 도마뱀, 새, 원숭이로, 아메이족阿美族 신화에는 별과 까마귀로, 쩌우족 신화에는 뱀으로, 야메이족雅美族 신화에는 돌로, 루카이족 신화에는 인간이 새로, 파이완족 신화에는 머리가 하얀 새로 화하는 이야기가 나온다.[1]

---

1 林道生, 『原住民神話故事全集3 』, 漢藝色硏, p.146, 林道生, 『原住民神話故事全集 5』, 漢藝色硏, p.4, p.7, pp.12~13. 林道生, 『原住民神話故事全集 4』, 漢藝色硏, p.7,

특히 부눙족의 경우 인간 후퉁(Hutung)의 원숭이로의 변형, 리나스(Linas)라는 고아의 한 마리 새로의 변형, 시퀴즈(Siquis)라는 사람의 새로의 변형, 카부스(Kabus)라는 소녀의 새로의 변형, 콩을 훔친 바발(Babal)이라는 사람의 새로의 변형, 나쁜 짓을 한 사람의 멧돼지로의 변형, 형제의 멧돼지와 집돼지로의 변형, 영아의 뱀으로의 변형, 남의 곡물을 훔친 콰무티스(Qamuyis)라는 사람의 쥐로의 변형, 타카트상갈(Takatsangal)이라는 게으른 소녀의 쥐로의 변형, 푸후알루(Puhualu)라는 게으른 형제의 사슴으로의 변형 등 변형 모티프 고사가 많이 전해지고 있다.[2]

이밖에 야메이족 신화에는 남자아이가 돌로 변한 후 다시 물의 기운을 받아 남자로 변화하는 내용의 고사가 다음과 같이 전해지고 있다.

> 남자아이가 게를 키웠는데 부모가 먹어버리자 바다의 바위에 뛰어들어 돌이 되었다.
> 예전에 두 자매가 있었는데, 어느 날 돌 하나를 주워 질랄랄리(Jilalali)라는 곳에 도착한 후, 물을 돌에 뿌리고는 기원하며 말했다. "너는 이미 내가 물을 뿌렸으니 남자가 되라! 본 섬의 사람 모습으로 닮아라!" 이에 그 돌은 먼저 손이 자라나고 또 다리가 생기고, 이에 눈이 떠지고 코가 자라며, 귀와 머리카락이 생기고 마지막에는 입으로 말하기 시작하면서 진정한 남자가 되었다.
> 以前有两位姐妹, 有一天檢起一塊石頭, 到Jilalali的地方, 拿水澆灌石頭後祈求說⋯⋯ 「你已經被我灌頂, 做個男人吧! 模仿本島的人成形吧!」於是那塊石頭先長出了手, 又有了脚, 然後睜開了眼睛, 長出鼻子, 耳朵和頭髮, 最後還從嘴巴說起話來, 成了一個真正的男人.[3]

여기에서는 일반적으로 한쪽 방향으로 변형하는 과정이 아니라 인간

---

pp.20~22, p.48, pp.67~69, 陳千武(1991), 『臺灣原住民的母語傳說』, 臺原出版社, pp.67~76 참조. 中央研究院民族學研究所 편역(2009), 『番族調査報告書第二冊』, pp.70~71에서 발췌 번역 인용.

2 中央研究院民族學研究所 편역(2008), 『番族調査報告書第六冊』, 中央研究院民族學研究所, pp.178-198.

3 林道生, 『原住民神話與文化賞析』(2003), 漢藝色研, p.230.

의 돌로의 화석化石, 그리고 돌의 인간으로의 화인化人이라는 왕복형태의 변형 과정이 나타난다. 이러한 변형 또는 화생 모티프는 토템 사상을 기본으로 한 원형회귀 심리가 반영된 것으로 풀이된다.

이 고사는 특히 본래의 생명체 그대로 살아나는 부활復活과 다른 동식물로 변하여 재생하는 환생還生, 그리고 신으로 변하거나 승천한다는 환생幻生 유형을 통한 재생再生(rebirth) 중에서 환생還生, 즉 다른 동식물 생명체로 태어나는 형태를 취하고 있다. 원주민들은 변형 또는 화생 모티프를 통해 생명의 영속성을 바라는 소망을 담아내고 있다고 할 수 있다.

야메이족 신화에는 이와 함께 돌의 인간으로의 변형 모티프만 존재하는 이야기도 있다.

> 두 자매가 이라라이로 가려고 할 때 카와터라는 곳에서 돌을 보고는 이 돌을 들어 이라라이로 가져갔다. 그리고 물을 돌 위에 부으면서 말하였다: "돌아! 물을 마시고 사람이 되어라!" 돌은 이에 남자가 되었다. 홍터우紅頭 섬에 사는 사람이 그녀들을 모방하여 말하였다: "손가락으로 너를 가리키면, 너는 시터뤄강이라고 불릴 것이다!" 처음에는 먼저 손과 발이 생기고 눈이 떠졌다. 그리고는 코와 귀와 두발이 생기고 이어서 말을 하기 시작했다. 이름이 시터뤄강이다.
>
> 兩個姊妹, 要去伊拉萊的時候, 在卡瓦特看到石頭, 拿了石頭, 到達伊拉萊, 用水灌在石頭上, 說: "石頭啊! 飲了水就做男人吧! 石頭就變成男人了. 紅頭嶼的人模做她們, 並說:"用指頭指你, 你叫希特洛剛吧!" 開始時先有了他的手脚眼睛睜開了, 再生鼻子耳朵頭髮, 並開始講話了. 名字叫做希特洛剛.[4]

이와 함께 두 자매 대신 두 형제兩兄弟가 돌을 사람으로 변화하게 하는 이야기도 전해진다. 두 형제가 각각 하나씩의 돌을 들고 손가락으로 물을 묻혀 돌에 바르면서 돌에게 남자아이를 바란다는 의미로 "yako

---

4 達西烏拉彎 畢馬(2003), 『達悟族神話與傳說』, 晨星出版, p.144.

saboin imoya no ranoma' miya mamaobka meakay ya mikamakamay a tao."라고 말하자 과연 남자아이로 변하였다고 한다.[5]

한편 싸이샤족 신화에는 우레신이 바나나로 화한다는 변형 모티프가 발견된다. 여기서 바나나가 불에 잘 붙는 이유는 바로 우레신이 바나나로 변했기 때문이라는 이야기는 바나나가 불에 잘 붙는 성질의 유래와 기원에 관한 신화적 해석으로 볼 수 있다.[6]

반면에 동물이 사람으로 변형되는 고사 유형도 있다. 싸이샤족 씨족기원 신화 중에는 청개구리가 사람으로 변하여, 후에 성장하여 타푸타베라우스(taputaberaus) 씨족의 선조가 된다는 이야기가 있다.[7]

그리고 루카이족에게는 시조 푸라루얀(Puraruyan)은 사냥꾼으로 윈퍄오雲豹라는 표범을 거느리고 있었는데, 이 표범이 칼레슨간(Kalesngan)이라는 곳에서 사람으로 변화한다는 이야기가 전해진다.[8]

아메이족 신화에는 카라우 이리켁(Calaw Irikec)이 승천하여 별로 화한다는 내용, 형제가 별로 변한다는 내용,[9] 게으른 자가 원숭이로 변하는 내용,[10] 형제가 곰과 표범으로 변하는 내용, 남자가 담배로 변하고 여자

---

5 達西烏拉彎 畢馬(2003), 『達悟族神話與傳說』, 晨星出版, p.145.
6 林道生(2004), 『原住民神話故事全集 5』, 漢藝色研, p.47.
7 "古時有一名叫(saivala)的人, 在河邊鉤魚, 一直未獲, 正覺疑惑之際, 突然有物上鉤, 結果一看是靑蛙, 他不耐煩的將蛙丟下, 但蛙卻化身爲人, 他深刻訝異, 遂將此人帶回家去, 撫養長大, 成爲(tapu-taberaus)家的祖先." 達西烏拉彎 畢馬(2003), 『賽夏族神話與傳說』, 晨星出版, p.40.
8 "相傳好茶部落的始祖(Puraruyan)是孔武有力的獵人, 帶着一隻雲豹. (Puraruyan)的雲豹, 曾經在(Kalesngan)地方變幻成人." 王嵩山(2011), 『臺灣原住民-人族的文化旅程』, 遠族文化事業有限公司, pp.46~47.
9 陳千武(1991), 『臺灣原住民的母語傳說』, 臺原出版社, pp.175~179.
10 타이야족에게도 게으른 자가 원숭이로 변한다는 고사가 전해진다. 원숭이는 타이야족 언어로 'yungai'인데, '사람이 변한 것'이라는 의미가 있다. 옛날에 아주 게으른 사람이 있었는데, 밭일을 할 때도 늘 태만하고 놀기를 좋아했다. 한번은 고구마를 깨는 작업을 하는데 재미로 부러진 괭이자루를 항문에 넣었다가 그대로 원숭이로 변했다고 한다.(九族文化村 泰雅族 구역 내 설명문 참조.)

가 빈랑나무로 변하는 내용, 교활한 자가 까마귀로 변하고 고아가 푸나이(punai)새로 변하는 내용 등 변형 모티프의 다양한 유형들이 전해져오고 있다.[11]

2. 교혼 모티프

파이완족 신화에는 신과 여인이 교혼하여 뱀을 낳았는데 후에 사람으로 변하였고 이들이 파이완족 조상이 되었다는 내용의 이야기가 있다. 이는 원주민의 사고 속에 신과 인간과 동물이 동격으로서 동등한 입장에서 평등하게 연결되어 있음을 나타낸다. 교혼 신화는 바로 인간과 자연계가 동등하다는 관념을 반영하고 있으며, 또한 자연과 인간, 신계와 인계의 밀접한 관계를 그리고 있다.

루카이족 신화에도 뱀과의 교혼 고사가 있다. 루카이족이 파이완족과 이웃으로 있었기에 이와 유사한 고사가 전해진 것으로 파악할 수 있다. 고사는 한 여자가 남자와 결혼했는데, 이 남자는 백보사였고 이들이 출산한 아이들이 루카이족이 되었다는 내용이다. 뱀과 인간(여인) 간의 교혼 유형이라고 할 수 있다. 여기에 해서는 안 되는 금기(taboo) 사항도 묘사되어 있다.[12]

예전에 다뗄(Dadel)사 두목인 마발리우(Mabaliu)의 집에 팔렌(Palen)이라는 딸이 있었다. 자란 후에, 한 남자로부터 구혼을 받았는데, 이 남자는 팔렌의 눈에만 미남으로 보이고, 다른 사람의 눈에는 한 마리 뱀일 뿐이었다. 그녀의 식구들은 당연히 이 결혼을 반대하였지만, 팔렌은 시집을 가려고 했고 마지막에는 식구들도 그녀를 설복하기를 포기할 수밖에 없었다. 팔렌과 뱀의 혼인 관계 때문에 사람들은 집안에서 뱀의 도안을 사용해서 장식을 하기 시작하였

---

11 中央研究院民族學研究所 편역(2009), 『番族調査報告書第二冊』, pp.72~74 참조.
12 達西烏拉彎 · 畢馬, 『魯凱族神話與傳說』, 晨星出版, p.37.

다.(팔렌은 가족에게 찬 음식을 먹어서는 안 된다고 말하였다.) 두 마리의 작은 뱀들이 팔렌의 부모를 만나러 갔다. 그들은 팔렌이 낳은 자녀들인데 뜻밖에 모두 그 조부모에 의해 오해를 받아 살해를 당했다.

從前, 在(Dadel)社頭目(Mabaliu)的家, 有一個女孩名叫(Palen). 她長大之後, 接受一名男子的求婚, 但這名男子只有出現在(Palen)的眼裡才是個俊男, 而在別人看來卻是一條蛇. 她的家人當然反對婚姻, 但(Palen)自己卻堅持要嫁, 最後, 她的家人不得不放棄說服她. 因爲(Palen)與蛇聯姻的關係, 人們才開始在家中用蛇的圖案作爲裝飾.((Palen)給家人道: "千萬不要屹一道冷的食物.") 有兩條小蛇前去拜訪(Palen)的父母. 他們是(Palen)所生的子女, 不料, 卻不幸爲其祖父母所誤殺.[13]

지금도 루카이족이나 파이완족이 의복이나 기물에 백보사 무늬를 새겨 넣는 습속은 죽은 백보사를 기념하기 위함이라고 한다. 또 다른 전설에 따르면 백보사는 나이가 들면서 몸이 작아져 갈리스(galis)라는 새로 변해 여전히 부락민을 보호해준다고 한다.[14]

이외에도 여자와 뱀의 교혼이 아니라 두목 카타길란(Katagilan) 집안의 남자인 타노바코(Tanobaku)가 뱀이 변한 여인과 결혼을 하여 종족의 선조가 되었다는 남자와 뱀의 교혼 이야기도 전해진다.[15]

신화 속에서 이러한 '인간(두목 집안)-조상-영사靈蛇'의 관계 구조는 조상과 뱀에 대한 숭배심리가 함축되어 있고, 이것이 제의나 제사(dulisi)의 대상으로 표출된다. 여기에 금기(taboo)가 첨가되면서 뱀을 침범할 수 없는 신령의 세계에 계속 존재하도록 하는 동시에 인계를 소란하게 하지 않도록 하려는 의미도 담겨있다.

싸이샤족에게는 우레신雷神과 절세미인의 결혼 즉 신인神人 교혼에 관한 고사가 전해지고 있다. 우레신이 하늘에서 인간 세계로 내려와天降雷

13 許功明(2001), 『魯凱族的文化與藝術』, 稻鄉出版社, pp.61~62.
14 林建成(2002), 『臺灣原住民藝術家田野筆記』, 藝術家出版社, p.225.
15 許功明(2001), 『魯凱族的文化與藝術』, 稻鄉出版社, p.62.

^神 미인과 결혼한다는 내용이다.

> 옛날에, 리와이나비라 우레신이 하늘에서 인간 세상에 내려와 부락을 배회할 때 절세미인을 만났다. 리와이나비라는 자신을 소개하며 말하였다: "나는 우레신으로서 천상에서 하계로 내려와 나의 처를 찾고 있는 중입니다. 나에게 시집을 와서 부인이 될 수 있나요?" 이에 여자는 대답하였다: "나는 몰라요. 우리의 결혼대사는 부모님이 결정해주십니다." 이에 미녀를 데리고 그녀의 부모에게 가서는 구혼을 하였다. "아버님, 절세미인인 따님을 저에게 주실 수 있는지요? 만약 제가 영광스럽게 당신의 사위가 될 수 있다면, 반드시 잘 보답하겠습니다."라고 우레신은 미인의 부친에게 말했다. 노인에게는 이 독녀 한 명뿐이고 그렇지 않아도 사위를 찾고 있는 중이었는데, 눈앞의 청년을 보니 용모와 태도 모두 훌륭하여 리와이나비라를 사위로 받아들였다.
>
> 從前, 利外納比拉雷神從天上降到人間, 徘徊於部落時遇到一位絶色美人。利外納比拉自我介紹說……, 「我是雷神利外納比拉, 從天上降到下界來尋覓我的妻子, 妳願意嫁給我做妻子嗎？」「我不知道！我們的結婚大事要由父母來決定。」女孩回答。於是, 利外納比拉要美人帶他回去向她的父母求婚。「老伯, 可以絶色女兒許配給我作爲妻子嗎？如果我有榮幸能做你的女婿的話, 我一定好好報答你！」雷神對美人的父親說。老翁只有這麼一位獨生女, 現在也正是尋找好女婿的時候了。看看眼前的年經人, 容貌、態度都很不錯, 便接納了利外納比拉做女婿。¹⁶

이 고사에서는 우레신의 모습에서 의인화 현상이 보이고, 이야기 구성과 표현의 구체성이 신화와 전설의 경계를 넘나들고 있지만, 신격체와 인간의 원초적인 교혼 모티프는 분명하게 전달되고 있다.

또한 싸이샤족 신화에는 여인이 지렁이와 교혼하여 많은 새끼 지렁이를 낳는다는 이야기도 전해진다.

> 옛날에, 어느 집안의 소녀가 매일 같은 곳에 쭈그리고 앉아 황홀의 경지에 들어가곤 하였다. 그 어머니가 이를 이상히 여겨 한번은 유심히 관찰을 하였

---

16 林道生(2004), 『原住民神話故事全集 5』, 漢藝色研, p.46.

는데, 알고 보니 딸이 지렁이와 사랑을 나누는 것이었다. 여자 어머니는 크게 노하여 펄펄 끓는 물을 그 지렁이에게 부어 죽였다. 하지만 그녀의 딸은 이미 임신을 하였고, 많은 새끼 지렁이를 낳았다.

古時, 某家少女每天都蹲在同一處, 入恍惚之境, 女母覺得奇怪, 留心察看一番, 原來是跟蚯蚓交媾. 女母大怒, 用滾滾的開水燙死了那一條蚯蚓, 可是她的女兒已孕, 生了很多蚯蚓.[17]

이러한 지렁이와의 교혼 유형은 쩌우족 신화에도 나타난다.[18] 인수교혼人獸交婚에 있어서는 인간과 동물 간 유전인자가 다르기 때문에 임신을 하거나 아이를 낳을 수 없지만 많은 신화 전설 고사에서는 이들이 결혼을 하여 아이를 낳는다는 이야기가 전해지고 있다. 이는 고사 자체의 교육적 용도와 의의가 있기 때문이며, 따라서 이를 현대과학 지식으로 판단하거나 비평을 가하는 것은 적절하지 않다고 본다.

아메이족阿美族 신화 중에는 인간(여인)과 물고기의 교혼, 여인과 쥐의 교혼, 여인과 곰의 교혼 내용이 발견되며,[19] 인간(여인)과 사슴의 교혼, 인간(남자)과 비둘기의 교혼도 발견된다.[20]

이외에도 부눙족과 쩌우족의 신화에는 여인과 멧돼지가 교혼하여 여인의 뱃속에서 네 마리의 돼지가 나왔다는 내용의 고사와 여인과 올챙이蝌蚪가 교혼하는 내용의 고사가 있고, 타이야족과 싸이샤족[21] 신화에는

---

17 達西烏拉彎 畢馬(2003), 『賽夏族神話與傳說』, 晨星出版, pp.267~268.
18 陳千武(1991), 『臺灣原住民的母語傳說』, 臺原出版社, pp.51~52.
19 여인과 물고기의 교혼 고사 내용을 요약 번역하면 다음과 같다: "여인이 있었는데, 낮에는 밭에서 일을 하고 밤에는 정원에서 실을 뽑았다. 그때마다 남자들의 웃음소리가 들려서 아버지는 이를 이상히 여겼다. 또한 딸이 밭에 갈 때마다 개가 실로 장식한 바구니인 나누카(nanuka) 근처에 오지 않도록 말을 하여서, 모친은 이를 이상히 여겼다. 어느 날 모친이 딸이 외출한 틈을 타서 몰래 나누카(nanuka)를 열어보니, 그 안에 한 마리 물고기가 있었는데, 매일 밤 웃음소리의 근원이 여기였다는 것을 알게 되었다." 中央研究院民族學研究所 편역(2009), 『番族調查報告書第二冊』, p.72에서 발췌 번역 인용. 여인과 곰의 교혼에 관해서는 陳千武(1991), 『臺灣原住民的母語傳說』, 臺原出版社, pp.50~53 참조.
20 中央研究院民族學研究所 편역(2009), 『番族調查報告書第二冊』, pp.189~191 참조.

여인이 개와 교혼하는 내용의 고사가 있으며, 베이난족 신화에는 여인과 사슴의 교혼 내용이 보이고, 싸이더커족 신화에는 여인과 곰의 교혼 유형 고사가 남아있다. 타이완 원주민의 원시적 사유과 관계가 깊은 고사들이라고 할 수 있다.[22]

전체적으로 볼 때, 원주민 신화 중 인간과 동물 간 성교나 결혼과 같은 교혼이나 변형 모티프 고사의 저변에는 고대 원시신앙 중 토테미즘이 흐르고 있다고 해석할 수 있다.

고대인들은 원시사유의 기초 하에서 자신들을 자연과 분리하지 않았기 때문에, 그들의 그러한 사상이 반영된 신화 속에서 동물들이 말을 할 수 있다거나, "타이야족은 예전에 솔개였다從前泰雅人就是鳶鳥"라는 등의 내용이 나오는 것이다. 즉 원주민들은 동물의 의인화, 동물로의 변형, 또는 동물과 교혼하는 등 다양한 방식으로 그들의 원시적 사유를 표출하고 있다.

3. 기원 및 유래 모티프

파이완족 신화를 보면 제사의 유래와 우레신의 기원에 관한 이야기가 전해진다. 7남매 중 한 명인 부라루야언布拉路亞恩이 해신이 거주하는 곳에 가서 돌아오지 못하고 죽자 남은 형제들이 유언에 따라 5년제를 지내게 되었고, 부라루캉布拉路康도 다우산大武山에 올라갔다가 돌아오지 않고 우레신雷神이 되었다는 내용이다.

---

21 싸이샤족 신화에 다음과 같은 이야기가 전해진다. "옛날에 두목의 딸은 신체 기형으로 사람들 보는 것이 부끄러워 보석과 개를 데리고 바다를 건너 타이루거에서 정착하였다. 개의 사냥과 고기잡이에 의지하여 생계를 이어갔기에, 그녀는 그 은혜에 보답하는 의미로 개와 결혼을 하여 싸이샤족의 후대를 번성시켰다." 『中國各民族宗敎與神話大詞典』 (1993), 學苑出版社, p.144에서 발췌 번역.
22 李福淸(2001), 『神話與鬼話』, 社會科學文獻出版社, pp.302~307.

예전에, 바다잉사에는 일곱 명의 형제자매가 있었는데, 그들은 싸지노, 부라루캉, 부라루야언 등 3명의 남자와 모카이, 라무루캉, 카루이, 사라방 등 4명의 여자였다. 어느 날, 부라루야언이 형제자매들에게 말하였다. "나는 해신이 거주하는 곳에 가고 싶다. 만약에 돌아오지 않으면, 5년마다 한 마리의 돼지를 바쳐 나를 제사지내주기 바란다." 부라루야언이 떠난 후에 다시는 돌아오지 않았다. 형제자매는 그의 소원에 따라 오랜 기간 동안 고기를 올리며 그의 영혼을 위해 제사를 지냈다. 이것이 5년제의 기원이 되었다. 그 후에 부라루캉도 다우산에 올라 돌아오지 않고 우레신이 되었다.

從前, 巴達英社有七位兄弟姊妹, 他們是男子……撒基努, 布拉路康, 布拉路亞恩三人, 女子……莫凱, 拉姆路康, 卡露伊, 莎拉邦四人. 有一天, 布拉路亞恩對他的兄妹們說……「我想去海神居住的地方, 如果我回不來的話, 請你們每五年宰一頭豬祭我!」布拉路亞恩離開了之後就沒有再回來過. 兄妹們依照他的心願長期供肉祭他的靈, 這就是五年祭的起源。之後, 布拉路康也登上大武山沒有回來, 逐成了雷神.[23]

원주민의 자연숭배 특히 만물유령론(Animism)에 입각해볼 때, 이 고사에서는 해신과 우레신에 대한 숭배 신앙을 볼 수 있다. 고대에는 바다와 같은 자연물이나 우레와 같은 자연현상의 변화무쌍함에 대해 공포와 함께 경외심을 느꼈을 것이고 자연스레 이를 숭배대상으로 여겼을 것이다. 그리고 그들이 신성시하는 해신과 우레신의 유래를 설명하는 과정에서는 인간에게 친근한 신격체의 모습을 구현하려고 노력하였을 것이다. 남매형제들 중 두 명이 신이 된다고 함으로써 제사나 숭배의 당위성을 표현함과 동시에 인계와 신계의 친밀성도 나타내고 있다.

쩌우족 신화에는 불의 기원이나 새의 부리가 짧고 평평하게 된 유래에 관한 이야기가 전해진다.

사람들이 파툰쿠오누(위산)에서 홍수를 피할 때, 불씨가 모두 꺼져버렸다. 이에 코요이세라는 새를 파견하여 불씨를 찾아오도록 했는데, 코요이세 새는

---

23 林道生(2004), 『原住民神話故事全集 5』, 漢藝色研, p.97.

비록 불씨를 찾았지만 비행 속도가 너무 느려 불이 새 부리에 닿아 타들어가자 아픔을 참지 못하고 불씨를 그만 포기해버리고 만다. 이에 사람들은 다시 우혼구라는 새를 파견하여 불씨를 취하게 했는데 그 새는 매우 빨리 날아서 순조롭게 불씨를 가지고 돌아왔다. 이후 사람들은 불씨를 갖게 되고 음식도 삶아서 먹을 수 있게 되었고 불을 피워 따뜻함을 누리기도 하였다. 우혼구라는 새는 불씨를 가져오는 데 공이 있어서 특별히 그 새가 밭에서 곡식 알갱이를 쪼아 먹을 수 있도록 허락을 하였지만 코요이세 새는 오직 밭 주변에서 먹을 것을 찾을 수밖에 없었다. 이 두 새의 부리 끝이 모두 짧고 평평한 형상은 바로 불씨를 취할 때 불에 타서 남은 흔적이었다.

人們在(Patunkuonu)(玉山)躲避洪水的時候, 火種都斷絶了, 就派遣了(koyoise)鳥尋找火種, (koyoise)鳥雖然已經找到火種, 但是因爲飛行的速度太慢, 火燒到牠的嘴邊, 牠忍不住痛, 就放棄火種. 人們又派了(uhngu)前去就火種, 牠飛的很快, 順利的帶火種回來, 從此大家又有火種, 可以用來煮食物, 烤火取暖了. 因爲(uhngu)鳥取回火種有功, 使特別容許牠在田裏啄取穀粒, 而(koyoise)鳥只能在田邊見食. 這兩種鳥的嘴尖都是短而平的形狀, 那就是取火種的時候燒過的痕迹.[24]

홍수로 인한 불씨의 단절과 사람들의 새를 통한 불씨의 획득, 그리고 새 부리가 짧고 평평한 이유는 불에 탔기 때문이라는 서술 등을 결합시켜 자연계 성분과 동물의 형상에 대한 유래를 신화적으로 독특하게 설명하고 있다. 이 신화 고사를 통해서 아리산 지역에 거주하는 쩌우족이 그곳의 고산인 위산玉山을 동방의 성산으로 여기고 있음도 알 수 있다.[25]

부눙족에게도 이와 유사한 새와 관련된 불의 기원, 새의 모습과 그 소리의 유래에 관한 신화 고사가 전해지고 있다.

예전에 아름다운 타이완 섬에 큰 비가 내려 강물이 범람하고 홍수로 인해 사람들의 집과 밭을 삼켜버렸다. 산으로 도망간 고산족들은 황망히 도망가느라 불씨를 챙기지 못해 추위와 배고픔에 떨었다. 돌연히, 하늘에서 몇 마리 새

---

24 王嵩山(2011), 『臺灣原住民-人族的文化旅程』, 遠族文化事業, p.44.
25 물론 새 대신 산양이 자원해서 물을 건너 불씨를 취해온다는 이야기도 전해진다. 陳千武 (1991), 『臺灣原住民的母語傳説』, 臺原出版社, p. 264

가 날아왔는데, 이는 신이 사람들의 위난을 보고 도와주러 파견한 것이었다. 마지막으로 카이피사라는 새가 경쾌하게 비상하여 바다를 건너 위산으로 올라가 사람들이 필요한 불씨를 물고 산으로 돌아왔고, 사람들은 드디어 불씨를 얻었다. 지금 카이피사 새의 부리가 여전히 붉은 색이고, 울 때 내는 소리가 옷이 불탈 때나는 소리와 흡사한 것은 대체로 부리로 불씨를 물어서 가져온 것과 관련이 있다.

從前, 美麗的臺灣島上大雨傾盆, 江河氾濫, 洪水淹沒了人們的房子和田地. 逃到山的高山族, 因爲倉惶逃離, 誰也顧不得火種, 他們又冷又餓. 突然, 天上飛來了幾隻鳥兒來, 神見到人們的危難, 特地派了幾隻神鳥來幫助. 最後, 一隻名叫凱皮沙的鳥兒輕快地飛翔過海, 到玉山上後, 用嘴衛着人們急需的火種回到山, 人們終於得到火種. 現在, 凱皮沙鳥兒的嘴還是火紅的顏色, 鳴叫時發出的聲音, 就像衣服燃燒的聲音一樣. 大槪, 這些特徵都與它曾用嘴衛回火種有關係吧![26]

이 외에도 루카이족의 신화에는 홍수가 나자 사람들이 산으로 피신을 하였는데, 불을 찾아오려 했지만 불이 꺼져버렸고, 이에 파리가 손을 비비는 방법을 배워 나무를 비벼 불을 지폈다는 이야기가 있다. 파이완족 신화에도 홍수 때 남매가 나뭇가지를 잡고 생존하였지만 불씨가 없어져서 나뭇가지를 비벼 불을 만들었고 이때부터 음식을 삶을 수 있는 불이 생기게 되었다는 이야기가 있다.[27]

한편 아메이족阿美族에게는 은하수의 기원에 대한 신화가 전해지고 있다. 거인과 아들이 배를 저었는데 그 물살이 후에 변하면서 하늘의 은하수가 되었다는 내용이다.[28] 단조로운 이야기 구성이지만 아름다운 선율을 감상하는 듯, 또는 판타지 소설을 읽는 듯, 신화 속에서 고대 원주민의 순박하고 동심에 가득찬 상상력과 함께 그 예술적 정취를 한껏 감상할 수 있다.

---

26 陳國强(1980), 『高山族神話傳說』, 民族出版社, pp.35~36.
27 陳千武(1991), 『臺灣原住民的母語傳說』, 臺原出版社, pp.20~21.
28 達西烏拉灣·畢馬, 『邵族神話與傳說』, 晨星出版, p.112.

그리고 치미사奇密社 아메이족 사이에는 평야와 밤栗의 유래에 관한 고사가 전해지는데, 홍수 고사와 결합되어 있다는 점이 흥미롭다. 고사내용의 요점을 소개하면 다음과 같다.

> 태고시대에 신령 카카오모단 사파테록(Kakaomodan Sapaterok)이 아들 세라(Sera)와 딸 나카우(Nakaw)를 데리고 타우라얀(Tawrayan)으로 내려와 생활하면서 하늘에서 가져온 돼지와 닭을 사육하였다. 어느 날, 신령 카피드(Kafid)가 사파테록(Sapaterok) 집을 지나다가 돼지와 닭을 보고는 관심을 가지며 교섭을 하였지만 상대는 그 요구를 거절하였다. 카피드(Kafid)는 마음에 한을 품고 해신 등에게 사파테록(Sapaterok)이 어떤 재산도 가지지 못하게 도움을 요청하였다. 5일이 지난 후 카피드(Kafid)가 산 정상으로 피신하자, 바다에서 풍랑이 일면서 사파테록(Sapaterok)의 집을 삼켰고, 황망 중에 하늘로 피신하였지만, 아이들은 실종되고 말았다. 홍수가 물러나자 살아남은 아이들은 란가산(Langasan)이라는 곳으로 갔지만 그곳에 있던 카피드(Kafid)는 그들을 쫓아가기 위해 홍수를 숨겨놓았으나 물이 북쪽으로 흘러가는 바람에 산림과 언덕이 붕괴되어 평야를 형성하게 되었다. 이것이 화렌 지방 평원의 유래가 된다. 두 남매만 남게 되자 부득이 남매간에 결혼을 하고 부부가 되었지만, 신령의 징벌을 두려워하여 풀방석에 구멍을 뚫어 두 사람 사이에 놓고 가슴과 배 부분이 서로 접촉하지 않게 하였다. 얼마 지나지 않아 나카우(Nakaw)는 임신을 하였는데, 무슨 이유인지 몰라도 몸이 가렵기 시작했고 심지어 귀 안쪽까지 가려워서 손가락으로 파자 둥근 모양의 작은 알갱이顆粒가 나왔다. 이상하게 여겨 이를 땅에 버리자 이 알갱이들이 싹이 트고 과실을 맺었는데, 이것이 바로 밤의 유래가 된다.[29]

여기서는 홍수와 남매혼 유형의 이야기가 전체적인 맥락 속에 진행되면서, 기원에 관한 내용이 중간 중간 삽입되어 있다.

신들 간의 원한관계로 인해 해신이 풍랑을 일으켰고, 물로 인한 붕괴로 화렌 지방이 형성이 되었으며, 신의 아이들 간 결혼과 임신 중 귀에서

---

29 中央研究院民族學研究所 편역(2009), 『番族調査報告書第二冊』, pp.3~5에서 발췌 번역 인용.

나온 알갱이가 후에 자라서 밤이 되었다는 내용을 서술하고 있다. 화렌 지방은 아메이족의 주 거주지로서 자신들의 지역을 배경으로 기원고사를 만들어낸 것은 자연스러운 현상이면서도, 화렌의 고산과 협곡보다 주변 평원의 유래에 대해 이야기한 점은 다소 의아스러우면서도 흥미롭다.

이 고사에서 홍수의 원인은 신들 간의 원한 때문이고, 남매혼 후 괴태 출산이 아닌 임신 중 귀에서 알갱이가 나왔다는 이야기도 특이하다.

아메이족 신화에는 불의 기원과 꽃사슴의 모습에 대한 내용도 있다. 계속해서 란가산(Langasan)이라는 지역과 나카우(Nakaw)라는 여인이 등장하고 있다.

> 세라(Sera)와 나카우(Nakaw)가 절구통에 들어가 란가산(Langasan)에 도착한 후에 작은 칼을 돌에 부딪쳐 불을 얻은 이후에 많은 동물들이 불을 취하는 시합을 하였는데, 최후에는 꽃사슴花鹿이 불을 안전하게 가져왔다. 사람들은 이를 칭찬하기 위해 기쁜 마음으로 손으로 그 몸을 쓰다듬어주었고 이에 꽃사슴의 체형이 예쁘고 또 광택이 나게 되었다.[30]

동물과 사람의 교혼과 변형 내용이 쥐의 모습과 특징에 대한 기원 내용과 결합한 고사도 있다.

> 예전에 소녀가 있었는데, 매번 밭에 나갈 때는 타인과 동행하지 않고 혼자서 오고가서 부모가 이상히 여겨, 어느 날 부모는 딸의 뒤를 쫓아갔다. 딸이 숲속에서 나오는데 수많은 쥐들이 사방에서 나오는 것을 목격하자 부모는 놀라면서 재빨리 돌을 집어 들어 쥐에게 던졌다. 딸이 이에 화를 내며 "쥐는 나의 남편인데, 왜 쥐를 따라가 때리려하나요?"라고 말하고는, 쥐로 변하여 땅속으로 들어갔다. 이때 부모가 손으로 쥐의 꼬리를 잡자 돌연 꼬리가 끊어졌다. 이것이 쥐꼬리가 쉽게 끊어지게 된 연고이다. 당시 쥐들이 매우 화가 나서 이빨로 사람들의 곡식을 파괴하겠다고 맹세히었고, 이것이 시금 쉬늘이 인

---

30 中央研究院民族學研究所 편역(2009), 『番族調査報告書第二冊』, pp.71~72에서 발췌 번역 인용.

간에게 해를 입히게 된 연유인 것이다.[31]

그리고 루카이족에게는 영견靈犬, 신성한 도호陶壺, 소미小米의 기원에 대한 신화 고사가 전해진다.[32]

타이야족 신화에는 좁쌀의 유래에 대한 고사 내용이 다음과 같이 전해 진다.

> 태고시절, 거석이 갈라지면서 안에서 1남 1녀가 나왔고, 이어서 한 마리의 쥐가 뛰어나와 좁쌀 한 톨을 던져놓고 도망가 버렸다. 두 사람은 그것이 무슨 물건인지 몰라서 좁쌀을 주운 후 반으로 쪼개어 푹 삶은 후 이를 씹어서 돌 앞에 심으니 다음 해에 수확이 풍성하였다. 이후 좁쌀의 재배는 지금까지 이 어져오고 있다.
>
> 太古時候, 巨石崩裂, 裏面走出一男一女來. 接着, 有一隻老鼠跑來放了 一粒小米之後便跑到. 二人不知其爲何物, 乃將小米拾起, 分成兩半, 將之 煮熟後, 嚼一嚼後又播種在石頭前. 第二年便收穫甚豊, 小米的栽植至今 不絶.[33]

타이야족 신화에는 문신의 유래에 관한 고사도 전해진다. 세상에 남매 두 명만 남았는데, 후에 동생이 배필을 찾지 못하자, 누나가 얼굴에 문신을 하여 모습을 숨긴 채 결혼을 하여, 남매는 부부가 되었으며, 문신을 한 후에 결혼을 하는 풍습은 바로 이러한 원인에서 비롯된 것이라고 한다.

> 옛날에, 세상에는 남매 두 사람만이 있었다. 남동생은 결혼 적령기에 이르 렀지만, 결혼할 대상을 찾을 수 없었다.…… 약속한 날에 이르자 누나는 얼굴 에 염료를 사용하여 문신을 한 후 먼저 삼거리의 나무그늘 아래에서 동생을 기

---

31 中央研究院民族學研究所 편역(2009), 『番族調査報告書第二冊』, p.72에서 발췌 번역 인용.
32 林道生, (2002), 『原住民神話與文化賞析』, 漢藝色硏, p.130, p.135, p.139.
33 王嵩山(2011), 『臺灣原住民-人族的文化旅程』, 遠族文化事業, p.55.

다렸다.…… 남동생이 약속한 정소에 이르자 과연 누나가 말한 대로 한 문신을
한 여인이 그곳에서 기다리는 것을 보았다. 그는 그녀를 데리고 집으로 돌아가
결혼을 하여 부부가 되었다. 이후부터 그들의 자손들이 증가하였다. 얼굴에 문
신을 한 후 시집을 가는 풍습은 바로 이러한 유래에서 비롯된 것이다.

很早以前, 世界只有姐弟兩個人. 弟弟到了該結婚的年齡, 找不到對象
可以成親. ……到了約定的日子, 姐姐在臉上刺染紋身, 先到岔道的樹蔭
下坐着, ……弟弟來到約定的地點, 果然看到姐姐所講的, 一個紋身的女人
等待在那兒. 他便帶她回家成親, 做夫妻了, 從此, 他們的人口就增加了.
文面之後才嫁人, 便是因爲這種原因而開始的.[34]

타이야족은 이밖에도 사망이라는 운명에 대한 유래가 담긴 신화도 남
아있다. 즉 예전에 부친이 아들에게 일을 시켰는데 게으른 아들이 일을
하지 부친에게 실망을 주었고, 이후 부친도 사망하게 되고 그 자손들도
늙어서 죽게 되는 운명을 맞았다는 내용이다. 일종의 교훈이 담긴 고사
라고 할 수 있다.[35]

그리고 부능족 신화에는 몽롱한 달빛의 유래와 개가 말을 못하게 된
유래에 관한 이야기도 전해진다. 우선 밤하늘에 걸려있는 달빛이 몽롱하
게 된 이유는 화살을 맞은 태양이 변한 거인이 인간에게서 받은 수건으
로 피가 흐르는 눈을 닦으면서 남은 흔적 때문이라고 한다.每晚懸掛在天際
的朦朧月色, 據說就是當初族人給巨人(kulig-daigaz)(被子), 擦拭那流血的眼睛所遺下來
的痕迹.

아울러 개는 원래 세상에 없었는데, 거짓말을 잘하는 사람이 끊임없이
거짓말을 하자 분노한 사람들이 그의 혀를 잘랐고 이에 그 거짓말쟁이는
한 마리 개로 변하였으며 혀도 없었기에 말도 하지 못했다고 한다.世上本

---

34 王嵩山(2011), 『臺灣原住民-人族的文化旅程』, 遠族文化事業, p.141. 여동생과 오빠의
결혼 과정에서 모습을 감추기 위해 했던 여동생의 얼굴 문신이 후에 여성의 결혼 전
얼굴 문신 습속의 유래가 되었다는 내용도 있다. 陳國强(1980), 『高山族神話傳說』, 民族
出版社, pp.3~5.
35 林道生 編著(2004), 『原住民神話故事全集 4』, 漢藝色硏, p.292.

是沒有狗的, 狗是一個人說謊的下場. 他們憤怒的把他的舌頭割了下來, 讓他永遠都無法說
話. 後來他變成了一隻狗, 這也是爲什麼狗不會說人話的原因.[36]

이와 함께 부눙족은 혈족혼 금지와 일부일처제의 유래에 관한 이야기
도 전해진다.

> 옛날에는 여자가 많고 남자가 적어서 젊은 남자들은 다투어 여자를 찾아가
> 는 데만 정신이 팔려 농사일을 소홀히 했다. 그 당시에는 남녀 간에 혈족혼
> 금기가 없어서 상대가 누이이건 조카건 마음만 맞으면 관계를 맺었다. 어느
> 날 이러한 행위에 대해 마침내 신이 책망을 하였고, 이에 어떤 사람은 원숭이,
> 사슴, 또는 칼린리히(kalinlihi)와 파파투시(papatusi) 등 새로 변하였고 심지어
> 현장에서 도망치지 못한 사람들은 판시살(pansisal)과 파쿨란(pakulan) 등 나
> 무로 변하였다.…… 이때 선조들은 크게 깨달음을 얻고 바로 동성혼을 금지하
> 고 아울러 일부일처제를 제정하였다.
>
> 古時候, 女少男多, 年輕男子常因爭相找女子玩樂而怠忽農事. 那時,
> 男女之交亦無血族關係之忌諱, 不管對方是姊妹, 還是姪女, 只要喜歡可
> 與之燕好. 有一天, 這種行爲終於遭到神的譴責, 有人因此變成猴子, 鹿,
> (kalinlihi)和(papatusi)等鳥類, 甚至有些來不及逃離現場的人, 變成了
> (pansisal)和(pakulan)等樹木.…… 此時, 祖先們才恍然大悟, 立刻嚴禁同
> 姓結婚, 並制定了一夫一妻的制度.[37]

싸치라이야족 신화에는 바다와 육지의 경계선의 유래에 관한 고사가
전해지고 있다. 바이 로바스(Bay Robas)가 철봉 지팡이를 짚으며 딸을
찾아 상자가 표류하는 방향으로 갔지만 딸을 찾지 못하자, 철봉 지팡이
를 던지면서 바다를 향해 "지팡이를 경계로 해서 바닷물이 침범해 들어
와서는 안 된다."라고 말한 후 바다와 육지의 경계선이 만들어졌다는 내
용의 고사이다.[38]

---

36 余錦虎(2002), 『神話祭儀布農人』, 晨星出版, p.77, p.203. 또한 陳千武(1991), 『臺灣原住
　民的母語傳說』, 臺原出版社, p.88 참조.
37 中央研究院民族學研究所 편역(2008), 『番族調查報告書第六冊』, 中央研究院民族學研
　究所, p.176.

이밖에도 철기의 유래에 관한 고사 등 타이완 원주민 신화 속에는 기원과 유래 관련 고사가 적지 않다. 거의 대부분의 원주민 종족들이 나름대로의 사물이나 현상의 기원이나 유래에 관한 고사를 간직하고 있다. 이는 타이완 원주민의 자연과 만물의 기원에 대한 원초적 호기심과 탐구 정신이 강했음을 간접적으로 보여주는 증거라고 할 수 있다. 아울러 기원고사를 통해 원주민의 신화 속에 담긴 관찰력과 상상력, 그리고 예술성도 풍부했음을 재차 확인할 수 있다.

4. 선악 모티프

타이완 원주민 신화 중에는 오로지 싸이샤족과 쩌우족 신화에서만 선악 모티프와 같은 개념 신화가 존재하고 있다. 선악 그리고 선령과 악령의 존재에 관한 이야기는 그들의 죽은 자의 영혼에 대한 깊은 믿음 즉 조상숭배 사상에 기인하는 것으로 판단된다.

싸이샤족 신화에 다음과 같은 내용이 전해지고 있다.

> 사람이 사망 후에는 영혼 아본(abon)[39]이 하본(habon)으로 변하는데 이 하본은 스카스(skas), 선악, 힘의 대소, 길흉화복의 능력을 갖추고 있다. 그래서 사람은 하본(habon)에게 잘 대하고 복을 기구해야 한다. 하본 중에는 선령인 이나 카이자 하본(inna kaiza habon)과 악령인 이나 아우하이 하본(inna auhai habon)이 있는데, 전자는 병사하거나 선하게 죽은 자의 영혼이고 후자는 머리를 잘리거나 물리거나 횡사한 영혼이다.[40]

---

38 "(Bay Robas)以鐵棒作爲手杖, 跟著箱子漂流的方向找尋女兒, 後來到了秀姑巒溪口的 (Maketaay)仍末找到女兒, 於是丟下鐵棒向海說: '以手杖爲界, 海水不可侵犯過來', 於 是形成海陸界線." 百度(baidu)에서 발췌.
39 원주민들은 꿈을 꾸는 것은 영혼 아본(abon)이 몸을 벗어나 사방으로 돌아다니기 때문이라고 여기고 있다.
40 林道生(2002), 『原住民神話與文化賞析』, 漢藝色硏, p.41.

죽은 자의 영혼은 선과 악의 두 신령으로 나뉘며, 이들에게 잘 대하면 복을 내려주고 그렇지 않으면 재앙이 따를 수 있다는 취지의 이야기이다.

이러한 조상 영혼에 대한 일종의 숭배와 예의 갖춤은 원시신앙 중 영육분리靈肉分離 사상에서 출발한다. 고대인들은 사람이 죽으면 영혼과 육체가 분리되어 영혼은 하늘로 올라가고 육체는 땅에 내려오며, 하늘로 올라간 조상의 영혼은 지속적으로 후손에게 선과 악으로 영향을 미치기 때문에 조상에 대한 예의를 갖춘 제의 행위와 올바른 삶의 자세를 지녀야 한다고 믿었다. 여기서도 사람이 죽으면 영혼이 육체로부터 분리되어 선령과 악령이 된다는 표현에서 그 원시 사상의 일단을 읽을 수 있다.

한편 쩌우족의 원시 신앙에 의하면, 영혼과 정령 외에 신기神祇가 있는데, 이는 다시 선신과 악신이라는 두 부류로 나뉜다. 선신 중에는 상신과 하신이 있는데, 상신은 생명을 관장하고 악신은 사람 생명을 위해한다.

또한 파이완족의 신앙에도 사람이 죽으면 그 영혼이 사령死靈이 되는데, 사령에는 선악 두 가지로 나뉘고, 선하게 죽은 자는 선령이 되어 다우산의 신령의 고향으로 돌아가 조령祖靈이 되고, 횡사하거나 악하게 죽은 자는 그 영혼이 악령이 되어 사지에서 배회하며, 어린아이가 요절할 경우에는 태양이 머무는 곳으로 가서 재차 생을 부여받는다는 믿음이 있다.[41] 이러한 사유방식은 신화 고사에도 나타나는데, 예를 들면 선신 니푸누신妮卜努神은 인간을 창조하고 갱생시키고, 악신은 음식이나 술을 이상하게 만들고 사람을 실수로 죽인다는 내용이 나온다.

동물세계에도 선악 구분이 있다. 악한 장어가 인간을 해치는 행위에 대해 선한 게가 의거를 일으켜 장어를 물리치고 홍수를 없애고 대지를 다시 복원시킨다는 이야기가 있다.[42] 선과 악의 대결로 이야기를 구성하

---

41 王嵩山(2011), 『臺灣原住民-人族的文化旅程』, 遠族文化事業, pp.42~43.
42 林道生(2002), 『原住民神話與文化賞析』, 漢藝色研, pp.94~95. 林道生(2004), 『原住民神話故事全集 5』, 漢藝色研, pp.72~73.

고 있다.

한편 싸치라이야족 신화에는 그리스 로마 신화에 자주 등장하는 개념 신 중 지혜의 신이 묘사되어 있다. 매일 팽이 제작에 힘을 쏟아 밭일은 소홀히 한 보통(Botong)이라는 인물이 팽이를 완성 한 후 팽이를 활용하여 논밭을 개간하였고, 후에 작물 재배 방법과 제사의 예절 등을 가르쳐서 사람들로부터 지혜의 신智慧之神으로 호칭되었다는 이야기다.[43] 지혜, 사랑, 질투 등 개념에 관한 신화가 그리스 로마 신화에 자주 등장하지만 중국의 경우 한족 신화가 아닌 소수민족이나 타이완 원주민 신화에서나 간혹 볼 수 있다.

이처럼 원주민 신화에는 선과 악의 대립이라는 측면이 강조된 신화나 지혜의 신 등 개념 신화 형태들이 존재하고 있다. 중국 대륙 나시족納西族의 신화 중 선악 모티프 등의 개념 신화가 존재하는 사실 외에는 거의 찾아보기 힘들다는 점에서 타이완 원주민의 개념 신화는 특징적인 부분으로 평가된다.

5. 왜소인 모티프

타이완 원주민 신화 중에는 왜소인矮小人(taai) 모티프 고사가 있다.[44] 왜소인은 타이완 원주민 이전에 5만 년 전에 이주해온 사전인史前人에 이어 타이완에 정착했던 종족으로서 오키나와 유구인琉求人과 친연 관계가

---

43 '但他每天都埋首於陀螺的制作而荒廢了田裏的工作, 後來陀螺做好後, (Botong)來到田裏, 將陀螺轉動, 田地頓時便完成了開墾. 後來, (Botong)教授族人許多有關耕種的技術與祭祀的禮儀, 因此被後人稱爲'智慧之神''. 百度(baiu)에서 발췌.

44 왜소인 이름에 대해서는 각 종족마다 다르게 부르고 있다. 예를 들어 타이야족은 시싱우(sisingu), 싸이더키족은 신송옷(sınsongot), 싸이샤족은 타아이(taay), 쩌우족은 사유티수(sayutisu), 부눙족은 사오오소(saooso), 가마란족은 징잇(zingit), 루카이족은 응우톨(ngutol), 파이완족은 수구둘(sugudul), 사오족은 슐리리툰(shlilitun)이라고 부른다. 李壬癸(2011), 『臺灣南島民族的族群與遷徙』, 前衛出版, pp.184~185.

있으며, 200년 전 무렵 절멸된 종족이라는 설이 있다.[45] 현재 인도네시아에 거주하는 네그리토스(Negriitos) 종족과 매우 유사하다고 하지만, 여전히 이들의 기원이 아시아 동남부의 남아시아민족인지 먀오야오족苗傜族인지 남방 오스트레일리아 토착민족인지 뉴기니의 파푸아(Papuan)민족인지 알기는 힘들다. 이들은 소왜인小矮人, 왜흑인矮黑人, 소흑인小黑人, 왜족矮族, 왜인矮人 등으로도 불렸으며, 이들 이후 원주민과 평포족 그리고 대륙 한족들이 타이완에 이주해오게 되었다고도 한다.[46]

이들 왜소인들을 현재는 찾아볼 수는 없지만 야메이족을 제외하고는 타이야족, 싸이샤족, 가마란족, 부눙족, 쩌우족, 사오족, 파이완족, 루카이족, 아메이족 등 9개 원주민 종족 신화 속에, 그중에서도 싸이샤족, 쩌우족, 부눙족, 파이완족 신화 속에 이들에 관한 자취가 많이 남아있다.[47]

그중에서도 싸이샤족은 전래 신화와 함께 21세기인 현재까지도 왜소인에 대한 제의행사인 바쓰다아이왜령제전巴斯達隘矮靈祭典을 지내고 있다. 왜소인과 싸이샤족은 일찍이 밀접한 교류가 있었고, 이러한 가운데 쌀이나 조 등의 곡물은 왜소인들이 전해준 것이라는 믿음을 예전부터 가지고 있다.

싸이샤족의 진술에 따르면, 고대로부터 왜소인이 존재했었고, 현재의

---

45 인류학자들은 태평양 서쪽 연안지역의 화산도서들, 즉 일본, 오키나와, 타이완, 필리핀, 인도네시아 원주민은 모두 왜소인 종족으로서 지금은 필리핀에 약 4만여 명의 왜소인이 남아있고 인도네시아와 말레이반도, 인도 남부, 북부, 뉴기니, 남양군도 등지에도 약간의 종족이 남아있으며 북반구 일본이나 타이완에서는 거의 절멸된 것으로 파악하고 있다. 達西烏拉彎 畢馬(2003),『賽夏族神話與傳說』, 晨星出版, pp.78~81.

46 李壬癸는 전설상의 왜소인이 허구인지 아니면 사실상 존재했던 종족인지에 대해서는 좀 더 연구가 필요하다고 주장한다. 李壬癸(2011),『臺灣南島民族的族群與遷徙』, 前衛出版, p.190.

47 예를 들면 부눙족 고사 중의 싸두쒀薩都索(Sadoso), 쩌우족 고사 중의 싸여우쯔薩由茲(Sayutsu)와 카와우커卡渥烏河(Kavovua), 파이완족 고사 중의 구루얼古魯爾(Ngurur), 타이야족의 신구쯔辛古茲(Sin-gulsu), 신신辛辛(Singing), 치구이齊古伊(Tsikuitsikui) 등은 왜소인 관련 이야기다.

신주新竹 산속 동굴에서 거주하며 수렵생활을 하였고, 싸이샤족과 왕래를 하면서 싸이샤족에게 농사, 노래, 춤, 수확, 무술巫術의 기교와 제배의 예의 등을 가르쳤다고 한다.[48]

싸이샤족 사이에 전해지는 왜소인矮小人과 관련된 고사내용을 요약하면 다음과 같다.

> 소왜인 타아이(Taai)는 초목 속 바위 동굴 안에 거주하였는데, 지혜가 뛰어나고 능력이 좋으며 가무를 좋아했다. 하지만 호색 음란하여 싸이샤족 여인을 간음한 후 종적을 감추고 현장을 빠져나갔다.[49]

싸이샤족 신화 중에 묘사된 이 민족은 신체가 왜소하고 행동이 민첩하며 지혜와 능력이 뛰어나다. 실제로 왜소인은 피부색이 비교적 검고 곱슬머리로서, 이들은 바위 동굴에 거주하며 활을 무기로 활용하고, 수영을 잘 하며 문신의 습속을 지니고 있었다고 한다.

왜소인은 일찍이 싸이샤족과 협력하면서 경제생산 활동을 하였지만 한 차례 충돌이 일어난 후 싸이샤족이 왜소인들을 모두 소멸시켰다고 한다. 이후에는 왜소인들의 귀령들이 날뛰는 것을 막기 위해서 매년 왜소인들의 영혼과 소통하는 의식인 왜령제矮靈祭인 파스타아이(Pastaai)를 신령을 맞이하는 영령迎靈, 신령을 즐겁게 해주는 오령娛靈, 신령을 보내는

---

48 達西烏拉彎 畢馬(2003), 『賽夏族神話與傳說』, 晨星出版, pp.88~89.
49 林道生, 『原住民神話與文化賞析』, pp.38~39. 왜소인들은 이처럼 성품이 호색하고 오만무례하여 춤을 출 때를 이용하여 싸이샤족 여인을 건드리고, 밤에는 심지어 싸이샤족 여인들을 유인하여 간음을 하기도 했다고 한다. 후에는 왜소인들이 싸이샤족에게 도움을 주기도 했지만, 능욕을 당한 여인들이 늘어나면서 인내의 한계를 느끼고 계략을 세워 왜소인들을 노이게 하고는 술을 마시게 한 후 대부분의 왜소인을 죽였고 이에 일부만이 살아남아 산속으로 도망쳤다. 후에 왜소인들의 저주에 두려움을 느낀 싸이샤족들은 매번 수확 때마다 왜소인들에게 제배를 올리며 용서를 빌었다. 達西烏拉彎 畢馬(2003), 『賽夏族神話與傳說』, 晨星出版, pp.89~90.

▲ 싸이샤족 전통 가옥(필자사진)

송령送靈의 세 단계로 나누어 거행한다고 한다.[50]

르웨탄日月潭에 위치한 구족문화촌(Formosan aboriginal cultural village)을 방문하여, 싸이샤족 원주민을 만나 면담해보면, 이상의 신화고사와 유사한 이야기를 전해주는 것을 확인할 수 있다. 싸이샤족 원주민의 말에 따르면, 싸이샤족은 타이야족과 이웃으로서, 주변에는 왜소인들이 살고 있었으며, 지금은 멸족하였지만 당시에는 싸이샤족 여인들을 종종 탐했다고 한다. 그리고 전통 주거지의 집안 주방을 보여주면서 주방에 아궁이가 두 개가 있는데, 그중 하나는 왜소인들이 사용할 수 있는 왜소인 용이고 나머지 하나는 자신들이 사용하는 아궁이라고 설명하고 있다.[51]

이어서 가마란족의 왜소인 관련 신화 내용은 다음과 같다.

> 왜인들은 강건했지만, 키가 작았다. 왜인들은 사다리를 타고 가지를 채집하였다. 왜인들은 활과 화실을 휴대하고 다니면서 싸울 때는 소의 발굽 자국에

---

50 王嵩山(2010), 『臺灣原住民－人族的文化旅程』, 遠族文化, p.142. 여기서 신령을 위한 제의 의식을 보면, 무가巫歌라고 할 수 있는 『楚辭·九歌』에서 신들을 영접하고, 즐겁게 한 후 보내는 제의의 순서와 유사하다. 무속적 제의 형식으로 보인다.
51 왜소인 전설에 관해서는 『臺灣原住民－人族的文化旅程』, p.142 참조.

▲ 싸이샤족 여인과 필자

숨고는 했다.
　矮人强壯, 但個子小. 矮人拿梯子採茄子. 矮人携帶弓箭, 打仗時躲在牛
蹄脚印處.[52]

　이밖에도 왜소인들이 음식을 훔쳐가거나 어린아이를 죽이거나 소녀를
겁탈하는 등 나쁜 짓을 하거나 부눙족과 전쟁을 치룬다는 쩌우족 이야
기, 나무를 잘 타고 숲속에 잘 숨는다는 왜소인과 부눙족 선조 간의 악연
을 묘사한 부눙족 이야기, 키는 작지만 민첩하고 칼을 차고 다니는 왜소
인(shinshingu, misinsigot)이 여러 부녀자들을 겁탈하고 후에는 쫓겨간다
는 타이야족 이야기, 왜소인들이 사람을 죽여서 분노한 마을 사람들이
그들을 전부 소탕한다는 싸이더커족 이야기, 왜소인이 마을사람과 결혼
하고 대낮에도 애정행각을 벌인다는 루카이족 이야기, 왜소인이 파이완
족과 친선관계를 유지하면서 통혼한 후 점차 동화된다는 파이완족 이야
기, 활을 잘 쏘는 왜소인과 전쟁을 치룬 후 그들을 전멸시킨다는 아메이
족 이야기, 왜소인을 타파한다는 사오족 이야기 등 종족 별로 왜소인 관

52　李壬癸(2011), 『臺灣南島民族的族群與遷徙』, 前衛出版, p.165.

련 고사가 많이 전해지고 있다.[53]

타이완 원주민들의 왜소인 관련 고사를 보면 공통된 특징을 발견할 수 있다. 그 내용을 정리하면 다음과 같다.[54]

1) 왜소인은 산속이나 숲속, 또는 편벽한 곳에 거주한다.
2) 왜소인은 산 동굴이나 지하에서 생활한다.
3) 왜소인은 집단적으로 같은 가옥에서 생활한다.
4) 왜소인 키는 작고 피부가 검으며 머리는 곱슬이다.
5) 왜소인은 활을 잘 쏘고 화살촉은 돌, 동물의 뼈, 또는 철로 만든다.
6) 왜소인은 들짐승을 사냥하고 머리 베기 풍속이 있다.
7) 왜소인은 몸은 작지만 강건하고 행동이 민첩하며 신출귀몰하여 붙잡기가 어렵다. 원숭이처럼 나무를 잘 타고 수영을 잘 한다.
8) 왜소인은 타고난 기술을 지니고 손재주가 많다.
9) 왜소인은 노래 부르기를 좋아하고, 초인적 능력을 지니고 있다.
10) 사람들과 친선관계를 유지하면서도 때로는 간음, 호색 등 나쁜 짓을 하기도 한다.
11) 타이완 원주민들은 한때 왜소인들로 인해 곤욕을 치렀지만 마지막에는 그들을 전멸시키거나 다른 곳으로 쫓아낸다.
12) 왜소인들은 거의 모두 소멸되었고, 극히 일부 지역에서만 그 잔재나 흔적이 남아있다.

6. 재생 및 기타 모티프

파이완족 신화 중에는 여인이 사망한 후 새 → 뼈 → 대나무 → 의자를 거쳐 여인으로 재생(rebirth)한다는 재생 모티프 이야기가 있다.

저녁을 먹을 때, 디커라커라어의 숟가락은 불가사의하게도 퍼내면 전부 뼈였고, 이에 그녀는 화가 나서 뼈를 정원에 던져버렸다. 얼마 지나지 않아 버려진 뼈는 모두 아름다운 대나무로 자랐다. 보아하니 매우 진귀하여 사카

---

53 李壬癸(2011), 『臺灣南島民族的族群與遷徙』, 前衛出版, pp.159~184.
54 李壬癸(2011), 『臺灣南島民族的族群與遷徙』, 前衛出版, pp.189~190.

주양은 문을 나설 때 여러 번 이 아름다운 대나무를 자르지 말라고 말해두었다. 하지만 그날 밤 사냥을 마치고 돌아온 사카주양은 대나무가 이미 베어져 정원에 버려진 것을 보게 되었다. 이에 디커라커라어에게 책하여 묻자, 그녀는 바람이 불어 잘려나간 것이라고 말하였고, 사카주양은 많이 아쉽지만, 잘린 대나무로 대나무의자를 만들었다. 하지만 이 의자 역시 아주 기과하여 디커라커라어가 한번 앉으면 바로 넘어갔다. 이에 디커라커라어의 질투를 불러일으켜 그 의자는 불태워졌다. 이때 지나가던 한 노인이 불타는 의자를 보고는 손을 뻗어 불길 속에서 전병을 꺼내 상자에 담아 토산품으로 삼아 손자에게 보냈다.

晚餐時, 荻克拉克拉娥的湯匙議不可思議的舀到的都是骨頭, 她便生氣的把骨頭都丟棄到庭院. 不久, 被丟棄的骨頭都長成了美麗的竹子, 看起來很珍貴, 沙卡久樣出門時一再交代絶不要砍了這些美麗的竹子. 但是那天傍晚打獵回來的沙卡久樣看到竹子已經被砍斷丟棄在庭院了, 便責問荻克拉克拉娥, 她表示是被風吹斷的, 沙卡久樣覺得可惜而把它作成竹椅子. 可是這椅子也真奇怪, 荻克拉克拉娥一坐上去就倒了, 這又引起荻克拉克拉娥的嫉妒吃醋, 就把它給燒了. 這時, 經過的一位老人看著燃燒的椅子, 伸手從火中拿出一個餠放入盒子裡要當成土産送給孫子.[55]

고사 속 재생의 과정이 다양하고 복잡하게 전개되는 점이 특징적이다. 이처럼 동식물과 심지어 무생물로까지 변형되는 이야기는 그들의 토템의 다양함과 더불어 삼라만상과의 조화로운 연계를 바라는 사고방식을 잘 보여주고 있다.

아메이족 신화에도 부친이 아들 형제의 실수로 죽임을 당하자 그 원령怨靈이 과일나무 속 아이로 재생하여 원한을 갚는다는 고사 내용이 담겨있다. 환생還生을 통한 재생 모티프라고 볼 수 있다.[56]

타이완 원주민 중에서도 베이난족卑南族의 신화 속에 무속적 요소가 강하게 배어있다. 지금도 여전히 베이난족 사회에서는 무사巫師 계층이 상당한 영향력을 가지고 있다. 조산부의 역할, 출생한 영아의 첫 축복자

---

55 林道生(2004), 『原住民神話故事全集 5』, 漢藝色硏, p.106.
56 林道生 編著(2003), 『原住民神話與文化賞析』, 漢藝色硏, p.125.

역할을 하는 등 그들 사이에서는 숭고할 정도이며 결코 홀시할 수 없는 지위를 가지고 있다. 그래서 그들의 신화 고사에는 이러한 무속적 성분이 종종 반영되어 있다.

예를 들어 조모의 저주와 같은 고사는 초자연 신앙 중 무술의 저주 법술이 강조된 이야기이다. 그리고 무술을 동원하여 땅을 어둡게 하고 지진을 일으켜 인간에게 보복하는 이야기도 전해진다.

베이난족 외에 파이완족, 루카이족, 쩌우족 등 종족들도 무속신앙과 함께 무당들의 존재가 남아있으며, 신화 고사에서도 그 일단을 발견할 수 있다.

▲ 파이완족의 제사 모습
　(출처: 『臺灣原住民藝術田野筆記』)

▲ 파이완족 조령옥의 조령주(출처: 『臺灣文化』)

▲ 파이완족의 무당 모습(필자사진)

▲ 베이난족 여자 무당 가옥(필자사진)   ▲ 루카이족 여자 무당과 남자 두목상

▲ 쩌우족 무당(출처: 『臺灣文化』)

한편 타이완 원주민 신화 중에는 타 민족 신화에서는 찾아보기 힘든 모
티프인 머리 베기出草, 獵人頭 모티프가 등장한다.[57] 이는 과거에 원주민 종
족 사이에 있었던 그들의 머리 베기 관습이 반영된 것으로 보인다. 출초出草
또는 엽두獵頭라고도 불리는 머리 베기 풍습은 당시 원주민들의 시각에서
볼 때는 하나의 관습이었다. 특히 타이야족 등은 머리 베기는 선조들이 남
겨준 관습을 봉행하는 것으로서, 조령祖靈의 역량을 증강시키고, 머리를 베
인 영혼 역시 조령의 행렬에 가입하여 사냥꾼의 보호신이 된다고 하는 믿
음을 지니고 있다.

---

57 타이완 원주민과 함께 남도어족에 속하는 필리핀과 인도네시아의 보르네오, 그리고 동티
모르에서 이러한 머리 베기 풍습이 상당히 보편화되었던 적이 있다. 李壬癸(2011), 『臺灣
南島民族的族群與遷徙』, 前衛出版, p.134.

▲ 파이완족의 머리 베기 풍습(필자사진)

▲ 타이야족의 머리 베기 풍습 그림

　그들에게 있어서 머리 베기는 현세에 있어서는 초자연의 비호와 관계
가 있으며 사후에는 영계靈界로 진입하는 보장이 된다. 이들 종족들은 과
거에 머리 베기 풍습은 적대적인 부락에 대해서만 소규모로 간헐적으로

▲ 타이야족의 머리 베기 풍습(필자사진)

행해지기에, 현대사회에 있어서 대규모의 국가 간 전쟁에 비교한다면 그
렇게 잔혹한 일인가? 라고 항변하기도 한다.

그들의 풍속과 관습은 어느 정도 존중되어야 하지만, 현대사회에서 살상
이라는 관습은 있어서는 안 될 것이다. 다만 그들의 머리 베기 풍습의
기원과 실상을 정확하게 아는 것이 그들의 문화를 이해하는 데에 도움이
될 것으로 사료된다.

이밖에 싸이샤족 신화에는 가끔씩 거인이 등장한다. 그런데 반고나 과
보와 같이 일반적으로 천지를 개벽하는 대역사를 진행하거나 태양과 힘
을 겨루는 불굴의 투지를 보이는 거인들은 긍정적인 신격체로 묘사되는
데 비해, 싸이샤족 신화 속 거인은 악인으로 묘사되어 제거해야 할 대상
으로 여겨진다는 점에서 특징적이다. 고사 속에는 거인은 막강한 힘을
가졌지만 나쁜 짓을 하여 사람들은 거인을 죽이기 위해 돌을 달구어 거
인의 큰 입에 넣어 내장을 태워 죽인다는 이야기가 전개된다.

또한 카마라와르(kamarawar)라는 거인의 생식기는 강물이 범람할 때
다리 역할을 하여 사람들이 강을 건널 수 있게 하곤 했는데, 여인이 건너
갈 때 거인이 나쁜 마음을 먹어 여인의 다리 사이로 생식기를 넣었고,

이에 분노한 여인이 기회를 엿보다가 고기잡이 작살로 생식기를 찔러 죽인다는 이야기도 전해진다.

여기서 싸이샤족들이 거인을 악인으로 보는 개념을 지니고 있음을 확인할 수 있다. 아울러 거인을 죽인 사람이 남자가 아닌 여자라는 점은 특징적인 부분으로 여성의 냉정함과 용기를 찬양하는 교육적 의미도 담겨있다고 할 수 있다.[58]

한편 타이야족 신화에는 신조神鳥인 실리릭(Sililik)이 등장한다. 타이야족이 사냥할 때 이 새의 비행 방향이나 울음소리를 통해 길흉을 점쳤으며, 새가 끊임없이 경고음을 낼 때는 화를 면하기 위해 사냥을 하지 않았다고 한다. 이 새는 예언을 하는 신조로서 여겨진 것이다.[59]

그리고 부능족 신화에는 금기(taboo) 관련 신화고사가 많이 등장한다. 예를 들면 사람이나 개가 재채기를 하면 모든 일을 중지하고 외출도 멈춘 후 일정 시간이 경과하거나 다음날 다시 계속해야 하는 금기가 있고, 하늘에서 하스-하스(has-has)라는 새가 왼쪽으로 비행하면, 모든 업무를 중단하고 바로 귀가해야만 화를 면할 수 있다는 금기 습속도 있다. 이러한 왼쪽으로의 비행은 사람이 사망하는 등 나쁜 일이 발생할 수 있다는 하늘의 경고라고 믿기 때문이다.[60]

싸치라이야족 신화 속에도 금기 관련 내용이 나온다. 보통(Botong)이라는 남자가 하늘나라의 집으로 돌아가려하자, 임신한 부인 사얀(Sayan)도 함께 가려하였고, 이에 보통은 하늘로 오를 때 계단을 밟고 올라가는데 절대로 소리를 내어서는 안 된다고 말을 한다. 하지만 부인

---

58 達西烏拉彎 畢馬(2003), 『賽夏族神話與傳說』, 晨星出版, pp.72~73, p.269. 싸이샤족 신화 외에 타이야족, 부능족, 파이오나족 신화에도 거인과 그의 죽음에 관한 고사가 있다. 陳千武(1991), 『臺灣原住民的母語傳說』, 臺原出版社, pp.59~60.
59 王嵩山(2011), 『臺灣原住民-人族的文化旅程』, 遠族文化事業, p.49.
60 余錦虎(2002), 『神話祭儀布農人』, 晨星出版, p.41, 53.

은 피곤해서 한 숨을 쉬었고, 이에 계단이 끊어지고 그녀는 땅에 떨어지면서 뱃속에서 사슴, 돼지, 뱀 등의 동물들이 튀어나왔다.[61] 이 고사 내용을 보면 금기를 어겼을 때의 징벌이 묘사되어 있다. 다른 한 편으로는 동물을 포함한 만물의 기원에 대한 설명으로 해석하는 것도 가능하다.

이상으로 변형, 교혼, 선악, 기원 유래, 왜소인, 재생, 무속, 머리 베기出草, 거인, 신조의 예언, 금기 모티프 고사들을 서술하였다. 그중 선악이나 지혜, 사랑과 같은 개념 신화는 중국에서는 윈난雲南 소수민족인 나시족納西族 신화 외에는 찾아보기 힘들다는 사실에 비추어 쩌우족鄒族과 싸이샤족賽夏族의 개념 신화인 선악 고사는 상당히 희귀한 자료로 평가된다.

그리고 타이완 원주민 신화 중 기원 유래 관련 고사가 많다는 사실에서는 사물이나 현상의 기원에 관한 원주민들의 강한 지적 호기심과 함께 그들의 신화적 탐구 노력을 엿볼 수 있다.

---

61 "3年後, (Botong)要回家。但(Sayan)已有身孕, 想跟隨他回家. (Botong)的家在天上, 必須攀登梯子. 便吩咐她在登梯時決不可以出聲. 兩人爬呀爬, 就在正要登上天時, (Sayan)因爲疲勞而歎氣, 這時梯子突然斷裂, 她摔落地上, 從她破裂的肚子裏跑出了鹿、豬、蛇等動物.", 百度(baidu)에서 발췌.

제7장
우리나라 신화 등과의 비교 정리

  이 장에서는 이상의 서술과정에서 언급된 타이완 원주민 신화와 관련된 우리나라 및 타민족 신화와의 유사점과 차이점을 정리, 기술함으로써 양자 간의 공통분모와 연관성, 또는 각 민족 고유의 특징을 탐색해보고자 한다.

  예를 들면 타이야족泰雅族의 석생인石生人 유형 중 돌과 생명 탄생과의 연관성과 우리나라『三國遺事』에 기록된 부여 금와金蛙 신화 속 "돌을 들추니 황금빛 개구리 모양의 아이가 나왔다"는 구절에서 돌과 생명 탄생과의 연관성의 유사성, 타이야족과 타이루거족, 쩌우족鄒族의 석두石頭 감응 탄생 고사와 주몽 신화의 석두 감응 신화와의 유사성, 물과 나무에 의한 감응 유형을 보유한 쩌우족 신화와 목도령이 홍수 때 아버지 교목喬木을 타고 표류하다가 모기 도움으로 노파의 친딸을 얻고 인류의 조상이 된다는 우리나라 목도령 고사와의 유사성, 부눙족布農族의 신화에 나오는 동굴을 배경으로 하여 벌레나 개농이 사람으로 화하는 변형 유형 고사와 역시 동굴을 배경으로 하고 동굴 속에서 웅녀熊女가 동물에서 사람으로 화한다는 단군 변형 유형 신화와의 유사성, 가마란족噶瑪蘭族과 타이루거족泰魯閣族의 신화 중 물에서 목욕 후 임신한다는 고사와 주몽 신화에서 유화가 압록강에서 목욕한 후 임신하는 장면과의 부분적 유사성, 타이야족 사일射日 신화 중 태양 수가 두 개이고 일월이 동시에 묘사된다는 점과 우리나라 무가巫歌 「초감제」 중 대별왕과 소별왕 신화에서 두 개의 태양이 동시에 출현한다는 점과의 유사성 등을 정리해보고, 이에 대한 구체적인 영향관계 등을 탐색한다.

타이완 원주민 신화와 우리나라 신화와의 유사점이나 공통점은 인류 보편적 사유의 우연적 공유라고 해석할 수도 있겠지만, 양자의 연관성이 상당히 구체적인 부분도 존재하기 때문에 태평양문화권이라는 우산 하에서 '동이東夷-묘만苗蠻-타이완 원주민'이라는 틀을 설정한 후, 대륙 남방 및 동북아 지역과의 역사 지리적 연계성을 염두에 두면서 상호 교류 및 영향 가능성을 검토해볼 수 있다.

실제로 타이완 원주민 특히 파이완排灣族의 태양과 난생 관련 신화가 정절情節이나 구조면에서 우리나라 주몽 난생 신화를 포함한 동이계의 새 토템이나 태양과 난생 관련 신화, 그리고 중국 대륙 남서부 먀오족이나 리족 등 소수민족의 난생 신화와 일정 부분 연계성을 보인다.

이 점을 고대 동이족의 대문구문화는 폴리네시안 특징의 일부를 갖추고 있고, 타이완 원주민은 생물분류상 말레이-폴리네시안에 속하며, 또한 시베리아(길랴), 알타이산과 동북아 거주 민족 신화가 문자 실전 유형 고사 분포로 추정할 때 타이완 아메이족 등의 신화와 유사하다는 주장들과 연계시켜 그 연관성을 종합적으로 검토해볼 수 있을 것이다.

타이완 원주민 신화를 조사하는 과정에서 이들 신화와 우리나라 신화 및 타민족 신화와의 유사점들을 사안별로 정리해보면 아래와 같이 요약할 수 있다.

1. 타이야족의 석생인石生人 유형 고사는 돌과 생명의 탄생이라는 측면

에서 우리나라 신화와 유사하다. 『삼국유사』 부여 금와 신화에 돌을 들추니 황금빛 개구리 모양의 아이가 나왔다[1]라는 대목이나 "부암동付岩洞 길가에 거북이 모양과 비슷한 큰 바위 하나가 있는데, 자식을 낳지 못하는 사람은 조그마한 돌로 이 바위를 문질러 그 돌이 바위에 딱 붙으면 그 원하는 것이 이루어진다."[2]고 하는 붙임 바위 고사의 돌과 자식 탄생 구조와 유사성이 발견된다.

2. 타이야족과 타이루거족, 쩌우족의 석두 감응 탄생 유형 고사 중 일부는 주몽 신화 내용 중 일부와 유사함이 발견된다.

> 왕이 어사漁師에게 망을 쳐서 끌어올리라고 하였다. 망이 파열되어 철망으로 끌어올리니, 한 여인이 돌 위에 앉아 있다가 나오는데 입술이 길어 말을 못했다. 세 번 그 입술을 자르니 말을 하게 되었고…… 주몽을 낳았다.……(『구삼국사』)
> 王乃使漁師以網引之, 其網破裂, 更造鐵網引之, 始得一女坐石而出, 其女脣長不能言, 令三截其脣乃言…… 生朱蒙.……(『舊三國史』)[3]

여기서 "돌 위에 앉아 있다가 나오는데坐石而出" 구절은 "큰 바위 위에 서 있다가站在大石上"라는 타이야족 고사 중의 표현과 같은 석두감응 유형

---

1 『삼국사기』「고구려본기」제1에 수록된 금와 탄생 신화이다. "처음에 부여왕 해부루가 늙도록 아들이 없어 산천에 제사하여 후사를 구하려 할 때, 그의 탄 말이 곤연鯤淵이란 곳에 이르러 큰 돌을 보고 마주 대하여 눈물을 흘렸다. 왕이 괴이히 여기어 사람을 시켜 그 돌을 옮겨 놓고 보니, 한 금색 와형蛙形의 한 소아가 있었다. 왕이 기뻐하여 말하되, '이는 하늘이 나에게 현사賢嗣를 주심이라' 하고 곧 데려다 길렀다. 이름을 금와金蛙라 하고 성장하매 태자를 삼았다.先是, 夫餘王解夫婁, 老無子, 祭山川求嗣, 其所御馬至鯤淵, 見大石相對流淚, 王怪之, 使人轉其石, 有小見, 金色蛙形, 王喜曰, 此乃天賚我令胤乎, 乃收而養之, 名曰金蛙, 及其長立爲太子." 『삼국유사』 권1「동부여편」에도 유사한 기록이 있다. "부루는 늙도록 아들이 없었다. 어느 날 산천에 제사를 지내어 후사를 구하였다. 이 때 타고 가던 말이 곤연에 이르러 큰 돌을 보고는 서로 대하여 눈물을 흘렸다. 왕이 이상히 여기고 사람을 시켜 그 돌을 들추니 거기에 어린애가 하나 있는데 모양이 금빛 개구리와 같았다……夫妻老無子, 一日祭山川求嗣. 所乘馬之鯤淵. 見大石. 相對侠淚流. 王怪之. 使人轉其石. 有小兒, 金色蛙形……"
2 최상수(1984), 『한국민족전설집』, 통문관, pp.470~471.
3 王孝廉(1986), 『神話與小說』, 時報文化社, p.132에서 발췌.

고사이다. 주몽을 낳는 장면은 아들을 낳은 타이야족과 타이루거족 신화와 유사하며 딸을 낳는 쩌우족 신화와는 차이를 보인다. 즉 돌의 생식력이 상징적으로 표현되어 있으면서 모계제에서 부계제로의 전이과정이 담긴 고사로 볼 수 있다.

3. 물과 나무에 의한 감응 구조가 담긴 쩌우족鄒族 신화는 목도령이 홍수 때 아버지 교목喬木을 타고 표류하다가 모기 도움으로 노파의 친딸을 얻고 인류의 조상이 된다는 우리나라 목도령의 홍수고사와 유사하다.

4. 부눙족의 동굴을 배경으로 하여 벌레나 개똥이 사람으로 화하는 변형 모티프는 동굴을 배경으로 하고 동물에서 사람으로 화한다는 단군 신화 속 동굴과 웅녀, 그리고 21일간의 기다림을 연상케 한다. 아울러 제주 삼성혈 신화에 나오는 혈穴에서의 시조 출현 구조도 연상케 한다.

5. 가마란족噶瑪蘭族과 타이루거족泰魯閣族의 물에서의 목욕 후 임신이라는 유형은 주몽 신화에서 유화가 압록강에서 목욕한 후 임신하는 장면과 부분적이고 제한적이지만 유사하다.

6. 타이완 원주민 타이야족 사일 모티프 신화는 태양 수가 두 개이고, 일월이 동시에 묘사된다는 점에서(중국 한족의 사일 신화와는 차이가 크지만) 우리나라 무가 「초감제」의 대별왕과 소별왕 신화와 비교하면, 달이 두 개 추가는 되었지만 두 개의 태양이 동시에 출현하여 백성들이 그 열기에 고통 받을 때 아들 대에서 사일 과업을 성공적으로 수행하여 대업을 완성한다는 점과 일월日月이 함께 언급되고 있다는 점에서는 상당히 흡사하다.

무가 속 대별왕과 소별왕 고사를 인용하면 다음과 같다.

해와 달이 두 개씩이라 낮에는 햇빛이 너무 강해 사람들이 타죽고, 밤에는 달빛이 너무 강해 사람들이 얼어 죽어 도저히 살 수 없었다.…… 천지왕은 (아들인) 대별왕 소별왕에게 활과 화살을 내어 주고는 명했다.…… 대별왕은 앞에 오는 해는 놔두고 뒤에 오는 해를 쏘아서 동해에 돋아 오르는 샛별 등의 별들을 만들었고, 소별왕은 앞에 오는 달은 놔두고 뒤에 오는 달을 쏘아서 서해에 돋아 오르는 용성 등의 별들을 만들었다.[4]

화살 맞은 태양과 달이 각각 별이 된다는 대별왕 신화와 화살 맞은 태양이 달이 되고 그 피가 별이 된다는 태아족 신화는 세부항목에서 다소 차이가 있지만 달과 별이 함께 언급되었다는 점에서는 동일하다.[5]

아울러 루카이족 신화에서 두 개의 태양과 두 개의 달이 등장하는 내용은 숫자 면에서 대별왕 고사 내용과 유사하다. 태양과 달 모두 애초에는 인류에게 해가 되는 존재로서 등장한다는 점도 동일하다. 일월이 동시에 출현하는 구조는 타이완 원주민과 우리나라 신화뿐만 아니라 만저우족 등 퉁구스 계열 신화에서도 발견된다는 점에서 이들 간의 연계 고리를 주목해볼 필요가 있다.

7. 타이완 원주민 특히 파이완족의 난생 신화에 있어서는 우리민족을 포함한 동이계의 새 토템 관련 신화와 연계성을 지닌다. 고대 동이계의 대문구문화는 폴리네시안 특징을 갖고 있고 타이완 원주민은

---

4 김태곤(1985), 『한국의 무속신화』, 집문당, pp.13~14에서 인용.
5 쩌우족鄒族 신화 중에 달을 쏘아 떨어뜨리는 고사도 있다. "옛날 천지가 가까워 태양과 달빛이 강렬했는데, 달빛이 더욱 강렬하여 백성들은 고통을 받았다. 아리산의 차오족曹族 ＝鄒族 중에 한 쌍의 청년 왕자와 아가씨가 있었는데, 달빛이 너무 강해 그들이 연애하는 모든 모습이 비추어 남들이 볼까봐 서로 접근하기 어려웠다. 이에 화가 난 청년 왕자는 달을 쏘아 배를 적중시켰다. 달은 피를 흘렸고, 이후 겁먹은 달은 해가 진 후 일부분만을 드러내었다." 蘇雪林(1980), 『屈賦論叢』, 國立編譯館, pp.429~430에서 발췌 번역. 달을 쏘아 떨어뜨린다는 사월射月 유형이라는 점에서 우리나라 대별왕 고사와 흡사한 점이 발견된다.

생물분류상 말레이-폴리네시안에 속한다는 이론을 참고하면 더욱 그러하다.

또한 중국 대륙 서남부 여족 또는 먀오족 등 소수민족의 난생 신화와 도 일정 부분 연계성을 보인다. 타이완 원주민과 중국 소수민족 먀오족 은 난생 모티프 유형에서 동질성을 발견할 수 있지만, 다만 타이완 원주 민 신화에서는 뱀이나 태양이 연관되는 것에 비해 먀오족 신화에서는 새 와 연관된다는 점에서 제한적인 연결고리를 형성하고 있다고 판단된다. 몇몇 민족의 난생 고사 유형을 다음과 같이 정리할 수 있다.

타이완 원주민	난생 + 태양 + 뱀 + 도호(도자기항아리)
우리나라	난생 + 태양(하늘) + (새)
동이계(은나라 간적 등)	난생 + 태양 + 새
먀오족	난생 + 새(나비)

전체적으로 볼 때, 이들 4개 부류는 난생이라는 유형에 있어서는 동질 성을 가지고 있다.

▲ 베이난족, 파이완족, 아메이족 일부의 선조
발상지 巴拉巴拉樣
(출처: 『臺灣原住民藝術田野筆記』)

8. 이밖에도 아메이족의 홍수 고사, 특히 홍수와 돌 관련 고 사나 홍수와 남매혼 고사의 구 성 등을 통해서 볼 때 먀오족 등 중국 서남부 소수민족의 신 화와 연계성이 있으며, 또한 파이완족 홍수와 남매혼 유형 고사를 통해서 볼 때도 중국 서남부 소수민족 신화와 유사

점이 발견되고 있다.

그리고 베이난족, 파이완족, 그리고 야메이족은 동남아 남도어계족과 연관이 있어 보이며, 특히 야메이족은 필리핀 바탄 지역의 부족과 관련이 깊은 것으로 파악된다.

또한 부눙족의 벌레에서 인간으로의 변형 유형은 반고 신화를 간직한 대륙 남부 묘만계의 신화와도 연관이 있으며, 타이야족의 남녀 숫자 불일치 구조는 윈난지방 나시족의 불일치 특징과 유사한 면모를 지니고 있어서, 향후 이들에 대한 좀 더 다각적인 연구가 필요하다고 본다.

제 **8** 장
결론

이상으로 다양하고 풍부한 타이완 원주민의 신화 고찰을 통해 비록 작은 섬에 살았던 타이완 원주민들이었지만, 그들의 상상력과 감수성, 그리고 예술성은 상당히 풍부했음을 알 수 있다.

신화적 자료와 문화풍속 양태에 근거하여 볼 때, 우선 인종상 또는 문화교류상 타이야족泰雅族-타이루거족泰魯閣族-가마란족噶瑪蘭族이 하나의 그룹으로서 동일한 관계성으로 연계되고 있음을 발견할 수 있다. 여기서 타이루거족泰魯閣族과 가마란족噶瑪蘭族은 동일 종족에서 분화되어 나왔음을 알 수 있다. 이들 사이에는 부계제로의 전이와 동물로부터의 학습, 홍수 모티프 고사와 기형아 유형 고사 등이 연계되어 있다.

또한 타이야족泰雅族으로부터 싸이더커족賽德克族과 싸이샤족賽夏族이 분리되었고, 이들 사이에는 기원이 동일하거나 깊은 혈연관계가 있으며, 서로 이웃 사이임이 확인되고 있다.

파이완족排灣族-루카이족魯凱族-베이난족卑南族도 하나의 그룹으로 묶을 수 있으며, 그룹 내 종족들은 동일 족속으로 결합되었다가 후에 세분화되면서 분리, 독립한 것을 볼 수 있다. 특히 파이완족排灣族은 관습에서

▲ 모계사회를 유지하는 아메이족의 가사 모습
  (출처: 『臺灣文化』)

루카이족魯凱族과, 언어나 기원에서는 베이난족卑南族과 밀접한 관계를 형성하고 있다. 그리고 베이난족卑南族에서 아메이족阿美族이 종족 분리로 갈라진다.[1] 파이완족排灣族, 루카이족魯凱族, 베이난족卑南族, 아메이족阿美族이 모계제도를 공히 유지하면서 쌍계제도를 병행하는 형태를 유지하고 있는 사실을 통해서도 이들 종족 간 친연성을 알 수 있다. 신화상으로는 모계제와 죽생 모티프로 연결된다. 그중 베이난족卑南族은 아메이족阿美族이나 싸치라이야족撒奇萊雅族과 모계제 및 석생과 죽생 유형에서 서로 연계됨을 확인할 수 있다. 특히 싸치라이야족撒奇萊雅族은 아미족阿美族의 일파임이 확인되고 있다.

다음으로 부눙족布農族과 사오족邵族은 제의祭儀와 호로병박 유형 고사들이 유사하고, 사오족邵族과 쩌우족鄒族은 그 시조의 기원이 동일한 것으로 보이며, 신화상으로 부눙족布農族과 쩌우족鄒族은 태양이 반쪽으로 분리되면서 일월로 각각 변한다는 일월 기원고사 내용을 공유하고 있다. 또한 부눙족布農族, 사오족邵族, 쩌우족鄒族은 독특한 언어를 공통을 간직하고 있는 것으로 보아 부눙족布農族-사오족邵族-쩌우족鄒族을 하나의 그룹으로 묶을 수 있다.

---

1 언어적으로 루카이족, 베이난족, 파이완족, 아메이족의 연관성을 일부나마 확인할 수 있다. 즉 멧돼지를 가리켜 루카이족과 베이난족은 바부이(babui), 파이완족은 바부이(vavuy), 아메이족은 파푸이(fafui)라고 한다. 이들은 동원사同源詞(cognates)라고 할 수 있다. 李壬癸(2011), 『臺灣南島民族的族群與遷徙』, 前衛出版, p.143.

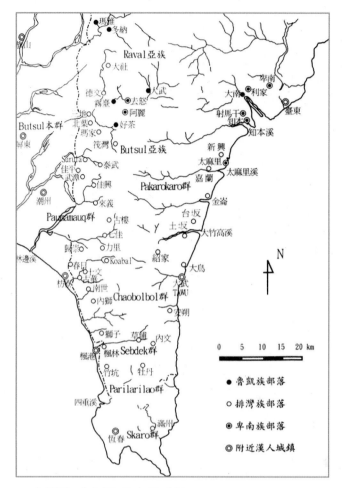

▲ 파이완족, 베이난족, 루카이족의 분포도(출처: 譚昌國, 『排灣族』)

　이들 그룹과 그룹 간에도 연결의 실마리들이 포착된다. 타이야족泰雅族
과 부눙족布農族은 서로 유사한 조롱박 고사를 간직하고 있는 점과 종족
분리가 이루어졌다는 점에서 볼 때 연계가 되며(타이야족泰雅族-부눙족
布農族), 타이루거족泰魯閣族은 파이완족排灣族에서 분리되어 나왔다는 점
에서 연결이 된다(타이루거족泰魯閣族-파이완족排灣族). 부눙족布農族과 루

카이족魯凱族 간에는 언어문화 교류가 활발하였으며, 특히 루카이족魯凱族이 부눙족布農族 문화의 영향을 많이 받았다는 점에서 연결이 된다(루카이족魯凱族-부눙족布農族). 이밖에도 부눙족布農族과 파이완족排灣族은 공히 태양에 제사를 지낸다는 유형의 고사를 가지고 있다.

따라서 세 그룹은 다시 상호 간에 관계성을 지니게 된다. 다만 란위 섬에 거주하며 오스트로네시안어족으로서 필리핀 바탄 지역에서 기원했다고 전해지는 야메이족雅美族은 파이완족排灣族이나 베이난족卑南族과 함께 남도어족계라는 일부 견해는 있지만 비교적 독립적인 종족으로서 혈연적

〈타이완 원주민 종족 간 관계도〉

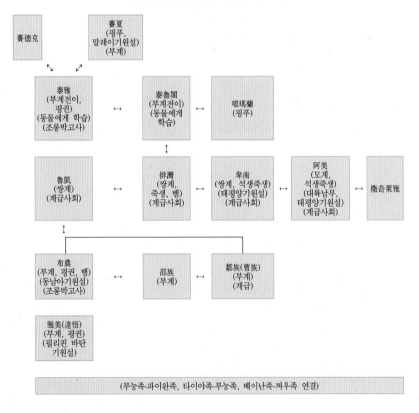

(부눙족-파이완족, 타이야족-부눙족, 베이난족-쩌우족 연결)

으로 타이완 원주민의 타 종족과의 구체적인 연계성을 맺기는 쉽지 않다.

현재까지 정리된 타이완 원주민 종족 간 관계도를 그동안 다룬 신화 자료와 기타 자료를 중심으로 표기해보면 다음과 같다.

본문에서 타이완 원주민 중 아메이족阿美族, 타이야족泰雅族, 부눙족布農族과 이들과 연관 있다고 여겨지는 몇몇 종족의 신화를 그룹화 하여 인류 기원, 홍수와 남매혼, 사일射日 모티프로 분류하여 고찰해보았다.

신화적 자료에 근거해 볼 때, 우선 타이야족泰雅族-타이루거족泰魯閣族-가마란족噶瑪蘭族 그룹 설정은 대체로 타당하다고 판단된다. 인류 기원 모티프 중 모자혼母子婚 구조는 3개 종족 모두에게서 거의 동일하게 전해지고 있다. 그리고 석두 감응 탄생, 파리로부터 출산법 학습, 홍수 모티프 중 남매혼과 이에 대한 신의 분노 및 홍수 발생과 괴태怪胎 출산이라는 과정은 타이야족泰雅族과 타이루거족泰魯閣族 신화에서 공통적으로 나타나고 있으며, 남매의 물에서의 목욕 및 임신이라는 구조는 타이루거족泰魯閣族과 가마란족噶瑪蘭族 신화에서 공통적으로 보인다. 비록 사일射日, 호로생인葫蘆生人, 남녀 비대칭 배합 등의 요소들은 타이야족泰雅族에게만 남아있지만, 전체적인 연계선상에서 보면 이 세 종족은 친연성이 강하며 문화적 교류도 깊은 그룹으로 평가된다.

다음으로 부눙족布農族-쩌우족鄒族-사오족邵族 그룹 설정에 대해서는 조금은 더 신중하게 판단해야 할 것이다. 홍수 신화에서 홍수의 원인자와 해결사를 동물로 설정한 점은 부눙족布農族과 쩌우족鄒族 신화 모두 동일하고, 사일射日 모티프 고사도 같다. 단 사일 모티프 고사에서 화살에 맞은 태양이나 달에 대한 제사 설정은 부눙족布農族과 사오족邵族 신화의 공통점이기는 하지만 고사 전체 구성을 보면 양자 간 연계성이 그렇게 깊다고 판단하기는 어렵다. 그리고 호로생인葫蘆生人, 똥의 화생, 바람 감응 탄생 유형은 부눙족布農族 신화에만 나타나고, 돌과 나무 감응 및 파종에 의한 인류 탄생은 쩌우족鄒族 신화에만 나타나고 있음을 고려해

볼 때, 이들 세 종족 중 부눙족布農族과 쩌우족鄒族의 관계는 밀접해보이지만 사오족邵族은 이들에 비해 비교적 조금은 더 독립적인 생활을 영위한 종족이 아니었나 하는 판단이 든다.

한편 아메이족阿美族 신화에는 석생인石生人이나 사일射日 등 보편적인 원주민 고사를 공유하고 있지 않다는 점과 대륙 서남부 소수민족 신화와 비교적 접근하고 있다는 측면에서 볼 때 원주민 사회 내에서 다소 독자적인 행보를 보인 것으로 판단된다.

그룹 간에도 일부 연계성이 엿보이는데, 여기에는 주로 부눙족布農族과 타이야족泰雅族이 많이 연관되어 있다. 부눙족布農族은 동물 똥의 화생 모티프에서 타이루거족泰魯閣族과, 호로생인葫蘆生人과 사일射日 모티프에서 타이야족泰雅族과, 바람 감응 탄생 모티프와 혈족혼-신의 분노-괴태 출산 고사에서 타이야족泰雅族 및 타이루거족泰魯閣族과 공통점을 가지고, 새에게서 출산법을 배운다는 고사에서는 아메이족阿美族 고사와 유사점이 있다. 이처럼 부눙족布農族이 타이야족泰雅族 그룹과 상당히 밀접하게 연계되어 있는 양상은 혈연관계 여부를 떠나 부눙족布農族이 타 종족 특히 타이야족泰雅族 그룹과 활발한 교류를 하였다는 사실을 보여주는 대목이다.

다음으로 원주민 신화의 특징과 한족이나 소수민족 신화와의 관계성을 간략히 정리하면 다음과 같다. 먼저 타이야족泰雅族 고사에서 남녀 비대칭 결합 구조 하에서 인류를 번성시키는 설정은 나시족納西族 인류기원 신화에서도 보인다는 점에서, 양자 간 혈연적 긴밀성을 단정하기는 어렵지만 그 문화적 관계성이 깊었다고 추정할 수 있다. 쩌우족鄒族의 개념 신화인 선악 모티프가 나시족納西族 신화에서도 발견된다는 점에서 이들 간 관계성을 주시할 필요가 있다.

타이야족泰雅族의 인류기원 신화 중 석생인石生人 부분에서 남녀평등 사상이 드러난 점과, 타이루거족泰魯閣族 신화가 부계사회를 반영한 반면 타이야족泰雅族 신화는 모계제와 부계제 모두를 반영하고 있다는 점이 특징이다. 돌과 바람 감응 탄생 구조는 타이야족泰雅族과 타이루거족泰魯閣族만의 독특한 특징이며, 갈라진 태양의 반쪽이 달로 화化하는 구조 역시 타이야족泰雅族과 쩌우족鄒族 신화에만 나타나는 독특한 특징이다.

아메이족阿美族의 홍수와 남매혼 고사는 내용과 구조면에서 중국 서남부 소수민족, 특히 먀오족苗族 신화에 가장 근접하면서 동시에 달이 보호하는 장면 등은 상당히 독특하면서도 문학적인 면모를 보여주고 있다. 아메이족阿美族이 타 종족보다 중국 대륙 서남부 지역과의 교류가 활발했으며, 이 홍수와 남매혼 고사는 대륙에서 타이완으로 전파되었을 가능성이 크지 않았을까 하고 추정해볼 수 있다.

타이루거족泰魯閣族과 부눙족布農族의 벌레 똥 화생에 의한 인류 탄생 고사와 벌레의 인간으로의 화생이라는 중국 묘만계苗蠻系 반고 신화는 벌레의 인간 화생이라는 점에서 유사점을 보이며, 이러한 연관성은 반고 신화의 묘만계苗蠻系 기원설을 좀 더 설득력 있게 뒷받침해주는 증거로서 판단된다.

한편 사일射日 신화는 태평양 연안 지역에서 보편적으로 나타나는 고사 유형이기는 하지만, 일월이 동시 출현하는 타이야족泰雅族, 부눙족布農族, 쩌우족鄒族, 아메이족阿美族의 사일 고사 유형이 비교적 원시적 형태인 원형原型(archetype)에 가깝다고 할 수 있다.

그리고 전체적으로 원주민 홍수 고사에는 홍수와 남매혼, 남매혼과 홍수라는 두 가지 구조가 혼재되어 있는 특징을 지니고 있고, 흙으로부터 인류의 탄생이라는 구조는 거의 보이지 않는다는 측면도 눈에 띈다.

타이완 원주민 신화와 우리나라 신화와의 비교는 위에서 간략히 서술한 바, 원주민 신화 일부와 우리나라 신화와의 유사점이나 공통점은 보편적 사유의 우연적 공유라고 해석하기에는 그 연관성이 조금은 구체적인 측면이 있다. 따라서 태평양 문화권 하에서 '동이東夷-묘만苗蠻-타이완 원주민'이라는 틀을 설정한 후, 대륙 남방과의 관련성 및 동북아 쪽과의 연계성을 염두에 두면서 상호 교류 및 영향 가능성을 검토하는 작업을 시도할 필요가 있다.

마지막으로 타이야족泰雅族의 남녀평등, 쩌우족鄒族의 인간파종, 부눙족布農族의 호로생인, 아메이족阿美族의 두 번의 버림과 출산, 자연으로부터 번식방법 터득, 인간과 자연의 연계 및 인간의 신성성 등 독특한 유형들을 지닌 타이완 원주민 신화는 결론적으로 그 학술적 가치가 크다고 판단되며, 이에 대한 좀 더 다각적인 접근방법과 다양하고 심도 있는 연구가 필요하다고 본다.

아울러 그 풍부한 상상력과 사유방식, 문학성과 예술성 있는 고사들은 인문학적 접근을 통해 독자들에게 정서적 양식을 공급할 수 있는 자료로서 충분하다. 따라서 타이완 원주민 신화에 대한 좀 더 많은 관심을 기대하고, 또한 더욱 심도있는 연구를 기다리며 글을 마친다.

〈유형별, 종족별 고사 분포도〉

	파이완	루카이	베이난	싸치라이야	아메이	야메이	부눙	사오	쩌우	싸이샤	싸이더커	타이루거	타이야	가마란
석생	○	○	○		○	○			○				○	
죽생			○						○					
석생+죽생	○		○		○	○								
사생	○	○												
난생(태양)	○													
재생	○				○									
선악개념	○			○					○	○				
변형	○	○	○		○	○	○		○			○	○	
기원유래	○	○	○		○	○	○		○			○	○	
교혼	○	○	○		○				○	○	○		○	○
영웅사일	○	○					○	○	○	○				

	파이완	루카이	베이난	싸치라이야	아메이	야메이	부눙	사오	쩌우	싸이샤	싸이더커	타이루거	타이야	가마란
남매혼	○	○	○			○	○			○		○	○	○
장애(모자혼)	○	○	○		○		○			○		○		○
머리베기	○								○	○				
바람감응						○						○	○	○
물 감응						○			○					○
홍수	○	○	○	○	○	○	○		○	○		○	○	○
인류파종									○					
태양감응		○												
처녀임신			○											
무속(저주)	○	○			○	○				○				
여신인류창조	○		○							○				
견생 수생	○	○			○						○		○	
조상창조							○							
흙-인간				○			○							
새-교미					○		○					○	○	
금기(결혼)				○			○							
모계(선녀)			○		○		○							
화석							○							
왜소인	○	○			○	○	○	○	○		○			○
시조해외기원			○		○	○					○			
남녀배합 불일치	○				○							○		
꽃 감응		○	○											
빈랑		○												
천지(방망이)	○								○				○	
거신					○									
계급	○	○												
신조인	○		○		○	○					○			
무릎출생						○								

	파이완	루카이	베이난	싸치라이야	아메이	야메이	부눙	사오	쩌우	싸이샤	싸이더커	타이루거	타이야	가마란
도자기 호리병	○	○					○							
거인			○			○					○		○	
개념 신화				○					○	○				
육구 조각										○				

참고문헌

강판권(2002), 『어느 인문학자의 나무 세기』, 지성사.

김재용(1999), 『왜 우리신화인가?』, 동아시아.

김태곤(1985), 『한국의 무속신화』, 집문당.

나경수(1993), 『한국의 신화연구』, 교문사.

서유원(1998), 『중국창세신화』, 아세아.

손진태(1954), 『한국민족설화의 연구』, 을유문화사.

이명주(1996), 『한국인과 에로스』, 지성문화사.

일연 저, 김원중 역(2008), 『삼국유사』, 민음사.

정재서(2009), 『동아시아 여성의 기원』, 이화여대출판부.

진성기(1970), 『남국의 전설』 일지사.

최길성(1985), 『무속의 세계』, 정음사.

이인택(2011), 「타이완 원주민 신화의 유형별 분석」, 동북아문화연구 28집, pp.19~38.

_____(2013), 「타이완 원주민 인류기원 모티프 신화 분석-파이완족, 베이난족, 루카이족 신화를 중심으로-」, 한중언어문화연구 33집, pp.435~455.

喬宗忞(2001), 『魯凱族史篇』, 臺灣省文獻委員會.

達西烏拉彎·畢馬(1998), 『臺灣布農族的生命祭儀』, 臺原出版社.

_____(2003), 『卑南族神話與傳說』, 星辰出版.

_____(2002), 『泰雅族神話與傳說』, 晨星出版.

_____(2003), 『邵族神話與傳說』, 晨星出版.

_____(2003), 『賽夏族神話與傳說』, 晨星出版.

達西烏拉彎 · 畢馬(2003), 『鄒族神話與傳說』, 晨星出版.

＿＿＿＿＿＿＿(2003), 『布農族神話與傳說』, 晨星出版.

＿＿＿＿＿＿＿(2003), 『排灣族神話與傳說』, 晨星出版.

＿＿＿＿＿＿＿(2003), 『魯凱族神話與傳說』, 晨星出版.

＿＿＿＿＿＿＿(2003), 『阿美族神話與傳說』, 晨星出版.

＿＿＿＿＿＿＿(2003), 『達悟族神話與傳說』, 晨星出版.

＿＿＿＿＿＿＿(2001), 『臺灣的原住民泰雅族』, 臺原出版社.

譚昌國(2007), 『排灣族』, 三民書局.

陶陽鐘秀(1993), 『中國創世神話』, 上海人民出版社.

馬昌儀(1994), 『中國神話學文論選萃』, 中國廣播電視出版社.

馬學良 外(1997), 『中國少數民族文學比較研究』, 中央民族大學.

徐萬邦(1997), 『中國少數民族文化通論』, 中央民族大學.

徐瀛洲(1999), 『蘭嶼之美』, 藝術家出版社.

徐雨村(2006), 『臺灣南島民族的社會與文化』, 國立臺灣史前文化博物館.

蘇雪林(1980), 『屈賦論叢』, 國立編譯館.

施正鋒 編(2010), 『原住民族研究』, 東華大學原住民民族學院.

楊政賢(2012), 『島國之間的族群』, 東華大學原住民民族學院.

余光弘(2004), 『雅美族』, 三民書局.

余錦虎(2002), 『神話祭儀布農人』, 晨星出版.

葉春榮(2006), 『歷史文化與族群』, 順益臺灣原住民博物館.

王嵩山(2001), 『臺灣原住民的社會與文化』, 聯經.

＿＿＿＿(2011), 『臺灣原住民-人族的文化旅程』, 遠族文化事業.

王孝廉(1986), 『神話與小說』, 時報文化社.

姚德雄 編(2012), 『拾穗九族』, 九族文化村.

遠族地理百科編輯組(2013), 『一看就懂臺灣文化』, 遠族文化事業.

伊能嘉矩(2012), 『平埔族調查旅行』, 源流出版.

李福清(2001), 『神話與鬼話』, 社會科學文獻出版社.

李亦園(1983), 『師徒 · 神話及其他』, 正中書局.

李壬癸(2011), 『臺灣南島民族的族群與遷徙』, 前衛出版.

林建成(2002), 『臺灣原住民藝術家田野筆記』, 藝術家出版社.

林道生 編著(2002), 『原住民神話故事全集 3』, 漢藝色研.

林道生 編著(2003),『原住民神話與文化賞析』, 漢藝色研.

_____(2004),『原住民神話故事全集 4』, 漢藝色研.

_____(2004),『原住民神話故事全集 5』, 漢藝色研.

潘明玆(1994),『中國神話學』, 寧夏人民出版社.

_____(1996),『中國古代神話與傳說』, 商務印書館.

張福三(1986),『原始人心目中的世界』, 雲南民族出版社.

田兵(1984),『中國少數民族神話論文集』, 廣西: 廣西民族出版社.

『中國各民族宗教與神話大詞典』(1993), 北京: 學苑出版社.

中央研究院民族學研究所 編譯(1998),『番族慣習調查報告書第三卷賽夏族』,
　　　　　　　　　　　　　　中央研究院民族學研究所.

_____(2003),『番族慣習調查報告書第五卷排灣族』,
　　　　　　　　　　　　　　中央研究院民族學研究所.

_____(2008),『番族調查報告書第六冊』, 中央研究
　　　　　　　　　　　　　　院民族學研究所.

_____(2009),『番族調查報告書第二冊』, 中央研究
　　　　　　　　　　　　　　院民族學研究所.

陳建憲(1995),『神祇與英雄』, 新華書店.

陳國強(2004),『高山族』, 民族出版社.

_____(1980),『高山族神話傳說』, 民族出版社.

陳奇祿(1992),『臺灣土着文化研究』, 聯經.

陳文新 編(2010),『高山族』, 新疆美術攝影出版社.

陳炳良(1985),『神話 · 禮儀 · 文學』, 聯經.

陳千武(1991),『臺灣原住民的母語傳說』, 臺原出版社.

布興大立(2007),『泰雅爾族的信仰與文化』, 國家展望文教基金會.

馮敏(2001),『巴蜀少數民族文化 』, 四川人民出版社.

向柏松(1999),『中國水崇拜』, 上海三聯書局.

許功明(2001),『魯凱族的文化與藝術』, 稻鄉出版社.

胡台麗(2011),『排灣族文化的』詮釋』, 聯經.

洪田浚(1994),『臺灣原住民籲天錄』, 臺原出版社.

鹿憶鹿(2004),「小黑人神話-從臺灣原住民談起」,『民族文學研究』, 第4卷.

柳敬源(2004),「臺灣原住民與大陸東夷太陽神話之比較」,『貴州文史叢刊』,

　　　　第2卷.

山田仁史(2007),「臺灣原住民神話研究綜述」,『中國比較文學』, 第4卷.

楊利慧(2001), 「世界視野中的臺灣原住民神話和故事−評李福清近著『從神
　　　　話到鬼話−臺灣原住民神話故事比較研究』」,『民族文學研
　　　　究』, 第1卷.

余光弘,「巴丹傳統文化與雅美族文化」,『東臺灣研究 6』pp.15∼45.

朱明珍,「臺灣原住民射日神話探討」,『昆明理工大學學報(社會科學版)』,
　　　　第8卷, 第12期.

周翔(2004),「臺灣原住民征日神話之比較分析」,『民族文學研究』, 第4卷.

● 저자소개

이인택
1959년 서울 출생
현 울산대 국제학부장 겸 중국어중국학전공 주임

연세대 중문과 졸업
국립타이완사범대학 석사
미국 University of Hawaii 박사

저서
중국문화의 이해, 차이나로드, 신화 문화 그리고 사상 등 27권

논문
중국 納西族 신화 비교분석 등 35편

타이완 원주민 신화의 이해

초판 인쇄   2016년   7월   15일
초판 발행   2016년   7월   20일

지 은 이| 이인택
펴 낸 이| 하운근
펴 낸 곳| 學古房

주   소| 경기도 고양시 덕양구 통일로 140 삼송테크노밸리 A동 B224
전   화| (02)353-9908   편집부(02)356-9903
팩   스| (02)6959-8234
홈페이지| http://hakgobang.co.kr
전자우편| hakgobang@naver.com, hakgobang@chol.com
등록번호| 제311-1994-000001호

ISBN   978-89-6071-603-2   93820

값 : 15,000원

이 도서의 국립중앙도서관 출판예정도서목록(CIP)은 서지정보유통지원시스템 홈페이지
(http://seoji.nl.go.kr)와 국가자료공동목록시스템(http://www.nl.go.kr/kolisnet)에서 이용하
실 수 있습니다. (CIP제어번호 : CIP2016017040)

■ 파본은 교환해 드립니다.